Die
Insel
der
Göttin

Jade Y.
Chen

D1731944

Die Insel der Göttin

Jade Y. Chen

MÜNCHNER FRÜHLING VERLAG

Impressum:
Die Originalausgabe erschien 2004 bei INK, Taipeh
Übersetzung aus dem Chinesischen von B. Trogen,
Jade Y. Chen, Ricarda Solms
2. Auflage 2010
Gestaltung: Lambert und Lambert, Düsseldorf
Produktion: Bernd Rölle, Köln
Copyright Münchner Frühling Verlag 2008
(Copyright der Originalausgabe Jade Y. Chen)
ISBN 978-3-940233-44-8

Meine
Familie

Lin Jian
mein Großvater
Ayako
meine Großmutter (aus Okinawa)
Lin Cai
mein Großonkel
Siuwen
seine erste Frau
Lin Mingfang
die Großtante
Lin Baoji
mein Urgroßvater
Lin Zhamou
meine Urgroßmutter
Sinru (Joko)
meine Tante
Sijuko (Fenfang)
meine Mutter
Feng Xinwen (Lu Erma)
mein Vater (aus China)
Lu Guimei
seine Mutter (China)
Wang Lian
seine erste Frau (China)
Siaoli
seine älteste Tochter (China)

Prolog

Es gibt eine kleine Insel im südchinesischen Meer, auf der die Götter mehr geliebt werden als irgendwo sonst auf der Welt. Vielleicht werden sie sogar mehr geliebt als die Menschen.

Als Kind war ich mir sicher, dass meine Eltern die Götter mehr liebten als mich. Die Götter in unserem Wohnzimmer bekamen das beste Obst, die schönsten Blumen und die meiste Ansprache. Meine Großmutter, meine Mutter, meine Onkel und Tanten, sie alle hatten ihren eigenen Gott. Einen für mehr Reichtum, einen anderen für mehr Glück und einen dritten gegen Krankheit. Die Götter waren überall.

Wir lebten am Rande einer großen Stadt in einem alten Haus. Abends kletterte ich auf das Dach und zählte die von Kerzenschein beleuchteten Tempel ringsherum, die mir so zahlreich erschienen wie die Sterne am Himmel. Außer den großen Tempeln für buddhistische, chinesische oder lokale Gottheiten gab es die unzähligen kleinen Altäre in den Wohnungen und Geschäften, in den Schulen und selbst an den ungewöhnlichsten Orten. Die Betelnuss-Prinzessinnen beteten zu einer Göttin der Liebe, und ihre Freier brachten Opfer für einen Gott der Manneskraft. Natürlich hatte auch das Friseurgeschäft meiner Großmutter einen kleinen Altar mit eigenartigen Gottheiten, die für Haarwuchs, Wohlstand und Schutz vor Einbrechern sorgten. Aber vor allem betete sie zu Mazu, der Meeresgöttin.

Taiwan war die kleine Insel der südchinesischen Göttin Mazu. Ihr Zufluchtsort. Ihre Bewohner waren in der Mehrzahl die Nachfahren von Einwanderern, Eroberern, Flüchtlingen, Piraten und Verbannten. Sie alle hatten ihre Götter von überall her mitgebracht, eine hölzerne Armee stummer Zeugen verlorener Heimaten.

Dann gab es noch die Ureinwohner, die auf der Insel schon seit Anbeginn aller Zeiten lebten. Sie verehrten ganz andere Götter und Naturgeister. Die *gaoshan zu*, die »Völker der hohen Berge«, wie sie auf Chinesisch genannt wurden, redeten in unbekannter Sprache und führten einen erbitterten Kampf gegen den steten Strom der fremden Eindringlinge, die ihnen Generation für Generation immer mehr Land raubten. Die Ureinwohner sahen überhaupt nicht chinesisch aus, sie ähnelten eher den Buschmännern Afrikas oder den Bewohnern von Hawaii. Sie hatten keinen Namen für ihre Insel, weil sie sich als Teil der Erde sahen, auf der sie lebten. Für sie war die Insel nicht »Formosa«, die »Wunderschöne«, wie sie von den Portugiesen getauft worden war. Und auch nicht *Dai-wan*, wie sie die chinesischen Einwanderer nannten, ein verfluchter Ort, an dem die Geister begraben sind.

Wer sind
diese zwei
Teufel?

Berlin, 2001

»Wer sind diese zwei Teufel?« fragte mich ein Mann. Er stand in meiner Berliner Wohnung und hatte zwei kleine Holzfiguren vom Fensterbrett in die Hand genommen. Es war an einem jener Sonntagnachmittage, an denen das Licht in dieser Stadt die Häuser und die Menschen zum Leuchten bringt. Die Sonne schien durch die weit geöffneten Fenster. Für einen Augenblick vergoldete sie das Gesicht des Mannes. Irritierte mich deswegen sein Lächeln? Oder war es seine Frage, die mich verunsicherte? In diesem Moment konnte ich nicht ahnen, dass in seiner Frage die Antwort auf mein ganzes Leben lag. In der Frage eines Mannes, den ich erst seit ein paar Stunden kannte.

»Wer sind diese zwei Teufel?« fragte der Mann noch einmal. »Das sind Leibwächter. Die Leibwächter einer Göttin.«

»Leibwächter?« Neugierig griff der Mann nach der anderen Figur auf dem Fensterbrett. »Seit wann haben Göttinnen Leibwächter?«

»Vielleicht sollte ich besser sagen, sie sind eine Art Leibgarde wie beim Militär. Man könnte die beiden auch Generäle nennen. Zwei Generäle unter dem Kommando der Göttin Mazu.« Ich suchte nach den passenden deutschen Worten für die langen chinesischen Namen der beiden Figuren. »Der eine heißt: *Hört wie der Wind so schnell.* Der andere heißt: *Sieht tausend Stunden weit.* Mazu ist die Göttin des Meeres zwischen China und Taiwan. Die beiden Teufel, wie du sie nennst, und Mazu beschützen die Berge und

Küsten Taiwans und Südchinas. Sie retten Seeleute in Not. Meine Großmutter verehrte die Göttin sehr. Die Generäle sind von ihr.«

Die beiden holzgeschnitzten Figuren, zehn Zentimeter breit und fünfzehn hoch, reisen mit mir seit zwanzig Jahren. Ich weiß nicht, wieso, aber nach all meinem Reisen und Umziehen von einer in die andere Stadt habe ich viele wichtige Dinge verloren: Geburtsurkunde und Schulzeugnisse, sogar ein Jade-Amulett und einen Goldring, die mir meine Eltern geschenkt hatten. Doch diese beiden Figuren mit den furchterregenden Gesichtern sind mir immer gefolgt wie mein eigener Schatten.

Es ist, als folgten sie mir mit einer Absicht.

Als der Mann am Abend meine Wohnung verließ, fragte er: »Erzählst du mir morgen mehr über die beiden Teufel?«

Nur noch zwei Menschen auf der Welt kennen die wahre Herkunft dieser beiden heiligen Statuen. Diese Menschen sind meine Mutter und meine Tante Sinru. Sie kennen zwar die Geschichten um die beiden Holzfiguren, aber sie glauben, dass es sie nicht mehr gibt. Sie wissen nicht, dass ich es war, die die Götter heimlich an sich genommen hat.

Als ich zwanzig war, kehrte ich meiner Heimat den Rücken. Ich ging nach Europa und kam nie mehr zurück. Wenn ich dafür einen bestimmten Grund nennen müsste, wäre das Hass. Ich habe immer versucht, meine Familie zu meiden, eine merkwürdige Familie, die voller dunkler Geheimnisse ist. Eine Familie, die von allen geächtet wurde, eine Familie, die beim Verlassen des Hauses angespuckt wurde, eine Familie, deren verlassene Kinder bei einem netten alten Nachbarn spielten, der ein Triebtäter war. Ich bin die Tochter eines Vaters, der von Lehrern und Mitschülern als Versager verhöhnt wurde. Ich war das Kind der seltsamen Familie, die keinen richtigen Vater hatte.

Ich komme aus einem sonderbaren Land. Erst als ich meine Heimat verließ, merkte ich, dass praktisch niemand Taiwan kennt, geschweige denn als Nation anerkennt. Bis dahin glaubte ich, dass die »Republik China« ein wichtiges Land mit bedeutendem Einfluss wäre. Ein Riesenreich, das von einer kleinen Insel aus regiert würde, eine Reich, zu dessen Territorium selbstverständlich auch das große China auf dem Festland gehörte. Die Regierung hatte sich nur vorübergehend nach Taipeh zurückgezogen, die »Wiedereroberung des Festlands in einem großen Streich« sei nur eine Frage der Zeit. So lernte ich es in der Schule, so stand es in allen Büchern. Ich begriff die große Lüge erst, nachdem ich Taiwan verlassen hatte.

Als Kind liebte ich China. Die beiden Schriftzeichen für »China« bedeuten »Mitte« und »Land«. Als Schüler studierten wir die gesamte chinesische Geschichte, Geographie und klassische Literatur. Taiwan stand nicht auf dem Lehrplan. Dafür kannte ich die Namen jedes chinesischen Flusses, der Berge, der Städte und Provinzen. Wir stellten uns China immer so prächtig vor – ein magischer Ort voller Lotusblumen und majestätischer Trauerweiden. Ein Land voller weiser Meister und Mönche. Ein heiliger Ort, den Marx und Mao nie betreten haben, weit weg von Klassenkampf und Kulturrevolution. Das China in den Schulbüchern Taiwans war nur eine Fiktion der Anhänger Tschiang Kaisheks, die sich nach dem verlorenen Bürgerkrieg gegen Mao auf die Insel Taiwan geflüchtet hatten.

China war eine Illusion. So wurden die Schriftzeichen, die China bedeuteten, für mich zu einer leeren Hülse, zu einem Fluch. Es ist nicht leicht, etwas zu lieben, das gar nicht existiert.

Taiwan ist eigenartig. Taiwan ist Land und Unland zugleich. Genauso fühle ich mich. Ich habe eine Familie und zugleich habe ich keine Familie. Ich gehöre nirgendwohin. Ich komme aus einem Land, das es eigentlich nicht gibt.

Ich wollte nie mehr zurückkehren. Aber wegen dir habe ich es doch getan. Wegen dir und wegen der beiden Leibwächter. Ohne euch wäre mein Leben ganz anders verlaufen. Ohne dich hätte ich die Geschichte von *Sieht tausend Stunden weit* und *Hört wie der Wind so schnell* nicht erfahren. Es ist meine Geschichte und die meiner Familie. Und es ist die Geschichte Taiwans.

Ein Hund
namens
»Yes«

Taiwan/Taipeh, 2001

»Bitte anschnallen, in wenigen Minuten erreichen wir
Tschiang Kaishek Airport.« Begleitet von der monotonen
Stimme der Stewardess nimmt der Flieger Kurs auf Taipeh.

Tschiang Kaishek. Am Tag seiner Beerdigung stand ich
inmitten Tausender Trauernder, der sich durch die Straßen
von Taipeh schoben. Ich trauerte nicht, ich suchte verzweifelt eine Toilette. Ich hatte meine erste Monatsblutung an
diesem Tag. Meine Mitschülerinnen und ich warteten an
einer Straßenkreuzung auf den Sarg des Präsidenten. Ich
kann mich noch genau an die vom Weinen geröteten Augen
der Mädchen erinnern, während ich ängstlich die Beine zu-
sammenkniff und hoffte, nicht zu viel Blut zu verlieren.
Vergeblich suchte ich nach einer Lücke in der Menge. Es
war zu spät. Die Trauerprozession kam näher, und alle begannen, die Nationalflagge zu schwenken. Ich war gefangen in einem Meer von Fahnen. Als der Leichenwagen vor-
beifuhr, spürte ich mein Blut an den Schenkeln herunter-
laufen. Es tropfte auf die Straße. Ich ging in die Knie und
versuchte, schnell das Blut mit Papiertaschentüchern vom
Boden aufzuwischen. Keiner der Umstehenden bemerkte
etwas. Als mir die Taschentücher ausgingen, trocknete ich
das Blut an meinem Beinen mit der Nationalflagge ab:
Blauer Himmel und weiße Sonne auf tiefrotem Hintergrund – zwangsverteilt an alle vom Schulinspektor.

Der Himmel über Nordtaiwan ist leer wie ein makello-
ser Spiegel. »Da drüben liegt China, und hier ist Taiwan«,
sagt eine Frau hinter mir zu ihrer kleinen Tochter. Ich

schaue aus dem Fenster und sehe unter mir das tropische Grün meiner Kindheit liegen. Ein Grün, das mich tief in meinem Herzen berührt. Das Flugzeug schwenkt sanft nach links, und ich fühle mich wie ein Patient, der nach Jahren eines tiefen Komas plötzlich sein Bewusstsein wiedererlangt.

Wir schieben die Koffer durch den Zoll, eine automatische Glastür öffnet sich, dahinter die Reihe mit Augen, die mich abweisend mustern. Als fragten sie mich: »Was hast du hier verloren? Was willst du mit ihm hier?« Ich schiebe dich überhastet weg von hier, zum Ausgang.

Warum fürchte ich mich vor diesen Menschen? Vor zwanzig Jahren bin ich hoch erhobenen Hauptes von hier aufgebrochen, ohne mich umzudrehen. Und jetzt ist es mir ein Rätsel, warum ich nicht schon viel früher zurückgekommen bin.

»Sie waren eine Weile weg, stimmt's?« Ein Taxifahrer kommt uns entgegen und hilft uns, den Koffertrolley zu seinem Wagen zu schieben. »Woher kommen Sie?« fragt mich der Fahrer wenig später, als er mit hoher Geschwindigkeit auf die sechsspurige Autobahn Richtung Taipeh auffährt. Ich hatte die Frage schon erwartet. Sie ist der kategorische Taiwanese-oder-Nicht-Taiwanese-Test, den jeder Neuankömmling, der am Flughafen ein Taxi nimmt, absolvieren muss. Bei mir ist die Sache nicht so einfach.

»Mein Urgroßvater väterlicherseits war Mongole, er gehörte zu den mandschurischen Familien vom weißen Banner. Er heiratete meine Urgroßmutter, die aus der Nähe von Shanghai stammte. Mein Großvater und mein Vater sind in Peking geboren.« Ich übersprang ein paar Orte und Namen meiner nomadisch lebenden Großfamilie und fuhr fort: »Als junger Mann ging mein Vater nach Taiwan und lernte in Taichung meine Mutter kennen. Meine Großmutter mütterlicherseits war eine Japanerin, die meinen

Großvater heiratete, dessen Vater, also mein Urgroßvater, aus Südchina stammte.« Ich spreche mit Absicht so schnell ich kann. Ich bin gespannt darauf, zu erfahren, wem mich der Fahrer zuordnen wird.

Der Fahrer lässt mich die Geschichte noch mal aufsagen, dann fällt er sein Urteil: »Dein Vater ist ein *Beipinger*, deswegen bist du keine Taiwanerin, sondern eine ›Dortige‹, vom Festland.«

Peking wird in Taiwan gelegentlich noch *Bei-Ping* genannt: »Nördlicher Friede«. Seitdem die Koumintang diesen zweiten Namen Pekings wiederbelebten, spukt das Wort wie ein in die Jahre gekommenes Gespenst durch die Köpfe. *Bei-Ping*, »Nördlicher Friede«, das ist wie »Atlantis«, heraufbeschworen von Plato, oder das sagenhafte »Ubar« aus dem Koran, ein mythischer Ort, der für immer verschwunden ist und der vielleicht auch nie existiert hat, und wenn doch, dann bestimmt nicht so wie in der Vorstellung gewisser Leute.

Die so genannten »Dortigen« waren bei den »Hiesigen« nie willkommen. Auch ihre in Taiwan geborenen Söhne und Töchter und deren Söhne und Töchter wurden als Außenseiter angesehen. Im chinesischen *Wai-Sen-Ren*, wörtlich »Außen-Provinz-Menschen« schwingt immer ein Makel mit.

Es ist dunkel geworden, und der Himmel über der Stadt trägt einen leichten Schleier aus Smog oder Nebel oder aus beidem. Ich höre der Talkshow im Autoradio zu, dem derben taiwanischen Dialekt Minnan, und merke an einzelnen Worten, wie lange ich weg gewesen bin. Mein Minnan ist eingerostet. Meine Mutter und ich haben früher untereinander nur im Dialekt gesprochen. Jetzt, nach so vielen Jahren, in denen wir nicht miteinander gesprochen haben, fürchte ich, dass wir uns nicht mehr verstehen.

»Wohin wollen Sie?« fragt der Fahrer, der nur Minnan spricht.

»An der Flussquelle Nr. 5, Schöne Tempel Siedlung, Bezirk Mitte-Friede.«

Ich bin fassungslos, dass ich die alte Adresse so perfekt im Dialekt behalten habe. Es kommt mir vor, als wären diese Worte in meinem Gedächtnis gespeichert wie ein geheimer Zugangscode oder ein Schlüssel zu dem Rätsel meiner selbst. »An der Flussquelle Nr. 5, Schöne Tempel Siedlung, Bezirk Mitte-Friede«, wiederhole ich.

Das ist zwanzig lange Jahre meine Adresse gewesen. Als ich zwanzig war, ging ich von hier fort nach Frankreich und bin seitdem nicht mehr zurückgekommen.

Ich bin »An der Flussquelle« aufgewachsen, in einem dunklen, feuchten Haus, in dem der Hass und die Angst wohnten, das krank war und verflucht. Es war der einsamste Ort der Welt, an dem ich die Träume meiner Kindheit träumte.

Das Haus, das mein Vater mit Hilfe eines Freundes erbaut hatte, erscheint heute noch oft in meinen Träumen. Mit seinen schiefen Wänden, den ungleichen Fenstern, den wackeligen Fliesen und dem muffigen Geruch von Tatami-Matten. In den Monaten des Frühjahrsmonsuns sammelten sich an den Betonwänden winzige Tropfen. Es waren Tränen, die niemand trocknete. Wie oft lag ich auf der Tatami und wischte mit dem Handrücken über die beschlagenen Wände und fragte mich, wer mich einmal lieb haben würde. Ob der Pfirsichbaum noch da ist? Pfirsichblüten, heißt es, treiben den Hausherrn zu anderen Frauen. Meine Mutter wollte, dass der Baum gefällt würde. Werde ich das Zimmer wiedererkennen, in dem ich meine Tagträume lebte?

Ich höre das sanfte Rauschen des Flusses, der unter meinem Zimmerfenster vorbeifließt. Ich höre von fern einen Ochsenkarren auf der Straße vorbeirumpeln. Und ich höre jemanden meinen Kosename rufen. »Yato«, die »kleine Dienerin« der kaiserlichen Prinzessin. Meine Mutter frisierte mich als Kind gerne wie eine Yato, links und rechts über den Ohren je einen Haarknödel. »Yato?« Der Ruf der Stimme wird schwächer und schwächer.

War das meine eigene Stimme? Ich sehe meine kleinen Schwestern und mich auf das Dach des Hauses klettern. Wir schreien so laut wir können nach unserem Hund. Einem Hund, der »Yes« hieß und gerne ausgedehnte Wanderungen durch die Gärten der Nachbarn unternahm. Drei oder vier Mädchen auf dem Dach brüllten »Yes, Yes, Yeeees« in die einsetzende Dämmerung. Wie üblich nahm keiner der Nachbarn Notiz von unserem Geschrei. Niemand beachtete diese unmögliche Familie, in der es regelmäßig lauten Streit gab und endlos gejammert und geheult wurde.

Unsere Nachbarn lebten in Villen und waren Generäle, hohe Regierungsbeamte oder Abgeordnete der Nationalversammlung. Sie fuhren in dunklen Yulong-Limousinen vor und versuchten krampfhaft, nicht in unsere Richtung zu schauen. Wir waren die, die es nicht gibt. Die Familie mit dem abwesenden Vater.

Da mein Vater regelmäßig für Monate oder auch Jahre verschwand, betrachteten die Nachbarn ihn als Müßiggänger, als Banditen, wenn nicht gar als kommunistischen Spion.

Die Nachbarn zu unserer Rechten waren die Zhuans. Ein Name, der auf eine vornehme Herkunft schließen ließ. Die gesamte Familie verachtete uns. Gepeinigt vom unaufhörlichen Geschrei, Gezank und Gejammer von sechs kräftigen Frauenstimmen, lebten sie Tür an Tür mit einem Irrenhaus. Manchmal begegneten wir den Zhuans zufällig vor der Tür. Sie schauten uns an, als sähen sie wilde Tiere.

Einmal wandte sich mein Vater mit einer Bitte an das Oberhaupt der Zhuans, der Eigentümer eines Chemiekonzerns war. Vater wollte unser Haus zum Garten hin um ein Zimmer erweitern. Dabei spielte die Grenzmauer der Zhuans eine bedeutende Rolle. In seinem Plan war die bereits die neue Außenwand unseres Hauses. Natürlich war die Bitte meines Vaters exzentrisch, und natürlich schaute der alte Zhuan beim Sprechen meinen Vater noch nicht mal an. »Das kommt überhaupt nicht in Frage«, sagte er. »Wenn euer Haus abgerissen wird, habe ich keine Grenzmauer mehr.« Die Zhuans waren der Ansicht, dass unser Haus illegal erbaut wäre und ohnehin früher oder später abgerissen werden müsste.

Die Zhuans ärgerten sich auch über den Pfirsichbaum in unserem Garten, dessen verwilderte Äste Blüten in ihr Grundstück warfen. Die meisten Bewohner unseres Stadtteils hatten gepflegte Beete voller Rosen. Meine Mutter hingegen züchtete Hühner und Gänse und hatte den Garten mit einem Drahtzaun zu einem Freilandgehege umfunktioniert. Die Eingangstüren der Nachbarn waren stets verschlossen, unsere Haustür war wie ein Hemd ohne Knöpfe und stand immer weit offen, jeder konnte hereinkommen.

Mein Vater baute das Extra-Zimmer trotzdem. Er hatte dafür einen alten Kumpel von der Armee geholt, sein Spitzname war *Datou*, »Großkopf«. Großkopf zog bei uns ein, weil er, wie Vater erzählte, schon Unterkünfte für die Soldaten gebaut habe. Er baute tatsächlich das Zimmer im Garten, aber keiner von uns hielt sich darin länger als nötig auf, schon gar nicht während eines Taifuns.

Onkel Großkopf saß den ganzen Tag in der Küche, trank

Schnaps, aß rohe Knoblauchzehen und seufzte. Einmal fing er eine Schlange im Garten und rief uns Kinder zu sich. Feierlich hängte Großkopf die Schlange an einen Ast eines Baums, kramte ein winziges Messer hervor und häutete die Schlange vor unseren Augen. Wir Mädchen standen schweigend unter dem Baum und beobachteten andächtig jeden Handgriff des Onkels. Dann schnitt er mit einem Ruck die Eingeweide heraus, nahm die Gallenblase und schluckte sie herunter.

Großkopf war wegen des Bürgerkriegs Strohwitwer geworden. Er hoffte täglich darauf, dass die »Wiedereroberung des Festlands in einem großen Streich« unmittelbar bevorstand. Er vermisste seine Frau, die in China geblieben war. Aber es gab keinen Weg dorthin zurück, und Geld für eine neue Heirat hatte er nicht.

Die einzige Freundin meiner Kindheit war eine Nachbarstochter, deren Vater ein Geschäft für Särge betrieb. Ihr Wohnzimmer war zugleich Werkstatt und Ausstellungsraum. Der Vater arbeitete allein. Er zimmerte kleine und große Särge, die alle wie Boote aussahen. Sie standen an die Wand gelehnt, als warteten sie auf die Fischer, die sie aufs Wasser setzen würden.

Eines Nachmittags, als ich zu Besuch war, arbeitete er an einem Kindersarg. Ich hatte noch nie einen so winzigen Sarg gesehen und setzte mich neugierig daneben und schaute zu wie er das Innere des Sarges mit roter Seide bespannte. Der Vater meiner Freundin war so sehr beschäftigt, dass er nicht einmal zu Mittag gegessen hatte. Als er von seiner Frau in die Küche gerufen wurde, tat ich etwas Seltsames: Ich kletterte in den Sarg. Der Sarg war zu kurz für mich, und so lag ich mit angezogenen Beinen auf dem Rücken und starrte an die Decke, eine Ewigkeit schien mir vergangen zu sein, aber der Vater meiner Freundin kam nicht mehr zurück vom Essen. Da hörte ich etwas, ein leise, hohe Stimme, die kam aus dem Sargdeckel und rief nach mir. Ich sprang aus dem Sarg und rannte erschrocken nach Hause.

In der Straße der Sargmacher wohnte auch eine buckelige alte Frau. Sie lebte in einem Haus mit ihren Kindern und Enkeln. Und niemand außer ihr arbeitete in diesem Haus. Sie schuftete wie eine Dienstmagd und sprach kein einziges Wort. Ihr Körper war in der Hälfte umgeknickt, so krumm war ihr Rücken, und trotzdem konnte sie immer noch Wassereimer schleppen und Essen kochen. Dabei gönnte sie sich keine Minute Ruhe, klagte nie. Das ganze Jahr über huschte sie in ihrem schwarzen Han-Kleid durch die Gasse wie ein Hausgeist. Manchmal sahen wir sie »An der Flussquelle«, wie sie beladen mit einem Wassereimer oder Brennholz die Häuserwände entlang schlich.

Direkt neben der Buckligen lebte ein Veteran aus dem Koreakrieg. Er verließ seine Wohnung immer am frühen Morgen und kam erst abends zurück. Auf seine Arme hatte er sich die Flagge Nationalchinas und die Worte *Sha Zhu Ba Mao*, »Tötet das Schwein und rupft die Borsten aus«, tätowieren lassen. Wobei »Schwein« und »Borsten« genauso ausgesprochen wurden wie die Namen der Parteiführer Zhu und Mao. Jeden Tag sammelte er mit seinem Lastenfahrrad Abfälle. In seiner Wohnung stapelten sich Altpapier, Eisenschrott und andere Abfälle. Wir Kinder spähten durch einen Riss in der Mauer in sein Rohstofflager. Ihn selbst sahen wir nur selten. Nur manchmal saß er mit einer schwangeren Frau auf der Bettkante und redete.

Der Nachbar zu unserer Linken war ein General Tschiang Kaisheks. Er war lange Zeit schwer krank gewesen, und seine Frau und die Kinder waren nach Amerika ausgewandert. So wurde der General von seinem alten Laufburschen, einem Herrn Xu, gepflegt. Dieser Bursche war genauso in die Jahre gekommen wie sein Kommandant. Für uns Kinder war der dürre glatzköpfige Herr Xu der nette Märchenonkel von nebenan. Er lebte in einem Seitentrakt des Hauses, der sich zu einem Garten öffnete mit einer Allee schattiger Bäume. Dort spielten meine Schwestern und ich unbeschwert, und es gab nichts, was uns der freundliche, ältere Herr nicht erlaubte. Manchmal durften wir in seinem Zimmer spielen, und er fütterte uns mit Süßigkeiten. Einmal zeigte er uns seinen Schlüsselanhänger, ein kleiner Flaschenkürbis. Durch ein Vergrößerungsglas konnte man im Inneren die Fotografie einer nackten Frau erkennen. Doch meine Schwestern und ich mochten dieses Spielzeug nicht, wie wollten lieber mit den richtigen Spielsachen spielen, die er in einer Schachtel aufbewahrte. Die flachen Menschenfiguren aus Plastik oder die bunten Pog-Spielscheiben. Nur zu besonderen Gelegenheiten holte er sie heraus.

Eines Nachmittags sah mich Herr Xu ganz allein in der Allee und rief mich zu sich herein ins Haus. Er wolle mir eine Puppe zeigen, Nur für mich. Ich rannte ins Haus, und wirklich, der alte Mann schenkte mir eine Puppe mit goldenem Haar, die sogar gehen konnte. Er saß auf dem Sofa und streichelte meinen Kopf. Ich wollte mich umdrehen und wieder zurück in den Garten laufen. Doch er hielt mich fest, griff unter meinen Rock und zog den Schlüpfer herunter. Was er da tat, ich begriff es und begriff es wieder nicht. Einen kurzen Moment lang ertrug ich die Berührung – für die Puppe. Dann warf ich sie auf den Boden und rannte weg. In dem Jahr wurde ich zehn.

Diesen unerträglich langen Augenblick habe ich nie vergessen. Ich erinnere mich genau, wie das Zimmer des alten Mannes ausgesehen hat. Die Tür mit dem Fliegen- 20 gitter hatte offen gestanden. Alles war so normal gewesen.

Von da an hörte ich genau zu, wenn die Erwachsenen über den alten Mann redeten. Obwohl ich Angst vor ihm hatte, wollte ich alles über ihn wissen. Ich hörte, wie sich meine Mutter über ihn beschwerte, sie nannte ihn einen alten Teufel mit hinterhältigen Absichten, aber ich war mir nicht sicher, was meine Mutter damit meinte. Dann starb der General, und sein alter Laufbursche wurde krank. Ich war inzwischen ein paar Jahre älter geworden, alt genug, um zu verstehen, was für ein Mensch der freundliche Herr Xu von nebenan war. Ich fragte nie mehr nach ihm.

Heute verstehe ich nicht, warum ich meinen Eltern nie davon erzählt habe. Ich war von ihm in eine dunkle, verbotene Zone verschleppt worden, und mein einsames Herz wurde erdrückt vom Gewicht seines gestörten Lebens. Weil er die Bühne betreten hatte, wurde mir sehr früh bewusst, dass der Lauf des Lebens nicht in die Richtung gehen würde, die ich mir vorgestellt hatte.

Das Taxi fährt durch Taipeh, ich schaue in die spiegelnden Fassaden der Hochhäuser auf der Suche nach dem Gesicht meiner Stadt. Viele vertraute Gebäude und Tempel sind verschwunden oder überbaut von Stadtautobahnen auf Stelzen, die sich wie die Absätze überdimensionaler Stöckelschuhe in die Altstadt gerammt haben. Taipeh blüht, eine wunderschön geschminkte Frau, die alle Zweifel zu kaschieren versteht.

Wir überqueren die Stadtbrücke und geraten in einen Stau. »Schaut mal, die verkaufen hier Appartements«, sagt der Fahrer. »Vielleicht sehen wir gleich Hongkong Stars mit großen Titten. Die kommen mit Pferdekutschen zum Richtfest, habe ich gehört. Popstars werden singen, und eine Nonne erzählt schmutzige Witze.« Ich schaue immer noch unverwandt aus dem Fenster.

In einer engen Gasse drängt sich eine grell beleuchtete Menschenmenge. Aus den Lautsprecherboxen schwappt, mit Applaus und Gelächter unterlegt, die hysterische Stimme des Immobilienverkäufers in die Menge.

»Schau mal da drüben, da bin ich jeden Tag vorbeigegangen, als ich noch klein war«, sage ich zu dir. Du schaust versunken auf diese Stadt, die jenseits deiner Vorstellungskraft liegt.

Bevor ich Taiwan verlassen hatte, stand hier anstelle der riesigen Werbetafeln für einen Appartementtower ein altes vierstöckiges Haus. Es gab kleine Läden an beiden Seiten der Straße, und ich liebte es, unter den Arkaden zu schlendern. Ein paar Blocks weiter wohnten die Tus und das Patenkind meines Vaters, sein geliebter Patensohn. Ich habe dir erzählt, dass sich mein Vater immer vergeblich einen Sohn gewünscht hatte, einen Stammhalter, aus Angst, seine Familie könne aussterben. Weil dieser Wunsch sich nicht erfüllte, nahm er einen Sohn der Tus als »Patenkind« an. Mit Herrn Tu verstand sich Vater damals ausgezeichnet, ja, er hatte sogar vor meiner Geburt mit ihm ausgemacht, dass ich einmal ihren ältesten Sohn heiraten würde.

Zum Frühlingsfest mussten wir fünf Mädchen ihn zu seinem »Sohn« begleiten. Die fünf Buben der Familie Tu sprachen mit uns kein Wort, und so spielten wir jeder in einer Ecke unsere eigenen Spiele. Die Erwachsenen spielten bis in den Abend Mahjong, erst dann durften wir nach Hause gehen. Die Besuche hörten schlagartig auf, als mein Vater plötzlich für längere Zeit verschwand. Seinem Patenkind, dem zweitältesten Sohn der Tus, war es sowieso einerlei, ob sein Pate ihn besuchte oder nicht.

An das Haus der Tus grenzte damals ein Wohnheim für Militärangehörige. Dort lebte ein Mädchen, das sich gerne von Jungen anfassen ließ. Sie ging mit mir in die Schule.

»Anfassen ist keine große Sache, es macht Spaß«, erzählte sie mir, sie war knapp 13 Jahre alt zu dieser Zeit.

Gleich da vorne müsste eigentlich eine Tankstelle kommen und dann das Gesundheitsamt, das ganze Jahr hing ein Banner über dem Eingang: »Zwei Kinder – genau die richtige Zahl!« Nach der Tankstelle beginnt gleich mein Viertel, Zhonge, Mitte-Frieden. Aber wo ist die Tankstelle? Und wo das Gesundheitsamt? »Wir sind in Mitte-Frieden, wie hieß die Straße noch mal?« fragt der Taxifahrer und sieht mich über die Schulter an. Mit aufgerissenen Augen lese ich erstaunt: »Staatliche Grundschule Mitte-Frieden«. »Bitte halten Sie einen Moment an«, sage ich. Ich bin ein paar Jahre in diese Schule gegangen, aber jetzt erkenne ich sie kaum wieder, Hochhäuser versperren die Sicht, und der alte Haupteingang mit den Säulen ist jetzt der Notausgang. »Ihr wollt zur ›Mitte-Frieden-Schule‹?« Der Fahrer verliert die Geduld. »Ich möchte zur Straße ›An der Flussquelle‹«, sage ich. »Es gibt keine Straße, die so heißt«, der Fahrer kratzt sich am Kopf. »An der Flussquelle?«, er hält das Taxi an, kurbelt das Fenster herunter und fragt einen Fußgänger.

Wo ist der Markt? Er war gleich hinter der Schule. Ein Mädchen in meinem Alter half ihrer Mutter, Gemüse zu verkaufen. Sie ging in meine Klasse, aber wir waren nicht befreundet. Ich erinnere mich nur, dass sie die Schule abgebrochen hat und danach in einer Fabrik arbeitete. Ich habe sie hier vor meiner Abreise noch einmal wiedergesehen. Ihre Hand war in die Maschine gekommen, und so verkaufte sie mit einer verbundenen Hand immer noch Obst und Gemüse mit ihrer Mutter. Was ist aus dem Mädchen geworden? Ich rieche den süßlichen Geruch des Marktes, den Duft von frischen Mangos und Pfirsichen, vermischt mit dem fauligen Geruch von »1000 Jahre alten Eiern« und

Stinktofu. Bretterbuden reihen sich an Bretterbuden, im Schein von Petroleumlampen feilschen Frauen mit dem Gemüsehändler um einen Bund Frühlingszwiebeln, glatzköpfige Männer rupfen Hühner, und der Fischverkäufer schüttet heißes Wasser auf den nackten Boden vor meine Füße. Ein hungriger Hund sucht nach Abfällen in den stockdunklen Winkeln der Buden. Gleich daneben sind die Auslagen des Rindermetzgers. Sein Laden ist meist menschenleer und wirkt kalt und abweisend. Viele Buddhisten sind Vegetarier und machen einen Bogen um den Laden.

Die Tochter des Metzgers war auch in meiner Klasse. Eines Tages machte sie sich über den bunt gemusterten Schal unseres Mathelehrers lustig. Zur Strafe wickelte der Lehrer den Schal um ihren Kopf und ließ sie den Rest der Stunde in der Ecke sitzen. Was ist aus ihr geworden, aus dem sanften, kleinen Mädchen, mit dem ich nie gesprochen habe? Und wo sind die alten Männer, die auf winzigen Stühlen kauernd jeden Nachmittag Go-bang oder Würfel spielten? Der Taxifahrer kämpft sich durch die abendliche Rushhour, ich schaue benommen aus dem Fenster und suche nach vertrauten Bildern und Gerüchen der Erinnerung. Die Eisblockfabrik, aus der beißender Ammoniak auf die Straße dampfte, ist weg. An ihrer Stelle gibt es jetzt einen brandneuen Seven-Eleven-Shop. Der alte Tempel steht noch da, verwittert und windschief wie der letzte Zahnstummel im Gebiss einer alten Frau. Fast alle Gebäude der Gegend sind verschwunden, sogar der Fluss, der durch unser Viertel floss, verläuft jetzt unterirdisch unter Parkhäusern und Einkaufszentren.

»›An der Flußquelle‹, die Straße gibt es doch schon seit Jahrzehnten nicht mehr«, der Fahrer biegt vorsichtig in eine schmale Seitengasse ab, ängstlich, sein Auto nicht zu verkratzen. »Hier war sie mal, wollen Sie jetzt aussteigen oder fahren wir weiter?« Wir steigen aus, und ich blicke auf die stumpfe Fassade dunkelgrüner Zwillingstürme vor mir, die 24 Stockwerke aufragen. Ich drehe mich zu dir um und spreche lange kein Wort, auch du sagst nichts. Nicht nur die Straße, der Fluss und die Reisfelder sind verschwunden, alles ist verschwunden, auch mein Elternhaus »An der Flussquelle 5«. Meine Kindheit liegt hier begraben, im Schatten zweier Hochhäuser.

Der Himmelsgott
spricht
nur Chinesisch
Taiwan/Taichung, 2001

»Habt ihr schon gegessen?«, fragt Tante Sinru zur Begrüßung, als wir Großmutters Haus betreten. Dabei zeigt sie auf die beiden Altäre im mittleren Innenhof. »Heute Abend wollen wir dem Himmelsgott und den Ahnen Opfer bringen. Der Deutsche kann mitbeten, wahrscheinlich versteht der Himmelsgott kein Deutsch, aber er kann spüren, ob dein Freund es ernst meint.«

Als ich Taiwan verließ, kamen *Hört wie der Wind so schnell* und *Sieht tausend Stunden weit* in mein Gepäck. Mein Vater war im Gefängnis zum Christentum konvertiert, und als er zurückkehrte, warf er in einem Wutanfall die Figuren, die meine Mutter von ihrer Mutter bekommen hatte, auf den Müll. Ich versteckte Mazu und die beiden Figuren heimlich in einem Schrank und dachte dabei an den alten Brauch der Seeleute, die, bevor sie auf eine weite Reise gehen, die beiden Leibwächter im Mazu-Tempel besuchen. Weil ich glaubte, es wäre ihre Aufgabe, mich zu beschützen, nahm ich sie mit mir. Nur Mazu ließ ich zurück.

Meine Mutter und Tante hatten all die Jahre keine Ahnung, dass »Mazus Generäle« zu wandernden Göttern geworden waren.

Wir standen vor dem alten Haus meiner Großmutter in der Stadt Taichung. Die großen Bäume im Vorgarten waren nicht mehr da, nur der alte Banyanbaum stand noch. Dahinter erhoben sich, wo einst ein freies Feld lag, vierstöckige Gebäude.

»Rosenapfelbäume verbreiten Pech, Pfirsichbäume tra-

gen nur noch Blüten, Disharmonie zieht ins Haus ein.«
Tante Sinru sagte, die beiden Bäume hätten unserer Familie Unglück gebracht, aber meine Großmutter hätte nie erlaubt, die Bäume zu fällen. Erst vor sieben Jahren, nachdem mein ältester Onkel wegen Diebstahls eingesperrt wurde, glaubte meine Großmutter der Diagnose des Fengshui-Meisters schließlich doch. Den Onkel bewahrte es nicht vor dem Gefängnis und nicht vor den Schuldnern.

»Nur dieser Banyanbaum ist noch übrig.« Tante Sinru kniete nieder und tätschelte die knorrigen, ineinander verdrehten Wurzeln. »Er schützt das Haus vor bösen Geistern.« Einmal, als die Mazu-Göttin aus dem örtlichen Tempel in einer Prozession am Haus meiner Großmutter vorbeigetragen wurde, glitt eine giftige Grasschlange unter dem Banyanbaum hervor und floh durch das Gartentor. Meine Großmutter, die sich vor Schlangen fürchtete, schwor seitdem bei ihrem Leben, diesen Banyanbaum zu beschützen. Und in den folgenden Jahren wies sie stur alle Makler ab, die vorbeikamen und Bebauungspläne diskutieren wollten.

Meine Großmutter sagte einmal, sie wolle in diesem Haus sterben. Und vor zwei Jahren wurde ihr Wunsch erfüllt. Als sie fortging, war ich gerade in Venedig und lief durch die Stadt. Ich wusste, mein Kopf war voller Ideen, aber es fehlte mir jedes Ziel. Mein Herz war kälter und kälter geworden, und ich wollte mich nur noch in der Ferne verlieren.

Ich fühlte mich einsam in den Straßen von Venedig. Ich versuchte, in meinem Hotelzimmer zu beten, aber das erste Bild vor meinen Augen war Jesus, mit langem Haar in einer weißen Robe und in Sandalen. Allmählich wurde dieses Bild abgelöst durch Buddha, zuerst saß er im Lotus, dann ging er übers Wasser.

Danach kam Allah, aber ich hatte keine Vorstellung davon, wie Allah aussieht. Du sagst vermutlich, Allah habe einen langen Ziegenbart. Einen langen Ziegenbart? Im Gefängnis hatte mein Vater auch einen Ziegenbart. Und dann erschien mir das gütige Gesicht von Mazu mit ihrer Krone.

Du fragst mich, wer auf den Bildern des Wohnzimmeraltars zu sehen ist. »Auf jedem ist Mazu.«

»Warum hat Großmutter so fest an Mazu geglaubt?« Tante Sinru ist ins Nebenzimmer gegangen und richtet unsere Betten auf dem Tatami her. Als sie hört, dass ich nach meiner Großmutter frage, scheint sie etwas sagen zu wollen, hält dann aber inne und fällt für eine Weile in ein tiefes Schweigen. »Ach, *Mej-Mej*, Kleines, ich glaube, es ist die Zeit gekommen, dir die ganze Geschichte deiner Großmutter zu erzählen.« Tante Sinru steht auf und geht aus dem Zimmer. Ich folge ihr.

Währenddessen läufst du alleine kreuz und quer durch die Straßen.

»Vielleicht könntest du mir einen Herzenswunsch erfüllen.« Tante Sinru schaut mich bittend an. »Würdest du das tun?« Sie spricht wie ein kleines Mädchen. »Hmm.« Ich versuche, ihre Gedanken zu erraten. »Bitte gib diesen Brief hier deiner Mutter.« Sie zieht ein Kuvert aus einer Schublade und übergibt es mir. Auf dem Briefumschlag lese ich die Zeichen für »Testament«.

Neugierig und aufgeregt zugleich will ich den Umschlag öffnen und hineinschauen. Tante Sinru hält mich zurück: »Nicht jetzt. Zuerst soll ihn deine Mutter lesen.«

Wie man
zum
Himmelsgott
betet

Über allen Göttern thront der Himmelsgott, der Jadekaiser. »Im Himmel regiert der Jadekaiser, auf der Erde Chinas Kaiser«, sagt ein Sprichwort.

Gerechnet nach dem chinesischen Mondkalender gilt der neunte Tag des ersten Monats als sein Geburtstag. An diesem Tag beginnt man von elf Uhr nachts bis ein Uhr morgens zu beten. Je früher man mit Beten und Opfern beginnt, umso redlicher zeigt man sich. Falls es in der Nähe der eigenen Wohnung keinen Tempel des Himmelsgottes geben sollte, kann man die Opferhandlungen auch zu Hause ausführen.

Für das Opfer sind zwei Altartische vorzubereiten. Auf dem großen Haupttisch, der höher als der zweite Tisch sein muss, werden dem Himmelsgott die Opfergaben dargebracht. Weil der Himmelsgott über irdische Dinge erhaben ist, nimmt er nur vegetarische Speisen zu sich. Der kleinere, zweite Tisch mit Nahrungsmitteln tierischer Herkunft ist dagegen für die Hilfsgötter des Himmelsgottes bestimmt.

Der Haupttisch, an dessen beide Seiten Zuckerrohrhalme zu binden sind, wird mit folgenden Gaben ausgestattet: ganz hinten mit drei Lampensockeln aus Papier, die den Himmelsgott symbolisieren und neben die rechts und links frische Blumen und rote Wachskerzen drapiert werden. Vor die Lampensockel stellt man je eine Räucherschale – dort hinein werden die Räucherstäbchen gesteckt – und vor die Räucherschale wiederum drei kleine Schnaps-

gläser, denn »Die Eins erzeugt die Zwei, die Zwei erzeugt die Drei, die Drei erzeugt alle Dinge«. Die Drei symbolisiert den Himmel, die Erde und die Menschen, und sie steht auch stellvertretend für die zehntausend Dinge.

Vor den Schnapsgläsern liegen drei Bündel Nudeln, umwickelt mit roten Papierstreifen, vor den Nudeln kleine Kuchen, vor den Kuchen fünf verschiedene Sorten Obst, und vor dem Obst sechs vegetarische Nahrungsmittel, am besten Taglilienblüten, Muer-Pilze, Glasnudeln, Erdnüsse und gedörrte Datteln.

Der zweite Tisch ist folgendermaßen zu decken: Zuerst kommen die Kuchen, dann stellt man die sechs vegetarischen Speisen auf. Davor platziert man entweder drei oder fünf tierische Opferspeisen, wie etwa Hühner-, Enten-, Schweine- oder Hammelfleisch und Fisch, die aber auch durch Leber, Bauch oder Darm vom Schwein ersetzt werden können. Das Hühnerfleisch muss allerdings von einem kastrierten Tier stammen.

Während des Betens und Opferns soll man anständig gekleidet sein. Die Räucherstäbchen entzünden die Älteren zuerst, danach kommen die jeweils Jüngeren an die Reihe. Daraufhin vollzieht man drei rituelle Kniefälle und neun Kotaus, die Stirn am Boden. Wurden diese vorschriftsmäßig ausgeführt, so verbrennt man anschließend zuerst das für den Himmelsgott vorbereitete vergoldete Göttergeld und dann seinen Lampensockel.

Eine Braut
aus Japan
Die Geschichte von Ayako Miwa
Taiwan/Keelung Hafen, 1930

Ayako stand auf dem Kai im Hafen von Keelung und wartete auf ihren Verlobten Yoshino. Die Schiffskapelle intonierte die japanische Nationalhymne, »Gebieter, Eure Herrschaft soll dauern eintausend Jahre, abertausend Jahre, bis der Stein zum Felsen wird und Moos seine Seiten bedeckt«.

Es war ein Mittag im Herbst, drückend heiß und schwül wie im Inneren eines Dim-Sum-Dämpfers. Sie konnte ihren Schweiß unter dem Kimono spüren. Ihr Gesicht war voll Staub, die Brille rutschte langsam auf ihrer zarten Nasenwurzel herunter, und sie taumelte in ihren Holzschuhen mit den hohen Absätzen. Ayako war aufgeregt. Sie hatte den Mann, der kommen und sie abholen wollte, erst zweimal gesehen. Aber sie wollte den Rest ihres Lebens mit ihm verbringen. Sie wusste nicht wirklich viel über ihn, sie besaß nur ein Foto, das er ihr gegeben hatte.

Auf dem Kai drängten sich die Passagiere der Fähre an den Wartenden und Schaulustigen vorbei. Ayako fiel auf, dass fast alle Männer weiße Hemden trugen. Einige Passagiere wurden mit chinesischen Sänftenstühlen abgeholt. Sie hatte solche Stühle noch nie gesehen und betrachtete sie staunend. In einiger Entfernung fuhr ein Auto die Hafenstraße entlang und wirbelte Staub auf, der die Luft verpestete.

Ayako reckte ihren Hals und suchte nach einem vertrauten Gesicht in der Menge. Konnte es sein, dass sie vergessen hatte, wie ihr Verlobter aussah? Nein, sie war sich sicher, dass keiner der Umstehenden der Mann war, nach dem sie suchte. Das also war Taiwan, Taiwan unter der Herrschaft der Japaner.

Ihr Verlobter hatte ihr Taiwan in einem seiner letzten Briefe anders beschrieben: ein Ort voller giftiger Schlangen, an dem die Leute tätowierte Gesichter haben, von der Jagd leben und gelegentlich Menschen die Köpfe abschneiden, zu Ehren der Götter.

Das Geräusch schwerer Lederschuhe drang an ihr Ohr. Sofort verspannte sich alles in ihr, und die stoffumwickelte Kiste mit Geschenken fiel aus ihrer Hand auf den Boden, mit den Lieblingssüßigkeiten ihres Verlobten. Ein japanischer Polizist, der auf dem Kai für Ordnung sorgte, näherte sich und fragte: »Sind Sie aus den inneren japanischen Gebieten? Woher kommen Sie? Suchen Sie jemanden?« Ayako nickte hastig, noch bevor er seine Fragen beendet hatte, als ob sie darauf hoffte, eine Nachricht ihres Verlobten in seinen Fragen zu finden.

»Aus den inneren Gebieten?« fragte der Polizist wieder. »Okinawa.« Sie war sich nicht sicher, ob die Insel Okinawa zum japanischen Kernland gehörte. »Ach so.« Das Gesicht des japanischen Polizisten entspannte sich. Er hob ihre Geschenkkiste auf, sammelte die Süßigkeiten ein und gab sie ihr zurück. Er trug ein Schwert, seine Stiefel waren schwarz und poliert, sein breiter schwarzer Hut bildete einen scharfen Kontrast zu seinem weichen Gesicht. Er war ihr schon aufgefallen, als sie von Bord gegangen war. Da hatte er rüde verschiedene taiwanische Heimkehrer angeschrien: »Du da! Du da!«, so wie man mit Hunden spricht. Zu ihr sprach er jetzt freundlich, diese unerwartete Hilfsbereitschaft verunsicherte sie.

»Wer kommt, um dich abzuholen?« Vielleicht war der Polizist nur neugierig auf ein junges Mädchen, das ganz alleine aus Okinawa gekommen war. Ayako stellte das Gepäck ab, nahm ein Taschentuch heraus, setzte die Brille ab und tupfte sich die Schweißtropfen aus dem Gesicht.

»Mein Verlobter Yoshino, er ist Polizeibeamter. Er ist in Wushe stationiert.«

»Wushe?« Er sah sie ernst an. »Wushe«, wiederholte sie bestimmt. Sie dachte, sie hätte es falsch ausgesprochen, aber das Gesicht des Polizisten verfinsterte sich, und er sagte kein weiteres Wort.

Es war im fünften Jahr der Herrschaft von Kaiser Hirohito, und die achtzehnjährige Ayako war allein nach Taiwan gekommen, um sich unter den Schutz ihres Verlobten zu begeben. Nie vorher hatte sie einen anderen Mann geliebt, und kein anderer Mann hatte sie je begehrt.

Ihr Vater war ein Seemann, der eines Tages hinausfuhr und nie mehr zurück an Land kam. Da war sie drei Jahre alt. Dann starb ihre Mutter im Kindbett, und sie und ihr kleiner Bruder wurden vom Bruder ihrer Mutter großgezogen. Ihr Onkel war ein Mann ohne eigene Meinung, und weil ihre Tante sie nicht leiden konnte, folgte er seiner Frau und gab nach und nach alle Gefühle der Liebe und Sorge um Ayako auf. Ayako wurde wie ein Dienstbote behandelt und arbeitete im Geschäft ihres Onkels mit, der Fische trocknete und zu Mehl und Soße weiterverarbeitete.

Zudem musste sie nie endende Hausarbeiten verrichten: Sie wusch die Kleider der Großfamilie, sammelte das Feuerholz und kochte drei Mahlzeiten am Tag. Ihr eigener Bruder schaute ihr dabei zu. Er durfte mit seinen Cousins und Cousinen spielen. Er war der Liebling der Tante, aber was immer sie auch tat, es war falsch.

Sie konnte sehen, wie ihr geliebter Bruder sich allmählich mehr dem Onkel und der Tante zuwandte. Bis er absichtlich seinen Kopf von ihr abwandte, um ihre Liebkosung zu vermeiden.

Niemand war da, der freiwillig sein Herz für sie geöffnet hätte. Und nachdem sie ihre Eltern verloren hatte, verlor sie jetzt auch noch ihren Bruder. Sie war ein Gespenst in einem fremden Haus, wie die Geister ihrer Eltern war auch sie ein Geist geworden, ein kleiner Geist, ein Schatten, der mit der Zeit kippte und länger wurde.

Ayako schwor sich, diese Familie zu verlassen, um jeden Preis, gleich wie hoch das Opfer sein würde.

Im Frühling jenes Jahres hatte sich ein freundlicher Nachbar als Heiratsvermittler für Ayako angeboten und sie mit Yoshino verkuppelt, einem Jungen aus dem Nachbardorf. Yoshino, der eine Polizeiausbildung in Tokio absolviert hatte, war gerade nach Taiwan abkommandiert worden. Er verbrachte seinen Heimaturlaub in Okinawa.

Nach ihrem ersten Treffen mit Yoshino fragte ihre Tante sie: »Wie wär's damit?« Sie nickte sofort zustimmend. Sie würde ihre Tante verlassen.

Als Ayako das Gesicht ihres Verlobten zum ersten Mal sah, sah sie nur, dass er so eine ähnliche Brille trug wie sie. Es waren ihr Onkel und ihre Tante, die mit Yoshino sprachen, sie kniete schweigend am Rande.

Das zweite Treffen im Haus des Onkels war schon ihre Verlobung, und er gab ihr ein Foto von sich. Er sprach viel von Taiwan. Ihr gefiel dieser fremde Name, Taiwan, das klang für sie nach Hoffnung. Bei diesem Abendessen hörte sie, wie Yoshino ihnen allen erzählte, dass es dort Tropenfrüchte gäbe: Ananas, Bananen und Zuckerrohr. (Später würde sie am liebsten *Shyhjia*, »Buddhakopf« essen, den taiwanischen Zimtapfel.) Und dass die Frauen dort noch immer kleine umwickelte »Lotusfüße« hatten, in Seide weich wie Regenbogenwolken gekleidet waren und sich auf chinesischen Schrankbetten zurücklehnten und Opium rauchten.

An diesem Tag wartete sie auf ihren Verlobten vergeblich, und auf sie wartete nur ein kopfloser Körper.

Yoshino war seit drei Tagen tot, abgeschlachtet von den Kriegern eines Ureinwohnerstammes. Das war das Massaker von Wushe. Drei Tage zuvor hatte die japanische Schule ein Sportfest in Wushe abgehalten, und Yoshino und viele andere Polizisten hatten daran teilgenommen. Auf dem Höhepunkt des Festes griff der Stamm der Atayal die Schule an. Sie töteten über 130 japanische Polizisten, Lehrer, Eltern und Schüler und trennten ihnen die Köpfe ab. Das war die Antwort der Ureinwohnerstämme auf das japanische Programm zur »Zivilisierung der Barbaren«.

Die Berggegend von Wushe stand seitdem unter Kriegsrecht und war abgeriegelt. Der Verkehr war unterbrochen worden, selbst die zweirädrigen Schubkarren zur Personenbeförderung verkehrten nicht mehr. Ayako musste zwei Tage warten, bis sie in Begleitung der japanischen Polizei nach Wushe hochsteigen konnte.

Die Klassenzimmer der japanischen Schule von Wushe dienten jetzt als Leichenhallen, in der Körper an Körper aufgebahrt waren. Der Verwesungsgeruch stach ihr in die Nase, noch bevor sie richtig im Schulgebäude war. »Ich weiß nicht, sind Sie mutig genug, um die Leiche zu identifizieren?« fragte sie ein Polizeibeamter, tippte auf sein Notizbuch und suchte nach dem Namen ihres Verlobten. »Yoshino, ja, das ist richtig«, sagte sie mit schwacher Stimme und nickte, und dabei bekam sie keine Luft mehr wegen des widerlichen Gestanks und der Panik in ihrem Herzen.

Als der Polizist auf einen kopflosen Leichnam zeigte und sie aufforderte, ihn zu identifizieren, erlitt sie einen so entsetzlichen Schock, dass sie ihre Stimme für mehrere Tage verlor. Sie kämpfte sich den Weg aus dem Klassenzimmer heraus, hastete, schnaufte, stürzte aus der Schule und dann erbrach sie die Reissuppe, die sie zum Frühstück gegessen hatte. So blieb ihr der Anblick der abgeschlagenen Köpfe erspart, die die Ureinwohner als Warnung auf dem Schulhof gruppiert hatten.

Eine große Polizeibrigade, zusammengezogen von außerhalb, dazu mehrere Armeeoffiziere aus Taipeh hatten die Schule umstellt. Flugzeuge patrouillierten über den Bergen, und das Geräusch von schwerem Bombardement zog von den Bergtälern herüber. Eine unheimliche Trauer lag über den Bergen von Wushe.

Etwas Unbestimmtes umgab sie und kam bedrohlich näher.

Sie konnte Schüsse hören und detonierende Bomben. Kamen die Krieger des Atayalstamms näher oder konnten sie in die Berge zurückgeschlagen werden? Ayako kniete im Gras und dachte daran, wie sie Yoshinos Körper identifizieren könnte. Sie kannte seinen Körper nicht und würde ihn auch nie mehr kennenlernen. Sie kannte überhaupt keinen Männerkörper.

Er war nicht groß. Hatte er noch andere Erkennungsmerkmale? Sie umklammerte seine Brille – man hatte sie ihr übergeben –, und jetzt war ein Glas zerbrochen. Sie begutachtete die Brille ganz genau, dabei fiel ihr auf, dass der Rahmen seiner Brille viel größer als der ihrer eigenen war. Obwohl beide Modelle aus Schildpatt waren, hatte seine einen dunkleren Farbton. Sie konnte sich nicht einmal bei seiner Brille sicher sein, und an was sonst sollte sie sich erinnern? Sie dachte angestrengt nach und merkte, dass sie sich nicht einmal an den Ausdruck seines Lächelns erinnerte. Aber es war völlig unwichtig, sich an sein Lächeln zu erinnern, niemand erwartete das von ihr.

Sie blieb in Yoshinos Quartier. Er hatte eine neue Steppdecke bestellt und eine hölzerne Waschschüssel gekauft. Das Zimmer war aufgeräumt, seine Kleider und Schuhe, so groß wie kleine Boote, waren ordentlich in den Schrank geräumt. Es roch nach Kampfer, und die Nachtluft war kühl. (Viele Jahre später, als die Leute davon sprachen, dass die Japaner Kampfgas gegen die Bergstämme eingesetzt hatten, fühlte sie nacktes Entsetzen.) Sie lag unter der Steppdecke, unter der Yoshino geschlafen hatte, die ganze Nacht lang wach. Ohne Yoshino war die Zukunft ohne Halt, und sie sah keinen Ausweg mehr für sich.

In der Morgendämmerung, als das Licht vorsichtig ins Zimmer kroch, stand sie auf. Sie sah, wie eine kleine japanische Einheit die Hügel hinter den Schlafräumen absuchte. Vogelschwärme flogen in alle Richtungen. Ein Hund heulte immer wieder auf. Sie dachte, wenn die Bergstämme ein neues Opfer bräuchten, wäre sie bereit. Macht schon, jetzt macht schon, nehmt meinen Kopf als Trophäe.

Diese Welt hatte sie ohne den geringsten Grund zurückgewiesen. Sie wollte endlich sterben. Später bereute sie diese Gedanken. Gedanken eines seltsamen Mädchens, eines Mädchens, das sie nicht mehr war.

Ayako lernte Lin Jian, einen jungen Mann aus Taichung kennen, schuld daran war ein Malariaanfall.

Als sie eines frühen Morgens unsicher das Postamt betrat, fiel sein Blick auf sie. Er stieß beinahe mit ihr zusammen. Jian hatte kaum je ein japanisches Mädchen gesehen, das etwas selber machte, und erst recht nicht eins, das so bleich war! Er fand, dieses Mädchen war anders als andere.

Sie war nicht schön, andere Mädchen waren viel schöner. Aber sie sah aus wie eine Japanerin, die zugleich nicht richtig japanisch zu sein schien. Das weckte sein Interesse. »Ich will ein Telegramm nach Okinawa senden«, sagte sie scheu und zögernd. »Tut mir leid, ich bin nicht das Postamt.« Er sah auf ihre bleichen Lippen. Dieses Mädchen war nicht nur anders, sie war auch noch äußerst verschroben.

Er kam näher und fragte umständlich, ob er anderweitig helfen könne. So respektvoll sprach er zu allen Japanern, das war Teil seiner Erziehung: Er glaubte, dass die Taiwaner sich glücklich schätzen konnten, in einem Teil des japanischen Reiches geboren zu sein. China war verkommen und ohne Macht. Es hatte Taiwan schmachvoll an Japan übergeben. Jian hatte damals freudig seine Loyalität zum japanischen Kaiser erklärt. Das Mädchen sagte nichts, sein Gesicht war kalkweiß und es zitterte am ganzen Körper. Dann übergab sie sich vor ihm und fiel in Ohnmacht.

Jian wurde ihr Wohltäter und Retter. Er besuchte sie regelmäßig im Krankenhaus, brachte Essen und Obst oder machte Besorgungen für sie. Er genoss es sehr, mit ihr zu sprechen, und fragte oft nach Lebensgewohnheiten in den »inneren japanischen Gebieten«. Auch wenn sie darauf bestand, aus Okinawa zu sein. Sie hingegen hörte ihm mit großem Interesse zu, wenn er von den taiwanischen Frauen erzählte, wie sie ihre schmerzenden, kinderfaustgroßen »Lotusfüße« auswickelten und zur Linderung in Urin badeten. Oder von den Gewohnheiten taiwanischer Schweinezüchter, die um die Ehre kämpften, das dickste »heilige Schwein« aller Zeiten zu erschaffen. Sie hielten die Schweine in Einzelzelten und mästeten sie Tag und Nacht mit erlesenen Speisen. Die in der Gluthitze schwitzenden »heiligen Schweine« mussten mit frisch geschlagenen Eisblöcken und durch Zufächern gekühlt werden. Wenn sie die Größe von kleinen Elefanten erreicht hatten, wurden sie zur Ehre der Götter geopfert.

Als Ayako zurückmusste nach Okinawa, brachte Jian sie zum Taichunger Bahnhof. Neben ihr auf dem Bahnsteig wurde ihm das Herz schwer: Er hatte sein Leben grob skizziert. Was ihm zu einem Bild jedoch fehlte, war die Farbe. Das fühlte er ganz deutlich. Die junge Japanerin trug die Urne mit der Asche ihres Verlobten mit sich. Ihr Gesicht sah nun nicht mehr so eingefallen aus wie noch vor einem Monat. Sie bedankte sich bei Jian und wollte schon in den Schnellzug steigen. Da platzte er heraus: »Ich hoffe, Sie werden mich einmal fliegen sehen. Eines Tages.« Die Hände ineinander verknotet, als hielte die eine die andere fest, wirkte er bedrückt. Und noch kleiner als sonst.

Ayako glaubte nicht, dass sie sich je wiedersehen würden.

Sie betrat ihr Abteil. Er brachte ihr das Gepäck zum Sitzplatz. Es war ein trauriger Abschied. Aber ihre Gedanken nahmen alles mit: Taiwans geliebte Küche, die freundlichen Menschen, die sie mochte. Menschen wie Jian. Wie er auf dem Bahnsteig stand und dem Zug lange nachwinkte. Er sah irgendwie verloren aus. Und sie wusste nicht, dass sie selbst genauso verloren zurücksah.

Er schrieb ihr mehrere Briefe. Sein Japanisch holperte und war voller Fehler. Aber sie verstand, was er ihr sagen wollte. Sie wusste: Dies waren Liebesbriefe. Ayako legte sie in eine Lackschatulle, die ihr ihre Mutter hinterlassen hatte. Wenn sie allein war, las sie die Briefe wieder und wieder. Nur dann konnte sie einschlafen. Sie begann, auf seine Briefe zu warten.

Ein halbes Jahr verging. Eines Abends, nach einem Tag voll schwerer Arbeit, sagte sie ihrem Onkel, dass sie wieder nach Taiwan gehen wolle. Sie hatte sich die Sache reiflich überlegt, und nun musste es heraus. Der Onkel war gerade von einem Bad in der Therme zurückgekommen. Ayakos Wunsch traf ihn völlig unvorbereitet.

»Was glaubst du, wer du bist! Was wird Yoshinos Familie von uns denken?« zeterte die Tante aus der Küche und kam ins Wohnzimmer gelaufen. Der Onkel schwieg. »Was soll Yoshinos Familie von uns denken?« insistierte die Tante und sah den Onkel an. Aber der schwieg weiter. Schließlich brachte er heraus: »Selbst wenn Yoshinos Familie nichts dagegen hätte. Wir haben kein Geld für eine Reise nach Taiwan.«

»Ich will euch nur nicht länger zur Last fallen«, entgegnete Ayako unterwürfig. Dann sammelte sie die schmutzigen Schüsseln und Stäbchen ein. Die Tante warf ihr einen verächtlichen Blick zu: »Was willst du in Taiwan überhaupt anfangen?« Ayako ließ den Kopf hängen. Auch mit gesenktem Blick konnte sie sich den Gesichtsausdruck ihres Onkels und auch den ihres Bruders vorstellen.

Sie besuchte Yoshinos Familie immer seltener. Nach ihrer Rückkehr hatte sie den Eltern ihres verstorbenen Bräutigams fast täglich Gesellschaft geleistet. Hatte sich um die beiden alten Leute gekümmert und ihnen bei den Vorbereitungen für das Begräbnis geholfen. Aber dann, ganz allmählich, begann ihre Trauer um Yoshino zu verblassen. Als sie das spürte, war sie selbst überrascht. Es war ein Jahr vergangen seit seinem grausamen Tod.

In einem Traum sah sie sich selbst im Bett. Yoshino erschien und kam näher. Er hob ihre Decke an. Er wollte mit ihr schlafen. Und plötzlich wusste sie, dass nicht Yoshino zu ihr kam. Es war Jian. Und Jian begann zu lachen. Zahnlos lachte er. Wie ihr Großvater.

Jian hatte schon länger nicht mehr geschrieben. Sie

wusste nicht, dass er schon in Tokio war, an der Flugschule. Ayako fürchtete, ihr Traum könnte Jian Unglück bringen.

Irgendwie war ihr Schicksal mit dieser Insel Taiwan verbunden. Sie musste ein weiteres Mal dort hinfahren. Jian würde ihr den Weg weisen. Sie glaubte, dass er sie bei sich aufnahm. Vielleicht sogar könnte er sie sogar lieben. Was Liebe auch immer sein mochte. Sie hatte das Wort niemals zuvor benutzt.

Yoshinos Familie hatte ihrer Tante versichert, sie würden Ayako nicht zurückhalten, sollte sie noch einmal jemanden heiraten wollen. Dennoch, der Eifer, mit dem die Tante nach einem neuen Heiratskandidaten suchte, sorgte für Gerede in der Nachbarschaft. Aber dann schickte Jians Familie schließlich das Heiratsgeld, und die Sache war für den Onkel entschieden: Ayako würde nach Taiwan verheiratet werden.

Zu dieser Zeit blühte die Insel unter japanischer Verwaltung ein wenig auf. Immer mehr Leute aus Okinawa vertraten die Ansicht, es sei durchaus ehrenhaft, in die Kolonie zu gehen. Zumal dies das japanische Kaiserreich stärke. Und man obendrein dort viel leichter eine Arbeit finde als auf Okinawa.

»Wenn es dir da so gut gefällt, brauchst du auch nicht wiederzukommen«, gab die Tante ihrer unerfreulich halsstarrigen Nichte mit auf den Weg. Mit dem Heiratsgeld der Familie Lin ließen sie für Ayako einen guten Seidenkimono anfertigen, sie kauften ihr einen kostbaren Spiegel und einige Schmuckstücke für die Aussteuer. Dann begleiteten sie die Braut zur Anlegestelle des Fährschiffes.

1932, im Jahre sechs der Showa-Zeit, fuhr sie auf dem Fährschiff ein zweites Mal nach Taiwan. Ayako war gerade zwanzig. Diesmal fuhr sie, um wirklich zu heiraten.

Danach sollte sie ein halbes Jahrhundert lang keinen japanischen Boden mehr betreten. Erst als ihr Bruder starb, im Jahre 1980, kam sie zurück nach Okinawa. Alles in ihrer Heimat hatte sich verändert. Ihr Onkel war tot. Und nach dem Tod des geliebten Bruders vergaß man auch sie.

Die Reise, die Ayako fünfzig Jahre später in die Heimat unternahm, war eine Reise von Grab zu Grab. Ihre Eltern, ihr Onkel, ihr Bruder. Dann besuchte sie den Mazu-Tempel auf der Insel Kumejima und warf sich vor der Meeresgöttin auf die Knie. Gleich darauf reiste sie nach Taiwan ab, um nie wieder zurückzukehren.

Lin Jian wollte eine Trauung im japanischen Stil. Für die Zeremonie wählte er den Shinto-Schrein von Taichung aus. Im Anschluss wollte er die Gäste zu sich nach Hause zum Hochzeitsbankett laden. Jians Mutter protestierte: »Im Shinto-Schrein gibt es nur japanische Götter. Ich aber glaube nur an Mazu. Was soll ich dort?« Jians Vater war schon vor einiger Zeit gestorben. Sie selbst war sehr krank. »Außerdem bleiben wir Chinesen ›minderwertige‹ Menschen, trotz deiner Braut aus Japan oder aus Okinawa. Auch wenn sie zur ›Herrscherrasse‹ Asiens gehört!« Nur ganz leise trug sie diese Einwände vor. Danach sagte sie nichts mehr dazu.

Niemand von Ayakos Seite kam zur Hochzeit. Das Bankett der Lins verlief im Schnelldurchgang. Immerhin waren alle von Jian eingeladenen Verwandten erschienen. Ayako trug den Kimono, den sie aus Okinawa mitgebracht hatte. (Er war ihr liebstes Kleidungsstück. Gegen Ende des Krieges würde sie den Gürtel gegen drei Hühner tauschen, den Kimono selbst für eine Mazu-Figur hergeben.) Im Kirschbaum-Brücken-Viertel hatte sie sich eine *Bunkintakashimada*-Frisur drapieren lassen, speziell für Bräute mit kunstvollen Blumen und steinbesetzten Haarkämmen. Dann ließen sie Hochzeitsfotos machen. Darauf trug sie keine Brille und sah überhaupt unglaublich bezaubernd aus. Der Tag ihrer Hochzeit hatte sie verwandelt in eine attraktive Frau, plötzlich. Und das verwirrte sie.

Zehn Jahre vergingen, und Ayakos Leben verlief ruhig. Sie brachte drei Kinder zur Welt. Lin Jian sprach seinen Vornamen nur noch japanisch aus und nannte sich Nakamura Masao. Die Familie Lin war eine Vorzeigefamilie. Auch zu Hause sprachen sie vorwiegend Japanisch miteinander. Dafür hängten ihnen die Besatzer sogar ein Holzschild an die Haustür: eine Auszeichnung »Für häufiges Sprechen der Landessprache«. Dank Ayako erhielt die Familie größere Lebensmittelrationen. Bis zur Mitte des Zweiten Weltkriegs verfügten sie über genügend Marken für den besten Reis auf der »roten Reisliste«. Auch japanische Sojasoße hatten sie im Überfluss.

Mehr noch als Ayako wünschte sich Jian einen Umzug nach Neubrücken, ein Viertel, in dem viele Japaner lebten. Doch mit seinem Wunsch stieß er auf einigen Widerstand bei seiner taiwanischen Familie. Die führte nämlich im Gancheng-Brücken-Viertel ein Heilkräutergeschäft. Als ältester Sohn war es eine moralische Pflicht, seiner verwitweten Mutter zur Seite zu stehen. Dem Vorwurf, ein untreuer Sohn zu sein, durfte er sich nicht aussetzen; sonst hätte er sich nirgendwo mehr blicken lassen können.

Eines Nachts entdeckte Ayako im mittleren Hof hinter dem Laden eine giftige Wassernatter. Eine zweite fand sie in ihrer Wohnung. Jian vermutete, dass die Schlangen dort ausgesetzt worden waren. Sicher steckten antijapanische Kreise dahinter, auch wenn sich das nicht beweisen ließ. Ayako erschreckten diese Schlangen zu Tode.

In der ersten Zeit nach seiner Rückkehr aus Japan hatte Jian engen Kontakt zu Mitgliedern der »Union zur lokalen Selbstverwaltung Taiwans« gepflegt. Einige dieser Leute stießen sich an der Ungleichheit zwischen Japan und Taiwan. Sie machten keinen Hehl aus ihrem Hass auf die Japaner. Also distanzierte sich Jian allmählich von ihnen, zumal einige in ihm einen japanfreundlichen Profiteur sahen.

Umso stärker bekam er diese Feindseligkeit nach seiner Heirat mit Ayako zu spüren. »Könnte es sein, dass jemand von denen etwas mit den Schlangen zu tun hat?« fragte er sie. Ayako war genauso ratlos und ahnungslos. Sie machte sich weniger Sorgen darüber, dass Jian Feinde hatte. Ihre Sorge galt etwas anderem, Schlimmeren. Sie fürchtete, er könne eines Tages wieder seinem alten Traum vom Fliegen verfallen.

Ayakos taiwanische Familie behandelte sie ausnahmslos freundlich. Sie fragten sie um Rat in allen Dingen. Sie begleiteten sie zum Einkauf japanischer Lebensmittel nach Neubrücken. Ayako brachte ihnen ein paar japanische Sätze und den richtigen Gebrauch der Schriftzeichen bei. Manchmal, wenn sie sich nicht verständlich machen konnte, fragte sie sich, ob sie vielleicht etwas Unschickliches getan hatte, und bat bescheiden um Belehrung. Doch niemand wollte ihr das korrekte Verhalten erklären. Sogar ihr Mann antwortete stets: »Wir sind es, die von euch Japanern lernen müssen.«

Als Ayako schwanger war, schenkte ihr Jian ein Radio. In dieser Zeit vermisste sie die Kirschblüten auf Okinawa, ihre stürmischen Küstenwellen, die Meeresfrüchte und die Sushis. Einmal dachte sie sogar an einen Kurzbesuch. Aber sie besann sich rasch. In Okinawa hatte sie kein Zuhause mehr. Ihre Heimat war hier in Taiwan.

Die Schwiegermutter kochte ihr Fleischsuppen, die

nach traditioneller chinesischer Medizin schmeckten und die sie »Stärkung« nannte. Gemäß taiwanischem Brauch verbrachte sie den ersten Monat nach der Entbindung im Bett. Dabei durfte sie nichts Kaltes essen oder trinken. Schon gar nicht durfte sie baden. Und auf keinen Fall das Zimmer verlassen. Manchmal hielt sie es nicht mehr aus im Bett. Doch kaum betrat sie den Hof, um frische Luft zu atmen, verfiel die ganze Familie in ein Geschrei, als sei das Ende der Welt gekommen.

Ayako mochte ihre taiwanische Familie. Diese Familie war sehr viel besser als die auf Okinawa. Ihr Mann umsorgte sie liebevoll und rührte sie damit oft zu Tränen. Dabei konnte Jian nie unterscheiden, ob sie vor Glück oder aus Trauer weinte. »Wenn du wüsstest, wie einsam ich früher war!« sagte sie zu ihm. Er war ihr Wohltäter. Und es war ihre Aufgabe in diesem Leben, ihm seine Wohltaten zu vergelten.

Sie hatte keine Ahnung, ob das nun Liebe war. Sie las gerade einen japanischen Roman, in dem ein unglücklich verliebtes Paar Selbstmord beging. Zu so etwas, dachte sie, wäre sie niemals imstande. Sie war gerne mit Jian zusammen. Sie liebte sein Lächeln, sanft wie die Sonne ihrer Heimat (die Sonne auf Taiwan war viel heimtückischer). Sie liebte es, mit seinem dichten Haar zu spielen, seine zarten Ohren zu kraulen. Und sie liebte es, seine Stimme zu hören. Sein Japanisch war das eines Kindes: Entweder klangen seine Worte gestelzt oder sie klangen etwas ungehobelt. Aber sie verstand alles, was er sagte. Wie sie ihn verstanden hatte vom ersten Tag an, als sie sich kennengelernt hatten. Er liebte sie. Wenn das Liebe war.

Mit dem Winter 1942, dem zweiten Jahr nach dem Angriff auf Pearl Harbor, zeichnete sich eine Wende im Kriegsglück der japanischen Armee im Pazifikkrieg ab. Die Lage wurde schwieriger. Jian hielt sich im Südwesten Taiwans auf, in Gangshan nahe Kaohsiung, der zweitgrößten Stadt der Insel. Er wartete dort Militärflugzeuge. Im Jahr darauf trat er, gegen den Willen von Ayako, freiwillig in die Armee ein. Von Keelung aus würde er mit einem Kriegsschiff zu den Philippinen aufbrechen, zusammen mit anderen Soldaten aus Taiwan, die die japanische Regierung einberufen hatte.

Ayako konnte ihn nicht daran hindern zu gehen. Sie wusste, dass ihn die Fliegerei fortlockte, und nicht der Krieg. Tage und Nächte hatte sie mit ihm diskutiert, aber er hatte nicht nachgegeben.

Einige Tage vor Jians Aufbruch bat seine kranke Mutter Ayako, zum Tempel zu gehen. Sie sollte *Hört wie der Wind so schnell* und *Sieht tausend Stunden weit* bitten, die roten Glücksbänder zu segnen. Ayako machte sich gleich auf den Weg. Im Tempel fiel ihr eine Frau auf. Die hielt ein krankes Kind im Arm. Und kratzte ständig kleine Holzsplitter aus der Unterseite des Opfertisches von Mazu. Sie schluckte die Splitter herunter. Ayako fragte sich, was es auf sich hatte mit den Kräften Mazus, der Meeresgöttin.

Daheim in Okinawa gab es Tempel der Himmlischen Königin oder der Himmlischen Prinzessin, in denen Mazu ebenfalls verehrt wurde. In ihrer Kindheit hatte sie auch von der Schwestergöttin Onarigami gehört. Es gab einen Brauch, nach dem sich Männer vor der Ausfahrt aufs Meer Haare ihrer Schwestern um den Kopf banden. Oder ein von der Schwester gewebtes Stück Stoff. Das sollte sie beschützen. Sie dachte, Mazu sei die Schwester der Schwestergöttin oder zumindest eine Verwandte. Denn beide waren Meeresgöttinnen und besaßen höchste Autorität. Als Kind hatte sie immer an die Göttinnen geglaubt. Und nur weil ihr Vater vor der Ausfahrt aufs Meer nicht zu Onarigami gebetet hatte, war er ertrunken. Ihr Vater und die Familie ihres Onkels huldigten nur dem Windlöwengott, der sie vor Sturm und Unheil bewahren und ihnen Reichtum bringen würde. Auch in einem Tempel in Taiwan hatte Ayako den Windlöwengott einmal gesehen.

An dem Tag, an dem Jian in den Krieg zog, herrschte in seiner Straße ein Treiben wie auf einer Hochzeit. Eine Löwentanzgruppe trommelte, tanzte und lärmte vor Jians Haustür. Die Leute nahmen ihn in ihre Mitte und zogen mit ihm zur Polizeistation von Gancheng-Brücken. Dort gab es eine Abschiedsfeier für achtzehn freiwillige taiwanische Soldaten.

Ayako hatte keine Vorstellung davon, was Krieg wirklich bedeutete. Auch wenn die ganze Welt unterginge, es wäre ihr egal. Nur Jian sollte bei ihr bleiben. Wie sehr sie die Einsamkeit fürchtete! Japan musste so schnell wie möglich den Krieg gewinnen.

Ihre Schwägerin Mingfang riet ihr, sich keine Sorgen zu machen. Sie hatte im Tempel das Stäbchenorakel befragt. Dabei habe sie das beste Stäbchen gezogen; die Schriftzeichen sagten nur Gutes voraus. Doch Ayako verstand die Schriftzeichen nicht. Sie erleichterten ihr Herz nicht.

Am Tag des Abschieds hatte man vor ihrer Haustür zwanzig bis dreißig Bambusstangen in den Boden gesteckt. Daran hingen lange weiße Stoffbahnen. »Masao Nakamura, der in die Schlacht zieht, wünschen wir Glück!« stand auf jedem der Tücher. Neben der Löwentanzgruppe verabschiedeten Jian auch die Blockwarte der japanischen Besatzer, Angehörige der lokalen Elite und einige Mitglieder der »Öffentlichen Vereinigung der kaiserlichen Untertanen«. Sie schwenkten die japanische Fahne. Jemand überreichte

Jian eine Fahne, die von allen unterschrieben worden war.

Der Winterwind blies kalt in die Menschenmenge. Die weißen Stoffbahnen flatterten geräuschvoll über ihren Köpfen.

Im Haus kniete Ayako auf dem Tatami nieder und überreichte ihrem Mann ein Tausend-Näherinnen-Tuch. Ayako hatte zuvor unzählige Frauen auf der Straße gebeten, einen Nadelstich in das Tuch zu setzen. Dieses Tuch, davon war sie überzeugt, besaß mehr Macht als die roten Glücksbänder ihrer Schwiegermutter. Es würde Jian wieder heil zurückbringen. (An Mazu glaubte sie damals noch nicht.)

Auf das Tausend-Näherinnen-Tuch hatte sie in fünf großen Schriftzeichen die Worte »Das Kriegsglück möge ewig währen« genäht, sich dann in den Finger gebissen und mit ihrem Blut rote Sonnen – das Symbol der japanischen Fahne – zwischen die einzelnen Zeichen gemalt.

Ihr jüngster Sohn, den sie auf dem Schoß hielt, begann zu schreien. Auch Ayako konnte ihre Tränen nicht zurückhalten. Jian trocknete ihr mit dem Tuch das Gesicht. Dann zog er sich die Uniform aus. Er band das Tuch um seine Hüften und zog sich wieder an. Er nahm seinen Sohn in den Arm und redete ihm gut zu, bis das Kind nicht mehr weinte. »Pass gut auf dich auf«, sagte er leise zu Ayako. Sie umarmte ihn traurig. Er klopfte ihr leicht auf den Rücken. Dann standen beide auf und traten zu einem Familien-Gruppenfoto vor die Haustür. (Auf dem Bild ist in Jians Gesicht ein Zögern zu sehen. Seine Mutter wirkt erschrocken.)

Bis in ihr hohes Alter konnte sich Ayako genau an den Hunger jener Zeit erinnern. Der Krieg nahm den Leuten den Mut, aber er nahm ihnen nicht ihre körperlichen Bedürfnisse. Der Kummer wuchs. Und der Hunger auch.

Mitten im Krieg durften die Lins noch in den Gemischtwarenläden Lebensmittel wie in Salzlake eingelegte Enteneier, Räucherwurst, Schweineblut und Gemüsekonserven kaufen. Gegen Kriegsende mussten sie wie alle von den Rationen leben, die nie ausreichten. Schlimmer noch. Die Schwarzmarkthändler wagten kaum noch, mit einer Familie, deren Schwiegertochter eine Japanerin war, Geschäfte zu machen.

Den Vogelschwärmen hatte sich der Schrecken des Krieges mitgeteilt. Sie waren längst weit weggeflogen. Und die Fische in den Flüssen waren abgetaucht. Am Ende fingen die Lins Frösche in kleinen Bächen. Froschfleisch, sagten sie, wirke kräftigend auf den Organismus. Einmal gelang es ihr, einen besonders großen und schweren Frosch zu fangen. Sie frittierte das Tier und teilte es unter allen auf. Von diesem Froschessen würde sie ihr Leben lang erzählen.

»Hast du dich schon eingelebt?« Obwohl Ayako schon seit zehn Jahren auf Taiwan lebte, stellten ihr die Leute dauernd diese Frage. Als wäre sie damals gezwungen worden auszuwandern. Ayako fand eigentlich, dass das Essen daheim auf Okinawa dem der Hakka sehr ähnlich war. So wie sich die Dialekte auch ähnelten. Hier wie dort sprachen die Leute das Wort für »Essen«, *chi*, wie *chu* aus. Sie brieten die Speisen in viel Öl, salzten gerne und benutzten viele verschiedene Gewürze. Daheim wie auf Taiwan aßen sie viel schwarze Bohnen. Und der japanische Matcha schmeckte wie der gemahlene Tee der Hakka. Die mischten ihm oft sogar noch Minze, Erdnüsse, Sesamkörner und Mungbohnen bei. Doch wo Ayako die Ähnlichkeiten sah, vermuteten die anderen nur Unterschiede.

Wenn man Ayako ansprach, lächelte sie immer und verbeugte sich höflich. Doch das Lächeln war bald nur noch Fassade. Die guten Zeiten waren vorbei. Die von der Stadtverwaltung zugeteilten Rationen fielen immer dürftiger aus. Und das bei den vielen hungrigen Mäulern, die es in der Familie Lin zu stopfen galt.

Einmal im Monat gab es Schweinefleisch. Mingfang bereitete daraus sofort eine Suppe. Danach nahm sie das Fleisch aus der Suppe, briet es kurz in Öl an und zerkochte es mit Wasser und Reis zu einem Brei. Für Ayakos Schwiegermutter, die keine Zähne mehr hatte. Die ganze Familie musste diesen Brei essen. Manchmal gab es dazu ein Stück Stinktofu. Ayako erinnerte der Geruch gleich an etwas anderes: den Gestank von alten Fußbandagen.

Oft träumte sie nachts von Sashimi und den Meeresfrüchten ihrer Heimat. Doch immer, wenn sie gerade mit ihren Essstäbchen danach greifen wollte, verschwand der Traum.

Die Verwandten ihres Mannes lebten außerhalb der Stadt. Dort bebauten sie ein paar Felder und züchteten Schweine. Als die staatliche Kontrolle zu ihnen ins Haus kam, gaben sie absichtlich ein Ferkel zu wenig an. Damals stand die Schweinezucht unter Aufsicht der Wirtschaftspolizei, und private Schlachtungen galten als schweres Verbrechen. Die Verwandten lebten in ständiger Sorge, der Betrug könnte auffliegen. Bald ließen sie in der Familie verlauten, dass sie das Ferkel verkaufen wollten. Ayako konnte es nicht mehr ertragen, mit ansehen zu müssen, wie ihre Kinder Hunger litten. Sie würde das Ferkel nehmen.

Gemeinsam mit ihrer Schwägerin Mingfang schlachtete sie das kleine Schwein heimlich. Sie brühten es mit heißem Wasser ab. Hastig tranken sie noch einen Schluck Rosentee, dann machten die Frauen sich auf den Nachhauseweg. Das geschlachtete Tier hatten sie in eine Steppdecke gewickelt und trugen es wie ein kleines Kind im Arm. Ayako stolperte in ihren Holzpantoffeln die Feldraine entlang. Sie war nervös, glitt mehrmals aus und fiel zu Boden. Die Frauen liefen wie getrieben, bis sie die ebene Straße erreicht hatten. Ein Ochsenkarren nahm sie mit. Um sich als Bauersfrauen zu tarnen, hatten sie sich breitkrempige Bambushüte aufgesetzt.

Irgendwann merkte Ayako, dass Blut auf ihre Kleidung tropfte. Sie waren schon beinahe zu Hause, als der Ochsenkarren von einem japanischen Polizisten angehalten wurde. »Wo wollen Sie hin noch so spät am Abend?« fragte er. Die Schwägerin deutete ohne zu zögern auf das eingewickelte Schwein: »Unsere Nichte hat hohes Fieber, wir müssen zum Arzt.« Der Polizist blickte zu Ayako herüber, ihr Herzschlag beschleunigte sich und sie lief puterrot an. Was, wenn er näher kam, um sich das »Kind« anzusehen? Aber jetzt hörte sie ihn sagen: »Na, dann beeilen Sie sich.« Er hieß den Kutscher des Ochsenkarrens weiterzufahren.

In diesem Moment setzte der Abendwind ein und blies Ayako den Hut vom Kopf. »Verdammt, verdammt!« Ihre Schwägerin war kreidebleich geworden: »Ein weggewehter Bambushut bedeutet großes Unheil.« Und als ihnen der Kutscher den Hut zurückgab, flüsterte sie: »Das Erste, was wir tun müssen, wenn wir zu Hause sind, ist, zum Himmelsgott zu beten, und zu Mazu.«

Unter dem Einfluss ihrer Schwiegermutter, aber vor allem für Jian, begann Ayako zu Mazu zu beten. Sie betete aber auch für die anderen Familienmitglieder. Sie wollte wie die anderen sein, das gleiche Leben führen wie sie. Sie empfahlen ihr, Schweinsfüße mit Nudeln zu essen, um schlechtes *Qi* abzuwehren. Sie wollte den Rat sofort umsetzten. Doch wo sollte sie Nudeln herbekommen? Heimlich tauschte Ayako bei Nachbarn etwas Schweinefleisch gegen Nudeln.

Damals wäre Ayako für ihren erstgeboren Sohn durchs Feuer gegangen. Sie liebte ihn mehr als die anderen. Er war neugierig und klug. Er steckte voller Energie, war so ganz anders als seine Geschwister. Seine Stimmungen sprangen sofort auf sie über, sie litt, wenn er traurig war. Später würde sie ein anderes Kind so sehr lieben wie ihn.

Der Vater ihrer Kinder kam erst nach Manila und hielt sich danach ständig in der Nähe der Philippinen auf. In regelmäßigen Abständen schrieb er Briefe nach Hause; Briefe, auf denen hübsche Marken klebten. Die Lins, die inzwischen mit Saatgut handelten, bekamen die Auswirkungen des Krieges zu spüren. Das Leben der Familie war zunehmend von Mangel geprägt. Jians monatlicher Sold kam gerade zur rechten Zeit.

Im zweiten Jahr wurden Jians Briefe immer seltener. In seinem letzten Brief teilte er lediglich mit, dass sein Truppenteil von der Insel Sipadan nach Surabaya versetzt würde. Ayako hatte gehört, dass die amerikanischen Streitkräfte im Südpazifik ihre Gegner mit schweren Bombardements belegten. Sie sorgte sich sehr um das Leben ihres Mannes. »Sie sagen, dass es überall Minen gibt und viele japanische Schiffe gesunken sind.« Ayako hatte sich an einen Japaner vom »Handwerks- und Agrarverband der kaiserlichen Untertanen« gewandt. Dieser Herr mittleren Alters sah sie so zornig an, als sei sie eine Verbrecherin. »Japans kaiserliche Armee wird den amerikanischen Truppen niemals unterliegen. Der Sieg gehört dem Volk der Yamato, der Sieg gehört Japan!«

»Es steht nicht gut um die japanischen Streitkräfte. Ich glaube, sie machen es nicht mehr lange.« Cai, Jians jüngerer Bruder, saß gerade im Laden und unterhielt sich mit einem Nachbarn. Als er Ayako hereinkommen sah, verstummte er. Doch sein letzter Satz versetzte ihr einen Schlag. »Kannst du mir etwas sagen?« fragte sie ihren Schwager ganz benommen, nachdem der Nachbar gegangen war. »Dieser Krieg. Was weißt du darüber?« Doch an diesem Nachmittag sagte ihr Schwager nichts dazu. In der Dämmerung, als sie sich auf dem Korridor begegneten, flüsterte er ihr auf Japanisch zu: »Was ich weiß, könnte ich dir niemals sagen.« Ayako überlegte hin und her, was er mit diesem Satz meinte.

Mit Jians Abreise übernahm Ayako die Leitung des Saatgutgeschäfts. Nachdem Cai geheiratet hatte, hoffte seine Frau, er würde diesen Job übernehmen. Aber für Geschäftsdinge konnte Cai keinen Enthusiasmus aufbringen, er fand eigentlich an nichts Interesse. Meistens las er oder schreinerte etwas. Oder er saß mit übereinandergeschlagenen Beinen auf einem Hocker und starrte versunken auf ein Stück Holz. Hinter dem Geschäft hatte er seine Kammer. Darin bewahrte er sein Werkzeug und Berge japanischer Bücher auf. Es war sein Raum. Hier durfte ihn niemand stören. Selbst seine Frau nicht.

Cai heiratete drei Jahre nach Jian und Ayako. Die Leute fanden seine Frau Siuwen sittsam und tugendhaft. Doch Cai lief weiterhin mit einem freudlosen Gesicht herum. Ayako dachte immer, es liege daran, dass Siuwen noch kein Kind zur Welt gebracht hatte.

Niemand wusste, weshalb er sich so oft in seinem Zimmer aufhielt. Ayako fand aber, dass Cai kein sonderbarer Kauz war. Seine Möbel und Schnitzereien waren wundervoll. Vielleicht war Cai einfach nur ein schweigsamer Typ. Der die Ruhe des Alleinseins liebte.

Er hatte seine eigenen Ansichten und war der japanischen Kultur nicht so ergeben wie sein älterer Bruder. Sprach er mit japanischen Polizisten, dann gab er sich unterwürfig. Doch sobald die Polizisten gegangen waren, wirkte er wie ausgewechselt. Trotz der Medaille »Für häufiges Sprechen der Landessprache« sprach er mit Ayako im taiwanischen Dialekt, den sie inzwischen fast fließend beherrschte. »Ich habe Japanisch als Landessprache anerkannt, weil ich feige war«, gab er ihr gegenüber aufrichtig zu. »Egal, was passiert. Ich bin in Taiwan geboren, und mein Geist ist auch hier zu Hause.«

Ayako hatte großen Respekt vor ihm. Es ehrte sie, dass er sie nicht als Japanerin behandelte. Als Frau aus Okinawa war sie das ja eigentlich auch nicht. Eigentlich waren die Leute aus Okinawa weder Japaner noch Chinesen. Immer schon hatten die Inseln zwischen den beiden Mächten gestanden, wie »zwischen den Stühlen«.

Im Herbst des zweiten Jahres nach Jians Eintritt in die Armee fertigte Cai für die Wohnung eines Ziegelfabrikanten japanische Papiertüren. Die Familie lud ihn zum Essen ein. Ayako saß an jenem Abend noch im Geschäft über der Buchführung, als Cai plötzlich hereinkam. »Wartest du auf mich?«, fragte er, diesmal auf Japanisch. »Nein.« Ayako bemerkte seinen seltsamen Gesichtsausdruck. »Ich hatte nur gerade nichts zu tun und wollte die Rechnungen noch mal überprüfen.«

Er ging auf sie zu.

Alle im Haus schliefen, nur sie saß hier allein. Natürlich sah das so aus, als habe sie auf seine Rückkehr gewartet. Ayako stand auf und wollte gehen. Doch Cai hielt sie am Arm fest. »Du wolltest mich sehen, nicht wahr?« Er sah ihr direkt in die Augen. Sein Blick war so nackt und heiß, dass sie ihm ausweichen musste. »Ayako, auf diesen Tag habe ich immer gewartet«, stammelte er. Ayako verstand diesen Satz. Sie hatte nicht erwartet, dass sie ihn überhaupt einmal hören würde, noch dazu aus dem Mund ihres Schwagers. »Cai.« Sie war unfähig, zu sprechen, drehte sich um und ging. Doch er lief ihr hinterher und stellte sich ihr in den Weg. Sein Gesicht kam ihr derart nah, dass sie stehen bleiben musste. Und bevor sie etwas sagen konnte, nahm er sie in die Arme.

Ayako spürte, wie einsam ihr Schwager war und dass sie diese Einsamkeit teilten. Seitdem Jian gegangen war, fühlte sie sich zutiefst verlassen. Ihr Schwager hatte nun leise und behutsam den Schacht zum Brunnen ihres Herzens aufgedeckt.

Wenn sie ihm so vehement auswich, dann nur, weil sie fürchtete, erwischt zu werden. Verstört ging sie zurück auf ihr Zimmer. Dort saß sie und kaute den Vorfall in Gedanken wieder und wieder durch – wie ein Stück zähes Fleisch. Wie ein Detektiv auf der Suche nach einem Verbrecher. Wie hatte das passieren können? War er betrunken? Aber wie konnte er sie dann so sehr mit seinen Blicken durchdringen? Hatte er sie durchschaut? Wenn es überhaupt etwas gab, das zu durchschauen war? Sie wusste es nicht. Sie beschwor die Berührung seines Körpers wieder herauf, seine Hitze – und hatte Angst, von diesem Körper verführt zu werden.

Hastig zog sie Jians Briefe aus ihrer Schürze. Ihre Augen hasteten über die Zeilen, die Worte. Und die Worte stachen sie wie Nadeln. Die Tränen liefen ihr übers Gesicht. Doch sie kniff sich in die Wangen, sie verbot sich zu weinen. Dann hörte sie durch die Tür das Klappern von Holzpantoffeln und die Stimme von Cais Frau, die ihn ins Bett rief. Siuwen rief mehrmals, aber ringsum blieb alles absolut still. So still wie der offene Brunnen in Ayakos Herzen, der sie zu verschlingen drohte.

Ayako hatte schon eine Weile keinen Brief von ihrem Mann erhalten (in den Jahren des Krieges trug sie alle seiner Briefe immer bei sich). Um irgendwelche Kriegsneuigkeiten zu erhalten, hörte sie nun aufmerksam die Radionachrichten und besuchte häufig den Großjapanischen Frauenbund. Doch Jians Schweigen schürte ihre Angst um ihn. Über Admiral Yamamoto Isoroku, den Kommandeur der vereinigten japanischen Seestreitkräfte, erzählte man sich, amerikanische Flugzeuge hätten ihn bereits bei einem Angriff getötet. Gab es da eine Verbindung zu Jian? In einem Brief hatte er einmal Yamamoto Isorokus Heldenmut erwähnt.

Auch in der Stadtverwaltung wusste niemand etwas über Jians Verbleib. Vor seiner Abreise hatte er Haare und Fingernägel von sich in einem Kästchen im Shinto-Schrein hinterlegt. Nun beschlich sie die Angst, diese Hinterlassenschaften eines Tages abholen zu müssen.

Gerüchte über den Krieg kursierten längst in allen Straßen. Ayako wagte sich nicht mehr aus dem Haus. Doch die Gerüchte besaßen Beine und kamen in ihre Wohnung und versteckten sich in allen Winkeln. So wandte Ayako ihnen den Rücken zu. Weder wollte sie ihnen direkt ins Gesicht sehen, noch wollte sie ihnen Glauben schenken.

Im gleichen Jahr wurde Ayakos Schwiegermutter sehr krank. Halb bewusstlos rief sie oft den Namen ihres ältesten Sohnes. Ayako sprach mit der Kranken, fütterte und wusch sie. Dabei musste sie feststellen, dass ihre Schwiegermutter durchaus eine gutherzige Frau war. Aber die Last des Lebens hatte ihren Rücken völlig gekrümmt. (Damals wusste man noch nicht, dass die Knochenerweichung den Rücken krümmt) Ayako hatte Mitleid mit ihr. Wenn sie in den Luftschutzbunker mussten, trug sie zuerst die Kinder aus dem Haus und nahm dann ihre Schwiegermutter huckepack.

Zhamou, »Weib«, hatten ihre Eltern sie als Kind einfach genannt. Mit fünf Jahren überließen sie sie der Familie Lin als Kindsbraut. Und so wuchs sie mit Jians Vater auf, um dann mit sechzehn Jahren ihren »älteren Bruder« zu heiraten. Jians Vater soff zeitlebens. War er betrunken, prügelte er seine Frau.

Damit nicht genug, nahm er sich auch noch eine Nebenfrau, mit der er einen Sohn zeugte. Diese Nebenfrau kümmerte sich um überhaupt nichts, sondern lag nur den ganzen Tag auf dem Bett und rauchte Opium. Ihre gebundenen Füße behinderten sie beim Gehen. Nur langsam schlurfte sie die Korridore entlang, immer an der Wand abgestützt. War sie schlecht gelaunt, dann schlug sie den Hausangestellten mit ihrer Opiumpfeife auf den Kopf.

Sämtliche schweren Arbeiten im Haus musste dagegen Zhamou erledigen. Obwohl sie ihrem Ehemann mehrere Kinder geboren hatte, wechselten die beiden ihr Leben lang kaum ein paar Worte miteinander. Ein schweigendes Ehepaar. (Damals wusste keiner, dass es so etwas wie Scheidung gab.) Nach zwanzig Ehejahren wurde Jians Vater schwer krank und starb. Die Nebenfrau machte sich davon. Mitten in der Nacht nahm sie alles Geld und ihren Sohn. So wurde Zhamou mit sechsunddreißig Witwe.

In den letzten Tagen mit ihrer Schwiegermutter erinnerte sich Ayako viel an die eigene Kindheit. Sie sah das vertraute Gesicht ihrer Mutter vor sich, die den Klang ihres Lachens in Papierdrachen hineinfaltete, oder in mehrere kleine Schiffchen aus Papier. Sie erinnerte sich genau an die Papierschiffchen auf den Regenpfützen und an den Windlöwengott im Hause von Onkel und Tante und an die Kinderlieder, die ihre Mutter ihr vorgesungen hatte.

Cai sprach nicht mehr mit Ayako. Er traute sich auch nicht mehr, sie anzusehen. Als wäre sie auf einmal unsichtbar und ein anderer Mensch. Oder als sei er selbst nicht mehr der gleiche Mann wie an jenem Abend. Er ahnte nicht, dass Ayako nur darauf wartete, dass er den Mund aufmachte. Jedes Wort war ihr recht, wenn er nur irgendetwas sagte. Er jedoch wirkte nach wie vor niedergeschlagen und versteckte sich in seinem Zimmer, wo er angeblich eine Uhr reparierte.

»Du und mein älterer Bruder seid vom Schicksal füreinander bestimmt. Nach den Elementen, in denen ihr geboren seid.« Ayakos Schwägerin Mingfang blätterte im chinesischen Astrologie-Almanach. »Du bist Wasser, und mein Bruder ist Holz. Und Holz braucht Wasser«, erklärte sie. »Auch dein Sohn ist im Jahr des Holzes geboren, deshalb passt ihr so gut zusammen.« Ayako stellte sich schmunzelnd vor, wie sie die Füße eines Menschen wie die Wurzeln eines Baumes mit Wasser begoss. »Und meine Tochter?« wollte sie wissen. Mingfang blätterte im Kalender: »Sijuko hat das Element Feuer.« Mehr sagte sie nicht. »Und was ist mit Lin Cai?« Ayako tat beiläufig. »Sein Geburtsjahr hat das Element Metall«, sagte Mingfang und senkte ihre Stimme. »Und Siuwens das Element Holz. Wie kommen Metall und Holz wohl zusammen? Wenn die Säge anfängt zu sägen, dann zerbricht der Baum in zwei Teile.« Beunruhigt blickte sie in Richtung Siuwens Zimmer. »Siuwen passt sehr gut zu mir, weil ich Erde bin, und Holz braucht die Erde«, setzte sie hinzu, als wollte sie Siuwen trösten. Und was ist mit Metall und Wasser? Ayako hatte Cai ganz deutlich vor Augen. Sein Gesicht hatte sich ihrem Herzen eingeprägt wie ein Siegel dem Lack.

Sie sagten, dass ihre Schwiegermutter im Schlaf gestorben war, sei eine Gnade gewesen. Doch was war Gnade? Wurde sie jedem Menschen zuteil? Was musste man tun? Gerne hätte Ayako ihre Verwandten danach gefragt.

In ihren Träumen sah sie die schwarzen Wellen ihrer Heimatküste. Dann sah sie, wie ein Schiff alle Menschen, die sie kannte, mit sich forttrug und nur sie blieb allein am Ufer zurück. Mit all ihrer Furcht. Sie betete nun noch hingebungsvoller um Mazus Segen. Der Herzenswunsch ihrer Schwiegermutter, ihren ältesten Sohn noch einmal wiederzusehen, war nicht in Erfüllung gegangen. Jian war nicht aus dem Krieg zurückgekehrt.

Trotz der schlechten Zeiten bereitete Ayako ihrer Schwiegermutter eine aufwändige Beerdigung nach taiwanischen Sitten. Einen Monat vor ihrem Tod hatte Ayako sie in den Hauptraum des Hauses gebracht. Dort hatten sie zwei Holzbänke nebeneinandergestellt, eine Steppdecke darüber gebreitet und die Sterbende darauf gebettet. (Die Familie meinte, dass ihre Seele nicht wiedergeboren werden könne, wenn sie nicht in ihrem eigenen Bett stürbe.) Am Fußende der Bank stand eine Schale mit Opferreis. Als die Schwiegermutter den letzten Atem aushauchte, war es mitten in der Nacht und niemand war da, um die Schale gemäß dem Ritual zu zerbrechen. Sie holten es am folgenden Morgen nach und baten einen Mönch ins Haus, damit er die Schwiegermutter ins Jenseits begleite.

All dies musste in aller Heimlichkeit geschehen, denn Trauerfeiern nach taiwanischem Brauch waren unter der japanischen Regierung strengstens verboten. Noch dazu in Kriegszeiten. Was für eine Verschwendung. Mingfang konnte nicht nur Bilder aufziehen, sondern sie hatte auch traditionelle chinesische Malerei gelernt. Sie nahm sich vor, für ihre Mutter eigenhändig ein Seelenhaus aus Papier zu basteln und es mit den Nachbildungen der Ahnen und ihren Lieblingsdingen auszustatten.

Zuerst malte sie ein Bild von ihrer Mutter und stellte es ins Zentrum des Hauses (sie zögerte eine Weile, bis sie schließlich auch ein Bild des Vaters mit dazustellte). Obwohl nicht viel Papier vorhanden war, entschied sie sich dafür, eine Dienerin, ein Gespann aus vier Pferden (Pferde waren damals sehr selten auf Taiwan) und einige Möbel zu basteln. Und dann faltete sie nach dem Vorbild von Ayakos Radio noch ein naturgetreues Papierradio. Aber das Wichtigste waren die Papiergoldbarren und das Totengeld, die sie in das Seelenhaus legte.

»Wohin gehen die Menschen nach ihrem Tod?« fragte Ayako ihre Schwägerin. »Zuerst einmal kommt man in die Unterwelt«, antwortete Mingfang. Dort saß Yama, der König der zehnten Palasthalle und richtete über alle Toten. Die guten unter ihnen schickte er ins »Reine Land des Westens«, und die schlechten müssten in die »achtzehnte Hölle«. »Und wie kommt deine Mutter zu Yama?« Ayako war sehr neugierig. »Der Mönch rezitiert ein Sutra und weist ihr damit den richtigen Weg.« Für ihre Schwägerin war das ganz selbstverständlich. »Und wenn wir zukünftig erfahren wollen, wie es Mutter in der Unterwelt geht, dann müssen wir uns ebenfalls an den Mönch wenden. Er kann sie für uns fragen.«

Ayako musste an ihre eigenen Eltern denken. Sie waren sicher auch im »Reinen Land des Westens«. Ob ihnen dort vielleicht die Schwiegermutter begegnen würde? Ayako konnte ihre Tränen nicht zurückhalten, obwohl sie gar nicht wusste, um wen sie eigentlich weinte. Sie wünschte sich so sehr, Jian könnte in diesem Moment an ihrer Seite sein.

Um sich bei der Präsidentin des Frauenbundes für ein paar Dosen mit Muschel- und Schneckenfleisch zu bedanken, meldete sich Ayako freiwillig zum Spendensammeln für die Landesverteidigung. Über den Hausbesuchen vergaß sie ihre Sorgen um Jian, und zu Hause wollte sie wegen Cai sowieso nicht sein.

Kaum lag sie im Bett, überfiel sie der Geruch seines Körpers. Das versetzte sie in Panik. Als sie dann einen geschnitzten Holzkamm vermisste, war sie überzeugt davon, dass ein großes Unglück bevorstand. Einen Kamm zu verlieren bedeutete nach japanischem Brauch nichts Gutes. Mehrere Nächte lang konnte sie nicht schlafen. Sorge und Verlangen zerrten an ihr.

Mit ihrem jüngsten Kind auf dem Rücken ging sie von Haus zu Haus und sammelte Spenden. Nebenbei fragte sie nach Jians Aufenthalt. Wenn jemand ebenfalls einen Sohn oder Mann im Südpazifik hatte, hörte sie aufmerksam zu. »Könnte es sein, dass er nach Rabaul geschickt wurde?« mutmaßte einer, und »Die amerikanische Armee kontrolliert bereits fast alle Gebiete, und die kaiserliche Armee kann nicht mehr für den Nachschub an Getreide und Munition sorgen. Was für ein Elend«, klagte ein anderer. Ayako dankte jedem Einzelnen für die Informationen mit einer tiefen Verbeugung. Die Gerüchte und Nachrichten fügten sich ihr zu einem Bild des Schreckens zusammen: Immer wieder sah sie Jian, eine Bombe fiel auf ihn herab, und er schrie um Hilfe.

»Sijuko! Sijuko!« Die Luftschutzsirene heulte schon eine ganze Weile. Ayako rief und suchte überall im Haus nach ihrer Tochter. »Schnell, setz dir den Sicherheitshelm auf«, trieb sie den Sohn zur Eile an. Dann nahm das kleinere Kind auf den Arm und rannte ins nächste Zimmer, aber auch dort war die Tochter nicht. Schwager, Schwägerin und die Kinder trugen Schutzkappen aus Stoff und gingen in Richtung Hinterhof. »Du gehst mit Tante und Onkel«, rief sie ihrem Sohn zu.

»Sijuko!« In ihrer Stimme schwangen Ärger und Besorgnis mit, als sie vom Laden aus zurück in die angrenzenden hinteren Räume rannte. Sie hastete hin und her und rief immer wieder den Namen ihrer Tochter. Doch außer dem Heulen der Luftschutzsirene war nichts zu hören. Sekunde um Sekunde verging. »Dieses Mal ist alles vorbei«, dachte Ayako. Sie war im mittleren Innenhof stehen geblieben und spürte förmlich, wie sich ihr das Unheil entgegenstellte.

Verzweifelt rannte sie mit dem Jüngsten im Arm zur Haustür zurück. Sie hatte sich den Magen verdorben und schon den ganzen Tag Durchfall. »Habt ihr Sijuko gesehen?« fragte sie am Ende ihrer Kräfte, als sie sich in den Keller zu den anderen zwängte. Sie kam fast um vor Schmerz.

Die Bomber hatten blind den größten Teil des Marktes von Gancheng zerstört und die Häuser der halben Straße in Brand geschossen. Mit beiden Kindern im Arm ging Ayako zurück zum Laden. Glücklicherweise war ihr Haus nicht getroffen worden. Am Eingang sah sie Sijuko stehen. »Ihr wart alle weg«, sagte Sijuko ruhig.

Ayako brachte vor Erschöpfung kein Wort heraus. Sie begriff nur, dass sie noch lebte. Als sie wieder zu sich kam, gab sie Sijuko eine Ohrfeige.

Auf der anderen Straßenseite stand seit Tagen und Nächten ein in Lumpen gehüllter Wahrsager. Niemand vertrieb ihn von dort. Er spielte die Mondlaute. Er sah unendlich traurig aus. Es schien Ayako, als trüge er alles menschenmögliche Leid in sich.

Sie brachte ihm eine Schale Reisbrei und Wasser. Der Bettler war ungefähr Mitte fünfzig und dürr wie eine Zaunlatte. Ein Bart bedeckte das halbe Gesicht. Ungebeten begann er seine Büchse mit den Bambusstäbchen zu schütteln. »Keine Angst, es kostet nichts«, sagte er kraftlos zu ihr.

Ayako zog eines der Stäbchen heraus. »Dieses Lied trägt den Namen. Ein Vogeljunges schreit um Hilfe‹«, erklärte er mit düsterer Miene, lehnte sich an einen Pfeiler und fing an zu singen:

»O weh o weh o weh,
wer ist der Mensch, der mir mein Nest zerstört hat?
Find ich das raus,
dann werd ich Rache an ihm nehmen,
o weh o weh o weh!«

Das Lied rührte Ayako zutiefst. Sie ging zurück zum Brunnen des Mittelhofs, und wusch die Wäsche. War es ein Glück oder ein Fluch, dass sie überhaupt noch denken konnte? Oft wäre es ihr lieber, weniger grübeln zu müssen, gedankenloser zu sein. Der Wahrsager stand weiterhin vor dem Haus und sang.

Als sie aufblickte, durchquerte ihr Schwager gerade den mittleren Hof. »Wenn du gerne taiwanische Volkslieder hörst«, rief er ihr zu, »dann könnte ich dir auch etwas vorsingen.« Ohne ihre Antwort abzuwarten, verschwand er in der großen Halle. In den letzten Sonnenstrahlen des Tages erhaschte sie Cais brennenden Blick und erinnerte sich an die Hitze seiner Haut. Damals, an jenem Abend, muss er betrunken gewesen sein. Er ahnte gar nicht, wie sehr sie sich nach ihm sehnte.

Seit damals hatten sie nicht mehr miteinander gesprochen. Ayako vermied es, mit ihm im selben Raum zu sein. Sie fürchtete, er könnte ihr sorgsam verborgenes Verlangen noch mehr schüren. Sie fürchtete die Momente, in denen er sie aus den Gesprächen ausschloss, in denen er Dialekt sprach und sogar absichtlich taiwanische Ausdrücke benutzte, die sie nicht kannte; sie fürchtete, er könnte ihr seine Hilfe anbieten, und sie fürchtete Siuwens nächtliches Rufen nach ihrem Mann.

Sie verstand sich selber nicht mehr. Aber er erinnerte sie ständig daran, wie unzufrieden sie war.

In einem ihrer Träume kam Cai zu ihr. Er umarmte sie und gab ihr einen sanften Kuss. Sie gab sich ihm hin, wie ein Segel dem Wind, erfüllt von Zärtlichkeit. Er entblößte sie sachte und löste ihr Haar. Sie roch seinen vertrauten, männlichen Duft. Er presste sich an sie, und die Wogen ihres Verlangens überspülten sie.

Zwei japanische Polizeibeamte aus dem Revier hatten einen Metalldetektor mitgebracht. Damit durchsuchten sie das ganze Haus. Einer der beiden wies mit seinem Langschwert auf das Bild der verstorbenen Schwiegermutter an der Wand und fragte mit lauter Stimme: »Das Armband da, ist das aus Gold? Gold muss sofort ausgehändigt werden, sonst werdet ihr hart bestraft.« Die Tochter von Mingfang stand daneben und weinte. Der Auftritt der Männer erschreckte sie. Die Schwester der Schwiegermutter erklärte in holprigem Japanisch: »Das ist ein wertloses Jadearmband. Der Maler hat sich mit der Farbe etwas vertan, deshalb sieht es aus wie Gold.«

Der andere Polizist schien unzufrieden: »In was für Zeiten leben wir eigentlich, dass ihr immer noch Geld genug habt, einen derart teuren Sarg zu kaufen?« Er lief einmal um den großen und mit zahlreichen Schnitzereien versehenen Sarg herum: Er war mit prächtigen Gebäuden bemalt, und sein Deckel war mit Kranichen verziert. »Und wo ist das Jadearmband?«

»Es ist im Sarg«, antwortete jemand vorsichtig. Sofort winkte der Polizist ungeduldig mit der Hand: »Aufmachen, den Sarg aufmachen. Wir wissen es, wenn wir hineingesehen haben.«

Der Sarg stand noch immer im Haus, weil sie auf den vom Astrologen vorgesehenen Tag für die Beerdigung warten mussten. Der Befehl, ihn zu öffnen, versetzte alle in Aufruhr. Aber nicht doch, unmöglich! Dies wäre eine zu große Respektlosigkeit! Doch der Polizist bestand darauf. In diesem Augenblick ertönte von draußen ein gellender Schrei, und durch das Fenster sah man eine Katze vorbeihuschen. Die beiden Polizisten standen da wie vom Donner gerührt, dann verdüsterten sich ihre Gesichter. Ohne noch etwas zu sagen, verließen sie das Haus.

Alle Familienmitglieder liefen in den Hinterhof. Dort fanden sie Cai: Er hatte einer Säge mit einem Zweig den geisterhaften »Schrei« entlockt.

Am Tag der Sommersonnenwende bekam Ayakos jüngster Sohn abends plötzlich so hohes Fieber, dass er beinahe bewusstlos wurde. Besorgt rief Ayako nach ihrer Schwägerin Mingfang. Sie entschieden, das Kind sofort zu Dr. Suzuki ins Kirschbaumbrücken-Viertel zu bringen. Cai würde sie auf seinem Fahrradanhänger hinfahren.

Unterwegs schwieg Cai, und auch Ayako wagte es nicht, den Mund aufzumachen. Es war das zweite Mal in ihrem Leben, dass sie ihm körperlich so nahe kam. Wäre ihr Kind nicht krank gewesen, hätte sie sich nichts mehr gewünscht, als mit ihm genauso bis ans Ende der Welt zu fahren, so eng an ihn geschmiegt.

Als sie dann in der Diele der ärztlichen Wohnung saßen und warteten, bis sich Dr. Suzuki das verschlafene Gesicht gewaschen hatte, sagte Cai zu ihr: »Mein Leben ist eine einzige Qual. Ich hoffe, dass du glücklicher bist als ich.«

Als der Mönch seine rituellen Handlungen beendet hatte, verbrannte die Familie im mittleren Hof das Seelenhaus und die Bündel mit dem Totengeld, damit die Verstorbene es ins Jenseits würde mitnehmen können, mit all ihren geliebten Dingen aus dem hiesigen Leben, mit dem Radio, den Pferden, den Bediensteten. Das Geld würde ihr den Weg durch die Unterwelt ebnen. Eine kurze Zeit lang war alles voller Rauch und Feuer. Dann begannen die Blasmusiker zu spielen. Plötzlich stürzte jemand zur Tür herein. Ayako solle auf den Sportplatz der Grundschule kommen. Der japanische Kaiser würde über Radio eine Ansprache halten. Mitten in der Beerdigungsfeier, wie sollte sie da weg? Ayako wies ihre Tochter Sijuko an, für sie zu gehen. Die anderen setzten die Wegesopfer fort und verbrannten das Totengeld.

Kaiser Hirohito erklärte die bedingungslose Kapitulation Japans. Als sie diese Neuigkeit später auf dem Totenzug hörten, konnten sie es fast nicht glauben. Sie schüttelten die Köpfe: Wie konnte das passieren? Dann kam der Zug mit dem Sarg zum Stehen, und auch die Klagefrauen hörten auf zu weinen. Viele Japaner kamen an ihnen vorbei. Ihre Augen waren rot verweint. Die Hitze des Sommertages machte sie ganz benommen. Der Krieg war vorbei, aber nicht die tiefe Angst in Ayakos Herzen. Würde Jian bald aus dem Südpazifik zurückkommen?

Was, wenn ihr Mann überhaupt nicht mehr wiederkehrte? Wie von oben sah sie sich in dem Trauerzug, als ginge diese Leute die Frage nichts an, als sei sie nur zufällig dort. Sie sah sich selbst, wie sie die Familie in Trauerkleidung betrachtete, sah den Sarg, den sie vorübergehend am Straßenrand abgestellt hatten. Sie schaute auf alles herab, als hätte sie nichts damit zu tun.

Cai vermied den Blickkontakt mit ihr. Cai. Er war zu ihrem größten Problem geworden.

Prüften die Götter sie, oder war er es? Er ließ sie spüren, dass sie seinem Bruder alles andere als eine gute Ehefrau und Mutter seiner Kinder war; und unter seinen Blicken spürte sie, dass nicht mehr die alte Ayako in ihrem Körper wohnte, sondern eine neue, eine untreue Frau. In diesem Augenblick blitzte ein Gedanke in ihr auf: Jian würde wahrscheinlich nicht wieder zurückkommen. Und: Und wenn ihr Ehemann nicht wieder käme, wäre es nicht so schlimm. Sie hätte dennoch einen Grund weiterzuleben, Cai würde sie am Leben erhalten. Diese Vorstellungen ließen sie erschauern, und gleichzeitig schämte sie sich dafür.

Der Totenzug zündete Chinakracher, um die Dämonen und Geister zu vertreiben. Doch die Leute auf der Straße rannten erschrocken in alle Richtungen davon, wohl weil sie meinten, es würden wieder Bomben fallen.

Der Leichenzug setzte sich wieder in Bewegung. Die Klagefrauen weinten unterwegs laut um die Schwiegermutter. Ayako kehrte im Geiste zu ihrer eigenen Mutter nach Okinawa zurück. Sie hörte aufmerksam auf den kurzen Text der uralten Klage und bat jemanden, ihn noch mal für sie zu wiederholen, da sie das Bedürfnis hatte, ihn laut und deutlich für ihre Mutter zu deklamieren:

»Ach Mutter,
bis hierher bist du heute gelangt.
Du hast uns verlassen,

und nun wird uns niemand mehr begleiten,
bis wir groß sind und etwas Vernünftiges leisten.
Sag uns doch, was wir tun sollen,
Mutter, ach Mutter!«

Im Winter 1945 kehrten viele Soldaten nach Taiwan zurück, nur nicht Jian. Ayako erkundigte sich bei der Stadtverwaltung. Die japanischen Beamten waren im Begriff, in ihr Mutterland zurückzukehren. Sie hatten Wichtigeres zu tun, als solche Anfragen zu bearbeiten. »Wer bis jetzt noch nicht zurückgekommen ist, der wollte vermutlich nicht zurück«, mutmaßte jemand. Ayako errötete vor Empörung bis über beide Ohren, erwiderte aber nichts darauf. Ursprünglich hatte sie vorgehabt, auch noch nach dem Sold ihres Mannes zu fragen, ließ dies jedoch nun bleiben.

Als sie aus dem Stadtverwaltungsgebäude auf die Straße trat, wurde sie Zeuge, wie einige Taiwaner einen japanischen Offizier in Uniform beschimpften. Einer aus der Gruppe packte den Offizier am Kragen und herrschte ihn auf Taiwanisch an: »Du schimmelndes Ei, Japan hat den Krieg verloren, und was trägst du da noch für eine Uniform?« Zwei andere der Männer schlugen und traten brutal auf den Offizier ein. Ayako rannte nach Hause.

Zumindest eine gute Nachricht hatte sie in der Stadtverwaltung erhalten: Weil sie mit einem chinesischen Mann verheiratet war, musste sie nicht zusammen mit den anderen japanischen Ehefrauen nach Japan zurückkehren.

Ayako fragte Mingfang jetzt öfter nach Cai. Sie wusste, dass er seit dem Winter an geheimen Zusammenkünften und Untergrundaktionen beteiligt war. Seit der Mittelschule in Taichung hatte er mit einigen älteren Mitschülern regelmäßigen Kontakt gehalten. Sie brachten ihn mit sozialistischen Ideen in Berührung. In den Jahren der japanischen Besatzung war die Kommunistische Partei Taiwans verboten gewesen. Doch nach dem Abzug der Japaner entstanden allmählich wieder Lesezirkel, Arbeiterkomitees und andere Organisationen. Anfangs war Cai von frühmorgens bis spätabends unterwegs. Nach einer Weile kam er gar nicht mehr nach Hause.

Siuwen probierte fast alle Rezepte der chinesischen Medizin durch und wurde in diesem Winter endlich schwanger. Doch von nun an sah sie von Cai fast nicht mal mehr seinen Schatten. Fiel das Wort Kommunismus, zitterten ihre Hände vor Wut. Während der Schwangerschaft sah sie leidend aus. Jedes Mal, wenn Cai nach Hause kam, setzte sie einen lebensmüden Gesichtsausdruck auf. Vermutlich wegen des Kindes trat Cai in diesem Jahr nicht in die kommunistische Partei ein. Doch egal, um was seine Kameraden ihn baten, ob Geld oder Zeit, er gab es ihnen bereitwillig.

Wenn Ayako ihm über den Weg lief, sah er ihr nie in die Augen, übersah ihr Gesicht. Dieses Gesicht, das nie wieder Frieden finden würde. Dieses Gesicht, von dem er so tat, als existiere es nicht mehr. Als wollte er ihr zu verstehen geben, dass nur noch ein viel größeres Unheil an die Stelle des jetzigen Unheils rücken könnte. Sie sah ihm im Korridor nach und wusste, dass seine Gefühle noch nicht erloschen waren. Er fand nur keinen Ausdruck für sie. Er musste ein unglücklicher Mensch sein.

Lin Jian kehrte 1946 nach Taiwan zurück. Zum Kriegsende war er in die japanischen Landstreitkräfte eingegliedert worden. Zu acht hatten sie sich in den Bergen versteckt und nicht mitbekommen, dass der Krieg bereits vorbei war. Über ein Jahr lang überlebten sie im Dschungel (viel später sollte man in den Urwäldern Indonesiens noch Menschen entdecken, die dort über dreißig Jahre lang wie lebendige Gespenster ausgeharrt hatten). Das Erste, was er tat, als er heimkam, war, ein Bad zu nehmen (seit er zurück war, musste er dauernd baden. Keiner wusste warum, aber er badete von nun an mehrmals täglich). Er zeigte seiner Frau das Tausend-Näherinnen-Tuch: »Ich habe es immer getragen. Dieses Tuch hat mir mein Leben gerettet.« Ayako lächelte angespannt.

Doch ihr Lächeln verschwand bald. Der Mann, der aus Indonesien zurückgekehrt war, mochte zwar aussehen wie Jian, aber er war ein Fremder geworden. Er schaute sie an, als sei sie eine Tür, durch die sein Blick wandern konnte, in ein anderes Zimmer, in eine andere Welt. Ihren Körper behandelte er wie seine antike Teekannen-Sammlung. Er berührte ihn nicht mehr. Er sah ihn nicht mehr an.

Er war noch immer warmherzig und einfühlsam. Doch etwas Ungeheures, Geheimnisvolles hatte von ihm Besitz ergriffen. Oft machte er einen glücklichen und zufriedenen Eindruck, aber von einem Moment auf den anderen konnte er panisch werden, als würde der Himmel auf ihn herabstürzen.

Im Schlaf jammerte er kläglich. Ayako rüttelte ihn wach und fragte ihn, was er geträumt habe. Er sei von Feinden getötet worden, erzählte er, und habe sich in einen Geist verwandelt, doch lebte er im Körper eines Feindes weiter. Als die Armee dann die kleine Insel, auf der sie waren, verlassen wollte, wusste niemand, dass er im Körper des Feindes eingeschlossen war. Weil er sich nicht bewegen konnte, schrie er aus Leibeskräften, doch niemand hörte ihn. So ließen sie ihn zurück, als einen einsamen Geist. Als einen Feind.

Manchmal hatte Ayako den Eindruck, dass Jian tatsächlich dieser einsame Geist war. Er war war ein anderer.

Im Laden verrechnete sich der andere Jian nun regelmäßig, oder er rechnete überhaupt nicht mehr genau nach. Er setzte sich nicht gerne hin und konnte auch nicht alleine sein. Wenn der andere Jian schlief, dann musste die Tür geöffnet bleiben. Überhaupt hatte der andere Jian eine Abneigung gegen alle geschlossenen Räume. Immer trug er ein Messer bei sich. Oft ging der andere Jian hinaus spazieren, doch es war mehr ein schnelles Laufen als ein Spazierengehen. Wohin er dann ging, das wusste niemand. Ayako beobachtete ihn sorgenvoll. Sie glaubte, ihn zu verstehen. Doch dann verstand sie ihn doch wieder nicht.

»Es ist gut, dass er zurück ist. Lasst ihn sich erst ein wenig ausruhen«, pflegte Ayako den Leuten, die nach ihm fragten, zu sagen. Und diese Ansicht teilten auch alle.

Sie glaubte wirklich, dass er sehr müde war. Der Krieg hatte ihn erschöpft. Nur wenn er sich ausruhte, konnte es ihm besser gehen.

Manchmal strahlte Jian über das ganze Gesicht, wenn er von seinen einsamen Spaziergängen zurückkam, manchmal sah er auch bedrückt und elend aus. Mit anderen Menschen sprach er weniger und weniger. Um seine einst innig geliebte Tochter Sijuko kümmerte er sich kaum noch. Jedes Mal, wenn sie ihm Essen in sein Zimmer trug, stand sie im Raum und blickte verlegen in alle Richtungen, in der Hoffnung, der Vater würde eine Unterhaltung mit ihr beginnen. Aber der andere Jian gab ihr stets nur ein Zeichen mit der Hand, dass sie sich entfernen sollte.

Was war nur mit ihm passiert? Und weshalb hatte er sich so total verändert? Ayako fand einfach keine Gelegenheit, ihn danach zu fragen. Dabei er sah nicht einmal besonders schlecht aus. Er nahm sogar zu. Wie hatte er in den Kriegsjahren überlebt? Und hatte er an sie gedacht, in all den Jahren?

Er war wiedergekehrt, doch Ayako fühlte sich einsamer

denn je. Das altvertraute Gefühl der Verlassenheit kehrte zurück. Und füllte sie stetig an, wie der Sand eine Sanduhr.

Irgendwann folgte sie ihm auf einem seiner Spaziergänge. Dieses Mal ging er langsam, in einer Geschwindigkeit, in der sie einen angemessenen Abstand zu ihm halten konnte. Er ging so wie früher. Das war er, der Mann, der sie liebte: Eine Hand steckte immer in seiner Hosentasche.

Seit er aus dem Südpazifik zurück war, hatte er angefangen, Betelnüsse zu kauen. Niemand sprach mehr von ihm, weil niemand wusste, was er über ihn sagen sollte. Er trank große Mengen Alkohol, dafür aß und schlief er sehr wenig. Oft wirkte er geistesabwesend, und regelmäßig badete er. Die meiste Zeit über schwieg er.

Ayako folgte ihrem Mann zu einem Platz vor einem Tempel. Trommeln und Gongs dröhnten zum Himmel. Auf einer Bühne kokettierte eine grell geschminkte Schönheit mit gekünstelten Stimmübungen. Ihre Zuhörer waren ausnahmslos Männer.

Ayako war früher zusammen mit den Kindern oft im Freilufttheater gewesen. Dann hatte die ganze Familie zusammengesessen, hatte nach Mücken geschlagen und kandierte Früchte am Spieß gegessen. Egal in welchem Dialekt sie sangen, ob im taiwanischen Minnan oder im südchinesischen Fuzhou, die Texte waren nicht zu verstehen. Doch darum ging es den Leuten auch nicht. Tatsächlich verstanden auch sie nichts. Es war einfach ein Zeitvertreib.

Sie liebte die lautstarke Lebensfreude der Taiwaner. Doch heute bestand das Publikum vor dem Tempel nur aus schweigsamen Männern, die sie unverwandt anstarrten und mit Blicken verschlangen. Die junge Sängerin warf plötzlich einen aus Seidenstreifen geflochtenen Ball in die Zuschauermenge, und als seien sie verrückt geworden, stürzten sich die Männer auf den Ball. Ayako wich den tobenden Männern aus und versteckte sich hinter einer provisorischen Bambusbühne. Von dort aus konnte sie sehen, wie ihr Mann dastand, regungslos. Die Menschenmenge raufte weiter um den Seidenball und schob ihn aus ihrem Sichtfeld. Ayako warf einen Blick hinter die Kulissen, wohin sich die junge Sängerin zurückgezogen hatte. Das Geschöpf, das sich da den Haarschmuck und die Perücke vom Kopf zog – war ein junger Mann.

War das eine kantonesische *Baizi*-Oper? Sie hatte auch schon von *Xiexi* gehört, von Travestiestücken mit homosexuellen Darstellern. Man hatte ihr erzählt, wie die »Sängerinnen« mit dem Publikum flirteten und Prügeleien unter den Zuschauern provozierten. Was machte Jian ausgerechnet hier? Ayako sah zu der Stelle, an der er gerade noch gestanden hatte. Er war verschwunden.

»Der Papiermensch steht für die Krankheit Ihres Mannes. Auf dem Papierpferd reitet die Krankheit zum Himmel empor, und der Papiertiger frisst sie auf.« Der Mönch mit dem Ziegenbart nahm die Papierfiguren, den Menschen, das Pferd, den Tiger, stellte sich an den Opfertisch im Hof und begann mit der Zeremonie. Mit einem Schwert in der Hand umkreiste er ein Kleidungsstück von Jian und murmelte ein Mantra. Dann schrieb er eine Zauberformel nieder und verbrannte sie mit den Papierfiguren. »Seine Krankheit stammt aus dem Süden«, sagte er, »Deshalb müssen Sie ab sofort jeweils am ersten und am fünfzehnten jedes Mondmonats im Südteil Ihres Hauses Räucherstäbchen anzünden und Silberpapier verbrennen.«

Ayako konnte sich nicht vorstellen, wie ein Papiertiger die Krankheit ihres Mannes »auffressen« sollte.

Jians Leben verlief bald wieder in normalen Bahnen. Er

hörte sich Musik von Mozart und Chopin im Radio an und wollte sogar ein Grammophon kaufen. Alpträume quälten ihn keine mehr, und er ging auch nicht mehr jeden Tag spazieren. Manchmal blickte er sie so liebevoll an wie früher. Doch er betrank sich weiterhin regelmäßig.

Als die Soldaten der Kuomintang, der chinesischen Nationalisten, auf ihrem Rückzug vom kommunistischen Festland nach Taiwan kamen, war Cai bereits fast einen Monat von zu Hause fort. Cais Frau Siuwen erwartete ihr zweites Kind und lag den ganzen Tag fast nur im Bett, aus Angst vor einer Fehlgeburt. Und aus Kummer über Cais Verschwinden. Ging Ayako an ihrem Zimmer vorbei, hörte sie Siuwen weinen und seufzen.

Alle hatten die Häuser verrammelt und verriegelt, als die Kuomintang-Truppen durch die Straße zogen, in der das Geschäft der Lins lag. Ayako und Jian saßen gerade am Esstisch und trauten ihren Augen nicht: Was da vorbeilief und Losungen skandierte, war eine Horde von schlampig gekleideten chinesischen Soldaten, mit Strohsandalen an den Füßen und hochgekrempelten Hosenbeinen. Ayako konnte nicht verstehen, was die Soldaten brüllten. Jian ebenso wenig.

»Das nennt sich ›Übernahmetruppen‹? Das soll unsere Vaterländische Armee sein?« Jian lief auf die Straße und blickte dem zotteligen Haufen hinterher. »Fickt achtzehn Generationen eurer Vorfahren!« Er spuckte blutroten Betelnusssaft auf den Boden. Ayako hatte ihn noch nie so vulgär und aufbrausend erlebt. Zurück im Laden sah er sie jedoch auf einmal so zärtlich an wie ein Kind, das nach langer Trennung darauf wartet, sich in den Schoß der Mutter zu werfen. Dies erstaunte sie ein wenig. Doch dann lenkte sie das Getöse auf der Straße ab, und sie öffnete den Holzladen einen Spalt breit, um nach draußen zu spähen. Als sie sich ihm wieder zuwandte, war Jian in den Empfangsraum im Hinterhof verschwunden, um sich zu betrinken.

Cai hatte sich bereits über einen Monat nicht mehr zu Hause blicken lassen. Jemand brachte der Familie eine Nachricht von ihm: Er sei zuerst der »Demokratischen Schutztruppe« von Wu Zhenwu beigetreten und danach dem »Armeeverband 27«. Der Überbringer der Nachricht machte nicht viele Worte, wollte Ayako aber gerne erklären, was das für ein Armeeverband war.

Der Name erinnerte an den Zwischenfall vom 28. Februar 1947, der sich tatsächlich schon einen Tag früher, also am 27. Februar ereignet hatte. Eine Straßenverkäuferin, die verbotenerweise westliche Zigaretten verkauft hatte, war von einem Kontrolleur der Kuomintang niedergeschlagen und verletzt worden. Daraufhin schoss das Militär mit Maschinengewehren in eine Menge protestierender taiwanischer Bürger, was zu einem Aufruhr auf der ganzen Insel geführt hatte. Ungefähr 30 000 Menschen starben. »Die drohende Tyrannei auf Taiwan fordert unser aller Widerstand«, schloss der Mann seinen Vortrag und fügte hinzu: »Cai möchte, dass ihr euch keine Sorgen um ihn macht. Sollte jemand kommen und nach ihm fragen, dann sagt einfach, er habe das Land verlassen. Er sei nach Japan gereist.«

Tatsächlich kamen bald darauf Mitarbeiter des Geheimdienstes ins Haus und erkundigten sich nach Lin Cais Aufenthalt. »Der ist in Japan«, gab sein Bruder zur Antwort. Doch die Geheimdienstler glaubten ihm nicht und durchsuchten die Wohnung. Sogar die Tatami hoben sie einzeln hoch, um nachzusehen, ob sich nicht jemand unter dem Dielenboden versteckte. Zweimal kamen sie, und zweimal zogen sie mit leeren Händen wieder von dannen.

Insgeheim sorgte sich Ayako um Cai. Da der Geheimdienst ihn aber nach wie vor suchte, nahm sie an, dass er noch am Leben war. Als sie sich Siuwen anvertraute, zog diese nur die Brauen zusammen, sagte aber nichts. Ayako wurde rot. Siuwen musste gemerkt haben, dass sich Cai ihr gegenüber anders benommen hatte. Vielleicht ahnte sie etwas? Aber was? Ayako wusste es ja selbst nicht. Oft dachte sie an ihn, und wenn sie die Augen schloss, dann tauchte sein Gesicht aus dem dunklen Kosmos ihres Inneren auf. Sie konnte es deutlich erkennen, sein Lächeln, seinen Blick.

Siuwen war immer abweisender zu Ayako. Sie forderte ihr Kind sogar auf, Essen auszuspucken, das Ayako ihm gegeben hatte. Ayako nahm ihr das nicht übel. Sie fühlte sich nur hilflos. Erst später wurde ihr klar, dass Siuwen nicht einmal ahnte, dass zwischen ihr und Cai etwas war. Siuwen sah in Ayako nur die Japanerin, deshalb wollte sie nichts mit ihr zu tun haben. Damals kam es vor, dass Austauschstudenten aus Japan zurückkehrten und brutal ermordet wurden. Viele Leute wurden als »Kettenhunde der Japaner« bezeichnet oder verdächtigt, für die Unabhängigkeit Taiwans zu arbeiten.

Siuwen verschloss die Türen und Fenster ihres Zimmers nun immer fest. Begegnete sie Ayako, dann drehte sie sich auf dem Absatz um und verließ mit dem Kind den Raum. Ayako wurde immer schwerer ums Herz. »Du wirst es nie verstehen, aber auf dieser Welt gibt es außer dir noch jemanden, der sich um Cai sorgt«, sagte sie mehr zu sich selbst.

Es sollte noch schlimmer kommen.

Jian saß im Wohnzimmer auf den Tatami und lauschte ganz in Ruhe einer Oper von Wagner. Wie gebannt hörte er zu. Neben ihm kniete Ayako und flickte Kinderkleidung. »Dieser Gesang ist wirklich göttlich!«, sagte er. Dann zog er einen Anzug an und ging auf die Straße, ohne noch ein weiteres Wort an Ayako zu richten (wohin er ging, das wusste niemand). Eine Stunde später sah jemand, wie er in der Nähe von Taichungs Pädagogischer Hochschule von ein paar bewaffneten Gendarmen in ein Militärfahrzeug gestoßen und abtransportiert wurde.

Von diesem Zeitpunkt an blieb Jian verschwunden. Niemand wusste, ob er noch lebte oder ob er umgekommen war.

Ayako machte sich auf die Suche nach Jian. Von Sorgen und Schrecken gezeichnet, fragte sie sich durch, aber niemand konnte ihr etwas Genaues sagen.

Eines Nachts bellte der Hund des Nachbarn aufgeregt. Sie fürchtete schon, etwas sei passiert, als jemand an ihre Tür klopfte. Sie öffnete einem vollbärtigen Mann mit einem Bambushut auf dem Kopf. Er schob sich schnell durch die Tür ins Zimmer. Der Fremde war Cai.

Erst in diesem Augenblick begriff sie, dass sie eigentlich immer nur auf ihn gewartet hatte. Gerührt betrachtete sie den Mann, der hier vor ihr stand. Ihr wurde klar, dass er sie selbst mit zerschmettertem Körper und gebrochenen Knochen aufgesucht hätte.

Cai nahm ruhig seinen Hut ab und schloss die Tür.

»Wo bist du gewesen?« Sie sah ihn ungläubig an. Irgendwie hatte sie geahnt, dass sie beide sich unter solchen Umständen wiedertreffen würden.

»Ich kann nicht lange bleiben.« Er trug ein zerschlissenes weißes chinesisches Hemd. Sein Gesicht war sonnenverbrannt, seine langen Haare und sein dichter Bart ließen ihn wild aussehen. In seinen Augen lag ein leidenschaftlicher Glanz. Er hatte sich vollkommen verändert, nur seine Stimme klang so weich wie früher. »Ich wollte dich noch einmal sehen.« In der Dunkelheit des Zimmers strahlten seine Augen. Ayako spürte, wie ihr die Tränen über das Gesicht liefen, als von draußen Mingfangs heisere Stimme durch die Tür dröhnte: »Ayako?«

»Es ist nichts, geh ruhig schlafen«, erwiderte sie. Cai und sie standen unbeweglich in der Diele voreinander, er kam näher, doch sie wich ihm aus. »Hast du Nachrichten von deinem Bruder?«, fragte sie. Er blieb stehen und schwieg, schwieg lange. »Nein«, sagte er zögernd. Offenbar wollte er etwas loswerden, aber er brachte es nicht heraus. Nur der Nachbarshund bellte lauter und lauter. »Am besten, du gehst jetzt, hier ist es viel zu gefährlich.« Sie sah die Panik in seinen Augen, ein Anblick, den sie kaum ertrug. Sie wusste, dass sie Cai wahrscheinlich nie wiedersehen würde. Was konnte sie schon tun außer weinen? Sie konnte ihm nur dabei zusehen, wie er sich entfernte, aus diesem Zimmer und aus ihrem Leben.

Für einen Moment stand er ganz dicht vor ihr. Cai wagte es nicht, die Geliebte zu umarmen. Ayako wich ihm diesmal nicht aus und sah ihn an. Dann senkte sie den Blick. Sie betrachtete seinen Schatten an der Wand, der den ihren verschlang. »Weißt du, was aus deinem Bruder geworden ist?«

»Ich glaube, man hat ihn als politischen Gefangenen in Manchangting erschossen.« Cai weinte. »Bitte verzeih mir.« Er fiel auf die Knie. Ayako versuchte hastig, ihn wieder hochzuziehen, aber er wollte nicht aufstehen. »Woher weißt du das?«, stammelte sie geschockt.

Er zog einen Zeitungsausschnitt aus der Tasche und reichte ihr ihn. Nervös warf sie einen Blick darauf, konnte aber nur den Namen »Lin Jie« erkennen, den jemand mit einem Stift unterstrichen hatte. »Ist er das wirklich? Der eine Teil ist doch anders geschrieben!« Sie gab immer noch nicht auf. Sie wollte nicht glauben, dass Jian tot war.

Seine Stimme war so leise wie ein Moskito: »Lass uns gemeinsam von hier weggehen, Ayako. Lass mich für dich sorgen, anstelle meines Bruders.« Sehr langsam erhob Cai sich und setzte seinen Bambushut auf. Sein Gewissen setzte ihm zu wie Messerstiche.

»Ich kann das nicht. Ich schulde Jian so viel.« Ayako hielt die Hände vors Gesicht und schluchzte leise. »Außerdem«, sagte sie nach einer Weile, »hast du selber eine Familie. Du hast deine eigenen Probleme.«

»Wenn ich nach Japan geflohen bin, dann kommst du mit den Kindern nach.« Vorsichtig setzte er ihr seinen Plan auseinander. Er hatte offenbar nicht seine Zuversicht verloren. So kannte sie ihn gar nicht. Aber Ayako schüttelte weiterhin den Kopf. »Nein, das kann ich nicht machen.« Sie sagte das gleich mehrmals hintereinander, wie um sich zu trösten. Und um Jian nicht zu entehren.

»Ich möchte nur, dass du weißt, dass ich in deiner Schuld stehe.« Cai zögerte kurz, dann setzte er hinzu: »Sobald sich die politische Lage entspannt hat, werde ich wiederkommen, um dich zu sehen. Wenn du mich sehen willst, komm zu dem Tempel in den Bergen und sag nur, dass du Meister Lin suchst.« Mit diesen Worten öffnete er die Haustür und trat nach draußen. Ayako lief ihm nach. Aber als sie heraus trat, war er schon fort. Das Kläffen des Hundes hatte längst aufgehört, ringsum herrschte Totenstille. Nur aus Siuwens Zimmer schienen Stimmen zu dringen.

Sie horchte angestrengt, aber das Geräusch verschwand wieder. In ihrer Hand hielt sie immer noch den Zeitungsausschnitt, auf dem die zwei Zeichen ›Lin‹ und ›Jie‹ mit einem Bleistift unterstrichen waren.

Ayako starrte auf die zwei Zeichen, als bedeuteten sie ihr eigenes Todesurteil. Zurück in ihrem Zimmer schloss sie die Tür und lehnte sich dagegen. Den Papierstreifen in der Hand, rutschte sie langsam auf den Boden. Ihr blieb kaum Zeit, über das Ungeheure nachzudenken, das geschehen war, denn sie musste sich übergeben.

Im Zimmer
meiner
Großmutter
Taiwan/Taichung, 2001

»Das ist das Grab der Familie Lin.« Tante Sinru deutet auf einen Hügel in der Ferne: »Wusstet ihr, dass auch Mazu mit Familiennamen Lin heißt?« Lin, erzählt Tante Sinru, sei im Süden der chinesischen Provinz Fujian ein weit verbreiteter Name. Darum glauben dort so viele Leute an Mazu. Die Schiffe, auf denen die Leute aus Süd-Fujian nach Taiwan flohen, gerieten immer wieder in Taifune. Die stürmische See forderte viele Leben. Da half nur Mazu. Die Auswanderer baten sie um Erlaubnis, ihr Abbild als Schutzheilige mit auf die Überfahrt nehmen zu dürfen. Alle Mazus auf Taiwan stammen daher eigentlich aus China.

Wir steigen den Hügel hinauf und stehen vor unserem Familienfriedhof. Es ist eine tempelartige Anlage mit Säulen, um die sich die Grabsteine gruppieren, wie eine kleine Totensiedlung. Drachen und Phönix flankieren die Säulen des Tempels, in die Grabsteine sind Sprichworte und Namen eingraviert. Neugierig betrachtest du die Schriftzeichen. »Der Steinmetz konnte kein Hiragana; er hat den japanischen Namen deiner Großmutter falsch geschrieben.« Tante Sinru überhört deine Bemerkung: »Eine typisch taiwanische Familiengrabstätte.« Die Großmutter habe die Stelle schon vor vielen Jahren gekauft, als sie sich entschieden hatte, auf Taiwan begraben zu werden.

»Bevor er sich über Japan ins Ausland absetzte, versteckte sich dein Großonkel Cai in einem Tempel hinter diesem Berg«, erzählt Tante. »Ein paar Jahre später holte er Siuwen und die Kinder nach Brasilien. Er hat dort bis zu seinem Tod gelebt. Von Siuwen trennte er sich allerdings nach ein paar Jahren.«

Ich habe mir bis jetzt nie Gedanken über das spätere Leben meines Großonkels gemacht. Genauso geht es mir mit Großmutter. Vielleicht wollte ich absichtlich nichts darüber wissen. Ich betrachte Großmutters Namen auf dem Grabstein. Dieser Name ist so sehr mit meinen Erinnerungen verbunden. Doch diese Erinnerungen habe ich in einem Winkel meines Herzens begraben.

»Großmutter, ich bin hier.« Ich spreche leise, wie zu mir selbst. Ich bleibe lange so stehen.

»Warum sieht dieser Grabstein denn so anders aus als die anderen?« Du zeigst auf einen weißen Stein neben dem Grab der Großmutter. Der Stein wirkt kahl im Vergleich zu den anderen, hier steht nur ein Name, keine goldenen Sinnsprüche, kein Schmuck.

Ich wage nicht, Tante Sinru deine Frage zu übersetzen. Sie hat sie auch so verstanden, sagt aber nichts dazu. Mit einem Mal hast du an das tief verborgene Geheimnis dieser Familie gerührt. Von klein auf wagten wir nicht, dieses Geheimnis anzusprechen. Wenn meine Schwestern und ich gewisse Dinge auch nur erwähnten, runzelten unsere Eltern die Stirn. Dieses Geheimnis war wie ein Tier, das in den Tiefen des Urwalds lebte und besser nicht hervorgelockt werden sollte.

Vom Berggipfel aus betrachten wir die Aussicht. Erst langsam begreife ich, dass sich diese Familie immer hinter diesem Geheimnis versteckt hat. Es ist nicht nur der weiße Stein, der das Grab so sehr von den anderen unterscheidet.

Vor Großmutters Beerdigung hatte es einen Streit zwischen meiner Mutter und Tante Sinru gegeben. Tante Sinru wollte nämlich Großonkel Cai neben Großmutter Ayako beerdigen. »Nur über meine Leiche!« Mutters Antwort stand fest. Seitdem durften wir ihr gegenüber nicht mehr Tante Sinrus Namen erwähnen.

Zunächst waren sich die beiden Schwestern einig gewesen: Es sollte ein feierliches und großes Begräbnis sein. Dann fand Mutter, dass es ein wenig bescheidener ausfallen könnte. Zumal die beiden Brüder nicht dabei sein konnten. Am Ende sprachen sie gar nicht mehr miteinander.

Ein Windstoß wirbelt Tante Sinrus Haar durcheinander. »Der Tag ihrer Beerdigung war ein sonniger Tag, doch plötzlich zogen Wolken auf und es regnete. Auch der Himmel weinte um sie.« Sie steckt ein Räucherstäbchen an und fordert mich auf, zu beten. »Komm, stell ihr erst mal deine Langnase vor.«

Ich stelle dich meiner Großmutter vor. Ich erzähle ihr, dass du aus Deutschland bist. Das ist das Land, das sich so gut auf die Herstellung von Maschinen und Autos versteht. Und es ist das Land, das zwei Weltkriege angezettelt hat. Dein Großvater zog für die Nazis nach Russland. Er tötete einige Rotarmisten. Einmal musste er sich unter einem Panzer verstecken. Eine Wurst, die er dabeihatte, rettete ihn vor dem Verhungern. Vier Tage lang lag er unter dem Panzer und wartete, bis die russischen Truppen abgezogen waren. Erst dann flüchtete er sich in ein kleines Dorf. Seine Kameraden hatten viele russische Dörfer angezündet und niedergebrannt. Er fragte sich, wie er diesen Krieg hatte überleben können.

Noch viele Jahre sah er die Geister der Toten in seinen Träumen. Auch jenen russischen Bauern, der ihm die Wurst gegeben hatte.

Deine Mutter war die Tochter eines Bäckermeisters. Nach dem frühen Tod ihrer Mutter lebte sie bei ihrer Stiefmutter. Die Stiefmutter behandelte sie derart grausam, dass ihr nichts anderes übrig blieb, als bald auf eigenen Füßen zu stehen. So verkaufte sie Brot auf dem Markt eines anderen Dorfes. Sie buk Kekse und Kuchen in den Holzformen, die ihr Großvater geschnitzt hatte. Nach dem Krieg kam dein Vater in dieses Dorf und lernte auf dem Markt deine Mutter kennen.

Ich erzähle Großmutter, dass du ein liebenswürdiger Mensch bist. Du siehst nicht aus wie ein »typischer Deutscher«, nicht so wie diese ewig lauten und bösartigen Deutschen aus den Hollywood-Filmen. Und dass wir uns am Eingang zu einem Kino kennengelernt haben. Und du schon nach wenigen Tagen den Entschluss fasstest, mich nach Taiwan zu begleiten.

Im Zimmer meiner Großmutter, dem Zimmer der Erinnerungen und der Geschichte. Der Mond taucht den Raum in schwaches Licht. Wir können beide nicht schlafen und reden die ganze Nacht.

Ich habe meine Großmutter nie verstanden. Früher habe ich sie sogar gehasst.

In den zwei Jahren, die ich als Kind bei ihr lebte, hatte sie nichts für mich übrig als Strenge und kalte Blicke. Sie zeigte mir eine Härte, in der ich den Grund eines einsamen Lebens erkannte. Oft saß ich am Ende des Korridors und betrachtete ihre schweigsame Silhouette. Einmal, als sie nicht da war, betrat ich ihr japanisches Zimmer, das Zimmer einer Ausländerin. Ich starrte auf die Fotos an der Wand und dachte nur: Sie ist wie ein Geist. Insgeheim verfluchte ich sie.

Als Großvater verschwand, kaufte Großmutter in Taichungs Vorstadt Dajia einen Friseursalon. Damals schauten die Taiwaner auf Friseure herab, Friseure gehörten zur untersten Schicht. Ihnen haftete etwas Anrüchiges an. Aber Großmutter war das egal. Sie stellte gleich mehrere Friseure ein und leitete bald das größte Friseurgeschäft von Dajia.

Die zwei Jahre, die ich in diesem Geschäft verbrachte, sind voller trauriger Erinnerungen an Haare. Überall auf dem Boden lagen sie, abgeschnitten von den Köpfen fremder Menschen, grobe und weiche Haare, die meisten davon schwarz, unter die sich gelegentlich auch graue und weiße mischten. Über diesen mit Haaren bedeckten Boden ging ich oft barfuß, sommers wie winters. In jenen zwei Jahren hockte ich den ganzen Tag unter der Schaufensterscheibe aus Mattglas vor dem Geschäft und wartete darauf, dass Großmutter mich zum Aufkehren hineinrief. Diese Aufgabe hasste ich zutiefst. Ich glaubte, ich müsste mein ganzes Leben lang nur vor dem Geschäft sitzen und auf Großmutters Ruf warten, den Boden zu fegen. Und wie eifrig ich auch fegte, sie würde nie zufrieden sein.

Wir sprachen nur wenig miteinander. Ich konnte weder Minnan noch Japanisch sprechen (der taiwanische Dialekt war verboten, wir durften nur Hochchinesisch sprechen, und später in der Schule mussten wir für jedes Wort auf Minnan einen Yuan bezahlen). Und sie verstand kein Chinesisch. Sie mochte es nicht, dass ich den Reis in meiner Schale nicht bis aufs allerletzte Körnchen aufaß. Sie mochte es nicht, wenn ich mir die Kleider schmutzig machte. Am wenigsten konnte sie es leiden, wenn ich in ihr Zimmer ging.

Einmal öffnete ich heimlich die Papiertür zu ihrem Zimmer und sah sie vor dem Spiegel der Frisierkommode sitzen und sich die Haare kämmen. Ihr Gesicht im Spiegel hatte einen verwirrten Ausdruck, so als ob sie über etwas nachdachte. Ich wartete nicht, bis sie etwas sagen würde, sondern rannte schnell davon.

Ich wusste, dass in ihrem Kleiderschrank ein Kimono hing und dass auf ihrem Nachttisch mehrere Puppen standen, die sie gesammelt hatte. Und ich wusste auch, dass das Bild einer jungen Frau an der Wand sie selbst war. Ihre Haare waren immer ordentlich gekämmt. Die Kundinnen, die in ihren Salon kamen, fragten, mit welchen Geheimrezepten sie sich ihr jugendliches Aussehen bewahrte. Sie gab nur zurück: Euch wird euer gutes Leben sicher helfen, jung zu bleiben.

Ich fürchtete mich sehr vor Großmutter und schmiedete im Verborgenen den Plan, von zu Hause wegzulaufen. Keinem Menschen erzählte ich davon, auch nicht Tante Sinru, die Einzige, der ich noch ein wenig Zuneigung entgegenbrachte. Sie war sowieso nie da. Zu dieser Zeit studierte sie in einer anderen Stadt und lebte nicht bei Großmutter.

Eines Tages war es so weit. Ich wollte zunächst bis zu einem kleinen Erdgott-Tempel laufen. Das war meine erste Etappe. Damals glaubte ich nämlich, dass es von dort aus nicht mehr allzu weit nach Taipeh war. Tatsächlich lagen zwischen dem Tempel und Taipeh einige Autostunden. Ich lief eine lange Strecke und hatte sogar den Erdgott-Tempel hinter mir gelassen, als ich zu einer kleinen Brücke kam. Ich schaute über das Geländer und sah eine schmale Böschung unter der Brücke. Ich wollte herausfinden, wie es dort aussah, also kämpfte ich mich durch hohes Unkraut und Gestrüpp, höher noch als ich selbst. Auf Umwegen kam ich zu den Brückenpfeilern. Auf einem Felsen unter der Brücke saßen zwei Erwachsene mit dem Rücken zu mir und unterhielten sich. Ich wollte schon wieder den Hang hinauflaufen, als ich plötzlich Großmutters Stimme hörte – ja wirklich, das war ihr Japanisch, nur der Tonfall hatte eine andere Melodie als sonst, ihre Stimme klang so sanft, sie rührte an eine Schönheit, die im Verborgenen lag.

Dann verstummte das Gespräch, und ringsum war nur noch das Rauschen des Wassers zu hören. Ich hörte Großmutter weinen, und die ruhige Stimme eines Mannes versuchte sie zu trösten. Aber das Weinen wurde immer kläglicher. Erst ganz allmählich beruhigte es sich. Ich kletterte den kleinen Pfad wieder hinauf und ließ die Brücke hinter mir zurück.

Keiner Menschenseele habe ich je von diesem Vorfall erzählt. Ich vergaß ihn sogar, nachdem ich wieder zurück in Großmutters Wohnung war. Ich fragte mich auch nie, wer dieser Mann gewesen war, der Großmutter damals getröstet hatte. Und niemand erfuhr nach meiner Rückkehr, dass ich vorgehabt hatte, von zu Hause fortzulaufen.

Alles ging weiter seinen gewohnten Gang, und Großmutter kämmte ihr Haar so sorgfältig wie eh und je.

Du sagst, dass ich große Ähnlichkeit mit Großmutter hätte. Die Melancholie in meinen Augen. Wie auf den alten Fotos. Und du sagst, ich hätte den Charakter von ihr geerbt. Meinst du, ich gleiche ihr darin, dass ich aus meiner Heimat weggegangen bin und meiner Familie schon in jungen Jahren den Rücken gekehrt habe? Dass Großmutter und ich wie Bonsais sind, die man umgepflanzt hat?

Ja, vielleicht. Wir haben unsere Familien verlassen, als wir noch sehr jung waren. Um des Weggehens willen. Meine Großmutter, meine Mutter und auch ich teilen eine Sehnsucht nach etwas, das wir nicht näher beschreiben können.

Der weiße Grabstein, nach dem du gefragt hast, ist der meines Großvaters. Aber er liegt nicht darunter beerdigt.

Früher kauften die Leute auf Taiwan sich die eigene Grabstätte und den Sarg zu Lebzeiten. Viele Leute hoben diesen Sarg dann irgendwo bei sich zu Hause auf. Man konnte schließlich jederzeit sterben. Wenn du dann schon das Grab und den Sarg ausgesucht hast, lebst und stirbst du etwas ruhiger. Mittlerweile gibt es hier so viele Menschen auf engem Raum und nicht mehr genügend Grabstätten. Deshalb bauen sie überall Kolumbarien, mit einzelnen Fächern für die

Urnen, so groß wie Gepäckschließfächer auf den Bahnhöfen. Der Handel mit den Fächern funktioniert ähnlich wie der Handel mit Apartmentwohnungen, viele Leute kaufen nicht nur eins für sich selbst, sondern auch welche für ihre Angehörigen.

Es ist möglich, in Raten zu zahlen, und wenn man gleich mehrere Fächer erwirbt, gibt die Urnenfirma gelegentlich Kredit, einen Preisnachlass oder Geschenke als Zugabe.

Doch die Geschichte meines Großvaters ist eine besondere und rätselhafte, denn bis heute weiß niemand, wo sich sein Leichnam befindet, und die leere Grabstätte bleibt lediglich für ihn reserviert. Auf dem Grabstein stehen die Worte: »Der Seele Lin Jians, die im Himmel weilt«. Damit, wie Großmutter meinte, Großvaters Seele den richtigen Weg finden kann. Damit er weiß, dass dort seine letzte Ruhestätte liegt. Aber wo ist sein Leichnam? Großmutter hatte nie aufgehört, Briefe zu schreiben und sich nach ihm zu erkundigen, aber auf alle diese Briefe bekam sie niemals eine Antwort. Im Laufe der Zeit behaupteten sogar einige Leute, Lin Jian sei damals überhaupt nicht umgekommen. Der erschossene Mann habe in Wirklichkeit Lin Jie geheißen und sei ein anderer gewesen. Aber das ließ sich nie beweisen.

Lin Jian ist mein Großvater. Ich habe ihn nie kennengelernt.

Der Kamikazepilot,
der nicht
sterben wollte
Südpazifische Inseln, 1946

1911 wurde Lin Jian auf Taiwan geboren. Im selben Jahr siegte Dr. Sun Yatsens Revolution auf dem chinesischen Festland. Wenige Wochen zuvor hatte sie mit dem Aufstand von Wuchang begonnen. Als der letzte Kaiser der mandschurischen Qing-Dynastie abdankte, brach für China eine neue Epoche an. Der Arzt Sun Yatsen wurde Übergangspräsident der Republik China und gründete ein Jahr später die Nationale Volkspartei Kuomintang. Auf Taiwan herrschten die Japaner seit sechzehn Jahren.

Feng Ru baute als erster Chinese in den USA ein Flugzeug. 1912 stürzte er auf einer Flugschau in Südchina ab und kam ums Leben.

Zwei Jahre später landete der japanische Pilot Ginzou Nojima auf Taiwan und gab dort eine Vorführung seiner Flugkünste. Nur wenige Loopings im Tiefflug genügten schon, um Zehntausende Taiwaner in laute Rufe der Bewunderung ausbrechen zu lassen.

Am Tag von Jians Geburt zog ein furchtbarer Taifun über die Insel. Der Regen verwandelte die Straßen von Taichung in kleine Flüsse. Die Hebamme blieb auf ihrem Weg zum Kindsbett stecken und weigerte sich, weiterzugehen. Da zimmerte Lin Baoji ihr am Straßenrand ein Floß aus Brettern, gab ihr Geld und garantierte ihr, sie später wieder nach Hause zu bringen. Es war eine schwere Geburt: Mit den Füßen voran kam der Junge schließlich zur Welt.

Als junger Mann hatte Jians Großvater, Lin Jinmu, in China in großem Stil mit Heilkräutern gehandelt und war später von Zhangzhou nach Taiwan übergesiedelt. Zuerst baute er in der Nähe von Changhua auf gepachteten Feldern Heilkräuter an, dann zog er nach Dadun, eine Vorstadt von Taichung. Sein Sohn, Lin Baoji, führte in Dadun ebenfalls ein Heilkräutergeschäft, denn vom Vater hatte er nicht nur gelernt, wie man Kräuter abwog und mischte, sondern er konnte auch vorzügliche Gelenksalbe herstellen. Das Geschäft lief gut, und die Familie war sehr beliebt. Besonders seit Lin Baoji einmal einem japanischen Blockwart das Leben gerettet hatte, nachdem dieser von einer giftigen Schlange gebissen worden war. Jener Blockwart namens Takai stand den Lins seither sehr nahe, brachte sie mit japanischer Kultur in Berührung, und die ortsansässigen Japaner zählten sie bald zu den »Kaisertreuen«.

Die Entrüstung vieler Leute darüber, dass der chinesische Kaiser ihr Land 1895 nach verlorenem Krieg den Japanern überlassen hatte, bahnte überall im damaligen Taiwan einer anti-chinesischen und zugleich pro-japanischen Stimmung Weg.

Die törichte Mutter des chinesischen Kaisers hatte sich von den Mandarin beschwatzen lassen. Sie sagten, die Insel sei ein Ort, an dem »die Vögel nicht singen und die Blumen nicht duften«. Was sollten sie mit so einem Ort noch anfangen. So hatten sie wenigstens ein paar Jahrzehnte Ruhe in der Formosa-Straße. Unzählige Chinesen hatten die Fahrt übers Meer zu jenem Ort namens *Dai-wan* gewagt, waren dabei ums Leben gekommen oder hatten sich auf der Insel nicht eingewöhnen können. Dennoch blieben sie, und die Insel wurde für ganze Generationen von Flüchtlingen ein Zuhause.

Seit dieser Zeit bis 1945, als Japan kapitulierte und Tschiang Kaishek die Insel übernahm, galt Taiwan als »Waisenkind Asiens«. Obwohl – mit Ausnahme der Ureinwohner –

fast alle von den Chinesen abstammten, hassten die meisten China.

Mit neun Jahren sah Jian auf einem Truppenübungsplatz in Taichung den ersten Flug des Taiwaners Xie Wenda. Von diesem Tag an liebte er das Fliegen.

Als er gerade fünfzehn war, wollte sein Vater mit einem Freund nach Taipeh, Geishas anschauen. Er erfand die Ausrede, er müsse zu Geschäftsverhandlungen mit Großhändlern.

Lin Baoji hatte bei einem privaten Hauslehrer lediglich Unterricht in Chinesisch erhalten. Jedoch Japanisch sprachen weder er noch sein Freund. Vielleicht fürchteten sie, sie könnten am Bahnhof keine Tickets lösen oder irgendetwas Unangenehmes könnte ihnen unterwegs widerfahren. Auf jeden Fall fanden sie es klüger, Jian mitzunehmen.

So kam es, dass Jian wenig später gemeinsam mit seinem Vater und dessen Freund das erste Mal Taipehs größte japanische Buchhandlung Shinkoutou betrat.

Sein Vater und dessen Freund, beide bis zum Hals zugeknöpft in chinesischen Hemden, sahen sich in der Buchhandlung um. Aber überall stießen sie nur auf unverständliche Bücher auf Japanisch. Schließlich landeten sie vor einem Regal mit Frauenmagazinen. Nichts ahnend bekamen sie einen gehörigen Schrecken, als sie darin Bilder von Frauen erblickten, die in koketten Posen die neueste Mode vorstellten. Hastig schlugen sie die Hefte wieder zu und schauten sich nach allen Seiten um. Als Jian aufgeregt zu seinem Vater gelaufen kam und ihn inständig darum bat, einen ganzen Stapel Bücher für ihn zu kaufen, schwoll Lin Baojis Brust vor Stolz. Doch bei einem Blick auf die Titelseiten der Bücher zögerte er.

Nie in seinem Leben hatte Lin Baoji ein Flugzeug gesehen. Das Fliegen war dem Gott Nezha vorbehalten, der mit Hilfe zweier Feuerräder an den Füßen in die Lüfte aufstieg. Aber was Götter konnten, war den Menschen vorenthalten. Menschen und Fliegen! Nein, für alle Menschen war und blieb Fliegen ein absolut selbstmörderisches Unterfangen.

Lin Baoji bat seinen Sohn zu gehen, aber Jian wollte nicht. Keiner der beiden war bereit, nachzugeben. Schließlich bezahlte Lin Baoji doch die Bücher. »Wenn du ein Flugzeug fliegst, dann stürzt du doch ins Reisfeld!«, murrte er vor sich hin. Er hatte mal von einem Herrn Chen aus Hsinchu gehört. Der war bei einer Flugschau in ein Reisfeld abgestürzt und gestorben.

Als Mittelschüler hatte Jian bereits viele Bücher über das Fliegen gelesen und wusste ungefähr, wie ein Flugzeug konstruiert und wie es theoretisch zu fliegen war. Er sehnte sich danach, eines Tages selbst in den Himmel aufsteigen zu können. »Flugzeuge heben mit Hilfe des Gegenwindes vom Boden ab«, erklärte er seinem Bruder Cai. »Die größten Schwierigkeiten stellen die Windrichtung und Turbulenzen dar.« Sobald man auf instabile Luftströmungen stieß, musste man sein Flugzeug mit allen möglichen Manövern stabil halten. »Das würde ich mich nicht trauen«, gestand Cai. Er wolle ganz bestimmt kein Flugzeug lenken. »Dann kannst du die Wartung am Boden übernehmen«, schlug Jian mit todernstem Gesicht vor. »Du kannst lernen, wie man die einzelnen Teile einer Maschine an ihrem Klang erkennt. Sobald sich der Propeller dreht, kann man hören, ob sich der Klang des Motors verändert hat.« Er war schon ganz Fachmann.

Aber offensichtlich hatte Cai wirklich kein besonders großes Interesse am Fliegen. Jian brauchte eine Zeit, um zu verstehen, dass sein kleiner Bruder sich viel lieber intellektuell bildete und sich ausführlich darüber ausließ.

Nach fünf Jahren Mittelschule stellte Jian fest, dass fast sämtliche Bücher über Flugzeuge, die er aus Japan bestellte, von einer Flugschule namens Yitou stammten. An dieser Flugschule gab es jedes Jahr Aufnahmeprüfungen. Mit achtzehn, so schwor sich Jian, werde er nach Tokio fahren, um sich dort für die Prüfung an der Flugschule anzumelden.

Jian dachte ans Fliegen und an das Bild eines schönen Mädchens. Sie war die Tochter der Lis, eine der wohlhabendsten und einflussreichsten Familien in Taichung. Es hieß, sie besuche in Japan eine Hauswirtschaftsschule. In den Sommerferien kam sie nach Hause. Jian sah sie einmal am Bahnhof, wo sie von der Familie mit einer Limousine abgeholt wurde. Als sie einstieg, drehte sie sich um und sah in seine Richtung.

Dieser Blick nahm seine Seele so gefangen, dass er seither jede Nacht von ihr träumte.

Im Sommer nach seinem Mittelschulabschluss lungerte Jian Tag für Tag auf der Straße herum oder ging ins Kino. Er hoffte, dort vielleicht seiner Traumfrau zu begegnen. Sein Kopf war überfüllt mit Plänen und Zukunftsträumen. Er würde sie bald kennenlernen. Er würde mit ihr nach Japan gehen. Jian hatte mal »Die Leiden des jungen Werthers« auf Japanisch gelesen. Im Vergleich mit den Helden der Literatur und des Kinos schien ihm sein eigenes Leben mehr als banal. Er wurde immer melancholischer und dünner. Er wusste, dass er nicht in die Fußstapfen seines Vaters treten würde. Die chinesische Medizin war zu unwissenschaftlich, außerdem interessierte sie ihn überhaupt nicht. Vom Geruch der köchelnden Heilkräuter wurde ihm übel.

Seitdem Jian einen Film über Flugzeuge im »Glücks-Thea-ter« angesehen hatte, entdeckte er seine Liebe für das Kino. Er ging nun fast jeden Tag ins »Glücks-Theater«. Von außen sah das Kino aus wie ein einfacher japanischer Tempel. Der Innenraum war mit Tatami ausgelegt, man lag und saß wäh-rend der Filmvorführung.

Der Inhaber wurde auf den jungen Mann aufmerksam. »Wenn du so filmverrückt bist, dann lern doch einfach, wie man Filme vorführt, hier bei mir. Du kannst dir alle Streifen umsonst ansehen und verdienst sogar noch Geld dabei.«

Er willigte ein. Vor der Vorführung schenkte er Tee ein oder kassierte die Eintrittsgelder. Er verkaufte auch »Enteneier-Eis«, Fruchteis in Eierform. Wenn er viel verkauft hatte, durf-te er sich selbst etwas davon nehmen. Eines Abends kam ein wunderschönes Mädchen zur Tür herein. Sein Herz begann wie wild zu schlagen. Es war niemand anderes als das junge Fräulein Li, an das er von früh bis spät dachte.

Er stürzte ihr entgegen, um sie zu begrüßen. Sie war mit einer Freundin da und hatte sich bei ihr untergehakt. Als er vor den beiden stand, brachte er plötzlich kein einziges Wort heraus.

Seine Traumfrau starrte ihn an, als hätte sie ihn noch nie gesehen. »Hey, du stehst uns im Weg«, sagte sie missmutig und richtete den Blick dabei auf den Boden. Dann zog sie die Freundin mit sich, an ihm vorbei.

Jians Welt platzte wie eine Seifenblase. Hey, du stehst uns im Weg. Wie konnte sie so sprechen, so unfreundlich? Hey. Du. Wie konnten solche Worte aus ihrem Mund kommen? Warum war sie so grob und unhöflich?

Während der ganzen Vorführung stand er da und traute sich nicht, das abweisende Mädchen anzusehen, die dort auf der Tatami hockte. Nachher wusste er nicht, wie er diese Stunden überstanden hatte. Die Zuschauer hatten sich ausgeschüttet vor Lachen, nur er musste weinen. Jian wusste nicht, was Liebe war und warum er geweint hatte.

Zweimal war der Film stehen geblieben, aber er hatte es überhaupt nicht mitbekommen. Erst als der japanische Inhaber auf ihn zustürzte, kam er zu sich. Am Ende dieses Tages war sein Herz gebrochen und er war gefeuert.

Bald fiel auch Jians Mutter die Geistesabwesenheit ihres Sohnes auf. »Wer ist das Mädchen? Ich könnte mit der Familie für dich sprechen.« Lin Zhamou fragte nach dem Namen des Mädchens, aber Jian wollte ihn ihr nicht nennen. »Ich möchte nach Japan fahren. Kannst du mir helfen?« Er ergriff die Chance, seine Mutter für seinen Plan zu gewinnen.

»Willst du nicht mehr leben? Willst du wirklich fliegen lernen?«, fragte sie zögernd. Ihr Sohn hatte etwas, was ihrem Mann gefehlt hatte: Und er ließ sich in seinen Entschlüssen von niemandem abbringen. Er war zwar ein ruhiger Typ, aber er hatte seine eigenen Ansichten und Ideen. Als Kindsbraut war Lin Zhamou mit einem Mann aufgewachsen, den sie nie hatte ausstehen können. In ihren Augen war Lin Baoji feige und überheblich. Er liebte es, sich vor Fremden wichtig zu machen, sich aufzuspielen. Zu Hause, wenn sie alleine waren, schlug er sie. Lin Zhamou hatte sogar zeitweilig daran gedacht, ihre Familie zu verlassen. Aber das war schon lange her.

Nun setzte sie all ihre Hoffnungen auf ihren Sohn. Sie liebte ihn und widmete ihm all ihre Zeit, er war ihre Lebenskraft. »Fünfhundert Yen, das kann ich dir geben. Aber sag dieser niederträchtigen Person nichts.« Mit der »niederträchtigen Person« meinte sie die Nebenfrau ihres Mannes. Die fünfhundert Yen waren ihre persönlichen Ersparnisse, die sie über viele Jahre zurückgelegt hatte. Eigentlich waren sie das Heiratsgeld für ihre beiden Söhne.

Sein Plan, Fliegen zu erlernen, bekam Flügel. Jian strahlte wie ein Kind. Er sah sich in einer französischen Niubote am Himmel über Taiwan. Ganz allein! Pfeilschnell! Die Menschen am Boden reckten voller Neid und Bewunderung die Hälse nach ihm. In der Menge war ein Mädchen mit dem Familiennamen Li, das es vielleicht gerade bedauerte, dass es ihn so schlecht behandelt hatte. Oder sich im selben Moment vornahm, ihm nach der Landung Blumen zu schenken.

Sein Vater verlangte von Jian, ihm beim Abwiegen und Mischen der Kräuter zu helfen. Über der Arbeit flog sein Geist davon; durch die Eingangstür der Apotheke sah er den grenzenlosen Himmel.

Bald traf er erste Vorbereitungen für seine Fahrt nach Japan: Er fragte Japankenner aus, wollte wissen, wie es dort war. Seine Traumfrau verblasste, ja, er vergaß sie überraschend schnell. Überhaupt achtete er nicht mehr so sehr auf seine Gefühlsregungen. Bis er Ayako kennenlernte.

An dem Tag war er zum Postamt gegangen, um ein Paket mit Büchern aus Japan abzuholen. Da passierten zwei wunderbare Dinge. Auf den Büchern lag ein Telegramm aus Japan: Er erfüllte alle erforderlichen Qualifikationen für die Aufnahmeprüfung zur Flugschule.

In diesem Augenblick fiel sein Blick auf Ayako.

Er hatte zwar Japanisch in der Schule gelernt, aber nur mit seinen Mitschülern gesprochen, nie mit einer Japanerin. Sein Wortschatz war mager, sein Satzbau unbeholfen und seine Aussprache undeutlich. »... Sie haben wohl ein Problem, oder?« Was er da zu ihr sagte, klang leider etwas grob. »Ihr Körper fühlt sich nicht gut. Sie sind krank, oder?«

Das Mädchen sah ihn an, länger als Fremde das gewöhnlich tun. Es kam ihm vor, als suchte sie nach Worten. Dann schluckte sie und erbrach sich auf seine Schuhe. Erst nachdem er sie ins Krankenhaus gebracht hatte, erfuhr er ihren Namen: Ayako. Sie kam aus Okinawa, kannte auf Taiwan keine Menschenseele und war genauso alt wie er, zwanzig Jahre. Das Unglaublichste aber war, dass sie beide am selben Tag desselben Monats desselben Jahres geboren waren. Später erzählte sie ihm von ihrem Verlobten, der jetzt ohne Kopf in einem Klassenzimmer in den Bergen aufgebahrt lag. An einem Ort, der Wushe hieß. *Wushe* bedeutete Niemandsland im Nebel.

Jian kümmerte sich um die kranke Ayako. Seiner Mutter erzählte er, ein ehemaliger Mittelschullehrer, Herr Matsumoto, sei schwer erkrankt. Dann zog er das Geld, das er im Kino verdient hatte, aus der Tasche und bat sie, dafür Suppe und ein paar Gerichte zuzubereiten. Er wollte Ayako jeden Tag eine Mahlzeit ins Krankenhaus bringen. Die einzige Gelegenheit, das Mädchen zu sehen.

»Ich habe dich nie von ihm sprechen hören. Was hat er?« forschte die Mutter.

»Das weiß ich nicht genau, wahrscheinlich Malaria.« Er sah den Zweifel in ihren Augen. Sie konnte seine Gedanken lesen.

»Warte mal kurz, Herr Lin! Vielen Dank, dass du mir so viel gutes Essen bringst.« Eine sanfte Stimme kam vom Ende des Korridors. Jian blieb stehen und sah sich um. Kraftlos stützte sich Ayako an der Wand ab und versuchte, ihm entgegenzugehen. Jian eilte ihr entgegen, um ihr zu helfen. »Das hat alles meine Mutter gekocht. Hat es dir geschmeckt? Wenn du noch etwas anderes brauchst, bringe ich es dir das nächste Mal mit.« Er hatte nur noch einen Gedanken: ihr etwas Gutes zu tun. Die Speisen waren nur eine Kleinigkeit. Er würde alles für sie tun, wenn sie es wollte. Wirklich alles.

»Ich danke dir. Es ist mir ein bisschen peinlich, deiner Mutter so viele Umstände zu bereiten.« Er sah in ihre klugen Augen und reichte ihr den Arm als Stütze. Gemeinsam gingen sie zurück in das Krankenzimmer. Ihr Bett stand am Fenster. Die Sonne schien ihr ins Gesicht. Blass und zerbrechlich sah sie aus, wie eine japanische Porzellanpuppe.

Jian saß an ihrem Bett und sah ihr dabei zu, wie sie wieder einschlief. Er hatte keine Gelegenheit gefunden, ihr zu sagen, dass er in Japan Fliegen lernen wollte. Er kam auch nicht dazu, ihr all sein theoretisches Wissen über Flugzeuge zu offenbaren. Vom Fenster aus sah er im Hof eine Gruppe von Königspalmen. Er fühlte sich geschmeichelt, dass sie ihm erlaubt hatte, an ihrem Bett über sie zu wachen.

Als sie gegen Abend aufwachte und ihn sah, war sie so gerührt, dass sie weinen musste. »Ich habe noch nie ›Roten Schildkrötenkuchen‹ gegessen, ich wusste gar nicht, dass Reiskuchen mit roten Bohnen so gut schmecken.« Dann ging ihr Weinen in Lachen über. Jian hatte nicht einmal ein Taschentuch. Wie ein Trottel musste er zusehen, wie sie sich mit dem Bettlaken die Tränen abwischte.

Ayako erholte sich langsam. Bald würde sie das Krankenhaus verlassen und mit der Asche ihres Verlobten nach Okinawa fahren. Bald bräuchte er ihr kein Essen mehr zu bringen. Er würde sie nie mehr wiedersehen.

Jian kam ein merkwürdiger Gedanke: Wie schön es wäre, wenn Ayako noch ein bisschen länger krank bliebe.

Obwohl Okinawa ebenfalls zum japanischen Territorium gehörte, war es viel rückständiger als die Hauptinsel. »Was ist Okinawa für ein Ort?«, fragte er Ayako. »Gibt es dort auch Flugschulen?« Ayako lauschte interessiert seinen Ausführungen über die Geheimnisse des Fliegens. Er strahlte über das ganze Gesicht: »Eines Tages werde ich nach Okinawa fliegen und dich besuchen!« Ayakos Gesicht sah weniger blass und abgezehrt aus. Sie lächelte, sagte aber kein Wort.

»Wer schickt dich eigentlich?« fragte ihn einmal ein taiwanischer Arzt. Jian antwortete ausweichend. Ein anderes Mal warf man ihn sogar aus dem Krankenhaus.

Niemand schickte ihn, er kam aus eigenem Antrieb. Er wollte ihr gefallen und hoffte, dass sie wieder gesund wurde. In der Abenddämmerung lief er durch die Straßen und sprach mit sich selbst. Mit der Nacht kam die Stimme der jungen Frau über ihn. Längst hatte sich ihr Name in seine Seele eingeschrieben.

Sie war keine schöne Frau. Aber sie hatte eine Art Sanftheit, ihre Stimme besaß eine gewisse magnetische Kraft, die ihn in eine geheimnisvolle unbekannte Welt hineinzog. Er wusste, dass sie viel stärker war als er selbst. In seiner Vorstellung war sie bereits die Stütze seines zukünftigen Lebens. Ohne sie hätte er keinen Halt.

Bestimmt sehnte sie sich nach seinen Besuchen, dachte er, denn sie hatte ihm immer so viel zu erzählen. Wenn sie auf ihre gelassene Art mit ihm sprach, fühlte er sich geborgen. Erst mit ihr zusammen wäre sein Leben erfüllt. Sobald er sie verließ, überkamen ihn große Hilflosigkeit und Unruhe. Die Welt war voller Fremder. Er konnte sie nicht verlassen. Seine Wünsche und Sehnsüchte würden schmelzen wie Eiswürfel, und er gleich mit. Er brauchte jemanden, der ihn brauchte, er brauchte einen Menschen, der seine Wünsche und Sehnsüchte mit ihm teilte.

Zu gern hätte er gewusst, was sie für ihn fühlte. Er wäre gerne in die Haut der Ärzte oder Krankenschwestern geschlüpft, um ihr nahe zu sein. Dann könnte er sie fragen, ob sie sich nach ihrem Verlobten zurücksehnte. Warum in ihrem Gesicht so oft Schmerz und Leiden lagen, oder war es etwas, das er nicht verstand. Gehörte er schon zu ihrem

Leben? In ihren Augen lagen Furcht und Zärtlichkeit. Er sah den stummen Ruf der Verzweiflung, ein Ruf nach lang ersehnter Liebe und nach Rettung. Gleichzeitig blieb Ayako reserviert. Sie behandelte ihn wie einen Bruder, was ihn sehr verwirrte.

Diese Verwirrung konnte niemand für ihn auflösen. Hier halfen keine Theorien, keine technischen Daten, hier half kein Analysieren und Berechnen, hier gab es kein Rezept. Seine Zweifel besetzten seine Gedanken. Wenn man Trockenpilze mit Wasser begießt, quellen sie auf. Legt man Nacktschnecken in Salzwasser, lösen sie sich auf und verschwinden. Und sie? Was fühlte sie für ihn? Er fand keine logische Antwort. Bestimmte Dinge verstand er eben nicht. Vielleicht war es Hoffnung. Es versetzte ihn jedenfalls in ähnliche Erregung wie der Anblick eines brennenden Papierdrachen am Nachthimmel. Als die Gardenien im Hof blühten, zögerte er, ihr welche zu pflücken. Wie im Kino oder in Romanen. Am Ende hatte er nicht den Mut dazu.

Als er ihren Zug aus dem Bahnhof fahren sah, stach es ihn mitten ins Herz. Nichts konnte er festhalten. Sie hatte seinen sehnlichsten Wunsch mitgenommen. Er blieb wie eine leere Hülle zurück. Es wusste nicht, wie er so weiterleben sollte, so unvollständig. Jetzt, wo sie weg war, trocknete er innerlich aus, verlor den Blick für das Leben.

Aus Okinawa schrieb sie ihm einen Brief, in dem sie ihm dankte. Jian hielt diesen Brief in den Händen wie ein kostbares Versprechen. Er bewahrte ihn in der Brusttasche seiner Jacke auf, nahe an seinem Herzen. Um keinen Preis durfte er ihn verlieren.

Kurze Zeit später verabschiedete er sich von seiner Mutter, nahm den Zug nach Keelung und von dort aus den Dampfer nach Japan. In Tokio meldete er sich für die Aufnahmeprüfung der Flugschule an. Er hatte einen Plan: Schaffte er die Prüfung, würde er in Tokio bleiben und versuchen, Ayako wiederzusehen. Fiel er durch, könnte er, ohne jemandem davon zu erzählen, nach Taiwan zurückkehren und hätte sein Gesicht gewahrt.

Er bestand die Prüfung. Als einziger Schüler aus den Kolonien wurde er an der Schule aufgenommen. Gleich als Erstes schrieb er einen Brief an Ayako. Doch sie antwortete nicht. Er schrieb weitere Briefe, wobei er immer wieder ihren einzigen Brief Wort für Wort und Satz für Satz durchging. Ayako, wo bist du nur? Was tust du gerade? Denkst du manchmal an mich? Hast du unsere gemeinsame Zeit schon vergessen?

Die Studiengebühren an der Flugschule waren sehr hoch, pro Semester tausend Yen. Jian besuchte Yasushi, Takais jüngeren Bruder, der in Yokohama wohnte. Er bat ihn, einen Brief an Takai zu schreiben, denn nur er konnte als alter Freund der Familie seinen Vater dazu überreden, Geld zu schicken.

Yasushi teilte Jians Begeisterung für Maschinen und mochte den jungen Taiwaner auf Anhieb. Schließlich versprach er zu helfen. »Japanische Technologie ist konkurrenzlos. Die Schiffs- und Flugwerften bauen die modernsten Maschinen der Welt.« Auch im Brief an seinen Bruder erklärte er ausführlich, warum der Bau von japanischen Flugzeugen und Flugzeugträgern so wichtig war. Er solle das den Lins vermitteln und sie bitten, Jians Studium zu bezahlen.

Bevor die amerikanische Marine ihr Jagdflugzeug *Grumman F6F Hellcat* entwickelte, waren die japanischen Jäger vom Typ *Zero* unbesiegbar. Sie schlugen nicht nur Bomber der Typen *P-40*, *Bison*, *Taifun*, *Bristol Blenheim* und *Hudson* in die Flucht. Gegen sie hatten selbst die *Spitfires* keine Chance, die in Europa immerhin das beste Jagdflugzeug der deutschen Luftwaffe, die Messerschmitt *Bf 109 E*, durchlöchert hatten. Schon sehr bald würde das Zeitalter der japanischen Luftwaffe anbrechen, versprach Takai den Lins, und ein ganzer Kerl gehörte zur Luftwaffe.

Zu Beginn seines Studiums erhielt Jian von seiner Familie per Post einen Umschlag mit dem genau abgezählten Schulgeld. Am ersten Schultag kam er sich vor wie ein musikalischer Analphabet in einem Orchester: Er bewegte die Lippen, ohne zu singen, und eines Tages würde der Betrug auffliegen. Bald aber merkte er, dass die anderen Anfänger noch weniger Ahnung hatten als er. Bald gab er ihnen sogar Nachhilfe, womit er Neid auf sich zog.

Der Klassenlehrer nahm mit der Klasse gerade die Konstruktion eines Eindecker-Jagdflugzeugs der japanischen Marine durch, als Jian in das Büro des Direktors gerufen wurde.

Der Direktor saß hinter einem Schreibtisch, so groß wie ein Bett. »Wie mir zu Ohren gekommen ist, möchtest du dich nicht im Fachbereich Mechanik ausbilden lassen?«, fragte er Jian. Der schüttelte sofort den Kopf. »Wer bürgt für dich?« Der Direktor war ein Mann aus Tokio, der großen Wert auf gute Kleidung legte. »Der Schulinspektor hält dich nicht geeignet für die Pilotenausbildung. Besser, du gehst zu den Mechanikern.«

»Weil du kein gebürtiger Japaner bist, haben sie Angst, du könntest irgendwann in die chinesische Armee eintreten«, sagte Takais Bruder Jian später im Vertrauen. »Es sei denn, du unterschreibst und schwörst bei deinem Leben, China nie dein Wissen und Können zur Verfügung zu stellen.« Er warf ihm einen fragenden Blick zu. Um Jian zu helfen, war Yasushi schon mehrmals an der Schule gewesen und hatte lange Gespräche mit dem Direktor geführt.

Sofort unterzeichnete Jian die Garantieerklärung. Dennoch hatte die Schule weiter erhebliche Bedenken. Sie setzten ihn erst einmal auf die Warteliste für den Fachbereich Navigation. Nach einem Jahr bei den Mechanikern würde er, wenn seine Noten gut genug waren, dann wechseln.

Die Eltern mussten zudem unterschreiben, dass die Schule für Unfälle keinerlei Verantwortung übernähme. Im selben Jahr waren schon zwei Maschinen abgestürzt, vier Studenten waren gestorben.

Bevor er nach Japan kam, hatte Jian selten Briefe geschrieben, umso mehr schrieb er jetzt, in seinem Tokioter Wohnheim. Montag war Posttag. Jian sehnte die Montage herbei. Und eigentlich wartete er nicht auf Nachrichten von seiner Familie, sondern auf einen Brief von Ayako.

Montags war er besonders einsam, da sie nicht schrieb. Bald fürchtete er die Montage.

Jian war ein ausgezeichneter Student, und mitten im Semester durfte er in einem Flugzeug mitfliegen. Er war so aufgeregt, dass er mehrere Nächte lang nicht schlafen konnte.

In dem Frachtflugzeug setzte er sich hinter den Flugschüler, beobachtete die Kompassnadel und die anderen Instrumente. Trotz der Aufregung notierte er alles, was der Flugschüler während des Starts tat. Aufmerksam lauschte er den Motorengeräuschen. Dann griff der Flugschüler nach dem Steuerknüppel, ein Seufzen ertönte, und die Maschine glitt nach vorne, Jians Körper wurde gegen die Lehne gedrückt. Er hob wirklich vom Boden ab.

Sie ließen die Erde und die Wolken hinter sich, kamen der Sonne immer näher. Die Maschine flog nach Süden. Jian streckte aufgeregt seinen Kopf nach draußen. Der Motor donnerte und dröhnte, dichte Rauchschwaden rasten an ihm vorbei. Die Häuser und Menschen wurden kleiner und kleiner. Wünsch mir Glück! Er dachte an seine Mutter, an die Leute daheim. Wie sehr wünschte er, dass sie diesen Augenblick miterleben könnten.

Wünsch mir Glück, Ayako.

Noch bevor das erste Semester zu Ende war, kam die schlechte Nachricht von zu Hause: Jians Vater war schwer krank, was die Familie dem Sohn bisher verschwiegen hatte. Es stand so schlecht um ihn, dass der jüngerer Bruder Cai im Auftrag der Mutter fragte, ob Jian zurückkommen und das Heilkräutergeschäft übernehmen könnte. Das Wichtigste kam am Ende des Briefs: Sie habe eine Verlobte für ihn ausgesucht.

Die Schule genehmigte ihm genau in dem Augenblick, da ihm seine Eltern die Studiengebühren nicht mehr zahlen konnten, den Wechsel in den Fachbereich Navigation. Also fuhr Jian ein weiteres Mal nach Yokohama zu Yasushi. »Aufgeben nur wegen des Geldes. Das wäre doch zu schade!«, wiederholte Yasushi immer wieder, als müsste er die Schule verlassen. »Ich hatte davon geträumt, dass du mich eines Tages auf einen Flug in den Himmel mitnehmen würdest!« Yasushi seufzte, trank einen Schluck Tee und nahm sich von den klebrigen Yokan, die seine Frau nach traditionellem Rezept aus Agar-Agar, Zucker und gemahlenen Adzukibohnen gebacken hatte. »Ich werde noch mal mit dem Direktor reden.«

Der Direktor und Yasushi fanden zu keiner Lösung. Als Student aus den Kolonien konnte Jian kein Stipendium beantragen. »Es tut mir wahnsinnig leid«, sagte Yasushi traurig. »Fahr am besten erst mal nach Hause und komm später wieder, wenn du genug Geld hast.«

Jian packte seine Pilotenbrille und die Ledermütze in einen

Koffer und kehrte nach Taiwan zurück. Es war Ende 1933, und er kam gerade noch rechtzeitig zur Beerdigung seines Vaters.

»Ist Vater wieder gesund?« So musste Jian fragen, als er die Türschwelle zum Haus seiner Mutter betrat. »Ja. Es geht ihm wieder besser«, antwortete die Mutter. Dies Ritual musste ihrem Wiedersehen vorangehen. Jian hatte den Todestag seines Vaters verpasst. Das war eine große Sünde. Als er starb, war Jian gerade auf der Fähre, der »Daiwa«, auf der Heimfahrt. Er starrte auf das endlos weite Meer und dachte an Ayako.

Daheim überreichte Cai seinem Bruder einen Brief. »Ist das das Mädchen aus Okinawa, dem du das Leben gerettet hast?«, fragte er leise und betrachtete neugierig den Brief.

»Mutter wollte nicht, dass du ihn bekommst. Ich habe ihn für dich aufgehoben.«

Jian konnte nicht warten und riss das Kuvert auf: Es war tatsächlich ein Brief von Ayako. »Aha, sie hat meine Briefe überhaupt nicht erhalten!« Er war zu erregt, um den Inhalt genau zu lesen. Als er das Wort »vermissen« las, konnte er es kaum fassen. Das Schriftzeichen war wie ein Flugzeug, mit dem er sofort wieder abheben konnte. Dass Ayako eigentlich »Taiwan« vermisste, fiel ihm überhaupt nicht auf. Solche Details waren ihm nicht wichtig.

Seine trauernde Mutter hatte alles für die Begegnung mit jenem Mädchen vorbereitet, das sie für ihn ausgewählt hatte: Eine junge Frau aus Changhua, die gut sticken konnte. In Changhua stellte er sich an die Zimmertür und sah ihr durch den Türspalt zu, wie sie einem anderen Mädchen das Sticken beibrachte. Ihr Anblick ließ ihm das Herz schwer werden. Als sie wieder gingen, lief er mit so schnellen Schritten, dass seine Mutter kaum mithalten konnte. »So ein hübsches Mädchen! Und so tüchtig!«, keuchte sie hinter ihm. Doch er drehte sich weder nach ihr um, noch sagte er irgendetwas. Er schwieg und kehrte heim.

Er schrieb Ayako an die Adresse, von der sie ihm geschrieben hatte.

Nach dem Abschluss der Mittelschule arbeitete sein Bruder Cai ein halbes Jahr für eine Genossenschaft. Eines Morgens jedoch fasste er den Entschluss, nicht mehr zur Arbeit zu gehen. Er bekam für dieselbe Arbeit die Hälfte des Gehalts seiner japanischen Kollegen. Da lernte er lieber das Schreinern von einem Freund. Die Mutter hoffte, dass sich wenigstens Jian um das Heilkräutergeschäft kümmern würde.

Seit Jian den Brief von Ayako erhalten hatte, stellte er sich vor, sie sei nicht besonders froh darüber, sich um die Eltern ihres verstorbenen Verlobten kümmern zu müssen. Jeden einzelnen Strich und jedes Schriftzeichen ihres Briefes nahm er sich vor, als könnte er daraus lesen, ob Ayako beim Ansetzen des Stiftes gezögert hatte. Er war bestimmt der Einzige auf der Welt, der sie trösten könnte. Und dann nahm er seinen ganzen Mut zusammen und lud sie ein, nach Taiwan zu kommen. Vorsichtig formulierte er einen doppeldeutigen Satz: »Lass uns gemeinsam versuchen, dieses Leben weiterzuleben, Ayako.«

Er würde sie heiraten.

Ayako war bereits an Bord des Fährschiffs nach Keelung, als ihn ihr nächster Brief erreichte. Sie schrieb ihm nur den Tag ihrer Ankunft auf Taiwan. Jian hatte nie zuvor eine Frau kennengelernt, die ohne Begleitung auf Reisen ging. Was für einen Mut musste Ayako haben – wenn das nicht Liebe war, was dann!

Die Hochzeit im Hause Lin mit der Frau aus Okinawa war das Thema auf den Straßen von Taichung. Zu jener Zeit gab es nur sehr wenige Mischehen zwischen Taiwanern und Japanern, und Leute aus Okinawa waren auf Taiwan noch viel seltener. Die Nachbarn besuchten die Witwe Lin, um ihr die Verbindung auszureden. »Frauen, die im Jahr des Tigers geboren sind, kann man doch nicht heiraten!«, brachte jemand vor, und: »Die Japaner essen rohes Fleisch. Die Frauen und Männer gehen in dieselben Badehäuser, nackt!«

»Wir stellen Blumen in die Vase, sie stellen Gräser hinein; wir tragen Säuglinge im Arm, sie tragen Hunde; wir legen uns ins Bett, die legen sich auf den Boden in die Nähe der Toilette; und wo wir uns in Sänften setzen, da setzen sie sich in Schubkarren.« Kein Vorurteil über Mischehen ließen sie unerwähnt, sie redeten und warnten und sahen schon das schlimme Erwachen.

Obwohl Jians Mutter ähnlich dachte wie die Leute, stellte sie sich der Heirat ihres Sohnes nicht entgegen. Nachdem sie ihren Mann verloren hatte und seine Nebenfrau mit dem Geld geflüchtet war, hatte sie das Gefühl, schlimmer könnte es nicht mehr werden.

Schon vor der Heirat träumte Jian von Ayakos weißen Brüsten. Ihre Haut war weiß und glatt wie Seide, und sich allein vorzustellen, wie ihre schwarzen, langen Haare über diese Haut fielen, erregte ihn. Nach der Hochzeit gab es kein Halten mehr. Er liebte und begehrte sie mit all seinen Sinnen. Manchmal fragte er sich, ob er nicht zu fordernd war, oder sie ein wenig prüde. Ayako war und blieb rätselhaft. Wenn er sie umarmte, war sie gefügig wie eine verwundete Taube. Sobald er sie losließ, hatte er Angst, sie könnte davonfliegen.

Er beobachtete sie, weil er ihre Gefühle und Empfindungen kennenlernen wollte. Sie war von einer Glasschicht umgeben, die es ihm unmöglich machte, sie zu berühren oder ihren Geruch wahrzunehmen. Das andauernde Lächeln in ihrem Gesicht konnte ganz plötzlich verschwinden. Mit todernster Miene lernte sie den taiwanischen Dialekt. Auch die taiwanische Küche eignete sie sich an. Sie nahm alles auf, sogar die lokalen Sitten und Gebräuche, die er für Aberglauben hielt: Isst eine Schwangere mehr Fleisch, bekommt sie einen Sohn, isst sie mehr Gemüse, wird es eine Tochter.

»Besser, man ist ein bodenständiger Wurm als ein Drache im Himmel.« Das gab Ayako zurück, wenn Jian das Fliegen erwähnte. Oder: »Eine solche Höhe, das geht doch nicht.« Denselben sorgenvollen Ausdruck hatte sie, als sie erzählen hörte, dass es im Kikumoto-Hyakaten-Kaufhaus in Taipeh einen Fahrstuhl gab, mit dem man von Stockwerk zu Stockwerk schwebte.

Wenn er mit ihrer Auffassung vom Fliegen nicht einverstanden war, tätschelte Ayako seinen Arm und schaute ihn offen an. Damals meinte er, dass auf dieser Welt nur sie allein ihn weiterbringen könne.

Obgleich ihn das wirkliche Leben gerade in die entgegengesetzte Richtung trieb, schwebte Jian in seinen Träumen immer wieder über den Pazifik, flog hoch am Himmel von Japan nach Taiwan hinüber. Er landete und hob ab. Er hob ab und landete, und hob wieder ab.

Seit herausgekommen war, dass sein Bruder Cai an einer verbotenen Versammlung von Taiwans Bauernvereinigung teilgenommen hatte, waren einige wichtige Leute schlecht auf die Lins zu sprechen. Die Spendenaktion, die Jian dabei helfen sollte, das Studium fortzusetzen, fand ein vorläufiges Ende. Nur der Geschäftsmann Zhuang war nach wie vor dazu bereit, Jian finanziell zu unterstützen.

Herr Zhuang begeisterte sich ebenfalls leidenschaftlich für das Fliegen und wollte, dass Jian sein Studium abschloss, um später zusammen mit ihm Flugzeuge zu verkaufen. Doch er konnte nur die Hälfte des Schulgeldes aufbringen. Selbst nachdem Jian überall herumgelaufen war und bei Geschäftsleuten für seine Sache geworben hatte, reichte es noch nicht. Kurze Zeit später änderte auch Herr Zhuang seine Meinung.

»Was wisst ihr denn von den Problemen der Arbeiter und Bauern?« wollte Jian von seinem Bruder wissen. »Wie kommt ihr darauf, dass gerade Karl Marx sie lösen kann?« Von klein auf war Jian immer nachsichtig mit Cai umgegangen, aber wegen seiner politischen Aktivitäten stritten sie nun häufiger. »So viele Leute haben nichts mehr zu essen, und du träumst immer noch vom Fliegen.«

»Die Politik ist ein schmutziges Geschäft, verstehst du das nicht?«, entgegnete ihm Jian. Er hielt sich für alles andere als gleichgültig und herzlos, doch ein naiver Idealist war er ebenso wenig. Er ging ins Haus zurück, aber von Ayako bekam er keinen Trost. Deshalb ging er vor die Tür und kaufte sich ein Stück Zuckerrohr auf der Straße.

Er konnte nicht erklären, warum er das Fliegen so liebte. Vielleicht, weil es für Freiheit und Risiko stand. Außerdem war es eine Art Sport, und er liebte Sport. Die meisten Leute, die er kannte, hatten noch nie ein Flugzeug gesehen, geschweige denn, dass sie darin geflogen wären. Sie verstanden nicht, was ein Flugzeug war, ebenso wenig wie sie das Kino verstanden, sie verwechselten die Filme immer mit der Realität. Sie hatten einfach keine Ahnung von technischem Fortschritt.

Jian spuckte einen Mundvoll Zuckerrohr auf den Boden und schaute in den blauen Himmel. »Wirst sehen«, rief er sich selbst im Stillen zu, »der Himmel wartet schon auf dich.«

Nur zwei Dinge gab es auf dieser Welt, derer er nie wirklich überdrüssig werden würde: das eine war der blaue Himmel und das andere Ayakos sanfte Augen. Er würde das Geld für Japan schon zusammenbringen. Und wenn er es sich verdienen müsste.

Noch hatte Jian seinen Plan, das Geschäft und Haus der Familie unter den Geschwistern aufzuteilen, niemandem mitgeteilt. Eines Tages sah er seinen Bruder mit ein paar fremden Männern vor dem Geschäft stehen und laut streiten. »Sie behaupten, dass der Laden ihnen gehört, diese Lügner!« Mit hochrotem Gesicht zeigte Cai auf die Gläubiger, die Jian nie zuvor gesehen hatte. Einer von ihnen zog einen Vertrag aus der Tasche.

Entweder hatte der todkranke Lin Baoji das Heilkräutergeschäft seiner Nebenfrau übertragen, oder sie hatte seinen verwirrten Geisteszustand ausgenutzt und ihn zum Unterzeichnen gebracht. Das konnte nun niemand mehr sagen. Auf jeden Fall hatte sie eine Hypothek auf den Laden aufgenommen und sich auf ihren halb verkrüppelten »befreiten Füßen« aus dem Staub gemacht.

Tag für Tag setzten sich die Männer nun demonstrativ in den Laden. Zwei Cousins, einflussreiche Verwandte aus Quanzhou, waren darunter. Die Lins baten Takai um Vermittlung. Doch dieses Mal hielt sich Takai zurück. Glücklicherweise besaßen die Lins noch einige Felder. Sie verkauften sie und erwarben dafür ein Saatgutgeschäft mit drei Wohngebäuden und einem Hinterhof im Gancheng-Brücken-Viertel.

Die Sache mit der Vermögensaufteilung verzögerte sich also. »Warten wir ab, bis Cai sein erstes Geld als Schreiner verdient, dann reden wir noch mal darüber«, bat die Witwe Lin. Sie war immer um ihren jüngsten Sohn besorgt. Als der

Ältere wollte Jian seiner Mutter Kummer ersparen, und darüber hinaus leistete Ayako gegen seinen Plan vom Fliegen Widerstand. So wurde alles hinausgeschoben.

Cais Schreinerarbeiten konnten sich sehen lassen, aber er hatte keinen Geschäftssinn: Je nach Kunde legte er die Preise fest. Manchmal wollte er keine Bezahlung annehmen, ein anderes Mal verlangte er den doppelten Preis. Außerdem ließ er jedes Mal die Arbeit ruhen, um zu den Lesezirkeln in Huludun zu radeln. Manchmal kam er tagelang nicht wieder, und sein Geschäft blieb geschlossen.

Ursprünglich hatte Cai gelernt, hölzerne Fenster und chinesische Reliefs zu fertigen. Doch seitdem das japanische Generalgouvernement alle taiwanischen Opferbräuche streng verboten hatte und Taiwans Tempel niedergerissen oder geschlossen wurden, blieb vielen Schreinern nichts anderes übrig, als umzulernen und japanische Türen und Fenster herzustellen. Cai war gezwungen, Möbel zu bauen, achteckige Tische oder Esstische. Er fertigte ein paar Qing-Stühle und schenkte sie Ayako. Sie war begeistert.

Das Wort »Flugzeug« fiel fortan nicht mehr und schlief in Jians Herz einen tiefen Schlaf, ganz wie Ayakos kostbarer Kimono, der schon seit so vielen Jahren in den Tiefen ihres Kleiderschrankes hing. Jian versprach ihr sogar, nicht mehr ans Fliegen zu denken. Er würde ein ordentliches Leben führen, um seinen Kindern ein noch besseres Leben zu ermöglichen.

Im Saatgutgeschäft gab es viel Arbeit für Jian und Ayako. Jian bestellte die Ware und kassierte das Geld, Ayako stand im Laden und verkaufte. Ihr drittes Kind war gerade zur Welt gekommen. Sie sammelte viele Grundkenntnisse in Landwirtschaft und kannten das Geheimnis, wie man Penglai-Reis anbaut. Außerdem planten sie, zusammen mit anderen Händlern die neuesten Landwirtschaftsgeräte aus Japan zu importieren.«Warten wir ab, bis die Kinder größer sind und wir genug Geld zusammen haben, dann fahren wir nach Japan.« Jian hatte die Verbindung mit Yasushi nie abgebrochen und verfolgte einen neuen Plan.

»Frauen können auch Flugzeuge fliegen. Eine Amelia Earhart aus den USA hat vor ein paar Jahren mit ihrer Maschine den Atlantik überquert.« Aus einer Kiste hatte Jian einen Stapel alter Magazine herausgeholt, die er nun Seite für Seite durchblätterte. In seinem Herzen erklang eine anrührende Melodie. »Sie ist eine Heldin«, geriet er ins Schwärmen.

Ayako saß in einiger Entfernung und stickte, als Jian seinen Kindern von der amerikanischen Pilotin erzählte. Er spürte, dass sie in diesem Moment ihre Nadel sinken ließ und zu ihm herüberschaute.

Am 8. Dezember 1941 stiegen japanische Kampfflugzeuge in den Himmel über Oahu auf. – Es war ein ruhiger Sonntagmorgen, US-Soldaten in Pearl Habor waren gerade aufgestanden. Eine furchtbare Serie von Explosionen zerriss die Stille im Hafen: Es regnete Bomben. Sie hüllten den Himmel über dem Hafen in dichte Rauchschwaden. Nur wenige Minuten später meldete Mitsuo Fuchida, der Befehlshaber der japanischen Luftflotte, per Telegramm, dass der Angriff auf die Amerikaner erfolgreich verlaufen sei.

Die japanische Armee landete in Guam. Japanische U-Boote spürten zwei englische Kriegsschiffe auf und versenkten sie innerhalb nur weniger Stunden. Die Engländer gaben Singapur auf.

Auf den Philippinen ereilte die Luftwaffe unter General MacArthur ein ähnliches Schicksal wie Pearl Harbor: Die *Zero*-Jäger starteten in Taiwan und zerstörten sämtliche amerikanischen Flugzeuge auf den Flugbasen Clark Field und Nichols Field, noch bevor sie abheben konnten. In kürzester Zeit wurde die japanische Armee zur stärksten Kraft im Pazifik und im Südchinesischen Meer; es gab keine Schlacht, die sie nicht gewann. Der Stützpunkt in Gangshan wurde zum Wartungs- und Reparaturzentrum der japanischen Luftwaffe auf Taiwan.

Von Takai erhielt Jian ein Empfehlungsschreiben. Er solle nach Gangshan fahren und dort einen hochrangigen Offizier namens Nakamura aufsuchen. Der könne ihm einen Job als Wartungstechniker verschaffen. »Mit diesem Job dienst du dem japanischen Kaiser«, schrieb Takai in seinem Brief. »Der Krieg verlangt es, dass alle Studenten und Lehrer der Flugschulen zur Luftwaffe gehen.«

Jian wollte wissen, was Ayako davon hielt. »Geht es wirklich nur um die Wartung von Flugzeugen?« Diese Frage stellte sie ihm immer wieder. Wie er ihr die Sache auch erklärte, sie schien ihm nicht zu glauben. Außerdem wollte sie ihn nicht nach Gangshan begleiten.

Tagelang durchbohrte er Ayako mit Blicken, aber ihre Antwort blieb immer dieselbe: »In den Angestellten-Wohnheimen gibt es zu wenig Platz« und »Jemand muss sich doch um das Geschäft und den Haushalt kümmern!« Obwohl sie ihm genügend vernünftige Gründe nennen konnte, hörte er dennoch aus ihrer Stimme eine Art Protest heraus. Schließlich ging sie wirklich nicht mit ihm mit, sondern blieb zusammen mit den Kindern zu Hause. Sie konnte genauso dickköpfig und unnachgiebig sein wie er.

Mit dem Eintritt in den Zweiten Weltkrieg dehnte Japan das Kontrollsystem der Wirtschaftspolizei auf ganz Taiwan aus. Kleine Kontrolltrupps durchsuchten die Häuser regelmäßig nach illegalen Waren. Ayako begriff schnell, dass ihr Vorhaben, landwirtschaftliche Geräte aus Japan zu importieren, unmöglich geworden war.

Im Sommer 1942 ging Jian allein nach Kaohsiung. Mit Ayako vereinbarte er, dass sie das Geschäft verkaufen und mit der ganzen Familie nach Gangshan übersiedeln würde, sobald er eine feste Anstellung bekommen hätte.

Auf dem Stützpunkt wurde Jian Leiter der Inspektionsgruppe. Er hatte an der Flugschule zwar eine Menge theoretisches Wissen über die Konstruktion und die Wartung von Flugzeugen gesammelt, doch angesichts all der vielen neuen Flugzeugtypen und einer Technik, die sich mit jedem Tag veränderte, stieß er bald an seine Grenzen. Also besorgte er sich ein paar neue Fachbücher.

»Du bist für die Inspektion verantwortlich. Du darfst nicht mehr in die Reparaturabteilung gehen.« Sano, der Leiter des Stützpunkts, hatte Jian in sein Büro gerufen. »Du verstehst, warum?« Er sah Jian ins Gesicht. »Wenn du ihnen bei der Reparatur hilfst, wirst du die Kontrollen in Zukunft nicht mehr sorgfältig ausführen. Am besten man trennt alles klar voneinander«, sagte Sano mit ernster Miene. Jian bat, sich entfernen zu dürfen. Sano hielt ihn zurück: »Ich hörte, du liest viele Bücher über die Luftfahrt?« Er sah ihn milde an. »Dann scheinst du dich ja wirklich sehr für das Fliegen zu interessieren.« Aus seiner Schublade holte er ein Abzeichen heraus, das er Jian hinüberreichte. Es war eine Medaille von einem Flugwettbewerb in Tokio.

Jian musterte sie eingehend: Ein fein gearbeitetes Stück. »So etwas kann man nirgendwo kaufen.« Sano klopfte ihm kurz auf die Schulter. »Wie geschaffen für einen leidenschaftlichen Flieger, so wie du einer bist «, sagte er, immer noch sehr ernst. »Wenn du künftig irgendwelche Hilfe brauchen solltest, komm direkt zu mir.«

»Ich möchte Fliegen lernen«, platzte Jian heraus. Sano schaute brüderlich und nickte: »Wenn es uns Menschen gelingt, auch nur eine Sache im Leben wirklich zu meistern, ist das alles andere als einfach: Es ist die höchste Tugend.«

Oft blieb Jian bis Mitternacht auf dem Stützpunkt und untersuchte eingehend die Maschinen, die dort zur Reparatur standen. Er liebte diese Flugzeuge. Jedem hatte er einen Namen gegeben (viele Piloten nannten ihre Maschinen nach ihrer Frau oder ihrer Freundin). Von Flugzeugen, die er repariert hatte, fertigte er in seinem Notizbuch eine Zeichnung an und notierte ihre technischen Daten und Unterschiede, etwa zwischen dem alten Bomber *Ki-213 Sally* und dem neuen Typ *OB-01 Betty*.

Im Hangar stand auch ein *Zero*-Jäger, den man von Borneo zur Überholung herübergeschickt hatte. Aus Langeweile plante Jian eines Abends, ein defektes Messinstrument dieser Maschine auszutauschen. Er kletterte in die Pilotenkanzel und überprüfte die Ziffern auf den Geräten. Er saß vor den dunkelgrün lackierten, metallenen Apparaten, blätterte immer wieder in seinem Notizbuch und sprach mit den Instrumenten, als besäßen sie eine eigene Seele und könnten ihn verstehen.

»Du würdest es gerne probieren, nicht wahr?«, rief plötzlich jemand von unten zu ihm herauf.

Jian schrak zusammen. Der Pilot der *Zero* war zurückgekommen, um nach seinem Taschenmesser zu suchen. Dieser junge Typ war in diesem Jahr schon mehrmals nach Gangshan gekommen. Jian erinnerte sich an seinen Namen, Musashi. Der Pilot stand unter ihm neben der Kanzel, warf sein Messer in die Luft und fing es wieder auf. Er trug die Uniform der Luftwaffe und hatte ein weißes Tuch um den Hals geschlungen. Er sah so gut aus, so dynamisch.

»Traust du dich?« Musashi heftete seine leicht hervorstehenden, klugen Augen auf Jian. Er versuchte herauszufinden, was der Pilot damit beabsichtigte. Er wagte nicht, zu antworten.

»Theoretisch weißt du eine ganze Menge über das Fliegen, aber ein Flugzeug geflogen hast du noch nie. Du musst doch seit langem davon träumen, oder?« Jian lief ein kalter Schauer über den Rücken. »Woher weißt du das?«, fragte er zurück.

»Ich beobachte dich schon eine ganze Weile«, Musashi lächelte geheimnisvoll. »Du willst schon immer einen *Zero*-Jäger fliegen, stimmt's?«

Mit Musashis Hilfe schob Jian ein neues Schulflugzeug aus dem Hangar auf ein Feld außerhalb des Stützpunkts. Es war ein sehr primitives Flugzeug, Flügel und Rumpf bestanden aus Segeltuch. Im schwachen Licht des Morgengrauens erklärte Musashi Jian, was er zu tun hatte. Immer wieder bestätigte Jian, dass er alles verstanden hatte. Dann setzte er sich hinter das Steuer, startete den Motor und gab Gas. Nachdem er einige hundert Meter nach vorne gerollt war, zog er die Maschine nach oben, bis sie eine Höhe von einigen Dutzend Metern erreicht hatte.

Er spürte das Vibrieren des Flugzeugs im Luftstrom und sah, wie der starke Wind an den Segeltuchflächen zerrte. Eine warme Welle jagte durch seine Adern, obwohl er am ganzen Körper vor Kälte zitterte. Ganz vorsichtig warf er einen Blick nach unten: Musashi war nicht mehr zu sehen, rasend schnell entfernte sich der Boden unter ihm. Behutsam zog er am Kontrollhebel für die Luftklappen. Angsterfüllt und aufgeregt zugleich sog er die Luft in die Nase.

Im Osten brach die Sonne durch.

Jian konnte nicht glauben, dass sein Wunschtraum wahr geworden war. Ein starkes Glücksgefühl machte ihn schwindelig und raubte ihm die Orientierung. Aber dann warf er einen konzentrierten Blick auf den Kompass, um festzustellen, wo er war.

Für den gleichen Abend verabredeten sich Jian und Musashi auf ein paar Flaschen Reiswein bei Jian. Er holte Musashi in seinem Hotel ab. Vor der Tür traf er auf eine Gruppe von noch jüngeren Piloten, die gerade aus Japan eingetroffen waren und in Tainan und Gangshan eingesetzt werden sollten. Einige Jeeps hatten sie hergebracht. Er warf den Neulingen einen neidischen Blick zu: Jeder von ihnen sah so schneidig, attraktiv und intelligent aus. Er konnte seine Augen gar nicht von ihnen wenden. Dies war also die neue Generation der Söhne Großjapans, dachte er voller Ehrfurcht.

Musashis Rufen riss ihn aus seiner Andacht. Sie verließen das Hotel und traten auf die laubbedeckte Straße. Beide waren es nicht gewohnt, viel zu sprechen. Auf Jians Zimmer forderten sie sich gegenseitig zum Trinken auf. Jian bereite aus 150 Gramm seiner Schweinefleischration ein kleines Abendessen.

Als Musashi schließlich betrunken genug war, sprudelten die Worte nur so aus ihm heraus. Er erzählte, wie er zur Fliegereinheit gekommen war. Seit seiner Kindheit auf Kyushu träumte er vom fliegen, der Baron von Richthofen war sein erster Held. Musashi nahm seine Essstäbchen in die Hand, und führte Jian vor, wie der »Rote Baron« feindlichen Flugzeugen vormachte, er sei abgeschossen worden; er ließ seine Maschine zuerst steil nach unten stürzen, um sie dann, hundert Meter über dem Boden, mit aller Kraft wieder nach oben zu reißen.

Mit fünfzehn wollte Musashi das Fliegen erlernen. Sein Onkel war Pilot. Bald steuerte er in Begleitung seines Onkels ganz alleine ein Flugzeug – ein Ereignis, über das damals sogar die Zeitungen berichtet hatten. Musashi zog ein Foto und einen Zeitungsausschnitt, die er mitgenommen hatte, aus der Tasche. »Das bin ich.« Er lachte. Dann zeigte er auf den Zeitungsausschnitt: »Und das ist der Rote Baron!« Ein Foto fiel zu Boden, es zeigte seine Freundin im Kimono. »Herr Lin, wer seine Ziele erreichen will, der muss so werden wie er«, zischte Musashi und schlug mit der Faust mit voller Wucht auf die Tischplatte. Jian, der eingenickt war, schreckte hoch. Musashi faltete einen Papierbogen auseinander. »In meiner Generation gibt es ebenfalls ein paar herausragende Piloten, Männer wie den Luftwaffenfeldwebel Mutou Kaneyoshi«, sagte Musashi voller Ehrfurcht. »Mutou Kaneyoshi ist der König unter den Piloten der Marinefliegertruppe in Yokosuka. Er ist nicht nur ein schneller Pilot, sondern auch noch ein ganz vorzüglicher Schütze. Er weiß, wie man in nächster Nähe oder in weiter Distanz eine scharfe Wende macht und sich an der gegnerischen Maschine festbeißt.« Mit den Armen und Händen machte Musashi vor, was er mit plötzlichem Abdrehen und Wenden meinte. »Und er ist nicht der einzige großjapanische Held, denn es gibt außerdem noch Hiroyoshi Nishizawa und Saburou Sakai. Sie sind die begabtesten Männer des Kaisers, sie sind große Helden, unsere Helden.« Musashi nahm einen Schluck vom angewärmten Reiswein. »Trinken wir auf die Großjapanische Gemeinschaft!«

Jian und Musashi tranken sich in den Schlaf. Als Jian am anderen Morgen erwachte, war Musashi weg. Auf dem Stützpunkt erfuhr er, dass er nach Borneo geflogen war.

Nach seinem Abflug stand Jian noch mehrere Male früh am Morgen auf, um das Schulflugzeug zu fliegen. Bis um sechs Uhr morgens schob er das Flugzeug immer zurück zum Stützpunkt. Seine heimlichen Ausflüge bezeichnete er ein wenig angeberisch als »Operation Weißer Baron«.

Schon bald kam seine »Operation Weißer Baron« ans Licht. Der Kommandant des Stützpunkts, Sano, war entsetzt. Er ordnete eine eingehende Untersuchung an. Irgendjemand hatte Jian denunziert. Sano zitierte ihn in sein Büro. »Du brauchst mir nur zu verraten, wer dir dabei geholfen hat, und ich werde dein Strafe mildern«, sagte er, »Steckt noch jemand dahinter?« Jian war Musashi sehr dankbar. Deshalb schwieg er. Er wurde für mehrere Tage eingesperrt, dann entschied Sano, ihn aus dem Dienst zu entlassen. Es gab keinen Ausweg mehr als den Heimweg. Insgesamt hatte er ein Jahr an diesem Stützpunkt gedient, und er hatte gelernt, wie man ein Flugzeug lenkt, wenn auch nur ein primitives Schulflugzeug.

Einen Monat nach seiner Rückkehr kam ein Flugoffizier namens Ota vom taiwanischen Verkehrsamt auf einer Dienstreise bei Jian in Taichung vorbei.

Ota erklärte, er sei ein ehemaliger Vorgesetzter von Musashi. Der habe Jian einmal erwähnt, und er wisse von ihm, dass er ein ausgezeichneter Flugzeugmechaniker sei. Er, Ota, bedauere sehr, dass Jian nicht mehr auf dem Stützpunkt arbeite. Ob er sich nicht als Soldat der japanischen Marinefliegertruppe anschließen wolle. »Aber ich bin über dreißig, ich bin zu alt.« Er hatte eine gute Ausrede. Und eine Familie. »Für den Rang eines Feldwebels oder eines Unterleutnants schadet es nichts, etwas älter zu sein. Außerdem wirst du gut bezahlt. Dagegen kann deine Familie doch nichts einwenden, oder?« Ota klopfte ihm auf die Schulter und fragte lachend: »Hast du schon mal eine *Zero* geflogen? Wenn ich du wäre, dann würde ich so eine Maschine ausprobieren wollen! Für den Kaiser zu kämpfen ist die größte Ehre, nicht war?«

Ota war kommen, um Jian zu einem Eintritt in die Armee

zu überreden. Er redete ohne Unterlass. Schließlich meinte er:»Die kaiserlichen Untertanen Taiwans sind auch die Söhne seiner Majestät des Kaisers, und für das eigene Land zu kämpfen ist der lebenslange Herzenswunsch jedes ganzen Kerls!« Er legte viel Gefühl in seine Stimme, in der Art, wie ein Mönch Mantras rezitiert, in denen irgendeine Zauberformel steckt. Auch Jian erfasste diese andächtige, ja fast heilige Stimmung.

»Du besitzt so viel Erfahrung, doch was tust du? Sitzt hier im Saatgutgeschäft!« Ota stand auf und machte zum Gruß eine leichte Verbeugung. Bevor er ging, deutete er noch auf die beiden ausgezeichneten Flaschen japanischen Schnaps, die er mitgebracht hatte:»Wenn du für unser Land fliegst, dann bekommt deine Familie eine Lizenz für den Handel mit Spirituosen. Dein Werdegang liegt mir am Herzen. Sobald es Neuigkeiten gibt, werde ich dich sofort benachrichtigen.«

Zwei Wochen darauf erhielten die Lins einen Gewerbeschein für Tabak und Alkohol. Alle waren begeistert, außer Cai und Ayako. »Allein wenn wir die Lizenz vermieten, bekommen wir vierhundert Yen«, verkündete Mingfang.»Und der Verkauf von Alkohol macht uns reich.«

Im Laufe eines kurzen Jahres musste Jian miterleben, wie aus seiner Frau Ayako ein völlig anderer Mensch wurde.

Allem Anschein nach verbarg sie tief in ihrem Herzen eine gewaltige Unruhe und Besorgnis. Seit Ota Jian dazu überredet hatte, in den Südpazifik zu ziehen, wandte sie sich mehrmals mit der gleichen Bitte an ihn: »Du wirst nicht noch einmal fliegen, ja?« Immer standen ihr dann die Tränen in den Augen. »Hast du überhaupt keine Angst?« fragte sie, und er gab entschieden zurück:»Nein. Und wenn ich Angst hätte, würde ich nicht fliegen.« Ayako wirkte hilflos, dann versuchte sie es noch mal: »Und die Familie? Denkst du an deine Familie, wenn du fliegst?«

Damals war er ihr die Antwort schuldig geblieben. Nein, wenn er flog, dachte er nicht an die Familie. Nicht einmal an Ayako dachte er. Außerdem hatte er vor überhaupt nichts Angst. Erst auf den Philippinen wurde ihm klar, dass er ein wenig übertrieben hatte. Einmal geriet er in einen schwachen Taifun. Die starken Luftströme drückten seine Maschine mit rasender Geschwindigkeit nach unten. Er glaubte nicht, dass er das überleben würde.

Ein anderes Mal flog er nachts. Die Scheinwerfer des Flugzeugs waren schwach, in der Dunkelheit konnte er nicht einmal seine Finger erkennen. Er konnte nur auf seine Instrumente starren, die wegen des Radiums ein wenig leuchteten. Vor ihm lag ein Berg, aber zu sehen war nur stockdunkle Nacht, selbst das Kreiselgerät und der Luftdruckmesser waren in der Dunkelheit unsichtbar. Dann wurde auch noch der Motor immer langsamer, und der Öldruck fiel kontinuierlich. Jian hatte das Gefühl, mit seinem Flugzeug in ein schwarzes Loch zu stürzen. Er konnte sein eigenes Zittern nicht mehr vom Vibrieren der Maschine unterscheiden.

Wie sollte er es ausdrücken? Das Fliegen war für ihn so etwas wie ein Bedürfnis, wie ein Aufbruch in ein geheimnisvolles, unbekanntes Land. Das Geheimnisvolle und Unbekannte selbst jagte ihm keine Angst ein, sondern nur die Tatsache, dass er der Verführung, die davon ausging, so überhaupt nichts entgegenzusetzen hatte. Dass es da etwas gab, was ihn von irgendwoher rief.

Kurz nach seiner Ankunft auf den Philippinen war ihm klar: Müsste er eines Tages zwischen dem Fliegen und seiner Familie wählen, dann würde er sich wahrscheinlich für das Fliegen entscheiden. Doch er brachte es nicht übers Herz, Ayako zu gestehen: »Nur wenn ich fliege, fühle ich mich frei und lebendig.« Er kam sich vor wie ein Mönch, der nicht unbedingt eine Familie benötigte. Tatsächlich genügte es ihm schon, im Flugzeug zu sitzen. Ein fliegender Mönch.

Jian nahm das Bild von Ayakos abgezehrtem Gesicht mit auf seine Reise. Am Bahnhof in Taichung sagte Ayako weder ein Wort zum Abschied noch wartete sie, bis der Zug losfuhr. Sie drehte sich um und ging alleine heim. Jian fuhr zum Songshan Flughafen nach Taipeh, wo eine *Hawk* wartete, die ihn zu seinem Stationierungsort auf den Philippinen bringen sollte.

Der alte Traum in seinem Herzen erwachte ein weiteres Mal. Auf den Philippinen angekommen, schrieb er Ayako einen Brief: Er sei nur ein einfacher Mann, der vom großen Abenteuer träume. In den letzten Jahren sei er zwischen ihrer gesicherten Existenz und seiner Sehnsucht nach Freiheit hin und her gerissen gewesen. Er hatte immer befürchtet, dass sich das sein Leben lang so fortsetzen würde. Aber mit der neuen Arbeit hatte sich ein großes Tor vor ihm aufgetan.

Bis jetzt hatte er noch nicht das wahre Gesicht des Kriegs gesehen.

Seinen inneren Konflikt ließ er unerwähnt. Es war nicht so, dass er seine Familie nicht brauchte oder dass er Ayako und die Kinder nicht liebte. Aber offenbar verlangte sie von ihm, zu wählen zwischen dem Fliegen und der Familie. Das Fliegen konnte er aber beim besten Willen nicht aufgeben. In seinem Brief schrieb er noch einmal: »Ich hoffe, dass du mich unterstützen wirst.«

Ayako würde nur den Kopf darüber schütteln und ohne Ende weinen. Was konnte er bloß tun, damit sie ihn verstand? Immer wieder erwähnte sie die Flugzeugunglücke, von denen sie gehört hatte. Sie war so ängstlich, als wäre es bestimmt, dass er eines Tages an einem unbekannten Ort hinter dem Horizont abstürzen würde. Es war ihm nicht gelungen, sie zu beruhigen. Bald dachte er nur noch daran, auszubrechen, wegzulaufen vor Ayakos Zweifel und Furcht, und in die unendliche Weite des Himmels zu entfliehen.

In Manila wurde er zunächst in einer alten spanischen Festung untergebracht. Die Stadt war faszinierend: Die Mischung aus spanisch-katholischem Kolonialstil und amerikanischer Besatzung machte ihren besonderen Charme aus. Jian ging durch die Straßen, die Kinder liefen ihm überall nach, Frauen überreichten ihm spontan Essen, und im Bus boten ihm die Männer ihre Plätze an. Man brauchte bloß eine japanische Armeeuniform zu tragen, und schon wurde man respektiert und willkommen geheißen.

Jian arbeitete als Wartungstechniker der Fliegerstaffel im Hafen von Manila. Ein paar Monate später wurde er Reservepilot und durfte manchmal Lebensmittel und medizinische Geräte transportieren. Manchmal flog er sogar verwundete Soldaten ins Lazarett. Am Hafen selbst gab es noch keine Landebahn. Zum Starten oder Landen musste man die breite Hafenstraße benutzen. Jian lernte schnell, unter schwierigen Bedingungen eine Maschine sicher zu landen. Die Straße war breit und lang. Das Abheben, Steigen, Sinken und Landen gingen ihm bald so leicht von der Hand wie die tägliche Selbstbefriedigung. Wenn er nicht flog, saß er auf der Wiese, träumte von Ayakos weißen Brüsten und beobachtete das Starten und Landen der anderen Flugzeuge.

Eines Tages, während eines Taifuns, konnte er wegen des heftigen Regens die fünf, sechs Positionslichter des Flughafens nicht mehr sehen. Er konnte die Einflugrichtung in den Flughafen nicht finden. Er versuchte sich an einem schwachen Lichtstrahl zu orientieren, der mal verschwand und mal wieder aufleuchtete. Auch durch die Windschutzscheibe konnte er nichts erkennen. Schließlich musste er im Schrägflug landen, um ein kleines Stückchen Erde neben seiner Kabine im Blick zu behalten.

Einige Monate später schoss eine Gruppe von amerikanischen *P-38*-Jägern über Buin auf Bougainville Island das Flugzeug von Yamamoto Isoroku ab. Der Tod des Großadmirals versetzte der Kampfmoral der japanischen Streitkräfte einen schweren Schlag.

Es war im Frühjahr 1943. Die Amerikaner hatten ein Telegramm dechiffriert, laut dem der Großadmiral zu einer Inspektion auf die Salomonen kommen würde. So geriet er über Bougainville in den tödlichen Hinterhalt. Die japanische Armee hatte schon unzählige Piloten in diesem Pazifikkrieg verloren. Die nachrückenden Piloten waren immer jünger. Jian bezweifelte, dass sie ausreichend ausgebildet waren. Sie hatten nur wenige Flugstunden absolviert und wussten nur wenig über die Maschinen.

In Manila gründeten einige japanische Kameraden heimlich den sogenannten »Kirschblüten-Kreis« und luden Jian ein, beizutreten. Er zögerte. Bis jetzt hatte er geglaubt, Japan könne mit seiner militärischen Stärke die USA bezwingen wie auch die ganze Welt. Der »Kirschblüten-Kreis« beschwor einen ihm fremden heroischen Geist des *Seppuku* (heldenhaft zu sterben sei immer noch besser, als ehrlos dahinzuvegetieren). Manchmal rezitierten sie Gedichte und sangen Lieder, manchmal tranken sie auch nur zusammen Reiswein. Sie redeten wenig. Enthusiasmus konnte Jian keinen erkennen. Sie alle lebten in einer Welt absoluter Disziplin, er hatte jedoch andere Ideale. Er wollte kein Held werden, der freiwillig sein Leben opferte. Er wollte nur fliegen und seine Aufgabe erfüllen.

Ein Jahr lang hatte er in Japan studiert, aber nie hatte er sich so einsam gefühlt wie jetzt. Vielleicht hing es mit dem

Krieg zusammen, oder mit seiner Herkunft aus einem Kolonialland? Vielleicht war er für japanische Vorstellungen zu schlampig, zu unpräzise? Schließlich hatte er nicht einmal einen Pilotenschein für die Jagdbomber.

Überall erkundigte er sich nach Musashis Aufenthaltsort und schickte Briefe an ihn. Er musste ihn einfach finden. Allein sein Kamerad konnte ihn verstehen, nur er konnte ihn trösten. Wie gerne hätte er sich mit Musashi noch einmal im Schein der Lampe mit ein paar Flaschen Sake betrunken und über ihre Lebensträume gesprochen.

Jian bekam nun regelmäßig Migräneanfälle. Die Kopfschmerzen raubten ihm den Appetit und den Schlaf. Nur wenn er sich erbrochen hatte, sank er in eine Art erschöpften Halbschlaf. Er wurde zusehends schlaffer, die anderen glaubten bald, er benutze die Migräne als Ausflucht. Wie eine Seuche befielen ihn Angstzustände, nahmen ihm sein Selbstvertrauen. Sein Gesicht war leichenblass, er konnte sich zu keine Entscheidung mehr durchringen, er hasste sich zutiefst.

Nach und nach kamen viele freiwillige oder halbfreiwillige taiwanische Soldaten nach Manila. Der größte Teil dieser Leute wurde weiter nach Halimala oder Kaladagan geschickt, während eine Gruppe aus Hsinchu in der Nähe von Manila blieb, wo sie auf ihre Zuteilung wartete. Jian kam zu Ohren, dass Soldaten aus Taichung kommen sollten. Er wollte sie unbedingt nach seiner Frau und Familie fragen. Aber er wartete vergeblich auf diese Leute.

Als Jians Vorgesetzter Semoto ihn fragte, ob er eine Schnellausbildung zum *Zero*-Flieger machen wolle, war er überwältigt. Semoto teilte ihm mit, er werde auf Guadalcanal in der Nähe der Salomonen-Inseln gegen amerikanische Piloten eingesetzt. Dies sei ein höchst ehrenhafter, aber auch ein sehr schwer zu führender Einsatz. Man müsse entschlossen sein, im Kampf zu sterben.

Jian fühlte sich ferner und ferner von daheim und immer näher dem Auge des Krieges.

Nächtelang überlegte er hin und her, aber er spürte, dass er nicht bereit war, in den Tod zu fliegen. Die Todesangst nagte an seiner Seele. Immer wieder schrieb er Briefe an Musashi, erhielt aber niemals eine Antwort. Nur Ayako schrieb ihm, aber sprach meistens von den Kindern und hoffte, dass er bald zurückkommen möge. Ihren Briefen entnahm er, dass Ayako für seine Sicherheit und Gesundheit betete. Einmal schickte sie ihm sogar die Asche der Räucherstäbchen aus dem Mazu-Tempel in Dajia. Im unglücklichen Falle, dass er krank würde und es gäbe keine Medikamente – so schrieb sie ihm –, möge er sich doch bitte mit dieser Asche kurieren. Erst wollte er sie wegwerfen, aber dann besann er sich eines anderen und bewahrte die Asche auf.

»Was versteht ein *Chink* schon vom Geist der Yamato!« Eines Tages beim morgendlichen Waschen stellte sich ein junger japanischer Rekrut neben Jian. (*Chink* war eine abfällige Bezeichnung für Chinesen. Der Geist des Yamato beschwor das sogenannte Ur-Japan.) Keiner der Umstehenden sagte etwas. »Sag das noch mal!« Jian blickte dem Spund in die Augen: Er war kaum älter als neunzehn, ein halbes Kind mit rosigen Wangen. Er starrte Jian an. »*Chink!*« Jian schlug ihm ins Gesicht. Der Junge ging zu Boden, stand schwankend wieder auf. Die beiden schlugen aufeinander ein.

Der Schlägerei folgte die Strafe. Der »Kirschblüten-Kreis« war auf der Seite des jungen Rekruten und zeigte Jian fortan die kalte Schulter. So isoliert bereute er sein Verhalten. Die verächtlichen Blicke der anderen gaben ihm sogar das Gefühl, dass er vielleicht wirklich nur ein *Chink* war. Ein Niemand. Eine einsamer Geist, der im Südpazifik an einem sinnlosen Kampf teilnahm.

Im Hafen von Manila waren einige amerikanische Kriegsgefangene interniert. Sie waren mit Eisenketten gefesselt und bauten als Zwangsarbeiter unter dem Kommando der japanischen Armee den Flughafen. Jian wurde Zeuge, wie zwei hoch gewachsene, blauäugige blonde Amerikaner versuchten zu fliehen. Sie warfen ihren Essnapf weg, kletterten über den Stacheldrahtzaun und rannten davon. Noch am gleichen Abend wurden sie in einem Jeep zurückgebracht und wie Tiere in einen hölzernen Verschlag eingesperrt. Einer von ihnen schrie die ganze Nacht, er war wahrscheinlich verrückt geworden. Mitten in der Nacht wurde Jian von diesem Lärm wach und zitterte am ganzen Körper vor Schreck. Er hatte nicht geahnt, wie schmerzhaft es ist, seine Freiheit zu verlieren.

Eines Tages fiel der japanischen Armee ein amerikanischer Chance-Vought *F4U*-Jäger vom Typ *Korsar* in die Hände. Auch Jian durfte die in zwei Teile zerbrochene Maschine besichtigen. Ein japanischer Offizier zeigte sich über die fortschrittliche Technik des Jägers mehr als überrascht: »Sie kann sich mit unseren *Zero*-Jägern messen. Die Amerikaner haben ganz schön aufgeholt.« Für diese Bemerkung erhielt er einen disziplinarischen Verweis. Vor versammelter Mannschaft musste er auf eine Tribüne steigen und sich entschuldigen. Das zerborstene amerikanische Jagdflugzeug schob man in eine Lagerhalle, wo es mit einer Plane zugedeckt wurde. Niemand durfte es mehr sehen. Der Offizier beging Selbstmord, indem er sich den Bauch aufschlitzte. Jian ahnte Böses: Der Mythos der *Zero*-Jäger verblasste bald, und die heilige Schlacht war zu Ende.

Tröpfchenweise sickerte der Krieg in Jians Körper ein. Und mit ihm die Angst. Sie lauerte überall auf ihn, die Angst hockte tief in seinem Herzen. »Ich soll meinen Körper und mein Herz dieser höchsten, abstrakten Autorität übergeben«, schrieb er in einem Brief an Ayako. »Ich schäme mich dafür, dass ich nicht kann.«

Das Training für die *Zero*-Maschinen verlief im Schnelldurchgang, dabei hatten einige der Teilnehmer gerade einmal eine Handvoll Flugstunden. Unter Anwesenheit des Generalmajors gab es eine Abschlussfeier und reichlich Sake. Trotzdem herrschte eine Stimmung wie auf einem Begräbnis. »Eure Aufgabe ist es, entschlossen alles zu vernichten. Ist der Feind nicht ausgelöscht, dann kommt man auch nicht zurück, sondern geht besser gemeinsam mit dem Feind unter.«

Jians Kameraden widersprachen nicht, sondern griffen nach dem Sake und tranken. Offenbar waren alle bereit, ihr Leben hinzugeben. Allein in Jian stieg eine schwerwiegende Frage auf: Gesetzt den Fall, man hatte den Feind vernichtet, durfte man dann zurückfliegen?

Einige Wochen später sprach Jian seine Frage endlich aus. »Nein«, der Geschwaderkommandeur war empört, »selbst wenn man den Feind geschlagen hat, kommt man nicht zurück. Das wäre die größte Schande.« Jian hatte einen gewaltigen und unentschuldbaren Fehler begangen. Er gehörte einem Kamikaze-Kommando an. Vor ihm lag nur der Tod. Jeder, der jetzt Angst hatte zu sterben, würde nur Hohn und Spott ernten.

Jian bereitete sich auf seinen Tod vor, aber er konnte nicht mehr schlafen: Nicht einmal mehr zwei Stunden kam er nachts zur Ruhe. Unter dem Vorwand schlechter Leistungen im Fach Disziplin wurde er von seinem Vorgesetzten Semoto schließlich degradiert und zurück in den Wartungsdienst versetzt. Sein Leben lang würde Jian nicht das wütende Gesicht des Geschwaderkommandeurs vergessen. Am Ende ihres Gesprächs hatte er seine ganze Selbstbeherrschung aufbieten müssen, um Jian nicht zu verprügeln.

Ende 1944 wurde Jian aus der Fliegerstaffel entlassen und mit einer Gruppe taiwanischer Soldaten auf die Insel Neubritannien geschickt. Sie sollten auf einer Nachbarinsel einen provisorischen Flughafen errichten. Jian hatte nichts dagegen, denn allzu viele Perspektiven blieben ihm nicht mehr. Er konnte keine großen Schritte mehr machen. Ayako hatte recht behalten, warum hatte er nicht auf sie gehört? Er hätte niemals Pilot werden dürfen, schon gar nicht an einem so üblen Ort wie diesem.

Ein Postdampfer, der Nachschub geladen hatte, brachte ihn und die anderen Soldaten bis zum Hafen von Rabaul im Norden von Neubritannien. Kurz bevor das Schiff anlegte, wurde es von amerikanischen Bombern angegriffen. »Das müssen unsere Leute sein.« An diesem Tag war Jian zum Wachdienst eingeteilt. Eilig sah er mit dem Fernglas in den Himmel.

Nur einen Augenblick später gingen Maschinengewehrsalven auf das Schiff nieder. Einige Kugeln schlugen direkt neben Jian ins Deck ein, trafen beinahe seine Schulter. »Es sind die Amis!« Er rannte zum Hinterdeck und wollte sich im Laderaum verstecken. »Und was, wenn das Schiff sinkt?« Sein Überlebenswille machte ihn sicher. Als er seinen Kameraden Li ins Meer springen sah, warf er sein Gewehr von sich und sprang ihm hinterher.

Die Bomber kehrten um und griffen wieder an. Jian hatte noch nie einen Angriff so hautnah erlebt. Er wagte sich im Wasser kaum zu bewegen. »Soldaten aus Taipeh, es sind zu viele, ihr könnt nichts gegen sie ausrichten, runter vom

Schiff!« brüllte Jian in Richtung Dampfer, während er auf den Wellen trieb. Doch sie hörten seine Schreie nicht. Der ganze Postdampfer fing Feuer. Die Flammen färbten den Himmel rot. Allmählich neigte sich der Schornstein des Dampfers zur Seite. Dann sank das Schiff.

Die jungen Gesichter der Soldaten aus Taipeh zogen an Jian vorüber. Sie hatten ihn nicht gehört, sie hatten keine Ahnung, dass ein Schiff sinken kann, und gaben ihr Leben her. Eben noch hatte er mit ihnen geplaudert, und nun lagen sie auf dem Meeresgrund.

Das Leben war wie eine Strafe, wenn man andere hatte sterben sehen. Sterben wäre dann eine Erlösung. Immerhin konnte er sich jetzt zwischen dem einen und dem anderen entscheiden. Früher hätte er es vorgezogen, elend weiterzuleben. Nun aber war er nicht mehr so sicher.

1944 brach im Südpazifik der größte Seekrieg der Geschichte aus. Zu Jahresbeginn verloren die Japaner die Marshallinseln an die Amerikaner. Im Juni verloren sie auch das zu den Nördlichen Marianen gehörende Saipan. General Yoshitsugu Saito »opferte sich für das Vaterland« und beging Selbstmord. Unter seinem Kommando taten ihm siebentausend Soldaten nach. Im August eroberten die Amerikaner Guam zurück, und im Oktober landeten hunderttausend ihrer Soldaten auf Leyte, einer Insel des philippinischen Archipels. General MacArthur hatte seine Prophezeiung erfüllt: »I shall return!«

Am Ende des Jahres stand die Strategie *Seppuku* oder »Zerbrochene Jade« (nach dem chinesischen Sprichwort »Besser zerbrochene Jade als ein unversehrter Ziegelstein«) in der japanischen Armee hoch im Kurs: Die Offiziere befahlen nur noch Selbstmordangriffe auf die feindlichen Stellungen, um dann »zurückzubleiben auf dem Schlachtfeld wie wunderschöne Kirschblüten«. Wie vor seinem Aufbruch aus Taichung sollte Jian sich einige Haare und Fingernägel abschneiden und diesmal mit einem Testament in einem Briefumschlag an die Familie schicken.

Für ein paar Soldaten aus Taiwan, die weder lesen noch schreiben konnten, brachte er in einem Durchgang sieben Testamente zu Papier, wobei er jedes Mal seinen eigenen letzten Willen abschrieb, der für Ayako bestimmt war. Dabei schrieb er an Frauen, die er nie zuvor gesehen hatte. Ihm fiel ein Soldaten-Lied ein: »Fahren wir aufs Meer hinaus, wird das Meer auch unser Grab – Steigen wir hinauf zu Berge, sterben wir auf Berges Wiesen. Für Kaiser und Volk mein Leben zu geben, würde mich nicht reuen.« Um diese Liedzeilen ergänzte er sämtliche Testamente und fügte ganz zum Schluss hinzu: »Nach meinem Tod sollst du unsere Kinder ordentlich erziehen. Dein Ehemann.«

Jian stellte sich den Gesichtsausdruck der Frauen vor, wenn sie die Briefe öffneten und lasen. Und Ayako, wie sie mit zitternden Händen sein Testament öffnete. Sie saß vielleicht am Ladentisch, an dem sie immer die Buchhaltung machte.

Nachdem man ihn degradiert hatte und er die Fliegerstaffel verlassen musste, führte Jian das Leben eines Aussätzigen. Seine Kameraden sahen auf ihn herab. Einige japanische Soldaten spuckten ihn sogar an, wenn er mit gesenktem Blick an ihnen vorüberging. Ein Jahr verging, 365 Tage wie ein Jahrhundert. Die Angst in seinem Herzen wuchs zu einem wilden Tier, das ihm Klauen und Zähne in sein Fleisch schlug. Seine Schlaflosigkeit und sein mangelnder Appetit höhlten ihn aus und machten ihn schweigsam. Er konnte nicht mehr denken, er konnte mit niemandem mehr reden.

Er hatte keine Angst vor dem Krieg, eigentlich wusste er gar nicht genau, wovor er sich fürchtete. Früher oder später, dachte er, würde er sterben, wobei das Sterben gar nicht so furchtbar wäre. Schlimm war, nicht zu wissen, wann, keine Wahl zu haben.

»Ayako, ich habe Angst, ich habe solche Angst!« murmelte er manchmal vor sich hin. Wenn er es schaffen sollte, sie wiederzusehen, würde er ihr seine Angst sofort gestehen. Aber er glaubte nicht an ein Wiedersehen.

Jian, sein Kamerad Li und einige andere Soldaten aus Taiwan wurden zunächst auf die Salomonen ins Lager des 32. Quartiermacherkommandos der Marine geschickt, von wo aus sie dann auf die Insel Bougainville übersetzten. Jian wurde zum Führer einer kleinen Truppeneinheit ernannt. Jeden Morgen um vier, vor den ersten amerikanischen Luftangriffen, brachte er seinen Trupp in einem Lastwagen zur Baustelle. Sie sollten diesen Flughafen so schnell wie möglich fertigbauen, wenn nötig Tag und Nacht, denn die Zeit war knapp, und die Zahl der amerikanischen Flugzeuge nahm zu.

Jian schuftete fast rund um die Uhr. In seinem Notizbuch zeichnete er Länge und Breite der zukünftigen Haupt- und Nebenlandebahn auf und errechnete die Bedarfsmengen an Schotter und Asphalt. Voller Elan stürzte er sich in die Arbeit und vergaß darüber seine Angst und seine Sorgen.

»Uns bleibt nur noch ein halber Monat.« Jian saß vor einer aus Betelpalmblättern gebauten Hütte an einem Holztisch und führte Selbstgespräche. Das tat er immer, wenn er gerade nicht arbeitete. Aber meistens versank er in der Arbeit. Um ihn zu bremsen, redete sein besorgter Kamerad Li ihm gut zu. Doch bald platzte ihm der Kragen: »Deinetwegen liegen einige der Männer bereits flach. Auch wenn du lieber sterben willst: Es gibt immer noch Leute, die hier lebend rauskommen wollen.«

Doch Jian blieb stur. Nichts konnte ihn aufhalten. Er musste seine Aufgabe erfüllen. Nur wenn der Krieg zu Ende war, konnte er wieder zurück nach Hause. Und nach Hause wollte er unbedingt. Wütend stürzte er sich auf Li. Der Bataillonskommandeur stand daneben und ergriff Jians Partei. Nach dem Streit schenkte er ihm sogar ein kostbares Samuraischwert, das einem toten Soldaten gehört hatte. Jians dachte zuerst, er solle sich den Bauch aufschlitzen. Doch der Bataillonskommandeur klopfte ihm beschwichtigend auf die Schulter: »Dies ist ein altes Familienerbstück von Hatota. Nimm es, seine Seele wird dich beschützen.«

Seinen Traum vom Fliegen hatte Jian längst ausgeträumt. Er konnte nur leben – überleben. Ob er Ayako und seine Familie noch einmal wiedersehen würde, wusste er nicht. Aber wenn ja, würde er seiner Frau recht geben: Er hätte nie in diesen Krieg ziehen dürfen.

Sogar auf der Insel schrieb er weiter an Musashi. Aber es waren eher Briefe an ihn selbst. Nie erhielt er eine Antwort. Ob er noch lebte? Musashi lebte noch, dachte er dann, denn andernfalls wäre er ihm bestimmt im Traum erschienen. Aber er hatte nie von ihm geträumt. Nur von seiner Freundin im Kimono träumte er manchmal (ohne sie je gesehen zu haben). Sie hatte Ähnlichkeit mit Ayako. In seinen Träumen waren sie eine Person.

Ein paar Tage nachdem der provisorische Flughafen fertiggestellt war, erschienen auch schon amerikanische Flugzeuge am Himmel. Gezielt bombardierten sie die frisch asphaltierten Rollbahnen. Das ganze Bataillon flüchtete in den Wald. Das Bombardement dauerte mehrere Minuten lang. Jian stand als Einziger mitten auf der Rollbahn und brüllte den Himmel an. Als alles vorbei war, verstummte er, und tat so, als sei überhaupt nichts geschehen. Er war wie durch ein Wunder unverletzt geblieben.

In den nächsten Stunden wurde die Lage immer bedrohlicher. Jian und seine Kameraden zogen sich in eine Höhle unterhalb einer Felswand zurück. Zusammengekauert schliefen sie auf dem sandigen Boden der Höhle und überlebten mit Konserven, Keksen, vergammeltem japanischen Reis und »Atebrin«. Nur der Chefmechaniker schlief unter einem Flugzeug, um jederzeit bereit zum Angriff zu sein. Jians Truppeneinheit brach in Richtung Süden auf. »Tragt, was ihr tragen könnt, so viel Reis wie möglich«, befahl der Bataillionskommandeur. Seine Stimme klang unsicher. Er hatte gerade eine Amöbenruhr knapp überlebt. Noch immer war er leichenblass.

Jian füllte drei Paar Strümpfe voll mit Reis und einige Luftballons mit etwas Salz und Streichhölzer. In seinen Rucksack steckte er eine Feldflasche, ein Seil und ein Taschenmesser. Außerdem Durchfalltabletten, ein Notizbuch und einen Füllfederhalter. Um sein Handgelenk trug er Ayakos Armbanduhr und um die Hüften das Tausend-Näherinnen-Tuch. Er schlug sein Postsparbuch auf, das er immer bei sich trug: 2056 Yen. Wie konnte er diesen Betrag Ayako zukommen lassen, er würde ja nicht wieder zurückkommen? Jian ahnte, dass er auf der Flucht in die Berge umkommen würde.

Von ihm würde nichts als die Ziffer 2056 bleiben.

Die amerikanischen Flugzeuge kamen jeden Tag. Sie verdunkelten den Himmel mit ihren Jagdbombern, ein machtvolles, dröhnendes Bild. Japanische Flugzeuge sah man keine mehr. Jian stand gemeinsam mit seinen Weggenossen auf einem Hügel und blickte durch ein Fernglas auf den zerbombten Hafen. »Schnell weg, sie kommen in unsere Richtung!« Die Gruppe stob auseinander, auf den Wald zu. Jian schulterte sein Gewehr und sein Samuraischwert und rannte so schnell er konnte ins Gebüsch. Es gab weder Raum noch Zeit, an das Leben zu denken, alle Gedanken waren untergegangen. Der Dämon des Krieges nahm ihn ganz gefangen. Jian hockte im Gebüsch, schlotternd vor Angst.

»Dir zittern die Lippen«, bemerkte ein Soldat, als sich ihr kleiner Zug wieder vorwärtsbewegte. »Kann nicht sein.« Rasch presste Jian seinen Mund zusammen. Es überraschte ihn, dass er durchschaut worden war. »Ich fühle mich nur ein wenig unwohl.« Er gab vor, Kopfschmerzen zu haben. Während des ganzen Marsches hielt er den Mund nun fest geschlossen.

Sie wateten gerade durch Sumpfland, als die ersten Schüsse der Flugabwehrkanonen einschlugen. Jian warf sich zu Boden. Es war nach Mitternacht. Über seinem Kopf explodierte eine Leuchtgranate, eine weitere schlug mitten in den Palmenwald ein und tauchte alles ringsum in einen hellgrünen Schein. Dann dröhnten von allen Seiten des Waldes Explosionen herüber, die Palmen standen in Flammen und stürzten um, die kläglichen Schreie eines Verwundeten übertönten den Lärm.

Jian fühlte plötzlich, wie sein Körper durch die Luft schwebte, bevor er hart auf dem nassen Boden aufschlug. Er dachte, er sei tot. Er konnte nichts mehr hören. Ringsum herrschte Totenstille. Er sah nichts als Feuer und Flammen, seine Kameraden waren verschwunden. Er war über und über mit Schlamm bedeckt und konnte sich nicht rühren.

Sieben Tage lang blieb er bewusstlos. Li kümmerte sich um ihn. Als er zu sich kam, trug er ihn auf dem Rücken zu einer Grotte. Dort versteckten sie sich mehrere Monate lang.

Sie ahnten weder, dass der japanische Kaiser die Kapitulation verkündet hatte, noch wussten sie, dass der Zweite Weltkrieg seit mehreren Monaten zu Ende war.

Was bei der
Trauerzeremonie
zu beachten ist

Sobald der Tod näher rückt, tragen die Angehörigen zuerst das Bett des Sterbenden in das Wohnzimmer, der »Umzug der Bettstatt«; kurz bevor der Tod eintritt, wird die Räucherwerkschale des Himmelsgottes aus dem Wohnzimmer entfernt und man bedeckt die Göttertafeln kurz mit einem Tuch oder einem Reissieb, das »Zudecken der Götter«. Ist der Mensch gestorben, bedecken die Angehörigen ihn mit einer »Wasserdecke« (ein Tuch aus weißem Stoff, auf dessen Mitte ein Stück roter Seide genäht ist), Silberpapier oder ein Stein dienen als Kissen. Außerdem stellt man zu Füßen des Toten eine Schale »Fersen-Reis«, damit er im Jenseits keinen Hunger leiden muss. Eine weiße Kerze symbolisiert das ewige Licht, das ihm auf dem Weg durch die Unterwelt leuchten soll. Auf Pappe oder weißen Stoff werden der Vor- und Zuname des Toten sowie sein Geburtsdatum geschrieben. Diese »Seelenseide« ersetzt vorübergehend die Ahnentafel. Sie wird in eine Ecke des Wohnzimmers platziert, das »Aufstellen der Seelenseide«. Der Haupteingang wird zu beiden Seiten mit weißen Papierstreifen beklebt, mit der Aufschrift »Trauerdienst für den Gestrengen« (Der Vater ist gestorben) oder »Trauerdienst für die Gütige« (Die Mutter ist gestorben), für die Nachbarn.

Dann wird der Sarg an einem günstigen Mondkalendertag abgeholt, von Hornmusik begleitet. Zu diesem Anlass bereiten die Angehörigen das »Abschiedsmahl vom Leben«. Es muss aus sechs fleischhaltigen und ebenso vielen vegetarischen Speisen bestehen, also aus zwölf Gerichten. Diese Gerichte trägt ein vom Schicksal begünstigter Angehöriger dann eines nach dem anderen an den Sarg. Mit jeder Schale spricht er einen Glück verheißenden Satz. Außerdem muss er so tun, als fütterte er den Verstorbenen.

Einen Tag nachdem man den Leichnam in den Sarg gebettet und den Sarg verschlossen hat, in welchen außerdem Totengeld für das jenseitige Leben und persönliche Gebrauchsgegenstände des Toten gelegt werden, bereiten die Angehörigen die »Trauermahlzeiten« zu. Diese entsprechen genau den Gewohnheiten des Verstorbenen. Bei Tagesanbruch bringt man ihm seine Waschutensilien, danach das Frühstück. Bei Sonnenuntergang werden zum Abendessen außerdem Räucherstäbchen entzündet. Erst nach hundert Tagen werden die Trauermahlzeiten eingestellt.

Im Rhythmus von sieben Tagen ab dem Tod eines Angehörigen wird für ihn gebetet und ein Opfer dargebracht: das »Abhalten der Sieben«.

Ein oder mehrere Abende bevor der Sarg zu Grabe getragen wird, lädt die trauernde Familie einen Mönch zu sich ins Haus. Seine Aufgabe ist es, alle notwendigen Zeremonien für das Sühnen der Sünden und das Darbringen der Opfer durchzuführen sowie sich im Namen des Verstorbenen durch mildtätige und fromme Taten »Verdienste zu erwerben«, und damit die vom Verstorbenen zu Lebzeiten begangenen schlechten Taten wiedergutzumachen.

In der Zeit vor der Beerdigung richten die Angehörigen ein Trauerzimmer her, damit Freunde und Verwandte vom Verstorbenen Abschied nehmen können. Sie bringen ihm frische Blumen, Obst oder mit Elegien beschriebene Trauerbänder. In diesen Tagen zündet die Familie zum letzten Mal vor dem Sarg Räucherstäbchen an, das »Hausopfer«.

Der Mönch liest seine Sutren und versiegelt den Sarg. Dann ziehen die Trauernden mit dem Sarg zum Friedhof oder Krematorium, das »Hinausgehen zum Berg«. Unterwegs »zahlen« die Angehörigen »Wegezoll«, das heißt, sie verstreuen silbernes Papiergeld.

Auf dem Friedhof knien die Angehörigen der Reihe nach auf der Erde nieder und verabschieden sich weinend, die Männer rechts und die Frauen links vom Sarg. Die »Seelenseide« des Verstorbenen wird vor den Altartisch gelegt. Nachdem der Mönch ein weiteres Sutra rezitiert hat, beginnt das »Einschlagen der Zapfen«. Holzstäbe werden in den Sarg getrieben, so entstehen Löcher, durch die Luft eindringen kann, damit der Leichnam schneller verwest. Zum Schluss wird der Sarg in eine von einem Geomanten zuvor genau bemessene Grube hinabgelassen, zusammen mit der »Seelenseide« und einem langen Band, auf dem Name und Titel des Verstorbenen geschrieben stehen, und zugeschüttet. Die älteren Trauernden werfen die erste Schaufel Erde auf den Sarg.

Im Krematorium wird ein Tieropfer dargebracht und gebetet, erst dann entzünden die Angehörigen ein Feuer und äschern den Leichnam vollständig ein. Die Asche wird in einem Gefäß zur letzten Ruhestätte gebracht.

Auf das Grab setzt man einen Stein für den Gott der Erde Houtu, schreibt die beiden Zeichen seines Namens darauf und opfert ihm. Dann bittet man Houtu, Grab und Seele des gerade Verstorbenen zu beschützen. In den folgenden sieben Tagen nach der Beerdigung kleiden sich die Angehörigen in Weiß und überprüfen regelmäßig das Grab, die »Inspektion des Berges«. Houtu und dem Verstorbenen bringen sie Opfergaben mit.

Am ersten Jahrestag des Todes muss eine bereits verheiratete Tochter des Verstorbenen das »volle Jahr« begehen, indem sie opfert und betet. Die weiße Trauerkleidung wird nach dem Ende des »vollen Jahres« abgelegt.

»Wollen Sie getrocknete Samtfußrüblinge kaufen?«

*Die Flucht des
Großonkels Lin Cai
in die Berge
Taiwan/Taichung, 1947*

Hätte Lin Cai beschreiben sollen, was er im Februar 1947 fühlte, dann hätte er gesagt: Ich fror bis auf die Knochen. Und: Die Welt ist grausam und wir leben wie die Hunde. In jenen Februartagen, an die er sich später oft erinnerte, war die Erde grau und der Himmel von einer Art blutleeren Blässe. Es ist niemandes Revolution, eine gescheiterte Revolution. Die Feinde kontrollierten alle Ressourcen, sie hatten die Oberhand; das Volk war aufgestanden und anschließend verhaftet und niedergemetzelt worden. Viele Menschen, Leute wie er, überlebten und schlugen sich seither irgendwie durchs Leben.

Am 2. März, dem ersten Geburtstag seines Sohnes, trug Cai einen verwaschenen Anzug. Die Hosenbeine waren etwas eingelaufen, seine Füße steckten in japanischen Holzpantoffeln. Er schaute finster drein, war gereizt und angespannt wie ein Trommelfell. Der Pflaumenregen des Frühjahrsmonsuns nieselte ununterbrochen auf die Gemüter der Menschen nieder, und die Düsternis dieser Zeit machte sie missmutig. Zum Geburtstag seines Sohnes blieb er nicht zu Hause, er aß nicht mal ein süßes Reisklößchen.

Stattdessen fuhr er ins Theater von Taichung zu einer Bürgerversammlung. Nach dem Vortrag spürte er, dass man mit der Teilnahme an Lesezirkeln allein Taiwan nicht retten konnte. Der Vortrag regte ihn so sehr auf, dass er an Ort und

Stelle den Entschluss fasste, sich dem legendären »Armeeverband 27« anzuschließen. Am 8. März landeten die Verstärkungstruppen der Kuomintang in Keelung und bereiteten sich darauf vor, nach Süden zu marschieren.

Cai beschloss zu fliehen. Nur auf diese Weise könnte er seine Familie schützen.

Ein Programm der Kommunistischen Partei Taiwans, das er unter der Kleidung am Herzen trug, und eine handgezeichnete Landkarte waren alles, was er mitnahm auf seine Flucht.

Der »Armeeverband 27« kam nach Puli und besetzte dort alle Ämter und Regierungsstellen. Dann zog er weiter nach Wushe. Strategien wurden diskutiert und neue Mitglieder in die Untergrundorganisation aufgenommen. Cai wechselte ständig den Aufenthaltsort, da er wusste, dass der Geheimdienst nach ihm fahndete. Im August hielten die Anführer des Armeeverbandes die Lage für ausweglos und schlugen Cai vor, zusammen mit ihnen auf das chinesische Festland zu fliehen. Cai sagte nicht zu, konnte aber auch nicht sagen, warum.

Im folgenden Frühling verschärfte der Geheimdienst die Kontrollen und nahm immer mehr Gefangene. Cai wagte es nicht mehr, nach Hause zurückzukehren. Er versteckte sich unter wechselnden Decknamen bei verschiedenen ehemaligen Schulfreunden. Nie verließ er das Haus ohne Bambushut und falschen Bart.

Trotzdem fühlte er sich immer verfolgt. Als er einmal von einem Ausflug zu einem Versteck zurückkehrte, fiel ihm eine fremde Frau mit einem Stoffbeutel auf. »Wollen Sie getrocknete Samtfußrüblinge kaufen?« Cai drehte sich auf dem Absatz um und rannte davon.

Anfang Mai war es warm genug, um nachts im Freien zu schlafen. Er floh nach Wufeng, kehrte aber bald nach Puli zurück, in dessen Bergen er sich gut auskannte. Ein paar Tage lang kam er in einem kleinen, kaum bewohnten Tempel in den Bergen unter. Dann zog er nicht weit entfernt in eine leere Hütte, die nur drei Wände hatte. Er nagelte Bretter vor die offene Seite, schichtete Steine zu einem Herd auf und zimmerte sich Tisch und Stühle.

Er hatte nicht gewusst, wie es sich anfühlen würde, auf der Flucht zu sein. Seine Bewegungen und sein Auftreten veränderten sich, er war wie eine Ratte, die sich versteckte und fortlief.

Er bedauerte jetzt, dass er sein Zuhause übereilt verlassen hatte. Ohne Uhr war er aus dem Haus gegangen, und ohne sie verlor er das Zeitgefühl. Die Sekunden vergingen langsamer. Die Zeit war eine Illusion. Sie verging so langsam, wenn nichts geschah, und so schnell, wenn sich die Ereignisse überschlugen. Und dann war sie manchmal gar nicht mehr da, als gebe es kein Vorher und kein Nachher.

Er gewöhnte sich allmählich an das Leben ohne Identität, wie an den Verlust seines Schneidezahns (auf der Flucht war er gestürzt und hatte ihn sich ausgeschlagen). Sogar wenn du deine Hände oder Füße verlierst, dachte er, du würdest dich sicher auch daran gewöhnen.

Lin Cai hatte nicht nur seinen Namen verloren – auch er selbst war nicht mehr ganz da.

Es erstaunte ihn, wie schlecht er allein sein konnte. Früher hatte er sich immer für einen Einzelgänger gehalten. Wie konnte er schon wenige Monate des Alleinseins kaum ertragen? Dauernd wollte er weinen. Er sehnte sich danach, den Körper einer Frau ganz fest zu halten, und alle Demütigungen in sie zu ergießen. Er begann zu glauben, nur wenn es ihm gelänge, die Einsamkeit mit Sinn auszufüllen, gäbe es eine Rettung.

142

»Warum bist du in den Tempel gegangen?« fragte er einen Mönch, der ungefähr so alt war wie er. Eines Nachmittags beobachtete er den Mönch, wie er ein Zuchttiergehege einzäunte, so ungelenk und schief. Cai kam ihm unaufgefordert zu Hilfe. Der Mönch sah, wie flink und geschickt er die Sache in die Hand nahm. Er beriet er sich mit seinem Meister und bat Cai gleich, einige Stühle für den Tempel zu reparieren, und auch ein paar neue zu zimmern.

»Nicht ich habe mir die Götter ausgesucht, sondern die Götter haben mich gewählt.« Der Mönch lachte leise. »Eines Tages stieg ich alleine auf den Berg und kam hier vorbei. Ich betrat den Tempel nur, weil ich um ein wenig Wasser bitten wollte, aber als ich dann unter der Veranda saß und mein Wasser trank, spürte ich die besondere Atmosphäre des Ortes. Ganz selbstverständlich ging ich zum Altar hinüber und betete.«

In seinem Lesezirkel hatte Cai den religiösen Aberglauben der Taiwaner immer scharf kritisiert. Er erinnerte sich noch ganz genau, dass er einmal jenen berühmten Satz von Marx zitiert hatte: »Religion ist das Opium des Volks.« Jetzt stand er hier und lauschte den Worten des Mönchs, die Hände respektvoll im Rücken verschränkt.

Der Gesichtsausdruck des Mönchs war ruhig und friedlich. Er schien sein Schicksal zu verstehen und anzunehmen. »Ich entzündete ein paar Räucherstäbchen und fiel vor Mazu auf die Knie. In dem Augenblick erfasste meinen Körper ein leichtes Zittern, als liefe ein schwacher Strom durch mich hindurch, und ich hörte Mazu zu mir sprechen.«

»Was hat Mazu denn zu dir gesagt?« In Cai wuchs die Neugier auf die unerklärlichen Dinge. Der Mönch erzählte lange und ausführlich, was Mazu ihm gesagt hatte. So ausführlich, dass Cai sich später nicht mehr an die Details erinnern konnte. Er kam aber nun häufig in den Tempel und betrachtete ausgiebig das Gesicht der Mazu-Figur. Künstlerisch war sie nicht viel wert, eher grob und geschmacklos gearbeitet. Ihr Gesicht war zu flach. Und zu hell. Es war noch nicht so sehr vom Rauch der Räucherstäbchen geschwärzt, denn zu selten kamen Gläubige in diesen abgelegenen Tempel.

Auch Ayako zündete Räucherstäbchen an und betete zu der Meeresgöttin.

Als die kühlen Herbsttage kamen, schenkte ihm der Mönch eine Baumwollsteppdecke, die Cai auf das große Reisstrohbündel legte, das ihm als Bett diente. Er litt sehr unter den Moskitos und sehnte sich nach einem Moskitonetz. Gleichzeitig schämte er sich für seine ständige Unzufriedenheit und für seine Unfähigkeit, die körperlichen Plagen auszuhalten.

Irgendwann stieg er ins Tal hinab und traf sich mit einigen Mitgliedern der »Autonomen demokratischen Allianz Taiwans«. Von ihnen erfuhr er, dass viele Teilnehmer seines Lesezirkels bereits verhaftet worden waren und viele andere als vermisst galten. Ein Herr Qiu, der auch der Allianz angehörte, belehrte ihn aufgeregt, dass Revolutionäre zu keiner Zeit arbeitslos seien, und lud ihn ein, der Allianz beizutreten, um für Taiwans Zukunft zu kämpfen. »Früher oder später wird Chinas Kommunistische Partei Taiwan befreien. Wenn diese Zeit gekommen ist, werden wir den Feind in einem Partisanenkrieg von innen und außen angreifen.« Widerstrebend willigte Cai ein. So viele Fragen brannten ihm auf der Seele, quälten ihn. Wie ein Kreisel drehte sich sein Herz in einem fort, ohne jemals Ruhe zu finden.

Zusammen mit einigen todesmutigen Männern aus Taichung trank er sich unter den Tisch. Sie gestanden sich gegenseitig, davon zu träumen, für Taiwan in den Kampf zu ziehen. So tranken und redeten sie die ganze Nacht hindurch bis zum Morgengrauen, sprachen über die Aufnahme neuer Genossen, die Erweiterung ihrer Organisation, die Suche nach Geldgebern und über den Kampf, den sie gegen die antikommunistische Kuomintang führen würden.

Genosse Wang arbeitete verdeckt in der Regierung und brachte Neuigkeiten: Nach ihrer Kapitulation waren die Japaner nicht bereit gewesen, ihre Waffen der Kuomintang auszuhändigen, und hatten sie in der Nähe von Puli vergraben. Diese Waffen brauchte man nur zu finden. Sie könnten sie nicht nur für den Aufstand gebrauchen, sondern auch für ihre Selbstverteidigung. Die Suche nach den Waffen würden sie untereinander aufteilen.

Alle waren von den Gesprächen inspiriert, alle genossen die Versammlung, bis auf Cai. Ihm trieben die Inhalte den Schweiß auf die Stirn. Zu Beginn hatte die Kuomintang ihre Säuberungsaktionen offen durchgeführt, später erledigte das der Geheimdienst, weniger auffällig, weniger sichtbar. Er spürte, dass die Dinge nicht so einfach waren, wie Qiu sie beschrieb. Sie waren ziemlich naiv, dafür dass sie doch in Wirklichkeit alle steckbrieflich gesucht wurden: Es gab keinen Weg mehr zurück.

An jenem Abend trank er Schnaps wie Wasser, am Ende musste er sich furchtbar übergeben. Als er am nächsten Morgen erwachte, fühlte er sich, als habe er mit dem Schnaps seinen Idealismus erbrochen. Seine Gedanken waren wie ausgetrocknet. Er nahm sich seine Geldration aus der Gruppenkasse und kehrte in seine Hütte auf dem Berg zurück.

Cai zog einen Zettel aus seiner Tasche, auf dem er mit Bleistift eine Karte von Puli gezeichnet und die möglichen Verstecke des japanischen Munitionsdepots markiert hatte. Mit dem Finger bohrte er ein kleines Loch in eine Lehmwand und steckte den Zettel hinein. Danach schloss er das Loch wieder mit feuchtem Lehm.

Dann legte er seine Route für die Suche fest. Ganz auf sich gestellt, widmete er sich ihr ein paar Tage. Schließlich überfiel ihn wieder diese Schwermut, und er gab auf. Er verlor sein Selbstvertrauen und glaubte, einfach nichts zuwege zu bringen. Ganze Tage schlief er zusammengekrümmt auf dem Boden, zündete sich abends nicht mal eine Kerze an, verspürte keinen Appetit. Auf diese Weise vegetierte er vor sich hin.

Dann fing er wieder an zu leben. Er bot seine Arbeit gegen ein paar Werkzeuge an. Außerdem jätete er das Unkraut neben seiner Hütte und pflanzte Gemüse an. Er zimmerte sich ein Bett und besorgte sich ein Moskitonetz. Der Raum bekam etwas Heimeliges. Er stellte ein paar Bücher hinein, zum größten Teil japanische kommunistische Literatur. Manchmal breitete er die Karte Taiwans, die er immer bei sich trug, auf dem Boden aus und betrachtete sie. Am linken Rand hatte er eine Markierung gemacht: Dort lag Taichung, seine Heimat, Ayakos zweite Heimat.

Cai fing an, eine Figur von Mazu zu schnitzen. Vor allem weil ihm sterbenslangweilig war. Obwohl er nie zuvor irgendwelche Figuren geschnitzt hatte, machte es ihm bald große Freude. Ein Dutzend Tage und Nächte vergingen, und er hatte eine vollständige menschliche Gestalt aus dem Holz befreit. Auf den ersten Blick hatte seine Mazu gewisse Ähnlichkeiten mit Ayako, besonders im Schein des Kerzenlichts. Warum also schnitzte er nicht Ayako? Zwei Wochen mühte er sich, es gelang ihm einfach nicht.

Cai gab nicht auf. Er nahm sich Papier und Stift und versuchte, Ayako zu zeichnen. Die Skizzen legte er als Vorlage auf den Boden. Dann schnitzte er weiter. Nichts als die Schnitzerei konnte ihn wirklich erfreuen. Er arbeitete ununterbrochen weiter, ohne die Last der Zeit wahrzunehmen. In diesen Stunden gab es weder Fragen noch Zweifel.

Ayakos Figur wollte keine Gestalt annehmen. Immer war er unzufrieden mit der Arbeit. Er stellte sie unter das Fenster und betrachte sie jeden Tag.

Er setzte sich einen festen Tagesplan: Morgens nach dem Aufstehen zündete er zuerst Feuer an und kochte Tee, am Vormittag baute er Gemüse an. Bei Sonnenaufgang ging er zum Fluss, um Fische und Krabben zu fangen, falls er nicht Feuerholz sammelte oder Fische und Gemüse trocknete. Nach dem Mittagessen las er. Oder er schnitzte. Am Abend war Radiozeit. Er hatte das Gefühl, ohne diesen strikten Ablauf nicht mehr weiterleben zu können.

Cai hatte keinen Mut mehr zu kämpfen. Eines Tages besuchte ihn Herr Qiu auf dem Berg, um sich mit ihm zu unterhalten. Er brachte Schnaps mit, und die beiden tranken zusammen. Qiu lud ihn ein, mit ihm zusammen nach Süden zu gehen. Dort könnten sie bei Verwandten unterschlüpfen, er lebe schon dort und helfe bei der Schweinezucht und auf den Teeplantagen. Cai erwiderte nichts darauf.

»Was schnitzt du da eigentlich? Ist das deine Frau?« fragte Qiu. Cai schüttelte den Kopf und lachte bitter. »Nein, das habe ich mir ausgedacht, diesen Menschen gibt es nicht.« In diesem Augenblick verspürte er den heftigen Wunsch, seine Familie wiederzusehen. Er war schon mehrere Monate von zu Hause fort – wie groß wohl sein Sohn jetzt war? Und was machte Ayako? Auch an seine Frau Siuwen musste er denken.

Qiu erzählte ihm, dass bereits zwei Mitglieder ihrer Gruppe verhaftet worden waren und dass sie noch vorsichtiger sein müssten. »Was übrigens das Munitionsdepot betrifft, wäre es gut, wenn du weitermachen könntest.« In seinem Blick lag eine Mischung aus Hoffnung und Unsicherheit. Er nahm einen Kompass und eine Taschenlampe aus einem Beutel und überreichte sie Cai. »Ja, in Ordnung, ich mache weiter.« Doch in Wahrheit erschien ihm ihr ganzer Plan vollkommen absurd. Er ärgerte sich, ließ sich aber nichts anmerken.

Cai war vor allem auf sich selbst wütend. Er würde die Suche sowieso nicht wieder aufnehmen. Das Ganze war nur ein Hirngespinst. Das sagte er Qiu jedoch nicht. Die Nachricht von der Verhaftung der Mitglieder verstimmte ihn. Jetzt wäre er an der Reihe, dachte er.

»Gut, in einem Monat nehmen wir wieder Verbindung auf. Gleicher Treffpunkt.« Qiu verabschiedete sich irgendwann in den frühen Morgenstunden. Dieses Mal waren sie nicht betrunken. Zum Abschied gaben sie sich einen festen Händedruck.

Cai änderte seine Meinung und holte den Plan doch wieder aus seinem Wandloch hervor. Die folgenden Monate suchte er die Umgebung von Puli nach dem Waffendepot ab. Dafür stellte er seinen Tagesrhythmus um: Alle zwei Tage musste er nun seine Hütte verlassen. Wenn er zurückkehrte, dann notierte er auf seiner Karte die Orte, die er aufgesucht hatte. Die Suche ging nur langsam voran und kostete viel Kraft. Aber er nahm es auf sich, um sein Gewissen zu beruhigen.

Das Schnitzen vergaß er über der Suche nicht. Auf seinen Touren sammelte er Holzstücke. Manches Mal hatten sie Formen wie eine Nase oder Augen. Manche Holzstücke sahen aus wie Tiere. Nach wie vor schnitzte er an der Figur, ohne allerdings zu wissen, wer sie eigentlich sein sollte.

Cai kam es vor, als hätte er eine seltsame Krankheit. Er musste ununterbrochen weiterschnitzen, sonst würde sich sein Zustand nicht bessern. Seine Finger und Handflächen waren rau und voller Wunden und Schwielen. Seine Fingernägel waren dick und lang wie Muscheln. Er magerte ab, das Haar wuchs ihm über die Schultern, und ein dichter Bart überwucherte sein Gesicht. Manchmal sprach er viele Tage kein Wort. Manchmal schreckte er mitten in der Nacht von seinem eigenen Reden aus dem Schlaf auf. Er wurde sich selbst fremd.

Cai vermutete, dass der Mönch, der Huiming hieß, etwas von seiner Vorgeschichte wusste. Denn er blieb nie lange, wenn er ihn tagsüber besuchte. Gelegentlich verriet sein Gesicht, dass er über andere Dinge sprechen wollte, es aber nicht konnte. »Du kannst es mit Meditieren versuchen«, schlug Huiming vor, als Cai sich über seine Schlafstörungen und Alpträume beklagte.

Huiming wies ihn an, wie man ruhig sitzt, und erklärte ihm die einzelnen Schritte: wie man seine Aufmerksamkeit von außen nach innen richtete, den äußeren Geräuschen lauschte und sie ziehen ließ, wie man die Atemzüge zählte. Nachdem der Mönch gegangen war, probierte er es aus. Regungslos saß er da, die Augen geschlossen und lauschte in die Stille seines Herzens. Er fühlte bald ein Feuer in sich brennen. Doch als er seine Augen wieder öffnete, war es rings um ihn her noch stiller als in seinem Innern. Er gab die Meditationsübungen schnell wieder auf.

Huiming schenkte ihm einige buddhistische Sutren, die er regelmäßig lesen sollte. Mitte September brachte er ihm ein paar Mondkuchen. Cais Mazu-Figur begeisterte ihn auf Anhieb. Cai wollte ihm die Figur schenken. »Behalt sie selber. Du brauchst die göttliche Unterstützung mehr als ich.«

Eines Morgens, die Sonne war noch nicht aufgegangen, machte er sich auf den Weg zurück nach Dajia. Zwei Nächte würde er dazu benötigen. Er sprang aus dem Bett, nahm seinen Bambushut, der auf dem Boden lag und marschierte los. Er ging immer geradeaus. Er dachte nicht so sehr an sein Ziel. Alles, was zählte, war nur gehen, immer weiter gehen.

Er sah sie, wie sie zum Gemischtwarenladen ging, um Sojasoße zu kaufen; er sah sie, wie sie zum Tofu-Laden ging, um Tofu zu kaufen; er sah sie, wie sie durch die Straßen ging. Einen solchen Gang hatte nur sie: kleine, schnelle Schritte, den Kopf immer gesenkt. Kein Lächeln auf den Lippen, kein bestimmter Gesichtsausdruck. Traurig sah sie aus und gealtert, aber in seinen Augen war sie eine wunderschöne Frau, schöner als jemals zuvor.

Seine Augen folgten ihr. Hierher hatten ihn seine Füße getragen, dies war sein Schicksal. Gerne wäre er ihr sein ganzes Leben lang auf diese Weise gefolgt. Ihr Bündel in der Hand bestieg Ayako einen Bus. Cai drückte seinen Bambushut noch tiefer in die Stirn und wagte es nicht, sich ihr zu nähern. Mit dem Bus fuhren sie nach Dajia. Dort betrat sie den Zhenlan-Tempel und legte mit entschlossener Miene die mitgebrachten Opfergaben nieder. Nachdem sie Räucherstäbchen angezündet und gebetet hatte, verweilte sie noch lange auf der Kniebank. Cai stand hinter einer Säule im Mittelhof und sah sie an. Wie gerne hätte er gewusst, für wen sie das Räucherstäbchen entzündet und gebetet hatte, und wie gerne wäre er zu ihr gegangen, aber das war völlig ausgeschlossen.

Noch lange, nachdem Ayako den Tempel verlassen hatte, ging Cai im Korridor auf und ab und sah ihre fromme Gestalt vor sich. Er musterte Mazu. Mazu sprach nicht mit ihm. Ob sie wohl mit Ayako spricht? Was hatte sein Leben für einen

Sinn und wer war er selbst? Wie er so allein im Mittelhof des Tempels stand, hatte er das Gefühl, seine Seele sei Ayako gefolgt. Und nur sein Körper war zurückgeblieben.

Er hatte bereits eine Karte von der Lage der Berge von Puli gezeichnet. Er ging jedes Mal eine andere Route ab. Außerdem hinterließ er im Gebirge Wegmarken. Immer wieder riss er sich an dornigem Gestrüpp beide Hände auf. Seit er eines Tages einen Berghang hinuntergestürzt war, hinkte er ein wenig auf dem linken Fuß. Diese ganze Suche war so nutzlos, abgesehen von ein paar Momenten, in denen er tief in den Bergen seltene Vogelarten sah und ihre zwitschernde Unterhaltung ihn verzückte. Er sah sich selbst, wie er allein auf abgelegenen Pfaden wanderte und, wenn sich die Berge dunkel färbten, weit und breit kein Freund oder irgendjemand zu sehen war, keine menschlichen Spuren.

»Der eine heißt *Hört wie der Wind so schnell*, der andere *Sieht tausend Stunden weit*«, der Mönch Huiming zeigte auf die beiden Figuren, die neben der Göttin Mazu standen. »Sie sind keine Hauptgötter, normalerweise beten die Leute nicht zu ihnen. Aber es gibt besondere Umstände, wenn man in den Krieg zieht oder aufs Meer hinausfährt – dann muss man unbedingt auch zu Mazus wundertätigen Leibwächtern beten.«

Cai wollte eine drängende Frage stellen, aber letztlich stellte er sie nicht. Sie kam ihm zu dumm und kindisch vor. Besser nicht fragen. Auch wenn diese Frage sich ihm in den folgenden Jahren immer wieder stellen würde: Konnten *Hört wie der Wind so schnell* und *Sieht tausend Stunden weit* jemanden wie ihn beschützen?

Einen Flüchtling wie ihn; einen Menschen, der nie an irgendwelche Götter geglaubt hatte; einen Menschen, der sich nie um seine Familie gekümmert hatte, der sogar seinen eigenen Bruder in Schwierigkeiten gebracht hatte und noch dazu dessen Frau begehrte? Gab es einen Gott, der so einen wie ihn beschützen würde?

Nach seiner Erinnerung zeichnete er *Hört wie der Wind so schnell* und *Sieht tausend Stunden weit* und machte sich dann daran, zwei Holzfiguren zu schnitzen. Die Augen von *Sieht tausend Stunden weit* wölbten sich stark nach außen, die Ohren von *Hört wie der Wind so schnell* waren riesig groß. Seine Willenskraft war längst zermürbt. Er konnte nur noch diese seltsamen, hässlichen Gefährten Mazus unter seinen Händen entstehen lassen. In diese Figuren ließ er sein Herzblut fließen. Er war so schwach und verletzlich, und die Feinde lauerten überall auf ihn. Jederzeit konnten sie ihn jagen und erlegen.

Einen Monat später begab er sich wie versprochen zum vereinbarten Treffen mit Qiu. Der kleine Tempel, wo sie sich treffen wollten, war kaum höher als ein Meter. Darin standen eine Figur des Schweinegotts, deren Beine zerbrochen waren, und eine weitere von Taiwans Rächer der Entrechteten, Liao Tianding, dem die Augäpfel herausgebrochen waren. Möglicherweise hatten Gläubige um Reichtum gebetet, ohne erhört zu werden, und die Heiligen dann vor Wut amputiert und geblendet; vielleicht waren sie aber auch von gutherzigen Leuten aufgesammelt und in jenen winzigen Tempel gestellt worden, als letzte Ruhestätte. Der Tempel stand unter einem großen Baum, daneben gab es einen Teeausschank. Ab und zu rumpelten ein paar Ochsenkarren vorbei oder es tauchte eine Horde spielender Kinder auf.

Cai wartete ab Mittag. Seit er auf der Flucht war, trug er chinesische Kleidung, dazu ein paar alte Lederschuhe, die er vom »Armeeverband 27« bekommen hatte. Die Schuhe waren ihm ein wenig zu groß und auf weiten Strecken sehr unbequem. Doch um keinen Argwohn auf sich zu ziehen, verzichtete er auf seine japanischen Holzpantoffeln. Er ertrug lieber die Schmerzen in diesen Lederschuhen. Während er unter dem Baum saß und die Schatten immer länger wurden, betrachtete er die Lederschuhe. Es dämmerte bereits, und er fror. Er stand auf und lief eine Weile auf und ab. Ein Ochsenkarren fuhr nach Hause, zum Abendessen. Obenauf saßen Kinder, die bei der Ernte geholfen hatten. Zwei starrten ihn mit leerem Blick an, als fragten sie sich, warum er dort saß. Qiu tauchte nicht auf. Cai wartete noch, bis es dunkel geworden und der Mond über den Baumwipfeln aufgestiegen war. Schließlich ertrug er die Kälte nicht mehr. Er wusste, dass Qiu etwas passiert sein musste, und ließ den Tempel der verlassenen Götter mit großen Schritten zurück.

Als er seine Hütte erreichte, stellte er fest, dass jemand da gewesen sein musste. Die Eingangstür stand offen. Er wollte schon kehrt machen und davonrennen, da sah er, dass in einem Spalt des Türflügels ein Zettel steckte:

»Wahres Recht und wahres Unrecht
kann man nicht verfälschen
Dieses Herz kennen nur Geister und Götter
Einem leuchtend hellen Mond
sieht man nicht auf den Grund
Einmal ziehen alle Wolken ab und auf hört der Regen«

Wer hatte den Zettel dort hinterlassen, was bedeuteten diese Zeilen, und warum hingen sie hier? Dann fiel es ihm ein: Dies war ein Orakelzettel, wie man sie in Tempeln zu Weissagungen verwendete. Ganz bestimmt wollte der Mönch Huiming ihn warnen. Er packte eilig das Nötigste zusammen und verließ diesen bedrohlichen Ort. Gerade als er am Tempel vorbeilief, rief ihn Huiming und zog ihn in einen verborgenen Winkel. »Heute Morgen waren Leute vom Geheimdienst bei uns und haben unseren Meister darüber ausgefragt, ob in der letzten Zeit verdächtige Leute in unseren Tempel gekommen seien.« In seinen Worten schwang Sorge mit: »Ich weiß nicht, ob sie auf der Suche nach dir sind, aber du solltest vorsichtig sein.«

»Was haben sie gesagt? Und was hat euer Meister ihnen geantwortet?« In seinem Inneren empfand Cai tiefe Dankbarkeit, ließ sich aber nichts davon anmerken.

»›Hütet euch vor kommunistischen Spionen, jeder Einzelne ist verantwortlich. Wenn ihr einem kommunistischen Spion Unterschlupf gewährt, begeht ihr ein großes Verbrechen.‹ Der Meister hat nichts darauf erwidert.« Huiming zog ein Bündel hervor: »Nimm dieses Geld. Die Familie meines Onkels lebt tief in den Bergen. Vielleicht kann er dir helfen.«

Sie verabschiedeten sich im Mondschein. Cai hätte nicht zu sagen vermocht, ob er dabei düster oder traurig war. Später erinnerte er sich lediglich daran, dass Huimings Miene friedlich wirkte, es lag sogar ein Lächeln auf seinen Lippen. Er fragte Huiming nicht, weshalb er ihm derart bereitwillig half. Er traute sich weder zu fragen, noch irgendetwas zu sagen. Wie sollte er ihm auch eingestehen, dass er der »Spion« war, den sie suchten. Als er das Bündel mit dem Geld entgegennahm, bedankte er sich nur. Diesen Ort, an dem er für eine Weile Zuflucht gefunden hatte, ließ er nun für immer hinter sich, ohne festes Ziel.

Wie würde er Huiming je vergessen können! Diesen Mönch, einen »vom Gift der Religion verführten Menschen«, wie er früher gespottet hätte. Warum half er ausgerechnet ihm? Auf Geheiß Mazus oder ihrer Generäle?

Cai schulterte sein schweres Bündel, die Früchte seiner einsamen Stunden, die Holzfiguren.

Das Erste, was er am Eingang des Drachenberg-Hofs erblickte, waren endlose Reihen von Hühnerkäfigen. Dann stand dort eine junge Frau, bei genauerem Hinsehen ein wohlgeformtes Mädchen, das gerade den Dreck unter den Käfigen abspülte. »Verzeihung, ist der Onkel von Huiming zu Hause?« Cai war erkältet. Seine Stimme klang wie ein seltsames Keuchen. Das Mädchen starrte ihn an. Sie verstand nicht, was er wollte. »Der Mönch Huiming, der in einem Tempel in Taichung lebt«, erklärte er und suchte in seinem Gedächtnis nach dem Namen des Mannes, den er besuchen wollte.

Nun begriff die junge Frau und lachte. Sie deutete auf einen Flachbau hinter den Käfigreihen: »Da drinnen.« Ihm fielen ihre zarte Stimme und die feine Linie ihrer Augen auf. Wollte man diese Augen schnitzen, müsste das Glück das Messer führen. Sie war wohl siebzehn oder achtzehn, oder noch jünger?

Er bedankte sich und ging zum Haus. In seinem Rücken spürte er den Blick des Mädchens und drehte sich rasch um. Sie stellte gerade den Wassereimer ab und sah zögernd zu ihm hin. Ob es Zufall oder Absicht war, er wusste es nicht.

Herr Li, Huimings Onkel, war klug, ohne berechnend zu sein. Er verstand auf Anhieb, was Cai zu ihm gebracht hatte, und versprach ihm Arbeit. Der Lohn, sagte er entschuldigend, sei gering, genau genommen sei es ein Trinkgeld. »Kein Problem«, winkte Cai ab. Vielleicht sollte er den wahren Grund seiner Suche preisgeben, damit Huimings Familie nicht ahnungslos in etwas hineingezogen wurde? Aber dann dachte er wieder, dass er noch warten konnte, bis sie ein wenig vertrauter miteinander wären; zumal er nicht wusste, wie lange er sich in dieser Einöde aufhalten würde. Auf halber Höhe des Zhong-Yang-Gebirges. Weiter oben herrschten nur noch einsame Geister und wilde Dämonen.

Bevor sie in diese Gegend gekommen waren, hatte Herr Li gewaltige Spielschulden angehäuft. Jeden Tag kamen seine Gläubiger in sein Haus und bedrängten ihn. Irgendwann floh er in eine andere Stadt. Seine Frau ließ er zurück, sollte sie sich mit den Gläubigern auseinandersetzen. Doch die Arme ertrug die ständigen Geldforderungen nicht und vergiftete sich. Schließlich sah sich Herr Li gezwungen, mit Sohn und Tochter in die Berge zu ziehen. Auf seinem Hof züchtete er Hühner und pflanzte außerdem einige Obstbäume. Einmal im Monat fuhr sein Sohn mit dem Ochsenkarren hinunter ins Dorf. Dort verkaufte er Produkte ihres Hofes, und er brachte von dort Sojasoße, Seife und andere lebensnotwendige Dinge mit.

Cai entschloss sich bald zu bleiben. Ein solches Leben war eigentlich nur etwas für Einsiedler, aber im Augenblick entsprach es vollkommen seinen Bedürfnissen.

In seinem Zimmer standen ein Holzbett und Nachttisch. Cai öffnete ihn und legte die Figuren hinein. Dann nahm er ein Buch von Karl Marx aus seinem Bündel, überlegte kurz, steckte es schließlich wieder zurück in das Bündel. Er stellte sich mitten in den Raum, maß mit den Augen eines Eindringlings den Abstand zwischen Fenster und dem Korridor, öffnete das Fenster und blickte nach draußen: Am Hang wuchsen nur ein paar niedrige Büsche. Um zu fliehen, war dies vermutlich keine gute Richtung.

»Brauchst du sonst noch etwas?« fragte ihn das Mädchen. Sie war plötzlich vor seiner Tür aufgetaucht, im Arm hielt sie eine Steppdecke, ein Handtuch und Seife. Für einen kurzen Moment missverstand er sie, doch dann begriff er und lachte. »Mein Vater meinte, wenn du etwas brauchst, dann sag es einfach«, fügte sie leise hinzu. Wie sanft ihre Stimme doch klang – nach so einer Stimme sehnte er sich.

Er sah ihr dabei zu, wie sie mit schamrotem Gesicht die Decke auf seinem Bett ausbreitete und dann Handtuch und Seife in die Kommode legte. Wortlos drehte sie sich um und ging. Er betrachtete ihr Profil, ihre schmalen Schultern, ihren nicht zu dünnen Hintern. Er konnte nicht ausmachen, wie alt sie war. Nachdem sie die Tür geschlossen hatte, legte er sich in seinen Kleidern aufs Bett und fiel in einen tiefen Schlaf.

Mit voller Hingabe stürzte er sich in die Arbeit auf dem Hof: Jeden Tag stand er um fünf Uhr auf, jätete Unkraut, pflügte die Felder, pflanzte und düngte. Für nichts war er sich zu schade. Die revolutionäre Sache legte er erst mal beiseite (er schämte sich, das Wort Revolution überhaupt in den Mund zu nehmen). In seiner Hütte hatte er lange nicht mehr schlafen können, war beim kleinsten Anlass aufgeschreckt. Jetzt schlief er besser. »Ich bin ein Bauer« – diesen Satz ließ er irgendwann am Esstisch fallen. Obgleich die junge Frau Li nicht besonders gut kochte, schmeckte ihm ihr Essen sehr. Er aß mehr als je zuvor in seinem Leben und grübelte so wenig wie nie. War er allein, dann zog er gelegentlich seinen Marx hervor. Mehrere Male spielte er mit dem Gedanken, das Buch zu verbrennen.

Er tat es dann doch nicht. Herr Li wusste anscheinend, wer er war. Er stellte ihm nie Fragen über sein Leben. Nach dem, was Herr Li so sagte, schien er seine Ansichten zu teilen. Zumindest nahm Cai das an.

Einige Monate später fuhr er mit Jin, dem Sohn der Familie, ins Tal. In einem kleinen Weiler verabschiedete er sich von ihm. Cai sagte Jin, dass er einen Besuch bei seiner Familie machen müsse und dass er alleine auf den Berg zurückkehren würde. Heimlich ging er nach Puli. Dort erfuhr er, dass alle

Mitglieder der Gruppe gefasst worden waren. Es schien besser, auch um seine Familie einen Bogen zu machen und fürs Erste wieder zurück in die Berge zu gehen.

Jeden Tag nach dem Abendessen saß er mit Herrn Li im kargen Wohnzimmer und trank Schnaps. In diesen Momenten fühlte er sich als sein Sohn. Herr Li war Mitte fünfzig, höchstens Anfang sechzig, und machte wenig Worte. Er sprach wirklich nicht viel, und Cai sprach noch weniger. Sie tranken nur ein Glas nach dem anderen. Manchmal unterbrach Herr Li sein Schweigen und sagte auf Japanisch: »Die Zeiten, in denen die Japaner hier gewesen sind, waren doch viel besser als die jetzigen!« Oder: »Nur mit dem Anbau von Opium ist richtig Geld zu verdienen.« Cai sagte nichts dazu, auch nichts zu seiner eigenen Situation. Herr Li erwartete das auch gar nicht. Also trank er nur weiter, bis er schlafen ging. Dies war ihr tägliches Ritual.

Eines Tages aßen sie früher zu Abend als sonst und begannen auch früher zu trinken. Cais Blick fiel auf das Mädchen, das gerade die Wäsche vor dem Regen rettete. Unter den Kleidern ihres Vaters und ihres Bruders schauten auch seine Sachen hervor, sogar seine Unterhosen. Wann war sie in seinem Zimmer gewesen? Und weshalb hatte sie seine Kleider gewaschen? Erstaunt trank Cai zwei Gläser mehr als gewöhnlich.

Sie sprach nie mit ihm. Aber er wusste, dass sie regelmäßig in seinem Zimmer saubermachte. Sie würde seine Wäsche in die andere Schublade des Nachtschränkchens legen. Vielleicht ging sie in sein Zimmer, während er arbeitete. Vielleicht kannte sie sein Geheimnis.

»Weißt du, was ich für einer bin?« Manchmal hatte er Lust, ihr diese Frage zu stellen. Er ließ es bleiben. Zwischen ihnen gab es ein seltsames, schweigendes Übereinkommen: Er hatte ihr erlaubt, in sein Leben zu treten, auch wenn dieses Leben so leer war wie sein Zimmer. Er brauchte sie nicht dazu einzuladen, sie kam und ging, wann sie wollte, aber immer, wenn er nicht da war.

Sein Zimmer hütete sein Geheimnis, und sie besaß den Schlüssel dazu.

In seiner Freizeit begann er nun wieder mit dem Schnitzen. Er versuchte sich an Fröschen, Enten oder Gänsen und arbeitete weiter an der unvollendeten Ayako-Figur, so zumindest nannte er sie insgeheim. Bisher war sie nur ein abstraktes Stück Holz, nicht zu erkennen. Einmal kam das Mädchen vorbei, blieb eine Weile stehen: »Bin ich das?« Ihre Frage überraschte ihn.

Herr Li und sein Sohn fuhren fort, um für das Neujahrsfest einzukaufen. Erst in zwei Tagen, sagten sie, seien sie wieder zurück. Cai sollte derweil auf den kranken Schäferhund Acht geben, der wahrscheinlich etwas Giftiges gefressen hatte. Herr Li wollte Medizin aus dem Dorf mitbringen.

Nach dem Abendessen trank Cai alleine seinen Schnaps. Das Mädchen saß weit entfernt auf einem Stuhl und flickte ein paar Kleidungsstücke. Als er sie ansprach, traute sie sich nicht, ihn direkt anzusehen. »Neunzehn«, beantwortete sie seine lang gehegte Frage. »Neunzehn«, wiederholte er wie zu sich selbst. Er wusste, dass dieses Mädchen klug war, und seine Intuition verriet ihm, dass sie eine Gabe besaß: Sie verstand, was in seinem Kopf vorging, und durchschaute ihn.

Er war betrunken und bat sie, ihn beim Aufstehen zu stützen. Sie war kräftig genug, ihn zu halten. Gemeinsam gingen sie in sein Zimmer. »Komm hierher.« Er legte sich aufs Bett und deutete mit dem Finger auf sie. Sie hielt sich die Hand vor den Mund und kicherte. Dann schloss sie die Tür von außen und rannte davon.

Mitten in der Nacht ging seine Zimmertür auf. Er fuhr hoch und wollte zum Fenster hinaus flüchten, doch in der Dunkelheit stieß er gegen einen der Bettpfosten. Dann sah er sie. In einem dünnen Nachthemd stand sie im Eingang: »Magst du zu mir kommen?« Er war etwas verwirrt, näherte sich ihr aber und nahm sie in die Arme. »Ich glaube, ich mag dich, seit ich herkam.« Er sagte ihren Namen und zog sie aus. Sie war mager, aber nicht ohne Formen. Ihre Brüste passten gerade in seine Hände, ihre Arme waren lang und dünn. Ihre Fingernägel hatten ockerfarbene Ränder vom Tuchfärben. Mit einem Seufzer drückte er sie an sich. »Du bist meine kleine Glücksfee, weißt du das?« Er blickte in ihre klaren Augen und füllte sie vollständig aus. Er musste dies einfach tun. Nur auf diese Weise konnte er wieder ins Leben zurückkehren. Er war schon zu lange ein Toter.

»Kannst du mich lieben?« fragte sie ernsthaft.

Er wagte es nicht zu antworten. Stattdessen bedeckte er sie mit Küssen.

Wie gerne hätte er Ayako nur ein einziges Mal auf diese Weise geküsst. Er war in eine tiefe Schlucht gestürzt. Nur wo es Sonne gab, gab es Schatten. Hier aber gab es keine Schatten. Das Mädchen war rein und unschuldig wie eine Brise, die ihn sanft umhüllte. Er konnte ihr nur entgegengehen, im Schlepptau sein Leben auf der Flucht.

Als Huilian im sechsten Monat schwanger war, kosteten die beiden Männer eines Abends vom selbst gebrannten Birnenschnaps. »Ist der nicht viel besser als der Monopol-Fusel der Kuomintang?« Plötzlich tätschelte er Cais Hand: »Und was wir nicht selber leer machen können, verkaufen wir.« Herr Li warf einen Blick auf seine Tochter, die gerade die Reisschalen spülte, und setzte hinzu: »So fett wie ein Schwein.« Er nahm einen weiteren Schluck Schnaps. Cai wurde rot.

Er wusste, dass sie schwanger war, und rechnete jeden Augenblick damit, dass die Sache ans Licht kommen würde. Herr Li würde wahrscheinlich sein Gewehr herausholen und ihn mit einem Schuss erledigen. Er hatte auch schon an Flucht gedacht, setzte diesen Plan jedoch nicht um. Der kleine, warme und weiche Körper des Mädchens hatte ihn in seinen magischen Bann gezogen. Und außerdem: Wohin sollte er gehen? Er war kein Revolutionär mehr, die anderen waren alle verhaftet.

Der Abend kam, an dem Herr Li ihn nicht zum gemeinsamen Glas Schnaps einlud. Cai wusste, dass es passiert war. Herr Li betrank sich alleine. Auch am folgenden Tag und danach trank er allein. Am vierten Tag bat er seinen Sohn, den Gast zu rufen. Er schenkte Cai ein: »Ich weiß, dass du etwas für Taiwan tust. Ich schätze dich sehr und habe mir eine Lösung für dich ausgedacht. Was denkst du?«

Er hatte einen Freund, der im Hafen von Kaohsiung arbeitete und wusste, wie man blinde Passagiere auf Frachtschiffe schmuggelte. Wohin die Frachtschiffe jeweils fuhren, konnte man nie genau wissen, manchmal nach Argentinien, manchmal nach Indonesien. Herr Li wollte Cai helfen, allerdings unter einer Bedingung: Er musste seine schwangere Tochter mitnehmen. »In Ordnung. Ich muss aber zuerst noch eine Sache erledigen.« In einem Zug trank Cai sein Glas aus.

Mit dem ersten Schrei der Hähne erreichte Cai Shalu. Menschen wie er waren wie Vampire. Nur nachts erwachten sie zum Leben. Vermutlich waren mittlerweile überall Plakate angeschlagen, auf denen er gesucht wurde.

Er versteckte sich in einem Wäldchen hinter dem Haus eines Freundes und warf kleine Steinchen gegen das Holzfenster. Nach einer Weile schwang sich der Freund leise über die Mauer seines Hinterhofes. Er wirkte verstört: »Es war jemand bei mir, der dich gesucht hat. Ich habe ihm gesagt, du seist hier gewesen, mehr wüsste ich nicht. In Zukunft musst du vorsichtiger sein.«

»Ich möchte dich um einen letzten Gefallen bitten«, sagte Cai und überreichte dem Freund sein Bündel. »Bitte, dies musst du unbedingt Ayako geben. Und richte ihr aus, dass ich wiederkomme, sobald ich es kann, und sag meiner Familie, dass sie sich keine Sorgen machen soll, und Siuwen soll sich gut um unseren Sohn kümmern.« All dies sagte er hastig und in einem Atemzug.

Der Freund versprach ihm, seine Bitte zu erfüllen, und Cai eilte davon. Zurück ließ er vier Holzfiguren: die Meeresgöttin Mazu, ihre Generäle *Hört wie der Wind so schnell* und *Sieht tausend Stunden weit* – und Ayako.

Die Schwestern,
die nicht miteinander
sprachen
Taichung, 1998

Meine Mutter Sijuko hat viele Jahre kein Wort mehr mit ihrer jüngerer Schwester Sinru gesprochen, und niemand
durfte Tantes Namen in ihrer Gegenwart erwähnen. Und
geschah dies doch, dann nahm ihre Stimme einen wütenden
Unterton an, ihre Augen füllten sich mit Kummer. »Ja sie. Sie
ist eben eine Märchenprinzessin unter Bauern«, ihr Gesicht
glühte vor Neid. Manchmal war die Schwester »geschickt«,
aber manchmal schien sie ihr vollkommen gleichgültig.
»Wer weiß, ob sie überhaupt meine Schwester ist!«

Auch Jahre später vermutete meine Mutter, sie sei nicht
Ayakos Kind. Jedenfalls, sagte sie, sei sie ein Kind ohne Mutterliebe. Und dann sagte sie, dass auch Großmutter ein Kind
ohne Mutterliebe gewesen sei. Was sie nicht verstand, war,
warum Ayako immer Tante Sinru bevorzugt hatte.

»Wie sehr hat Mutter Sinru geliebt«, sagte Mutter oft zu
uns, »ich musste mich nicht nur um den Haushalt, sondern
auch um Sinru kümmern. Ja, ich musste sie bei der Hausarbeiten sogar auf dem Rücken tragen.« (Mutter schien vergessen zu haben, dass ich und meine ältere Schwester ebenfalls
unsere jüngste Schwester auf dem Rücken tragen mussten.)
Bis Sinru in die Schule ging, musste sie sie noch füttern. Immer fand Mutter Beweise dafür, immer wieder sagte sie, dass
Tante Sinru alles besessen habe und sie gar nichts. Als sei sie
die Tochter einer anderen Familie, und nicht Ayakos Kind.

Einmal sprach ich Tante Sinru darauf an. »Ach was«, lau-
tete ihre Antwort. »Das lag nur daran, dass sie die älteste
Tochter war und Mutter mehr von ihr erwartete. Das und

nichts anderes ist der Grund.« Auch Tante Sinru hatte ihre Beweise, die ich aber gleich wieder vergaß. Ich erinnere mich nur daran, dass Großmutter sich häufig um Mutter sorgte und eine Weile sogar jeden Tag für sie zu Mazu betete.

Auf einem Foto ist Großmutter mit ihren Kindern abgebildet: Ayako sitzt mit sehr sorgfältig geflochtenem Haarknoten auf einem hölzernen Ming-Stuhl und hält die neugeborene Tante Sinru im Arm. Tante Sinru trägt eine bunt bestickte, chinesische Seidenmütze, und meine Mutter hat auf dem Foto ein umgenähtes Männerhemd und eine Anzugshose an. Zusammen mit ihren beiden Brüdern steht sie hinter dem Stuhl, und auf den ersten Blick sehen sie aus wie drei Jungs.

Meine Mutter Sijuko beschwerte sich oft, dass Großmutter Ayako nicht gerecht zu ihr war. Auf der Abschlussfeier der Mittelschule habe sie tatsächlich ein altes Kleid von Großmutter tragen müssen, das sie für sie umgeändert hatte. Auf das Foto von der Abschlussfeier sei Großmutter sehr stolz gewesen und habe es später aber irgendwo versteckt. »Immer schon, seit meiner Kindheit, musste alles nach ihrem Willen gehen. Dieses Kleid war definitiv zu eng.«

Die bitterste Sache war für sie allerdings etwas anderes: »Ich hätte so gerne studiert, aber sie erlaubte es mir nicht. Eure Onkel waren nie gut in der Schule, aber Großmutter bestand darauf, sie auf die Universität zu schicken.«

Tante Sinru bekam dagegen immer jeden Wunsch erfüllt.

»Es gibt ein Lied mit dem Titel ›Schwester Regenbogen‹, und Sinru, die ist so eine Schwester Regenbogen. Sie hat ein Gesicht, so makellos rund wie ein Gänseei, einen Wassernuss-Mund und Augen wie zwei glitzernde Seen. Wie sollte man sie nicht mögen!« Mutter gab zu, dass ihre Schwester eine Schönheit war. Auf einem alten, ramponierten Foto trägt Mutter einen Kinder-Qipao, so ein chinesisches Seidenkleid mit Stehkragen, und posiert mit Tante Sinru im Arm wie eine kleine Mutter. Ihr Blick ist mild und weich. Damals war sie erst zwölf. Von dem Qipao hat sie uns nie erzählt.

Als Tante Sinru geboren wurde, galt Großvater bereits seit einem halben Jahr als vermisst. In jener Zeit des Schweigens, sagte Mutter einmal, habe sie noch nicht verstanden, was in der Welt draußen vor sich ging. Nur das Schweigen der Nachbarn zur Rechten und zur Linken bemerkte sie. Erst später habe sie begriffen, dass das »Schweigen der Leute« einen gewaltigen Druck darstellte. Wenn Mutter das Wort »die Leute« aussprach, dann sah sie sich immer unwillkürlich nach allen Seiten um, als könnte sie jemand belauschen.

Das war in den 50er Jahren. In Taiwan ging alles seinen Lauf, als sei nichts geschehen.

Bald taten die Nachbarn so, als existiere Ayakos Familie nicht mehr. Mutter und ihre Geschwister spielten mit den Nachbarskindern auf der Straße. Abends drangen die strengen Stimmen der Väter herüber. Die Standpauken hatten ihre Wirkung: Die Kinder trafen sich künftig nur noch außer Sichtweite ihrer Elternhäuser. In der Nähe ihrer Wohnungen senkten sie schweigend die Köpfe, wenn sie sich sahen. Als Mutter ein wenig älter war, hielt sie die meisten unserer Nachbarn für rückgratlose Feiglinge. Die Männer schwiegen eisern, die Frauen verbreiteten lieber hinter vorgehaltener Hand den neusten Klatsch über die unmögliche Familie meiner Mutter. Keiner von ihnen wunderte sich über das Verschwinden unseres Großvaters, und niemand hielt es für nötig, irgendetwas dazu zu sagen. Die Dorfvorsteher, die unsere Familie früher ab und zu besucht hatten, sahen ihren Ruf gefährdet und gingen auf Distanz zu Großmutter.

Es war wirklich eine trostlose und kalte Zeit. Nach Großvaters Verschwinden kam uns niemand mehr besuchen.

Schließlich zog Großmutter nach Dajia und eröffnete dort einen Friseursalon.

Dank der niedlichen Sinru fand die Familie unter den neuen Nachbarn in Dajia schnell Anschluss. Die Frauen kamen zu Besuch, überhäuften Sinru mit Geschenken, nahmen sie in den Arm und sahen sie zuweilen sogar als potenzielle Schwiegertochter. Eine weissagte ihr ein ganz besonderes Mutter-Tochter-Karma. »Seither behandelte eure Großmutter sie wie einen Schatz«, erinnerte sich Mutter. Überhaupt Ayako, ja, Ayako – auf den Fotos dieser Zeit sieht sie gar nicht mehr so erschöpft aus. Offenbar hatte Sinrus Geburt sie wieder zum Leben erweckt. Ihr Mann galt zwar als vermisst, aber in ihren Augen lag ein heller Glanz. Den ganzen Tag sah man sie begeistert Haare schneiden, glätten, wellen, färben.

Während Großmutter arbeitete, musste Mutter sich um die kleine Sinru kümmern. Unermüdlich stupste sie wieder und wieder ihre Wiege an, bis Sinru eingeschlafen war. Ihr süßes Schwesterchen. Sie betrachtete ihr zartes Gesichtchen. Wie gerne hätte sie in einer solchen Wiege gelegen, von jemandes Hand ganz sacht gewiegt. Häufig kam es vor, dass sie statt Sinru beim Schaukeln der Wiege selbst einnickte und dann eine Weile schlief.

Damals, sagte Mutter, habe sie ihre kleine Schwester Sinru wirklich geliebt. Außerdem sei sie immer sehr gehorsam gewesen: »Ich habe gerne Dinge für Ayako erledigt.« Sinru war klüger als alle anderen Kinder, sie plapperte so entzückend daher. »Man musste sie nur anschauen, schon verflog aller Kummer.« Oft habe Großmutter Sinru Leckerbissen und andere gute Dinge zugesteckt, und bald schon tat Mutter es ihr nach. Ayako fand das richtig: »Eine ältere Schwester sollte vor der jüngeren zurücktreten. In der Geschichte überlässt Kong Rong die größeren Birnen auch seinen Brüdern.«

Vor anderen Leuten nannte Mutter Ayako »*Kachiang*«, japanisch für »Mutter«. *Kachiang*, sagte sie, sei immer ganz besonders streng mit ihr gewesen. Sobald sie einen kleinen Fehler gemacht habe, habe *Kachiang* eine Woche lang nicht mehr mit ihr gesprochen. Egal, was Tante Sinru und ihre Brüder falsch machten, sie wurden nie bestraft. »*Kachiang* hat meine Brüder wirklich verhätschelt. Auch nachdem aus ihnen Räuber und Kriminelle geworden waren. Sie hing an ihnen, als seien sie Körperteile von ihr. Was ist so großartig an Söhnen?« Mutter hatte wohl vergessen, was sie uns früher immer wieder sagte: »Wenn ich nur einen Sohn hätte!«

Mutter Sijuko erzählte, Tante Sinru wollte einmal ein paar Gänseküken aufziehen. Als sie ihre Küken eines Tages in einem Korb mitten in die pralle Sonne in den Hof stellte, wollte Mutter ihn an einen schattigen und kühlen Ort tragen. Aber da begann Tante Sinru zu schreien und zu toben und hinderte sie daran. Am Ende starben alle Küken den Hitzetod. Doch als Großmutter davon erfuhr, schimpfte sie nur Mutter, weil sie nicht aufgepasst hatte.

Und dann die Sache mit den Seidenraupen. Tante Sinru züchtete gerne Tiere, ganz im Gegensatz zu Mutter. Einmal stellte Tante Sinru eine Schachtel mit Seidenraupen auf Mutters Kleidung. Mutter fürchtete sich so sehr vor den Raupen, dass sie die Schachtel schnell wegschob und dabei eine Flasche mit Jodtinktur umstieß. Einige der Seidenraupen starben in dem Desinfektionsmittel. Tante Sinru brach in lautes Jammern und Heulen aus und beschwerte sich gleich bei Großmutter, die gerade zur Tür hereinkam. Sie hatte noch nichts gesagt, da schrie Mutter wütend: »Diese Raupen sind so grässlich. Wenn man sie allesamt vergiften würde, wäre es nicht schade darum!« Großmutter forderte ihre älteste Tochter auf, sich auf der Stelle bei ihrer jüngeren Schwester zu entschuldigen, aber Mutter sagte nur beleidigt: »Lieber sterbe ich.« Dafür bekam sie eine Ohrfeige.

Sijuko war zu dieser Zeit vierzehn oder fünfzehn Jahre alt. Vermutlich begann sie damals ihre kleine Schwester zu hassen. Einmal fragte ich sie, ob Großmutter die Kinder schlug. »Ach, woher denn«, hatte Mutter geantwortet, »Nur mich hat sie geschlagen, die anderen nie, weder ihre geliebten Söhne noch ihr Lieblingstöchterchen. Nur mich.« (Ihr war bestimmt völlig entfallen, mit welcher Wucht sie früher auf mich eingeschlagen hat.) In jener Zeit, sagte Mutter, sei ihr klar geworden, dass diese Familie nicht ihr Zuhause war.

Sie hat damals nur für sich selbst gelebt.

In jener Zeit stieß Mutter auf ein Geheimnis. Eines Tages, als sie allein aus dem Haus ging, erblickte sie auf der Straße einen Mann auf einem Ochsenkarren, der ihr bekannt vorkam. Da sie beide in die gleiche Richtung mussten, stoppte er seinen Karren, und sie stieg hinten auf. Unterwegs drehte sich der Mann plötzlich zu ihr um: »Bist du nicht die Tochter von Ayako? Erkennst du mich nicht?« Sie schüttelte den Kopf. Weil es sehr windig war und regnete, hielt sie einen Papierschirm umklammert, sehr in Sorge, dass der Wind ihn ihr entreißen könnte. »Ich bin Dashu. Über deine Familie gibt es nichts, was ich nicht weiß.« Er saß vor ihr und lenkte den Ochsen: »Deine *Ma* stammt aus Okinawa, nicht wahr?« Sijuko fand den Mann abstoßend und wollte absteigen. Da sagte er: »Warum diese Eile – oder hast du wie deine Mutter heimlich einen Cousin auf Besuch?«

Unter den abschätzigen Blicken des Mannes sprang sie vom Wagen und rannte nach Hause. »Was bedeutet ›ein Cousin auf Besuch‹?« fragte sie ihre Mutter verschämt. In Ayakos kühlem Blick konnte sie eine andere Wahrheit lesen. Großmutter gab keine Antwort.

Seit Mutter herausgefunden hatte, was ›ein Cousin auf Besuch‹ bedeutete, loderte Hass in ihr auf. Sie begegnete ihrer Mutter nun sehr viel aufmerksamer und meinte etwas Geheimnisvolles in ihren Augen zu erkennen. Auch achtete sie auf ihre Worte und Bewegungen, wenn sie mit Männern sprach. Das war eher enttäuschend. Großmutter war allen Männern gegenüber höflich und bescheiden. Das gehörte zu ihrer Erziehung und ihrer Kultur. Nie gab sie den Männern Widerreden, aber genauso wenig hörte sie auf sie. Mutter fühlte, dass Ayako ihnen nicht traute, dass sie nichts mit ihnen zu tun haben wollte und ihnen sogar aus dem Wege ging. Erst später konnte Sijuko den verborgenen Schmerz in den Augen ihrer Mutter sehen. Sie war eine einsame Frau. Das anhaltende Gefühl innerer Verlassenheit hatte ihr Gesicht abgezehrt und teilnahmslos werden lassen.

Und nach vielen Jahren erst wusste Mutter, dass ein Mann auf dieser Welt Großmutter am Leben hielt. Aber dieser Mann war nie an ihrer Seite. Er hielt Ayako am Leben und machte es ihr gleichzeitig zur Hölle.

Was ist Einsamkeit? Sijuko würde es erst nach dem Unglück mit Feng, ihrem Mann, erfahren. Nun begann sie, die Einsamkeit ihrer Mutter zu verstehen. Dafür hasste sie ihre Schwester umso mehr. Die reich beschenkte Sinru hatte keine Vorstellung von den Sorgen anderer Leute, vor allem nicht von Sijukos Sorgen.

Tante Sinru bekam nicht nur die ganze Liebe ihrer Mutter, auch der Großonkel im fernen Brasilien kümmerte sich ganz besonders um sie. Sijuko hatte ihren Onkel Lin Cai nie kennenlernen wollen. Sie glaubte, dass er etwas mit dem Tod ihres Vaters zu tun hatte. Meine Mutter war überzeugt, dass Lin Cai ihren Vater auf dem Gewissen hatte. So wenigstens hatte sie es verstanden. Wäre Onkel Cai nicht zu den Kommunisten gegangen, hätte ihr Vater nicht sterben müssen. Der Mensch, der eigentlich tot sein müsste, war dieser Lin Cai, und der lebte gesund und munter auf der anderen Seite der Erdkugel.

Jeden Winter schickte der Großonkel ein Paket aus Brasilien. Es enthielt größtenteils Geschenke für Tante Sinru, außerdem Sachen für Großmutter oder Lebensmittelkonserven. Nur für sie war nie etwas dabei. Als kleines Kind fragte sie Großmutter einmal, weshalb sie keine Geschenke bekam. Ayako sah sie ungeduldig an und erklärte dann, Großonkel Cai werde Sinru adoptieren: »Er wird zu uns nach Taiwan kommen, um deine kleine Schwester mitzunehmen.«

Großonkel Cai kam tatsächlich aus Brasilien herübergeflogen, und Großmutter bestand darauf, dass alle vier Kinder mit ihr auf den Songshan Flughafen kamen. Mutter war gerade achtzehn geworden, und ihre totale Rebellion gegen die Familie hatte längst begonnen. Sobald der Name Lin Cai fiel, verschlossen sich ihre Lippen. Um Tante Sinru kümmerte sie sich nicht mehr. Damit war Schluss. Sijuko wollte ihren brasilianischen Onkel weder sehen, noch wollte sie ihn vom Flughafen abholen. Wie sollte sie das ihrer Mutter Ayako sagen? Manchmal hatte sie nur einen Gedanken: Sie hoffte, dass ihr Vater sie verstehen würde. Sie stellte sich das Gespräch mit ihm vor, und alles war gut. Sie brauchte keinen anderen Menschen, vor allem nicht den Onkel oder Sinru – und eigentlich auch nicht Ayako.

Erst nach Ayakos Tod würde Sijuko ihre eigene Mutter verstehen.

Sie erinnerte sich an den Sommer, als Großmutter sich ein Kostüm nähte und dann zusammen mit der kleine Prinzessin Sinru zum Zug nach Taipeh fuhr. Sie beobachtete, wie Großmutter ihre Schwester zuerst auf die Fahrraddroschke setzte, wie sie für sie das Verdeck herunterzog, weil sie fürchtete, Sinru könnte zu viel Sonne abbekommen, und wie sie dann zusammen wegfuhren. Nie vergaß sie jenes Bild. Sie stand am Fenster und beobachtete heimlich die Abfahrt ihrer Mutter und ihrer Schwester.

Der Brasilien-Onkel kam zwei Mal nach Taiwan zurück. Aber er nahm Sinru nicht mit. Nach seiner ersten Ankunft auf dem Flughafen wurde er von Kuomintang-Leuten entdeckt und umgehend nach Brasilien zurückgeschickt, Ayako und Sinru bekam er überhaupt nicht zu Gesicht. Das zweite Mal war viele Jahre später. Damals hatte Mutter wieder Kontakt zu Großmutter. Um zur Arbeit gehen zu können, ließ sie ihre älteste Tochter bei Nachbarn. Die zweite Tochter blieb bei der Großmutter. Da hört sie, dass ihr Onkel Cai wieder zurück in Taichung war.

»Geh doch, warum gehst du nicht nach Brasilien?« sagte Sijuko immer wieder zu ihrer Mutter. Fast eine Erpressung, die Ayako die Tränen in die Augen trieb. Sie ging dann immer langsam und schweigend in ihr Zimmer zurück. Manchmal schloss sie sich auch darin ein, oder sie wehrte sich gegen meine Mutter, sagte, dass sie nie daran gedacht habe, Taiwan zu verlassen, und dies auch nicht tun werde. Immer wenn sie das sagte, kam es Mutter so vor, als sage sie das mehr zu sich.

Großmutter fuhr nie nach Brasilien, Tante Sinru zweimal. Beim ersten Mal blieb sie nur acht Monate, weil sie sich nicht an Brasilien gewöhnen konnte.

Das zweite Mal war vor ein paar Jahren. Großonkel Cai war schwer erkrankt und hatte ein Telegramm geschickt, in dem er Tante Sinru und Großmutter bat, zu ihm zu kommen. Tante Sinru fuhr allein hin. Großmutter Ayako sah Großonkel Cai in über vierzig Jahren nur ein einziges Mal wieder, aber nicht in Brasilien. Was zwischen ihr und ihm passiert war, wusste niemand. Großmutter schwieg darüber bis zu ihrem Tod.

Nach ihrer Heirat stritt Mutter sich viel mit Tante Sinru. Manchmal sprachen sie gar nicht mehr. Der Hauptgrund für die Streitereien war mein Vater Feng: Weder Tante Sinru noch Großmutter Ayako konnten ihn leiden. Ayako akzeptierte ihren Schwiegersohn nie. Sie brauchte ihn nur einmal zu sehen, um zu wissen, dass er keiner »von der guten Sorte« war. Noch Jahre, nachdem Mutter von zu Hause weggelaufen war, blieb Ayako bei ihrer Meinung. Wie sie es vorhergesehen hatte, ging es mit Sijukos Leben immer weiter bergab. Erst als man Ayakos Schwiegersohn ins Gefängnis warf, hörte sie auf, in Mutters Gegenwart schlecht über ihn zu sprechen. Sein Unglück stimmte sie ein wenig milder.

Tante Sinru lehnte Feng noch leidenschaftlicher ab als Großmutter. Auch nachdem man ihn eingesperrt hatte, nannte sie ihn gelegentlich »chinesisches Schwein« oder »alte Wasserbrotwurzel«. Sie konnte einfach nicht akzeptieren, dass ihre ältere Schwester für solch einen Mann ein Leben voller Leid auf sich nahm. »Davongeschlichen hat er sich, zurück zu seiner alten Familie, aber du spielst hier immer noch den Ochsen und das Pferd für ihn.« Sie warf Mutter vor, keine Prinzipien zu haben: »Du schimpfst ihn doch oft selbst ›chinesisches Schwein‹, weshalb dürfen wir das nicht sagen?« Ihre Schwester Sijuko, meine Mutter, war immer im Unrecht, und zwar so sehr, dass sie, Sinru, auf keinen Fall nachgeben konnte. »Er ist mein Mann, also darf ich ihn auch beschimpfen. Was bitte schön bist du, dass du so über ihn sprichst?« Sijuko kochte vor Wut. Sie lebte nach dem Grundsatz: »Heiratest du einen Hahn, dann folgst du dem Hahn, und heiratest du einen Hund, dann folgst du dem

Hund.« Die Schwester Sinru dagegen war wegen einer unglücklichen Liebe ins Kloster gegangen und hielt ihren Körper rein wie ein Stück Jade. Sie waren ein gegensätzliches Schwesternpaar, so wie Ingwer und Knoblauch, so wie Feuer und Wasser.»Stünde in deinem Ausweis nicht schwarz auf weiß, dass du meine jüngere Schwester bist, dann würde ich dich nicht einmal eines Blickes würdigen. Falls du es noch nicht mitgekriegt hast: Ich kann Leute wie dich einfach nicht ausstehen.« Solche Worte schleuderte Mutter Tante Sinru in ihrer Wut an den Kopf, und zuletzt, ganz zuletzt, sprach sie jenen Satz aus, der die beiden entzweite:»Nur eine Type wie dich kann so ein ehrloser Mensch auch noch als Tochter annehmen wollen!«

Dieser Streit fand kurz nach Tante Sinrus zweiter Rückkehr aus Brasilien statt. Damals hatte sie sich mehrmals dafür ausgesprochen, den Großonkel Cai einmal neben Großmutter zu bestatten. Doch Mutters Antwort blieb:»Nein, völlig ausgeschlossen.« Allein die Vorstellung konnte sie nicht ertragen, und sie fing an, ihre Schwester anzugreifen und zu beleidigen.

Zu Großmutters Lebzeiten waren Mutters Besuche in Sinrus Haus selten, nach Ayakos Tod ließ sie sich überhaupt nicht mehr dort blicken. Das letzte Mal, dass sie Sinru zu Gesicht bekam, war auf Großmutter Ayakos Beerdigung. Im letzten Jahr war Mutter einmal im Monat nach Taichung gefahren, um sie dort im Krankenhaus zu besuchen. Immer nahm sie den Bus im Morgengrauen hin und den Nachtzug wieder zurück. Bis Großmutter Ayako starb.

Am Tag, als ihre Mutter starb, fuhr Sijuko frühmorgens direkt zu ihrem Haus nach Taichung, stieß die Fliegengittertür auf und betrat das Wohnzimmer. Keine Menschenseele war da.

Mutter saß allein in Großmutter Ayakos Zimmer und betrachtete die Dinge, die sie hinterlassen hatte. Ihr Kopf war ganz leer. Sie hockte sich auf eine Tatami und fing an zu weinen. Und da sie einmal weinte, hörte sie lange nicht mehr damit auf. Ihre Seele fühlte sich an wie ein hohler Raum. Wie hatte sie vergessen können, wie einsam sie war? Über so viele Jahre hinweg hatte sie sich unter Einsatz ihrer ganzen Lebenskraft gegen ihre Mutter gestellt. Sie hatte geglaubt, sie habe keine Mutter mehr. Und nun wusste sie es besser: Sie hatte eine Mutter, und sie war tot.

Ihre Mutter war tot, und ihr Mann lag in einem Krankenhaus in Taipeh.

Mutter und Tante Sinru mieteten einen Wagen, um einen sehr schönen Sarg abzuholen. Danach brachten sie mit den Leuten vom Bestattungsunternehmen Großmutters Leichnam vom Krankenhaus in ihr Haus. Auf der Trauerfeier waren auch meine beiden Schwestern anwesend, allerdings fehlten unsere beiden Onkel. Die Feier selbst war schlicht, aber würdevoll, auch wenn Mutter und Tante Sinru die ganze Zeit kein einziges Wort miteinander sprachen.

Tante Sinru hatte Mutter längst verziehen, Mutter ihr dagegen nicht, wie mir meine ältere Schwester später erzählte. Auf der Beerdigung begegneten sich zwei einsame Menschen, beide mit fest aufeinandergepressten Lippen, die Geheimnisse ihres Lebens fest verschlossen. Da standen die Schwestern am Grab ihrer Mutter und heulten beide so wild und hemmungslos, als ginge es um einen Wettkampf im Weinen über eine verstorbene Seele.

Was man über die Verehrung des Erdgottes wissen muss

Der Erdgott Tudigong, der Ehrwürdige Herr der Erde, heißt auch Houtu oder Hauptgott des Glücks und der Tugend. *Ursprünglich opferten die Leute im Altertum dem Gott des Bodens und dem Getreidegott. Später wurde daraus das Tudigong-Opfer. Zweimal im Monat opfern die Leute ihm, der auch der Gott des Reichtums ist, um für reiche Ernte oder einen guten Handel zu danken. Diese Opfer werden auch Zuoya genannt, ursprünglich die Bewirtung eines Marktverwalters. Der zweite Tag des zweiten Mondkalendermonats ist der Geburtstag des Erdgottes. Am sechzehnten Tag des zwölften Monats wird er ein weiteres Mal mit Opfern gefeiert. Der erste Geburtstag nennt sich Touya, der zweite Weiya.*

Zur Zeit des Touya-Opfers stellt eine Familie einen Opfertisch vor den Altar des Tudidong und einen anderen Tisch mit Speisen für die Leibwächter des Tudigong vor der Haustür auf. Der Altartisch steht üblicherweise unter freiem Himmel. Wenn Tudigong sehr beschäftigt ist, dann erhält er Unterstützung von seinen Leibwächtern, die böse Dämonen vertreiben und den Menschen Frieden bringen. Zum Dank hält man zur Tudigong-Opferzeremonie auch für seine Leibwächter einen reich gedeckten Opfertisch bereit, die »Dankesspeise für die Generäle« oder »Dankesspeise für die Armee«.

Im Daoismus ist der fünfzehnte Tag des siebten Monats der Geburtstag des Erdgottes. Daher wird ihm auch am fünfzehnten Tag des siebten Monats geopfert. Der siebte Monat ist zudem der Monat der Geister. Vom ersten bis zum dreißigsten Tag kommen die noch nicht reinkarnierten Geister auf die Erde zurück, um sich an Weihrauch-duft und Opfergaben zu laben. Der Erdgott ist somit auch der Herr-scher über die Geister. Opfert man ihm, dann sollte man auch diesen Geistern (auch die guten Brüder genannt) opfern.

Am ersten Tag des siebten Monats wird im Tempel des Bodhisatt-va Ksitigarbha das Tor der Geister geöffnet. Nach dem Mittag bewir-tet man die am Haustor vorbeiziehenden Geister. Am fünfzehnten Tag des siebten Monats wird frühmorgens die Opferzeremonie für den Erdgott abgehalten, am Nachmittag werden die einsam umherwan-dernden Geister erlöst. Am Ende des Monats wird das Geistertor dann wieder geschlossen. Am Abend dieses Tages zündet man Dankbar-keitslampions an, um die guten Brüder, die einen Monat lang un-ter den Menschen verweilt haben, wieder in die Unterwelt zu verab-schieden.

Zur Zeit des Weiya-Opfers, am sechzehnten Tag des zwölften Mo-nats, wird dem Erdgott für reiche Ernte und guten Handel gedankt, da-her wird dieser Tag auch feierlicher als alle anderen Opfertage began-gen. Unternehmen belohnen aus Anlass dieses Festes für gewöhnlich alle verdienten Angestellten mit einem Bankett. Bringen es Vorgesetz-te nicht übers Herz, eine Entlassung auszusprechen, so richtet man den Kopf eines servierten Huhns so aus, dass er auf den Betroffenen zeigt.

Die Anhänger des Buddhismus begehen am fünfzehnten Tag des siebten Monats das so genannte Ullambana-Fest. Dieses Fest fand erstmals im Jahre 538 statt.

Der Ursprung dieser Zeremonien geht auf die Legende von Maha-maudgalyayana zurück, der dank seines Göttlichen Auges (Abhijna) sah, dass seine Mutter als Hungriger Geist wiedergeboren wurde, und sie erretten wollte. Zu diesem Geisterfest bringt man den Mönchen in Schüsseln oder Körben vegetarische Speisen. Einige reiche Leute geben sogar Straßen-Bankette, an denen ein jeder teilnehmen kann, ob Pas-santen oder gute Brüder. Damit hofft man, verstorbenen Verwand-ten in der Unterwelt bestimmte Qualen zu ersparen, wie zum Beispiel das Aufgehängtwerden mit dem Kopf nach unten.

Im Zimmer
meiner
Mutter
Taiwan/Taichung, 2001

Ich war sieben Jahre alt, als ich wieder zurück nach Taipeh kam. Nach den vielen Jahren bei meiner Großmutter fern von zu Hause kamen mir alle Menschen und Dinge verändert vor. Ein starkes Gefühl der Fremdheit trennte mich von meinen Eltern. Ich war ein schüchternes und wegen der langen Trennung etwas geistesabwesendes Kind.

Viele Nächte lang lag ich in meinem Bett und lauschte dem Zirpen der Insekten, den Blick auf die Fensterscheibe aus Mattglas geheftet, auf der die Schatten der Bäume hin und her schwankten. In den Taifunnächten peitschte der Regen oft so heftig gegen das Fenster, dass ich mir einbildete, es seien die Geister, die hereinwollten. Zufällig hatte ich den Geistergeschichten unseres Nachbarn, eines Kriegsveteranen, gelauscht. Der Mann kam aus Hunan, und er erzählte uns Kindern gerne von bösen Geistern aus dieser chinesischen Provinz. Manchmal handelten seine Geschichten aber auch von lebenden Leichen aus Xinjiang oder von Wassergeistern auf Taiwan. Kaum tauchten Kinder in seiner Nähe auf, begann er auch schon zu erzählen. Arglos hörte ich mir zwei seiner Geschichten an und träumte seither schlecht.

Dies war schon zu der Zeit, als Vater nur noch selten nach Hause kam.

Als kleines Kind hatte ich keine Angst vor Taifunen, aber ich fürchtete mich vor Geistern. Eines Nachts, während eines Taifuns, meine ältere Schwester war schon eingeschlafen, lag ich wach und hatte solche Angst, dass ich glaubte zu ersticken. Ich verspürte nur den einen Wunsch: in der Nähe meiner

Mutter zu sein. Viele Male kletterte ich aus dem oberen Teil unseres Stockbetts hinunter und ging auf Zehenspitzen zum Zimmer der Mutter. Vielleicht war sie schon zu Bett gegangen, vielleicht auch noch nicht, aus dem Zimmer drang jedenfalls leise Musik. Schlief sie schon mit meinen jüngeren Schwestern in einem Bett? Ich wünschte mir so sehr, zu meiner Mutter zu gehen. Doch dazu fehlte mir der Mut, ich wagte es nicht, an ihre Tür zu klopfen.

Mutter war der erste Mensch, der mich hätte lieben sollen. Mit achtzehn war sie von zu Hause nach Taipeh geflohen, gegen den Willen ihrer Mutter, und heiratete heimlich einen Soldaten vom Festland. Schnell wurde sie schwanger, was sie sowohl mit Angst als auch mit Glück erfüllte. Danach folgte eine Schwangerschaft auf die nächste. Sie spielte tatsächlich mit dem Gedanken, ihre späteren Kinder abtreiben zu lassen.

Ich weiß, dass man ihr dies nicht vorwerfen kann, denn sie war damals selbst noch ein Kind, das sich noch nicht wirklich von zu Hause gelöst hatte. Ich weiß nur nicht, wie ich und meine ältere Schwester jene neun Monate im Bauch einer Mutter überleben konnten, die so selbstzerstörerisch war. Ich sehnte mich unendlich nach ihrer Liebe, aber ebenso unendlich hasste ich sie. In meinem späteren Leben dachte ich oft, dass ich ihr zwar mein Leben verdankte, dass sie mich aber auch beinahe vernichtet hatte.

Meine Mutter wird zu dir sagen, ich sei ein seltsames Kind gewesen. Sie wird erzählen, wie stur und eigensinnig ich war. Während der Pubertät stritt ich ständig mit ihr, mit zwanzig zog ich von zu Hause aus und ging danach nach Frankreich. Noch heute bin ich derselbe Dickkopf wie früher. Du solltest wieder mit deiner Mutter sprechen, sagst du, sie liebt dich. Allerdings schickst du gleich hinterher, dass du nicht sicher bist, vielleicht liebt sie dich auch nicht.

Dein Gesicht sieht traurig aus, und du wirkst auch ein wenig durcheinander. Aber du versuchst, zuzuhören, nicht nur dem, was ich dir erzähle, sondern auch meiner Mutter. Vielleicht, sagst du, ist deine Mutter nicht dazu fähig, dich zu lieben.

Ich weiß auch nicht, woran es liegt, aber ein bestimmtes Bild ist mir unvergesslich, obwohl es schon so viele Jahre zurückliegt. Es war am selben Tag, an dem mich Mutter von Großmutters Haus nach Taipeh holte. Ohne vorher mit mir nach Hause zu gehen, führte sie mich geradewegs in den Kindergarten. Dort sollte ich die letzten Wochen bis zur Einschulung bleiben. Es war bereits mit dem Lehrer abgesprochen, sagte sie. Dann drehte sie sich um und wollte fortgehen. Ich klammerte mich an sie und wollte lieber sterben, als sie gehen zu lassen. Ich hörte nicht mehr auf zu weinen und sah nur noch die Rotholztür des Eingangs zum Kindergarten und das Kleid meiner Mutter vor mir. Mutter hielt meine Schwester auf dem Arm, sie machte sich angewidert von mir los und hob die Sonnenbrille auf, die bei dem Gerangel auf den Boden gefallen war. Sie setzte sie auf und ging weg, ohne sich umzudrehen.

Meine Mutter sagt immer, ich treibe mich gerne herum. Aber das stimmt nicht: Ich bin keine Herumtreiberin, ich habe nur kein Zuhause. Ich habe nie eines gehabt. »Was bringt es dir, mal hier und mal da hinzugehen.« Auch ein Satz meiner Mutter. Es bringt mir nichts. Ich möchte nicht jemand in ihrem Sinne »Nützliches« werden. Ich bin ich. Sie sagt immer: »Genau so bist du, schon von klein auf warst du so. Ein verwahrlostes, unerzogenes Kind. Und auch als Erwachsene bist du unerzogen.«

»Unerzogen bleibt eben unerzogen. Umso besser. Niemand soll mich erziehen«, antworte ich dann.

Ich betrete Mutters Zimmer. Du redest mit ihr schon die ganze Zeit im Wohnzimmer, und ich kann ihr Lachen hören, jenes stoßweise, unterdrückte Lachen. Als hätte sie Angst, man könnte herausfinden, dass sie in Wirklichkeit hilflos und einsam ist. So ist sie schon immer gewesen, verschlossen und unglücklich. Ein schwacher Mensch kann niemals glücklich sein. Nun stehe ich in ihrem Zimmer und denke, wie gerne ich mich früher in Mutters Arme geschmiegt hätte. Und sie hatte nicht einmal eine Ahnung davon.

Damals näherte sie sich mir nie, nein, und auch ich habe mich ihr nicht genähert. Auf dieser Welt hat sie nie ein Mensch getröstet. Ihr Herz war so bedürftig, dass sie im wahren Leben jede emotionale Nähe mit Händen und Füßen abwehrte. Sie war gezwungen, mich so gefühllos zu behandeln. Hätte sie aus Unvorsicht ihren Wunsch nach Liebe preisgegeben, so wäre sie vermutlich in noch größere Angst und Traurigkeit versunken. Dann hätte sie nichts mehr im Leben gehalten. Nein, ich verstehe jetzt: Sie musste sich ihr Verlangen nach Liebe verbieten. Weil niemand sie je geliebt hat, nicht ein Einziger, wusste sie nicht, wie sie mich lieben sollte. Sie hatte keine Ahnung wie das ging, jemanden zu lieben.

Mein Blick schweift durch ihr Zimmer. Es unterscheidet sich von dem der Großmutter: Es wirkt nicht so düster und ist eingerichtet wie ein mittelmäßiges Hotelzimmer. Die einzige Lampe ist eine Neonröhre, die uns schon zu unserer Kinderzeit beleuchtet hat. Unter ihr haben wir früher gegessen, unsere Hausaufgaben erledigt und Mutter dabei zugesehen, wie sie sich durch ihr Leben schleppte. Wie sie das Zimmer verließ, um sich für Vaters Angelegenheiten die Hacken abzulaufen. Bis heute läuft sie sich für ihn die Hacken ab. Ich möchte sie wirklich fragen: Warum sorgst du dich nicht um dich selber? Warum ist Vaters Tragödie zu deiner eigenen geworden? Aber sie würde das nicht verstehen.

Meine Augen wandern in eine Ecke, wo Mazu auf einem kleinen Altar steht. Wahrscheinlich ist es die neue Figur, um die sie im Tempel gebeten hat. Viele Jahre lang zweifelte ich daran, dass Mutter tatsächlich nie wissen wollte, wo die beiden Leibwächter von Mazu geblieben waren. Glaubte sie wirklich an Mazu? Um was bat sie in ihren Gebeten?

Eines Nachts im Winter, ich war noch ein Kind, begannen plötzlich Himmel und Erde zu schwanken. Doch weil ich so tief schlief, bekam ich nichts davon mit. Mitten im Schlaf schlug mir Mutter ins Gesicht: »Jede Minute stürzt das Haus ein, alle werden sterben, und du schläfst!« Sie riss mich aus meinen Träumen. Vor mir stand Mutter mit meiner jüngsten Schwester auf dem Arm und meiner anderen kleinen Schwester an der Hand. Meine ältere Schwester war schon aus dem Haus gerannt. Nachdem Mutter mich angeschnauzt hatte, beachtete sie mich nicht länger und eilte mit meinen Schwestern nach draußen. Ich saß allein auf dem Bettrand. Immer noch spürte ich nichts von dem Erdbeben. Ich blickte Mutters Rücken nach und wusste nicht, was ich tun sollte. Genau in diesem Augenblick endete das Erdbeben der Stärke sieben.

Später erwähnte Mutter die Geschichte vor anderen Leuten: »Ja, sie, alles lässt sie kalt, wie ihr Vater, kein Verantwortungsgefühl.« Mutter wusste nicht, dass ich im Nebenzimmer lauschte. »Sie und ihr Vater sind sich sehr ähnlich. Selbst wenn der Himmel einstürzen würde, es wäre ihnen egal.« In jenem Jahr kam Vater gar nicht nach Hause. Meine Mutter war verzweifelt. Er war weggegangen und nach Huilong zu einer Frau namens Su gezogen. Das heißt, nein. Er war nicht dort hingezogen, er hatte Frau Su die Wohnung gekauft.

Mutter liebte Vater wirklich. Sie liebte ihn mehr als ihre eigenen Kinder. Aber das kann man ihr nicht vorwerfen. Kann eine solche Hingabe, eine derart anhängliche Liebe zu einem Menschen ein Fehler sein? Ich betrachte die Mazu-Figur.

Jeden Morgen nach dem Aufstehen fanden wir Kinder auf dem Küchentisch ein paar Gläser mit angerührtem »Klim«-Milchpulver und etwas Kleingeld vor. Meistens war die Milch bereits kalt geworden. Obenauf schwamm eine Schicht kalten Milchfetts, es ekelte mich. Jeden Tag schüttete ich mein Frühstück ins Klo und nahm mir dann die zehn Yuan für mein Mittagessen. Meine Schwestern machten es mir nach. Ich wusste, dass meine kleine Schwester mit dem Geld häufig zu einem Krämerladen in unserer Gasse ging und sich Süßigkeiten kaufte: getrocknete Mangos mit Farbstoff oder verzuckerte bunte Bonbons. Nie investierten wir das Geld in eine richtige Mahlzeit, immer verwendeten wir es für Süßigkeiten oder Spielzeug. Häufig aß ich den ganzen Tag über nur zwei gefüllte Teigtaschen, eine süße und eine mit Käsecreme.

Ich weiß nicht, was Mutter aß. Meine kleine Schwester war damals erst drei Jahre alt. Sie war mit einer Gaumenspalte zur Welt gekommen, konnte kaum schlucken, und das Essen und Trinken fiel ihr schwer. Sie spielte den ganzen Tag im Schlafzimmer meiner Mutter. In jenen ein bis zwei Jahren verließ Mutter nie die Wohnung, sie schloss sich sogar in ihrem Zimmer ein. Es war die schwerste Zeit ihres Lebens. Es war unsere Kindheit, die Jahre der Verwahrlosung. Häufig waren wir so hungrig wie streunende Hunde. In einem fort stopften wir Bonbons und andere Süßigkeiten in uns hinein. Meine Schwester wurde immer dünner und dünner. Das schlechte Essen hatte einen Bandwurm genährt. Sie wurde immer schwächer. Ein Arzt diagnostizierte den Parasiten und schickte sie ins Krankenhaus. Dort stellten sie fest, dass sie auch Kopfläuse hatte, und behandelten sie mit einem Lausmittel. Davon fielen ihr alle Haare aus. Ich erinnere mich, wie sie nach Hause kam: kahl und voller roter Pusteln. Sie hatte irgendeine Hautkrankheit mitgebracht und steckte uns alle an.

Damals versuchte Mutter mehrmals, sich das Leben zu nehmen. Eines Tages, als ich nach Hause kam, sah ich einen Krankenwagen vor unserer Haustür stehen. Mutter konnte gerettet werden und wurde in ein Krankenhaus gebracht. Meine ältere Schwester hatte sie entdeckt, wie sie röchelnd auf dem Bett lag. Mutter hatte alle Schlaftabletten, die sie sich nach und nach besorgt hatte, geschluckt. Der Arzt, der ihr den Magen auspumpte, sagte uns, Vater solle ins Krankenhaus kommen. Der allerdings tauchte dort erst zwei Tage später auf. Bei Mutters Anblick zeigte er nicht die geringste Regung. Er setzte lediglich seine Unterschrift unter ein Papier und ging wieder. Er sagte nichts.

Später kamen Tante Sinru und Großmutter zu uns, um nach Mutter zu sehen. Doch auch da schloss sie sich wieder in ihrem Zimmer ein. Beide waren eigens aus Dajia angereist und saßen nun im Wohnzimmer auf dem kunstledernen Ecksofa. An einer Stelle war es beschädigt, wenn man den halb losen Bezug nach hinten klappte, konnte man die Stahlfedern sehen. Ich hatte die eingerissene Stelle ordentlich mit Klebeband abgedichtet. Als ich sah, dass sich Großmutter genau auf den Riss setzte, hatte ich nur noch Augen dafür. Die ganze Zeit über verfolgte ich jede ihrer Bewegungen und war froh, dass sie den Riss nicht bemerkte. Viele Stunden lang saßen sie zusammen im Wohnzimmer und gingen erst, als es schon dunkel geworden war. Kaum hatten beide unsere Wohnung verlassen, kam Mutter aus ihrem Zimmer. »Was wollten sie? Wozu sind sie hierher gekommen?« Offenbar wartete sie auf meine Antwort, ihre Augen glühten vor Zorn. Dann brüllte sie mich an, als sei es allein meine Schuld, dass Tante Sinru und Großmutter zu Besuch gekommen waren.

Ich machte mir damals große Sorgen. Ich hoffte, dass es Großmutter gelingen könnte, Mutter wieder aufzubauen. Denn oft fürchtete ich, Mutter könnte jederzeit sterben, sobald ich und meine ältere Schwester einmal nicht aufpassten. Ihre Selbstmordversuche häuften sich, und Vater ließ sich nur selten bei uns blicken. Jeden Tag rannte ich nach Hause, aus Angst, Mutter könnte in der Zwischenzeit sterben. Einige Male passierte es sogar, dass ich mich noch mit Gewalt in den überfüllten Bus hineinquetschte und die Fahrkartenkontrolleurin mich mit einem kräftigen Stoß wieder aus dem Fahrzeug schubste. Ich landete auf den Boden.

Ich sollte zu euch hinübergehen und mich an eurem Gespräch beteiligen, aber ich bleibe bewegungslos im ihrem Zimmer stehen.

Als Vater ins Gefängnis kam, verließ Mutter plötzlich ihr Zimmer. Sie versuchte nicht mehr, sich umzubringen, und war den ganzen Tag damit beschäftigt, meinen Vater zu retten. Als Köchin in einer Fabrikkantine konnte sie die ganze Familie versorgen, und außerdem bekamen wir endlich ihr selbstgekochtes Essen, das sie uns abends in Henkelmännern nach Hause brachte. Sie verwandelte sich in einen vollkommen anderen Menschen.

Dass ich häufig den Unterricht schwänzte und gar nicht mehr lernte, bekam sie jedoch überhaupt nicht mit. Mein Schulranzen war voller Bücher von Hesse und Camus, oder es steckten Briefe darin, Briefe, die ich einer Mitschülerin aus meiner Klasse geschrieben hatte. Sie waren so geschrieben wie Liebesbriefe. Ich zweifelte an der Welt und hielt all meine Gefühle auf kleinen Zetteln fest, die ich Tag für Tag jener Mitschülerin gab. Sie las diese Briefe nie. Eines Tages legte sie die ganze Sammlung in eine Schachtel und gab sie mir zurück.

Damals hatte ich große Angst davor, in die Schule zu gehen. Ich fürchtete mich vor einer Mitschülerin namens Xiong. Sie hatte immer jede Menge Freunde, die sich nach dem Unterricht um sie scharten und mit ihr lachten und plauderten. Ich vermied es irgendwie, in den Unterricht zu gehen. Stattdessen schlenderte ich ziellos durch einen Park in der Nähe der Schule oder ging zu der Sargmacherfamilie nach nebenan. Damals litt der Sargmacher bereits an einer Magenkrankheit. Abgemagert bis auf die Knochen lag er in seinem Bett und schlürfte seine chinesische Heilkräutersuppe, deren Geruch durch alle Räume waberte. Als er anfing, Blut zu spucken, brachten sie ihn schließlich doch ins Krankenhaus, wo er wenige Tage darauf starb.

Meine Besuche waren ihnen weder willkommen noch unangenehm. Shuqin, die Tochter des Sargmachers, wurde immer hübscher, die Erwachsenen bemerkten es bei jeder Gelegenheit. Sie trug eine Ponyfrisur. Nach der Schule sortierte sie zusammen mit ihrer jüngeren Schwester ganze Säcke von Schweineborsten in Haufen mit weißen und Haufen mit schwarzen Borsten. Das war die ganze Arbeit. Für einen Sack gab es fünf Yuan. Shuqin und ihre Schwester waren ständig damit beschäftigt. Meistens half ich ihnen und fischte mit einer Zange in den großen Haufen nach weißen Borsten. Jeden Tag ging ich ihnen dabei zur Hand, aber nicht wegen des Geldes. Auch die Einladungen der Familie, zum Essen dazubleiben, lehnte ich ab. Zu dieser Familie zu gehen gab mir für kurze Zeit das Gefühl, »nach Hause« zu kommen. Allein die Konzentration auf die Suche nach den weißen Borsten ließ mich meinen Kummer vergessen.

»Bleib da weg«, sagte Mutter, »diese Borsten sind voller Bakterien.« Mutter war stinksauer darüber, dass ich zu anderen Leuten nach Hause ging, statt mich um meine kleine Schwester zu kümmern. Sie verstand nicht, was mich so häufig dorthin trieb. »Hast du mit ihrem Ältesten, diesem Jinlong, etwa um Geld gespielt und musst nun deine Schulden abarbeiten?« Sie starrte mich forschend an. Dies war Mutters größtes Missverständnis. Wie konnte sie nur annehmen, dass ich, ein vierzehnjähriges Mädchen, mit einem Jungen um Geld spielte?

Ich schüttelte ununterbrochen den Kopf. Um Geld zu spielen war die letzte Sache auf der Welt, die mich interessierte. Schon damals verstand mich Mutter nicht, und danach noch viel weniger. Einige Jahre später fing sie selbst an, Mahjong zu spielen, und kam nicht mehr davon los. Vater hatte uns gerade verkündet, dass er alleine zu seiner alten Familie in China zurückgehen wolle, dass er uns nicht mehr brauche und auch nicht mehr wiederkommen werde.

Nach Vaters Abreise wurden Mutter und unsere beiden Onkel zu fanatischen Spielern. Mutters älterer Bruder war längst ein professioneller Dieb geworden, der nicht nur seine Frau und seinen Sohn verlassen hatte, sondern auch auf einem Berg von Spielschulden saß. Ihr jüngerer Bruder wechselte häufig seine Arbeitsstelle und war meistens schon tagsüber betrunken. Etliche Male kam er mit dem Taxi aus Taichung nach Taipeh, um sich von Mutter Geld zu borgen. Er bat sie immer nur um eine kleine Summe, aber die Kosten für das Taxi waren beträchtlich. Nachdem das mehrmals passiert war, ging Mutter gar nicht mehr zu ihm herunter, sondern versteckte sich in ihrem Zimmer. Meistens kam unser Onkel schon betrunken an, setzte sich aufs Sofa und beschwerte sich lallend über seine Schwester.

Als junger Mann war Vater ganz auf sich gestellt nach Taiwan gekommen. Er hatte keine Verwandten auf der Insel und kannte nur ein paar Landsleute aus der Armee. Auch sie waren mutterseelenallein vom Festland gekommen, wo sie offenbar viele Jahre lang versucht hatten, ihren Kummer zu verbergen und ein normales Leben zu führen. Bei der geringsten Unachtsamkeit brach es in sich zusammen. Einer der Landsleute von Vater, ein Herr Bai, heiratete ein Ureinwohner-Mädchen, das dann ein Verhältnis mit einem Nachbarn anfing. Da der Unterleutnant Bai seine Frau wirklich von Herzen liebte, fiel er in Depressionen, bis er sich schließlich das Leben nahm.

Dann gab es da noch Vaters Freund »Großkopf«, der sein Leben lang nicht wieder heiratete, sondern immer zu seiner ersten Frau nach China zurückkehren wollte. Als er vierundfünfzig war, bekam er nach einer Portion Schlangengalle schlimme Magenkrämpfe und musste ins Krankenhaus. Dort stellte man eine akute Hepatits fest. Keine vierundzwanzig Stunden später war er tot. Ein anderer Landsmann von Vater, der Kang hieß, kaufte sich eine junge Frau aus Yilan, die sich jedoch weigerte, mit ihm zu schlafen. Über Jahre hielt er das sogar aus. Eines Tages kam er nach Hause, und das Mädchen war verschwunden, mit seinen gesamten Ersparnissen. Er sah sie nie wieder.

Vater hatte nur diese seltsamen Armeekumpels. Und dann gab es später noch einen Freund. Dieser Mann würde unser aller Leben verändern. Er war Vaters letzter Freund. Aber das war später.

Mutter dagegen, ihr blieben nur ihre Geschwister und unsere vereinsamte Großmutter, die in ihrem düsteren Zimmer hockte, Räucherstäbchen abbrannte und zu Mazu betete. Aus ihren Söhnen waren Nichtsnutze und gesuchte Kriminelle geworden. Und Tante Sinru? »Erwähnt sie nicht! Sie ist nicht meine Schwester.« Mutter besaß keine Freunde, und lebte immer allein für sich. Genau wie ich. Wir sind die ungeliebten Kinder, und beide wussten wir als Erwachsene nicht, wie man andere Menschen liebt. Bei ihr war es so, und auch bei mir.

Ich muss jetzt rausgehen und dir all das hier sagen. Du

sollst wissen, dass ich Mutter nicht länger hasse. Dass ich sie nur früher gehasst habe, als ich noch ein Kind war. Aber ich bin nicht mehr dieses Kind, das sie zwang, eine Erwachsene zu spielen. Ich weiß zwar jetzt, dass sie mich nicht geliebt hat. Aber auch sie wurde von niemandem geliebt.

Du versuchst gerade, mit Mutter zu sprechen. Meine Schwester dolmetscht für dich. Und ich staune, dass dir Mutter so viel zu erzählen hat. Ich habe mich immer nur selten mit ihr unterhalten. Sehr selten.

Zu selten.

Was macht
ihr hier?
Die Liebe meiner Mutter Sijuko
Taiwan/Taichung, 1958

Sijuko hat auch einen chinesischen Namen: Lin Fenfang, die
Duftende. Als sie geboren wurde, hing in der ganzen Wohnung der mitternächtliche Duft der Telosma-Blume. Daher
gab ihr Vater diesen Namen. Ayako, und dann bald alle,
nannte sie jedoch nur japanisch Sijuko.

»Du bist deiner Mutter ja wie aus dem Gesicht geschnitten, Sijuko.« Diesen Satz musste sie sich von klein auf an-
hören.

Immer wenn die Leute das sagten, schaute Sijuko unauf-
fällig zu ihrer Mutter hinüber, in der Hoffnung, ein Lächeln
auf ihren Lippen zu entdecken. Und erst wenn sie den Leuten recht gab, konnte Sijuko ruhigen Herzens davongehen.
Oft zweifelte sie daran, wirklich das Kind ihrer Mutter zu
sein. Sie stellte sich vor, eine Blume zu sein, eine Fenfang, die
darauf wartete, von jemandem gepflückt zu werden.

Sijuko hatte scharfe Ohren und eine angeborene Begabung für Sprache, außerdem konnte sie singen. Sie sah ma-
gerer aus als andere Kinder in ihrem Alter, als wäre sie unter-
ernährt. In ihren leeren, großen Augen lag Angst. Häufig
stand sie völlig regungslos da, entweder in ihrem Zimmer,
das sie mit ihren beiden Brüdern teilte, oder im Hinterhof,
als lauschte sie den Gezeiten. Vielleicht roch sie auch den
modrigen Geruch der Gardenien. Fragte sie jemand, was sie
da tue, dann schüttelte sie nur den Kopf.

»Dieses Mädchen ist kein normales Kind.« Sie hörte, wie
ihre Tante Mingfang der ganzen Familie die Sterne deutete,
die zwölf »Häuser« ihres Lebens. »In ihrem Eltern-Haus steht

ein gieriger Wolf.« Die Stimmen ihrer Verwandten waren so leise, dass man sie kaum mehr hören konnte. »Und im Ehe-Haus?« wollte Ayako wissen. »Auch da gibt es einen Wolfs-stern. Dieses Mädchen hat kein gutes Schicksal.« Ayako fragte nicht weiter.

Danach stellte sich Sijuko immer einen echten, gierigen Wolf vor, einen Wolf, der sich irgendwann auf sie stürzen würde.

Im selben Jahr, in dem ihr Vater für die kaiserliche Armee in den Krieg zog, kam sie in die japanische Grundschule. Am ersten Unterrichtstag führte der Lehrer alle Schüler in einen Luftschutzkeller, wo sie den größten Teil des Tages blieben. Auch danach mussten sie sich oft im Luftschutzkeller verstecken. Dort lernte sie viele japanische Lieder und träumte davon, einmal so zu werden wie die berühmte japanisch-chinesische Schauspielerin und Sängerin Li Xianglan.

Im ersten Schuljahr wurden die Kinder noch regelmäßig unterrichtet, im zweiten Jahr fiel die Schule so gut wie aus. Sijuko konnte sich an diese beiden Jahre nur schwach erinnern. Ihr stärkster Eindruck aus dieser Zeit war, dass ihre Banknachbarin nicht mit ihr zusammen handarbeiten wollte, »weil sie eine *Li La* ist«. Eine »Die da«, wie die Japaner die Taiwaner nannten. Der Lehrer ermahnte daraufhin die Klasse, niemanden, egal wen, auszugrenzen. Sie alle seien eine Gemeinschaft. Trotzdem kam Sijuko kurz darauf in eine andere Klasse, in der es mehr taiwanische Kinder gab. Taiwanisch zu sprechen war, wie man ihnen einschärfte, nicht gestattet.

Sijuko ging nach der Schule immer mit den anderen taiwanischen Kindern nach Hause, obwohl es ein Umweg für sie war. Einmal kam ein japanischer Schüler zu ihnen herüber und schnitt ihnen Fratzen, warf sogar Steine nach ihnen. Ein anderes Mal kam ein älterer Schüler auf Sijuko zu: »Dein Vater ist kein Japaner, und du bist auch keine Japanerin, hast du verstanden?« Der Junge sah sie durchdringend an: »Sag, dass du eine *Shina* bist.« (Eine ›minderwertige‹ Chinesin.)

Ohne zu wissen, woher sie den Mut dazu nahm, gab Sijuko zur Antwort: »Ich bin keine *Shina* und ich bin auch keine Japanerin, ich bin Taiwanerin.«

Obwohl ihr älterer Bruder Kenjou in dieselbe Schule ging wie sie, tat er dort immer so, als kenne er sie nicht. Er wurde von seinen japanischen Mitschülern akzeptiert. Daheim war Kenjou Ayakos geliebter Prinz, er erhielt immer die meiste Fürsorge. Er war nie freundlich zu Sijuko. Und sie fürchtete sich vor ihm.

Einmal war sie in einen der Wäscheschränke geklettert und eingeschlafen, als plötzlich jemand mit einem kräftigen Ruck die Schranktüren aufriss. Kaum erkannte sie das Gesicht ihres älteren Bruders, landete seine Faust auf ihrer Nase. Sie fing auf der Stelle an zu bluten.

»Hau ab!« brüllte er auf Japanisch. »Du hast meine Grillen zerdrückt!« Nachdem sie aufgestanden war, wühlte Kenjou hektisch im Schrank nach seiner Schachtel mit den Grillen. Damals ließen er und seine Kameraden die Grillen gegeneinander kämpfen. »Glaub ja nicht, dass ich mit dir Mitleid habe, weil du blutest.« Mit einer Hand über der Nase verließ Sijuko das Zimmer. Sie beklagte sich bei ihrer Mutter, die ihr jedoch nur ein Taschentuch reichte und sie anwies, sich hinzulegen. Ayako bestrafte den Bruder nicht, sondern schenkte ihm ein paar Kekse.

Sijuko weinte eine Weile, aber die Mutter runzelte nur die Stirn und sah nicht ein einziges Mal zu ihr auf.

Sijuko lag auf den Tatami in ihrem Zimmer. Die Sonne schien durchs Fenster. Sie blinzelte und sah eine Fliege mit grünem Kopf an der Fensterscheibe. Sie kreiste über dem Glas und konnte nicht hinaus. »Fliege, Fliege, wo willst du hin?« Sie schloss die Augen und hörte eine innere Stimme, die zu ihr sprach. Sie versuchte sich auf die Stimme zu konzentrieren, doch der unaufhörliche Lärm der Zikaden flutete den Raum und bedeckte sie.

Es war ihr Vater, der zu ihr sprach: »Solange sie noch klein sind, sind alle Mädchen Raupen. Wenn sie groß werden, verwandeln sie sich in Schmetterlinge.« Früher hatte ihr Vater Schmetterlinge für sie gesammelt und präpariert (er steckte die Tiere zwischen die Seiten eines Buches; sie hatte ihm einmal zugesehen, doch der Tod der Schmetterlinge erschreckte sie). Während des Krieges schrieb ihr Vater in einem Brief: »Die Schmetterlinge in den Tropen sind noch viel schöner, sie werden Sijuko sicher noch mehr gefallen.« Sie stellte sich oft ihren Vater vor, wie er in Indonesien für sie Schmetterlinge fing.

Wenn Sijuko am Abend im Bett lag, hörte sie Kenjou im Schlaf reden. Immer sagte er etwas auf Japanisch und antwortete dann »*Hai, Hai*«, »Jawohl, Jawohl«, als ob zwei Menschen miteinander sprachen: er selbst und noch ein Vorgesetzter. Er gab sich selber Anweisungen, so wie ein Herr, der seinem Diener Befehle erteilt. Manchmal dachte Sijuko an ihren Vater im Krieg. Sie träumte davon, dass er nach Hause zurückkam und sich an ihr Bett setzte, sie anschaute und mit ihr sprach.

Manchmal wanderten ihre Gedanken auch zu dem japanischen Hausaltar. In der Haupthalle, direkt neben der Haustür, hing ein Shinto-Amulett, ein Jingu Taima. Und die *Am Himmel scheinende Große erlauchte Göttin* – stand sie noch dort? Oder hatte sie sie verlassen? Vielleicht war sie gekränkt und kümmerte sich nicht mehr länger um ihre Familie? Schließlich betete Großmutter heimlich in ihrem Zimmer zu Mazu. An jedem ersten und fünfzehnten Tag jedes Mondmonats. Dann bereitete sie Speisen und Reiswein für ihre Göttin. Großmutter hatte ihr erzählt, dass es ganz, ganz viele taiwanische Gottheiten gab: *Sieht tausend Stunden weit, Hört wie der Wind so schnell* und außerdem noch den gerechten Guangong, Tudigong den Erdgott, die Türgötter und den Herdgott. Sie sagte, dass jeder von ihnen viel mächtiger und gefährlicher war als die japanischen Shinto-Götter. Doch wenn das stimmte, überlegte Sijuko, würden sich die japanischen Götter dann nicht bald still und heimlich zurückziehen?

Außerdem hing da im Korridor eine im »verrückten Kursivstil« geschriebene Kalligraphie *wei wu wei*, »Handeln durch Nicht-Handeln«. Das Zeichen *wei* für »handeln« hatte beinahe die Form eines Kreises. Jedes Mal, wenn Sijuko daran vorbeikam, sah sie den Kreis an. Dieser Kreis war eine Welt, von der aus man in das weite Universum treten konnte. Damals wusste sie noch nicht, dass das Universum unvorstellbar groß ist.

Sijuko hatte keine Angst vor dem Hunger. Gegen Ende des Krieges kam immer weniger auf den Tisch der Familie, die Mahlzeiten wurden kleiner, eintöniger und karger. Ayako gab den Brüdern immer doppelt so viel wie Sijuko auf (Männer, meinte ihre Mutter, müssten mehr essen als Frauen). Sijuko wusste, dass in Mutters Schrank japanische Kekse versteckt waren. Doch sie reichte mit ihrem Arm nicht hinauf, das schaffte nur ihr älterer Bruder. Eines Tages schob sie einen schweren Stuhl zum Schrank, um ein paar Kekse zu stehlen. Die Schachtel war leer. In diesem Moment kam ihre Mutter zur Tür herein. »Aha, du also hast die ganze Zeit die Kekse geklaut!« Sijuko konnte sagen. was sie wollte, die Fakten sprachen gegen sie.

An vielen Abenden hörte sie durch die Papiertür aus dem Nebenzimmer das Rattern der Nähmaschine ihrer Mutter. In die Pausen mischte sich das Reißen des Stoffs und das Klappern der Schere, und dann nähte sie wieder ununterbrochen, nähte all ihre Gefühle engmaschig in den Stoff. Sijuko hörte ihre Mutter seufzen.

Sijuko lauschte den Seufzern nach, wie dem Klang eines Steins, der auf dem Grund des Brunnens aufschlägt. Aus welcher Tiefe kamen diese Seufzer?

Eines Abends bemerkte Ayako, dass ihr ein Spiegel fehlte, ein Hochzeitsgeschenk, und wollte wissen, wer ihn weggenommen hatte. Ihr Blick fiel sofort auf Sijuko. Sie hatte in den vergangenen Wochen beim Staubwischen mit dem Spiegel herumgespielt. Das war an dem Tag gewesen, als sie sich bei den Nachbarn für eine Flasche Essig bedankt hatte. »Wohin hast du ihn an diesem Tag gelegt?« fragte sie. Ruhelos wie ein Geist ging Ayako im Zimmer auf und ab: »Geht ein Spiegel verloren, folgt das Unglück auf dem Fuß.« Sie verlangte von den Kindern, sich niederzuknien. Erst wenn einer seine Schuld zugab, dürften sie zu Bett gehen. »Das wird euer Vater euch sein Lebtag nicht verzeihen.« Sie schloss die Papiertür hinter sich und ging wütend in ihr Zimmer.

»Sijuko war es, sie hat den Spiegel genommen«, schwärzte Kenjou seine Schwester an. Wie sehr Sijuko die Behauptung auch abstritt, Ayako sagte nur immer wieder: »Gewöhn dir bloß nicht das Lügen an«, und dann: »Solange du mir den Spiegel nicht zurückgibst, spreche ich kein Wort mehr mit dir.«

»*Kachiang*, ich habe ihn wirklich nicht genommen«, beteuerte Sijuko unter Tränen, doch ihre Mutter blieb hart. Sijuko hatte sie immer sehr streng erzogen, so durfte sie zum Beispiel nicht im Liegen auf den Tatami essen: »Sonst wirst du als Kuh wiedergeboren.« Außerdem musste Sijuko lernen, wie man sich beim Öffnen einer Papiertür hinzuknien hatte und sie dann auch auf Knien wieder schließen musste. »Wenn du in eine gute Familie hineinheiraten willst, dann musst du diese Anstandsregeln beherrschen.« Ayako selbst jedoch kniete sich beim Öffnen der Tür niemals auf die Tatami.

Mehrere Wochen hindurch protestierte Sijuko im Stillen gegen die Verurteilung. Eines Tages stand ein höflicher japanischer Mittelschüler vor der Tür und zog Ayakos Spiegel aus einem Beutel. »Das hier hat Kenjou meiner Schwester geschenkt«, sagte er, »meine Mutter vermutet, dass er bestimmt Ihnen gehört!« Er komme aus der Familie Sakata, ergänzte er. »Und wenn Sie einmal Zeit haben, ehrwürdige Frau Miwa, so würde sich meine Mutter über einen Besuch von Ihnen freuen!«

Sijuko hatte sehr geschickte Hände, das musste sie von ihrer Mutter geerbt haben. Sie war noch ein ganz kleines Kind, als sie bei Nachbarn einen Strohhut flocht und damit alle in Erstaunen versetzte. Später in Ayakos Friseursalon konnte sie, ohne dass es ihr jemand beigebracht hätte, bereits als Neunjährige Haare schneiden. Sie hatte nur zugeschaut, wie ihre Mutter es machte, und dann einfach selbst zur Schere gegriffen. Mit zwölf schnitt sie gelegentlich einigen Kunden die Haare. Ein ganzer Pulk von Leuten stand dann immer um sie herum und schaute zu.

Sijuko erinnerte sich an den Körper ihrer Großmutter, abgemagert und kraftlos lag die alte Frau im Bett und sah fast so aus wie jene Mumie aus der Qing-Zeit, die sie aus dem Feld ausgegraben hatten. Von der ausgetrockneten, pechschwarzen Leiche des Mannes waren nur noch Knochen übrig geblieben, an denen uralte Stofffetzen klebten. Das Bild der Mumie hatte sich ihr eingebrannt.

In der Nacht, bevor ihre Großmutter starb, kam Sijuko an ihrem Zimmer vorbei und hörte Stimmen. Als sie jedoch eintrat, war niemand zu sehen. Am anderen Tag rief der Tod Großmutter zu sich. »Ich habe Yamas Schlangengeister und Rinderdämonen mit Großmutter sprechen hören«, erzählte sie ihrer Mutter. Mit leisem Erstaunen blickte sie kurz aus ihren Gedanken auf.

Seit Sijuko in die Schule ging, kam der japanische Vormarsch ins Stocken. Selbst zu Hause mussten die Kinder jetzt Luftschutzhelme aus Stoff tragen. Die Fliegerangriffe begannen mit einem fernen Brummen, das hinterher noch lange in Sijukos Ohren nachklang. Dem Brummen folgte aus dem Nichts ein Pfeifen, das ihr Körper wie eine dünne, andauernde Melodie bewahrte.

Einmal kamen amerikanische Bomber. Sijuko war wieder im Wäscheschrank eingenickt. Im Halbschlaf hörte sie ihre Mutter rufen, und sie wollte ihr antworten und sich aufsetzen, aber sie konnte sich nicht bewegen. Immer wieder drangen die Rufe der Mutter an ihr Ohr. Dann hörten sie auf. In die Stille krachte die lauteste Explosion ihres Lebens, sicher war ganz in der Nähe eine Bombe detoniert.

»Kinder haben zwölf Seelen, du musst zwölf Mal ihren Namen rufen«, sagte Tante Mingfang zu Ayako. Die beiden standen vor dem Schrank, und Ayako rief die Seele ihres Kindes zurück. »Und wie viele Seelen haben erwachsene Menschen?« fragte sie. »Drei Geist-Seelen und sieben Körper-Seelen«, hörte Sijuko ihre Tante antworten.

Am Tag von Großmutters Beisetzung schickte Ayako Sijuko auf den Sportplatz der Schule, wo die Ansprache des japanischen Kaisers im Radio übertragen wurde. Dort hörte Sijuko zum ersten Mal die Stimme von Kaiser Hirohito. Sie kam von einer Schallplatte. Sie versuchte trotz des starken Rauschens der Platte zu verstehen, was der Kaiser ihnen sagen wollte, doch es gelang ihr nicht. Sie sah nur, dass alle japanischen Lehrer der Schule ihre Gesichter bedeckten und bitterlich weinten. Als sie nach Hause rannte, klangen ihr schon die Trommeln und Gongs des Beerdigungszuges entgegen.

Später, als Ayako wieder zurück war, schlug sie lediglich die Augen nieder, zeigte aber sonst keine Regung. Was war eigentlich passiert? »Japan hat kapituliert.« Sijuko verstand die Bedeutung des Wortes »kapitulieren« nicht: »Kapitulieren ist dasselbe wie Versagen. Man wird uns nach Japan schicken oder ins Gefängnis.« Mit schnellen Schritten ging sie in den Hinterhof. Sijuko stolperte in ihren etwas zu großen Holzpantoffeln hinterher.

Eines Abends im Frühling kam der neue Dorfvorsteher zu Ayako gelaufen: »Herr Lin ist noch am Leben!« Sijukos Vater, von dem sie schon lange nichts mehr gehört hatten, befand sich bereits auf dem Heimweg und würde am frühen Morgen zu Hause eintreffen.

Ayako schien wie aus einem langen Traum zu erwachen. Sie fing nicht nur an, sauber zu machen und die Zimmer zu fegen, sondern kochte für ihn auch Schweinsfüße mit Nudeln, eine rituelle Speise für denjenigen, der das Unglück überwunden hat. Sie befahl ihren Kindern, sich gründlich zu waschen, und arrangierte ein Ikebana-Gesteck aus Blumen, wie sie es von einer Freundin aus dem Frauenbund gelernt hatte.

Als Sijuko ihren Vater nach so langer Zeit wiedersah,

stand sie vor einem Fremden. Er wollte sie umarmen und bemerkte erst jetzt, wie groß sie geworden war: Furchtbar verlegen, versuchte sie, sich schnell aus seiner Umklammerung zu lösen. Tag für Tag, über Jahre, hatte sie die Rückkehr ihres Vaters herbeigesehnt, aber sie war zu schüchtern, ihm das zu sagen.

Die Haut ihres Vaters war sonnengebräunt, wie alte Bronze, und sein Gesicht sprach davon, was er mitgemacht haben musste. Mehr als drei Jahre lang war er fort von zu Hause gewesen. Sijuko kam es vor wie ein halbes Leben. Er klopfte seinen Söhnen auf die Schulter und überreichte seiner Frau ein paar Geschenke, die er für sie besorgt hatte, darunter ein Schminkkästchen, das er bei einem Matrosen auf dem Schiff nach Taiwan eingetauscht hatte. Für jeden ihrer Brüder hatte er einen philippinischen Strohhut mitgebracht. Schmetterlinge hatte er ihr nicht mitgebracht, nur eine Schachtel mit Wachsmalstiften.

Ihr Vater war schon ein halbes Jahr zurück und wanderte entweder jeden Tag durch die Straßen (Ayako nannte es »Spazierengehen«) oder er grub im Hof hinter dem Haus einen Luftschutzgraben: Mit Hilfe weniger Baumaterialien errichtete er eine Art unterirdischen Unterstand. Viele Monate hindurch grub er Tag und Nacht daran, als könnte das Loch gar nicht tief genug werden. »Der Krieg ist doch schon vorbei!« sagte Sijuko zu ihrem Vater, doch er winkte nur ab und grub weiter.

Ihr Vater war ein Fremder geworden. Manchmal musterte er sie mit einem seltsamen Blick, aber manchmal lachte er wie früher, sprach voller Wärme zu ihr und streichelte ihr den Kopf.

Er lebte sehr bescheiden und aß nur noch, was an Gemüse und Reis übrig blieb. Außerdem verbot er allen, elektrisches Licht zu benutzen, nur Kerzen durften sie anzünden. Häufig stieß er nachts im Schlaf Schreie aus oder stöhnte laut auf. Dann hörte Sijuko, wie ihre Mutter ihn mit sanfter Stimme weckte: »Es ist nichts passiert, alles ist in Ordnung. Wir sind alle noch am Leben.«

Kurz nachdem Kaiser Hirohito über das Radio die Kapitulation bekanntgegeben hatte, übernahm die Kuomintang Taiwan. Alle Auslandsjapaner, die auf der Insel gelebt hatten, kehrten der ehemaligen Kolonie den Rücken, die japanische Besatzungszeit endete Anfang September 1945. Zwei Jahre später verschwand Sijukos Vater spurlos.

Eines Tages kam er von einem seiner Spaziergänge einfach nicht mehr zurück. Niemand konnte oder wollte sagen, wo er war. Ayako verlangte, dass sein Name nicht mehr erwähnt wurde, als sei dieser Mensch nicht ihr Ehemann gewesen, als sei sein Verschwinden das Normalste von der Welt.

In den folgenden Jahren gab es in der Familie kein größeres Tabu als Sijukos Vater. Allen Fragen ihrer Kinder entgegnete Ayako mit einem traurigen Blick. Sie schwieg wie ein Stein. Nahm jemand den Namen ihres Mannes in den Mund, verließ sie den Raum. Als würde die einfache Erwähnung seines Namens sofort eine furchtbare Katastrophe auslösen.

Das Bild ihres Vaters verblasste immer mehr. Wenn Sijuko allein und ungestört war, versuchte sie, sich an ihn zu erinnern. An sein Gesicht, das sie immer angelächelt hatte und sie mit einer Welt von Gefühlen verband. In ihrer Vorstellung war ihr Vater der einzige Mensch, der sie je geliebt hatte. Je tiefer die Sehnsucht nach ihm wurde, umso mehr zweifelte sie an ihrer Mutter. Ihre Mutter, die so vernarrt in ihren ältesten Bruder war und die später ihre ganze Liebe ihrer kleinen Schwester Sinru schenkte. Bald wurde aus dem Zweifel Hass auf ihre Mutter. War Sijuko unglücklich oder mit etwas nicht einverstanden, konnte sie genauso wie Ayako reagieren: ihren Kopf zur Seite drehen und schweigen wie ein Stein.

Im selben Jahr, in dem ihr Vater verschwand, wurde ihre Mutter erneut schwanger. Den größten Teil der Hausarbeiten übertrug sie auf ihre große Tochter. Die übernahm all diese Aufgaben auch bereitwillig. Sie folgte ihrer eisernen Mutter und gab ihr Bestes, um sie zufriedenzustellen.

Doch Ayako war nie zufrieden. Umso mehr liebte und umhegte sie ihre Söhne: ihren Ältesten, der von der Mittelschule geflogen war, und ihren Jüngsten, der große Schwierigkeiten mit dem Lernen hatte. »Sie sind eben nicht jedermanns Söhne«, verteidigte sie die beiden, die ihr den Grund gaben, weiterzuleben. Dann brachte sie eine zweite Tochter zur Welt. Ayakos Liebe zu Sinru schien grenzenlos. Sie brauchte bloß zu weinen, schon fiel Ayakos vorwurfsvoller Blick auf Sijuko.

Sijuko sehnte sich so sehr nach Liebe, sie wünschte sich einen Mann herbei, der sie von ihrer Mutter und ihrem traurigen Leben erlösen konnte.

Ayakos älteste Tochter wuchs allmählich zu einer Frau heran. Obwohl Sijuko erst fünfzehn Jahre alt war, hatte sie sich bereits das Seufzen angewöhnt. Wenn sie mit ihrer Schuluniform durch die Straßen ging, starrten Jung und Alt sie an wie einen entschuppten Fisch auf dem Schneidebrett oder eines der auf Taiwan seltenen Pferde.

Eine namenlose Angst bemächtigte sich ihrer. Sie war nun kein Kind mehr. Sie bekam jeden Monat Blutungen. Irgendetwas war in ihr gestorben. Ihre Brüste schwollen an und wurden zum Thema in den Küchen und an den Teetischen und zur Zielscheibe des Spottes der Kinder auf der Straße. Wenn die Leute sie so seltsam anblickten, hätte sie sich am liebsten in Luft aufgelöst. Jeden Morgen umwickelte sie ihre Brüste mit Stoffbändern und zog erst dann ihr Kleid darüber. Erst am Abend vor dem Schlafengehen entfernte sie die Stoffbänder wieder. Beim Stehen verschränkte sie nun immer die Arme vor der Brust, und saß sie am Tisch, stützte sie die Ellenbogen darauf und legte den Kopf in die Hände.

Am liebsten wäre sie ihrem eigenen Körper davongelaufen, an einen Ort, an dem keiner sie sehen konnte.

Nachdem Sijuko auf der Straße von einem geistig Verwirrten belästigt worden war, entschied ihre Mutter, sie nicht weiter in die Schule zu schicken. »Allein das Schulgeld für deine beiden Brüder ist kaum aufzubringen, und deine Schwester ist noch so klein«, erklärte sie der ältesten Tochter. Seit einiger Zeit versuchte sie andauernd, sie mit ihren eigenen Erfahrungen als junges Mädchen zu belehren: »Jeden Morgen musste ich schon um fünf Uhr aus dem Bett!« Oder: »Wenn ich die Aufgaben im Haus nicht alle rechtzeitig erledigte, dann wurde ich sofort beschimpft!« Ayako sagte das alles, ohne eine Miene zu verziehen.

Sie hatte damals ihren Friseursalon noch nicht lange eröffnet. »Im Haushalt brauche ich einfach deine Hilfe.« Im Ort gab es mehrere Friseure, aber allein bei Ayako lief das Geschäft gut. Der Salon war sauberer und gepflegter als alle anderen. In ihren Laden kamen nicht nur Leute aus dem Ort, sondern auch die Garnisonssoldaten aus der nahen Kaserne. Die einsamen Männer hatten von einem Mädchen mit riesigen Brüsten gehört und kamen in den Friseursalon, um sie zu sehen.

Es war an einem Sommertag, sie erinnerte sich an die Hitze des Nachmittags. Er kam herein. Sein erster Blick fiel auf sie – und besiegelte ihr Schicksal. Sie war achtzehn Jahre alt.

Er sagte ihr, er wolle sich die Haare schneiden lassen. Ayako stand schweigend daneben. Sijuko hörte ein Geräusch in ihrer Herzgegend. Vielleicht ihr eigener Herzschlag. Vielleicht eine innere Stimme, die sie warnte. Er sah nicht aus wie ein anständiger Kerl. Aber das war ihr egal. Sie schnitt ihm die Haare und würde seinetwegen später ihr ganzes Leben lang leiden.

Er kam nun jede Woche zum Haareschneiden, auch wenn da nichts mehr zum Schneiden war. Wenn sie ihn rasierte und er auf dem halb nach hinten gekippten Frieseurstuhl saß, starrte er sie unverwandt an. Sie wechselten kaum ein Wort miteinander, aber seine Körpersprache war eindeutig: Er war verliebt.

Ayako hasste diesen Mann, der ihre Tochter begehrte: »Solange ich lebe, heiratest du keinen chinesischen Bergtrampel.« Sijuko hörte an ihrer Stimme, dass das ihr letztes Wort war. »Wer sagt, dass ich ihn heiraten will«, gab sie wütend zurück. »Na, dann ist ja gut.« Als ihre Mutter den Raum verlassen hatte, sank ihr das Herz. Wenn er sie heiraten wollte, würde sie sofort ja sagen. Sie wollte um jeden Preis mit ihm zusammen sein.

Seit einer Woche war er nicht mehr erschienen. Sie zählte die Tage, und sie vermisste ihn. Er war kein »ungehobelter Räuber und Bandit« – so hatte ihn ein Nachbar genannt. Er hatte ihn an einem kleinen Stand gesehen, wie er geräuschvoll Nudelsuppe schlürfte. Ihre Mutter Ayako stimmte dem Nachbarn sofort zu. Aber Sijuko war das völlig egal. Auch wenn er nicht gut aussah und groß war, er war ein sanfter

Mann, sein Chinesisch klang melodisch, und seine Stimme mochte sie auch. Seine Gestalt hatte sich ihr eingeprägt, wie ein Tattoo, das man nicht mehr wegwischen kann.

Ihre Mutter verbot ihr, weiterhin Soldaten die Haare zu waschen oder zu schneiden. Am selben Nachmittag betrat ein älterer Soldat das Geschäft. Weil niemand anderes da war, musste Sijuko ihn bedienen. Als sie den Föhn anstellte, um sein Haar zu frisieren, erschreckte das brummende Geräusch den Mann dermaßen, dass er unter den Friseurstuhl kroch und schrie, als seien die Amerikaner zurück: »Keine Bomben, werft keine Bomben auf mich!«

»So sind sie, diese Bergtrampel«, sagte Ayako später zu ihrer Tochter, die sich auf einem Stuhl ausruhte. »Die haben alle eine Meise. Du solltest das wissen.« Sijuko blickte zu Boden und sagte nichts. Sie sprach ihren Satz erst in Gedanken aus, dann wiederholte sie ihn laut: »Weshalb nimmst du dann Geld von ihnen?« Ohne sie noch einmal anzusehen, ging sie zurück in ihr Zimmer.

Zwei Stimmen sprachen zu ihr. Die eine, etwas unsichere, riet ihr, den Wünschen ihrer Mutter nicht zuwiderzuhandeln, während die andere, sehr entschiedene, sagte, dass sie das Leben nach ihren eigenen Vorstellungen leben solle. Sie musste an ihren Vater denken.

Ihr Soldat tauchte erst einen Monat später wieder auf.

Die Sonnenbrille auf der Nase, spazierte er in den Salon, aber Ayako sagte nur kalt zu ihm: »Es ist wirklich unhöflich von mir, aber heute haben wir eine Menge Kunden und leider keine Zeit.« Er verstand kein Minnan, aber begriff, dass er nicht willkommen war. So nahm er nur die Sonnenbrille ab und blieb unschlüssig in der Tür stehen.

Sijuko rasierte einem Kunden gerade den Bart. Ihre Hand, die das Schermesser hielt, zitterte ganz leicht. Wie sehr freute sie sich, dass er endlich wiedergekommen war. Sie hatte aber nicht erwartet, dass er gleich wieder gehen würde. Panik ergriff sie. Mit dem Messer in der Hand sah sie sich bewegungslos in einem Berg von Haaren stehen. Sie hörte, wie der Kunde vor Schmerzen aufschrie. Sie hatte ihm mit dem Rasiermesser ins Ohr geschnitten.

Ein paar Tage darauf wusch Sijuko am Fluss Wäsche, als ein Kind angelaufen kam: »Ein Soldat wartet da drüben auf dich.« Den hölzernen Waschtrog unter dem Arm näherte sie sich einem Wäldchen und sah ihn schon von weitem vor dem kleinen Erdgott-Tempel stehen. Mit rotem Gesicht ging sie auf ihn zu. Er hielt ein Taschentuch in der Hand, das er vor ihr auseinanderfaltete: Darin befand sich eine herzförmige Halskette. »Wenn du möchtest, bleibe ich für immer bei dir.« Mit diesen Worten legte er ihr die Kette um. Sijuko war so aufgeregt, dass sie kein Wort herausbrachte. Sie erlaubte ihm, sie ganz fest zu umarmen. »Ich dachte schon, ich würde dich nicht wiedersehen«, brachte sie hervor, immer wieder.

Die folgenden drei Tage und Nächte stand Sijuko unter Arrest. Ayako hatte sie in ihrem Zimmer eingeschlossen. Sie musste irgendwie fort. Sie schlug das Fenster ein und flüchtete über das Dach.

Zusammen mit den Nachbarn durchkämmte Ayako einen Ort nach dem anderen, bis sie ihre Tochter in einem Hotel aufgespürt hatte. »Wenn du jetzt nicht mitkommst, dann brauchst du ab sofort nicht mehr bei mir aufzutauchen.« Der strenge Ton ihrer Stimme ließ den Satz wie einen Befehl klingen. »Ich werde nicht zurückkommen, und du brauchst mich nicht noch mal zu suchen.« Sijuko blickte ihre Mutter entschlossen an. »Wegen dieses Bergtrampels willst du also alles verlieren, sogar dein Gesicht?« Ayako fragte sie kühl auf Japanisch. »Weißt du eigentlich, wer deinen Vater mitgenommen hat? Sie sind es gewesen, die Leute von dieser Bergtrampelarmee.«

»Von Anfang an wusste ich, dass auf diesen Mann kein Verlass ist. Frag nur A Gui vom Gemischtwarenladen: Er flirtet mit allen, selbst A Guis Tochter hat er mal ins Kino eingeladen.« Ayako änderte ihre Taktik und präsentierte Beweise, als hätte sie einen Dieb gefasst.

Sijuko hörte ihr überhaupt nicht zu. An jenem Tag wartete sie in dem Hotel auf nichts Geringeres als ihre Zukunft. Ihr Geliebter war in die Kaserne gefahren, um seinen Urlaub zu beantragen. Er hatte ihr gesagt, dass er die Armee verlassen und mit ihr in Taipeh ein neues Leben aufbauen würde.

»Wie kannst du nur so schamlos sein? Nun denk doch mal nach.« Ayakos wütender Vorwurf begann sie nervös zu machen: Sie hatte sich die Sache alles andere als reiflich überlegt. Doch die Liebe hatte bereits ihren Verstand vernebelt. Den heftigen Angriff ihrer Mutter parierte sie mit einer Geheimwaffe, von der sie wusste, dass sie ein scharfes Messer war: »Und du selbst? Wieso fragst du dich nicht mal selbst, was du tust?«

Ayako verstand erst nicht, was sie meinte, doch schon im nächsten Augenblick hörte sie Sijukos Satz, einen Satz wie Blitz und Donner: »Glaubst du etwa, dass niemand davon weiß, was zwischen dir und Onkel Cai läuft?«

Die Zeit stand still – leichenblass starrte Ayako ihre Tochter an. Auf einmal sah sie alt und schwach aus. Ohne ein weiteres Wort zu verlieren, verließ sie das Hotel. Sijuko sollte ihre Mutter viele Jahre nicht mehr wieder sehen.

»Ich kann wirklich auf alles verzichten«, glaubte Sijuko damals. Was hatte sie schon zu verlieren? Nichts. Und wer hat sie je geliebt? Niemand. Ihr Leben wäre völlig anders verlaufen, dachte sie viele Jahre später, wenn sie an jenem Tag mit ihrer Mutter zurück nach Hause gefahren wäre. Sie war achtzehn. Sie begriff nichts und sah nicht das Leben, vor dem ihre Mutter sie warnte. Ein Leben, das ihre Mutter intuitiv voraussah. Sie war blind dafür, und ihr war alles egal. Sie hatte nur einen Wunsch: ihrer Familie zu entkommen, dem Geruch fremder Männerhaare im Friseursalon, dem Schicksal ihrer Mutter.

Sijuko erlangte ihre Freiheit, aber sie verlor ihre Mutter. In dem Kurort Guanziling, wo alle Verlobten Taiwans hinfahren, verlor sie ihre Unschuld. Das Glück konnte man in einem Souvenirladen kaufen. In einem Fotoatelier ließen sie zwei Motive von sich aufnehmen. »Das ist unser Verlobungsfoto«, sagte er. Auf dem Bild sah er sehr gut aus, und in seinen Augen glänzte Leidenschaft. In ihrer schüchternen Art wirkte sie schon fast wie seine Frau. Auf dem anderen Foto hatten sie sich als Ureinwohner verkleidet: Er hielt ein Messer der »Primitiven« in der Hand, und sie saß an einem Webstuhl und webte an einem Tuch. Sie wusste, dass ihre Mutter ihr ein Leben lang nicht verzeihen würde.

Der Mann, den sie liebte, war ein willensstarker Mann. Was auch immer er begehrte, nahm er sich. Das Mädchen aus dem Friseursalon hatte ihn sofort fasziniert. Noch bevor er sich ernsthaft Gedanken gemacht hatte, was er mit dem Mädchen aus Daija anfangen sollte, war sie schon bereit gewesen, ihm für immer zu folgen. Das machte es ihm leicht, einen Ausweg für sie beide zu suchen: Er musste die Armee verlassen.

Später, als Sijuko sich mit Feng zum ersten Mal in dem Hotel traf, sagte er zu ihr: »Die Armee wimmelt nur so von Füchsen und Hunden, sie behandeln dich nicht wie einen Menschen.« In seiner Truppe in Qingshui war er für den Einkauf von Waren zuständig. Er hatte Ärger bekommen, weil er die private Einkaufsbestellung eines Hauptmanns vergessen hatte. Seither kam es zwischen beiden fast jeden Tag zu Reibereien.

Er war erst vor zwei Jahren aus Shanghai nach Taiwan gekommen. In Shanghai hatte er eine Freundin gehabt. Sie war tot, und er trauerte immer noch um sie. Die Vergangenheit und seine innere Unruhe hatten sich wie eine dunkle Wolke über sein Leben gelegt. Sijuko konnte diese Wolke spüren und fand schnell heraus, dass er sich danach sehnte, gestreichelt und erregt zu werden. Ein übermächtiges Begehren trieb ihn an, wie die ewig lodernde heiße Flamme eines Vulkans.

An jenem Sommermittag war er schon eine Weile durch die Straßen geschlendert, bevor er schließlich den Friseursalon betrat.

Als sie schwanger wurde, war Sijuko selbst noch ein Kind von achtzehn Jahren. In ihren großen, dunklen Augen war die Welt der Männer unendlich groß, die Welt ihrer Mutter hoffnungslos klein.

Im neunten Monat ihrer Schwangerschaft betrog er sie. An einem ganz normalen Tag kam er erst nach halb zwei Uhr nachts nach Hause. Sie sah, wie er in betont lockerer Weise das Schlafzimmer betrat. »Mein Chef hat seinen Abschied genommen, ich habe ihm eine Kiste Obst geschenkt«, sagte er. Sein Gesicht war vom Trinken leicht gerötet und sein Haar, das schon länger nicht mehr geschnitten war, wirkte dicht, wie eine Mütze auf seinem Kopf.

Nachdem er geduscht hatte, legte er sich neben sie ins Bett und schlief sofort ein. Sie konnte keinen Schlaf finden, sondern musste mitten in der Nacht an ihre Mutter denken. Sie würde nicht wieder zu ihr zurückgehen können. Doch das Kind in ihrem Bauch klopfte bereits an die Tür der Welt.

In einer Tasche seiner Jacke fand sie den Brief einer fremden Frau. Sorgfältig studierte sie seinen Inhalt, ein ums andere Mal, so als sei in den Zeilen ein Code versteckt. Sie war wütend und traurig zugleich. Er sagte nur kühl: »Es gibt eben sehr viele Frauen, die mich mögen. Du wirst dich daran gewöhnen müssen.« Damit war das Thema für ihn erledigt. Er verhielt sich normal, und sie war hysterisch. Fand er.

Es war ausweglos. Sie hatte alles auf diesen Mann gesetzt. Doch nun beschlich sie die dumpfe Vorahnung, dass sie dieses Spiel verlieren würde.

Sijuko erinnerte sich an die glücklichen Momente ihrer Ehe: Wie sie mit Feng im Bett lag und plauderte, meistens nachdem sie sich geliebt hatten. Er hatte die Angewohnheit, im Bett zu rauchen. Während er rauchte, hörte er ihr zu. Manchmal kommentierte er das, was sie sagte, mit einigen Sätzen. Dann musste sie lachen und fühlte sich glücklich. Danach schliefen sie beide ein.

Doch mit der Zeit wurden ihre Gespräche immer kürzer, und schon bald gab es nichts mehr, über das sie hätten reden können. Jedes Mal nach dem »Bersten der Wolken«, wie er es in ihrer Verlobungszeit gerne ausgedrückt hatte, sank er sofort in tiefen Schlaf und gab ihr keine Antwort mehr, wenn sie in der Dunkelheit leise seinen Namen rief. Ab und zu bildete sie sich ein, sie hätte einen ganz anderen Namen gerufen und neben ihr läge ein Fremder.

Eine Nachts hörte sie Schritte im Wohnzimmer. »Feng«, rief sie ihn, der neben ihr lag und schlief, und stubste ihn an. Doch dann waren die Schritte verklungen, und draußen lag nur noch die tiefe und stille Nacht.

Als Feng zum ersten Mal bis zum frühen Morgen nicht nach Hause kam, machte sie die ganze Nacht kein Auge zu.

Möglicherweise war ihm etwas zugestoßen, aber noch wahrscheinlicher war er bei einer anderen Frau. Sein Liebesleben ging ihm über alles, doch sie konnte seine Gier nicht stillen. Voller Unruhe ging sie im Zimmer auf und ab und zündete sich eine der Zigaretten an, die er zurückgelassen hatte. Sie musste ihn töten, und dann musste sie versuchen, sich selbst das Leben zu nehmen.

»Feng, du bist erledigt!« schrieb sie mit Bleistift an die weiße Wand, entfernte die Worte aber wieder mit einem Radiergummi. Dann setzte sie sich auf einen Rattanstuhl neben das Bambusbett ihres Babys und dachte über ihr Leben nach. Ihre jüngste Tochter fing an zu weinen. Sie war erst acht Monate alt und wusste nichts davon, dass ihr verdammter Vater nicht nach Hause gekommen war, wusste nicht, dass das Herz ihrer Mutter in diesem Augenblick vor Wut kochte.

Feng kam erst am Abend des folgenden Tages zurück. Sijuko stillte gerade ihre jüngste Tochter. Sie hatte sich weder die Haare gekämmt noch das Gesicht gewaschen und trug einen weiten, weißen Schlafanzug, auf dem Flecken von Sojasoße waren.

»Wozu bist du zurückgekommen?« fragte sie zornig. Sie musste sich eingestehen, dass er zwanghaft untreu war und sie ihn früher nur falsch eingeschätzt hatte. »Das ist mein Zuhause, weshalb sollte ich nicht hierher zurückdürfen?« gab er auf dem Weg ins Badezimmer zurück, wo er sich die Hände wusch. Hinter seinem Rücken explodierte ihre Stimme: »Ach, ist das dein Zuhause? Oder ein Hotel, in das du zurückkommen kannst, wie du lustig bist?«

Er zog sich seine Jacke wieder an und verließ die Wohnung. Sijuko, die ihm bis zur Wohnungstür folgte, zitterte vor Wut. Sie wusste, dass sie ihn noch liebte. Sie liebte immer noch diesen verdammten Kerl.

Als herauskam, dass Feng mit einer Frau Su zusammenlebte, brachte Sijuko ihr drittes Kind zur Welt, wieder ein Mädchen. Feng war nicht ins Krankenhaus gekommen. Nach der Geburt verlor sie das Bewusstsein. Als sie wieder erwachte, war ihr eiskalt, sie schlotterte am ganzen Körper. Dann entdeckte sie all das Blut, das aus ihr herausfloss und das Laken tränkte. Kein Mensch war im Raum. Sie wollte um Hilfe schreien, war aber zu schwach. Sie versuchte sich aufzusetzen und an der Klingelschnur zu ziehen. Auch dafür fehlte ihr die Kraft. Sie war sich sicher, dass sie sterben würde, sterben in einem Meer von Blut. Dann wurde sie erneut ohnmächtig. Ihre Verfassung blieb auch später instabil. Sie war »vor Kummer niedergedrückt«, wie die die Ärzte sagten. Tag und Nacht dämmerte sie neben ihrem Kind im Bett vor sich hin, wenn sie es nicht gerade stillte. Da sich Feng nicht mehr zu Hause blicken ließ, nahm sie wieder Verbindung zu ihrer Mutter auf. Eine ihrer Töchter gab sie zu ihr in Pflege, die andere zu einer Nachbarsfamilie.

Zwei weitere Jahre später holte sie ihre Kinder wieder zu sich, obwohl ihr Leben nach wie vor düster war. Eines Tages brach dieses Leben ganz zusammen. Sie konnte es einfach nicht mehr ertragen, dass Feng sie so behandelte. Sie hatte ihm fünf Mädchen geboren (nicht den Sohn, den er sich von ganzem Herzen gewünscht hatte), hatte ihm ihre Jugend geschenkt, und er hatte ihre Liebe wie eine Motte an der Wand zerdrückt. Was hatte es noch für einen Sinn, weiter für ihn zu leben. Besser war es, zu sterben. Sie versuchte sich umzubringen, was ihr jedoch nicht gelang.

Auch die anderen Male gelang es ihr nicht.

Niemand liebte sie, nur ihre Töchter, doch das war ihr nicht genug. Was sie wollte, war Feng und ein bisschen von seinem Mitleid, aber sie bekam nichts, sie bekam gar nichts. Wie verschüttetes Wasser, wie ein abgehackter Zweig, unwiederbringlich.

Sijuko blieb am Leben. Wie sie das anstellte, konnte sie sich nicht erklären. Sie stand auf und lief herum. Sie konnte sich um die Kinder kümmern, konnte Gespräche mit den Nachbarn führen, konnte auf die Straße gehen und Gemüse einkaufen, konnte fernsehen, mit dem Gerät, das Feng besorgt hatte, um sich bei seinen Töchtern einzuschmeicheln. Sie lebte, und sie wartete. Sie glaubte nicht, dass er nicht zurückkommen würde. Sie glaubte nicht, dass er diese Familie nicht brauchte, dass er seine Töchter nicht wollte.

Und sie sollte Recht behalten: Schließlich kam er zurück.

Mit einem Bündel, seinem Handgepäck, spazierte er eines Tages geradewegs zum Wohnzimmer hinein, nicht mal geklingelt hatte er vorher. Weil sie es nicht glauben konnte, starrte sie ihn eine Zeit lang nur an und fragte dann: »Warum bist du zurückgekommen?« Ihre Stimme klang dabei außergewöhnlich heiser. Er gab ihr keine Antwort und setzte sich steif aufs Sofa, woraufhin sie in einem der Rattanstühle Platz nahm. Beide sprachen kein einziges Wort. Irgendwann nahm er sich eine Zeitung vom Teetisch und begann darin zu lesen. Sie betrachtete ihn eine ganze Weile, rechnete immer damit, dass er aufstehen und weggehen würde.

Aber er blieb. Saß da hinter seiner Zeitung, als wollte er sie von der ersten bis zur letzten Zeile durchlesen. Seither würde er immer dort sitzen und seine Zeitung lesen. Sie ging zurück in ihr Schlafzimmer. So müde, dass sie sofort hätte einschlafen können. Sie schloss sich ein, aber sie warf ihn nicht raus.

Er war schon einen Monat zurück, und sie hatte noch kein Wort mit ihm gesprochen, da verschwand Feng erneut.

Seit seiner Rückkehr hatte er immer auf einem Klappbett im Wohnzimmer geschlafen, unter das er auch sein Gepäck gestopft hatte. Jenes Bündel zog Sijuko nun heraus, kniete sich auf den Boden und schaute sich jedes Stück genau an: zwei Nylonhemden, ein Pullover, ein Paar Lederschuhe, die ihm immer zu eng gewesen waren, ein plattgedrückter Kordhut und ein alter, schäbiger Umschlag. Sie öffnete den Umschlag und fand darin eine Landzuteilungsurkunde der Kuomintang (für ein Stück Land in China, sobald das Festland wieder zurückerobert würde) mit einem Foto von einem jungen Feng, dann lagen da der Personalausweis, den er nach ihrer Heirat beantragt hatte, sein Führerschein und einige Passfotos, die er erst vor kurzem hatte machen lassen. Aufmerksam betrachtete sie die Fotos, auf denen er alt aussah. Sie schaute noch genauer hin und sah die Sorgen, die sein Gesicht zeichneten.

Er setzte immer diese geringschätzige Miene auf, so, als sei ihm die ganze Welt egal. Zumindest wollte er, dass die anderen das glaubten. Dadurch bekam sein Gesichtausdruck einen leicht verbissenen Zug.

Aus dem Umschlag fiel eines der Verlobungsfotos, das sie zusammen mit Feng zeigte. Sie hob es vom Boden auf. Auf diesem Bild sah er heiter und sorglos aus. In nur zwölf Jahren waren aus ihnen zwei unglückliche Menschen geworden.

Auch in jener Nacht kam er nicht nach Hause. Sie wartete wieder auf ihn, lag in ihrem Bett und ärgerte sich. Als sie aufstand, um eine Zigarette zu rauchen, hörte sie den Lärm der Motorräder und das Klappern der Fahrräder auf dem löchrigen Asphalt. Egal, welche Geräusche zu ihr in die Wohnung drangen – keines kündigte seine Rückkehr an. Sie musste an Fengs Gesicht auf dem Passfoto denken, das sie mit so viel Zärtlichkeit erfüllt und ihr so viel Kummer bereitet hatte.

Sijuko hörte, wie ihre Tochter hinter der Zimmertür auf und ab lief. Vielleicht hatte sie eben leise nach ihr gerufen. Sijuko wollte gerade antworten, als alles wieder still wurde.

Sijuko stand am großen Waschbecken vor der Küche und tötete gerade ein Huhn. Als sie dem Tier den Kopf abhackte, spritzte sein Blut heraus, und der kleine Körper zuckte. Da hörte sie, wie jemand das Wohnzimmer betrat, und dachte, Feng sei zurückgekommen und habe ein paar Freunde mitgebracht. Dann jedoch kam ihre Tochter und sagte leise: »*Ma*, die wollen zu dir.« Sijuko drehte sich um und sah, wie ein paar fremde Leute die Koffer und Schränke des Wohnzimmers durchwühlten. Das Huhn in ihren Händen zitterte immer noch. Sie beschwerte es mit zwei Schleifsteinen. Zuerst glaubte sie, dass es Einbrecher waren, doch die Fremden hatte offenbar keine bösen Absichten. »Verzeihung, was macht ihr hier?« Sie schluckte ihren Ärger herunter.

»Wir suchen ein paar Dokumente«, antwortete der Anführer der Männer. »Entschuldigen Sie die Unannehmlichkeiten.« Sie untersuchten alles vom Wohnzimmer bis zum Schlafzimmer. »Die Papiere von Herrn Feng Xinwen, wo sind die?« fragte plötzlich einer von ihnen. »Er hebt sie nicht in der Wohnung auf«, erwiderte sie ruhig, setzte sich in eine Ecke des Sofas und sah den Fremden zu. Innerlich betete sie, Feng möge nicht gerade jetzt nach Hause kommen. Ihr Instinkt sagte ihr, dass er in Gefahr war. Dass es aber schon zu spät war, wusste sie noch nicht.

Erst eine Stunde später zogen die zwei Männer und eine Frau offenbar zufrieden ab. In einem Sack nahmen sie ein paar Dinge mit, die überhaupt nicht Feng gehörten. »Aber was ist mit *Ba*?« fragte ihre Tochter. »Er ist gerade mit ein paar anderen Männern davongegangen.« Mit einem Schlag begriff Sijuko. Sie rannte hinaus und den Zivilpolizisten hinterher. »Feng Xinwen? Wo ist er?« stieß sie hastig hervor. »Im Polizeihauptquartier«, sagte jemand. »Wir brauchen ihn für ein paar Informationen, nur unterhalten, weiter nichts. Nach unserem Gespräch kann er sofort nach Hause, keine große Sache.« Er sollte nicht so bald nach Hause kommen. Ein ›Freund‹ hatte ihn angeschwärzt, wegen einer Sache, die schon viele Jahre zurücklag.

In den Jahren, in denen er im Gefängnis saß, behandelte er sie so liebevoll wie niemals zuvor und nie wieder danach.

Er ahnte nicht, wie viele Kränkungen sie seinetwegen einstecken musste, und dass sich seine sogenannten Freunde längst aus dem Staub gemacht hatten. Sie schickte ihm kraftspendende Fleischsuppe mit Ginseng ins Gefängnis und bat einige Leute, die er ihr nannte, um Hilfe. Er war sehr naiv und ahnte nicht, wie sehr die gewöhnlichen Leute politische Gefangene mieden.

Sijuko konnte nicht mit ansehen, wie er nach und nach den Mut verlor. Sie schonte ihn, hielt Informationen zurück und versprach, alle seine Bitten zu erfüllen. Er schrieb unzählige Briefe und nannte ihr die Namen von zahlreichen Leuten, aber nach einer Weile steckte sie seine Briefe und beschriebenen Zettel in eine Kiste. Sie traf niemanden mehr.

Dennoch hielt sie immer zu ihm. Einmal pro Woche besuchte sie ihn im Untersuchungsgefängnis in Jingmei. Er war ihr unendlich dankbar dafür und zeigte es ihr, indem er sich jedes Mal extra rasiert oder die Haare geschnitten hatte. Immer wartete er voller Sehnsucht auf sie. Seine Stimme war wunderbar sanft geworden. Allein um diese zärtliche Stimme zu hören, nahm sie den weiten Weg in Kauf.

Um ihm zu helfen, stellte sie ihr Leben vollständig um. Jetzt, da sie ganz allein für so viele Kinder zu sorgen hatte, besaß sie kein Recht mehr, sich das Leben zu nehmen. Sie suchte sich Arbeit.

In einer Elektrofirma bekam sie eine Stelle als Köchin. Sie zeigte sich geschickt, das Essen schmeckte gut, und außerdem half sie durch günstige Einkäufe, Geld einzusparen. Plötzlich war sie eine unabhängige Frau geworden. Selbst der Pförtner des Betriebes, ein alleinstehender Mann aus Shandong, der erst vor kurzem aus dem Militärdienst ausgeschieden war, versuchte, sich bei ihr einzuschmeicheln. Sie erklärte sich das damit, dass er etwas größere Portionen zum Mittagessen bekommen wollte. Weitere Gedanken machte sie sich nicht.

Doch eines Tages überreichte ihr der Mann einen bestickten Beutel aus rotem Stoff. »Was ist das?« Sijuko schob gerade ihr Fahrrad zum Werkstor hinaus und blieb stehen. Er winkte geheimnisvoll mit der Hand. »Mach es zu Hause auf und sieh nach, dann weißt du es«, er lachte vieldeutig. Sie öffnete den Beutel schon auf der Straße. Es war ein goldener Ring.

Der Pförtner war ein kleiner, hitziger Mann. Alles andere als ein gutmütiger Kerl. Sie hatte gesehen, wie er sich mit einem anderen Mann gestritten und ihn angeschrien hatte. Mehr fiel ihr nicht zu ihm ein. Ob er von Fengs Geschichte wusste? Falls nicht, was war er so dreist? Sie war schließlich eine verheiratete Frau, wusste er das nicht? Oder glaubte er, dass Feng für immer hinter Gittern sitzen würde?

Nach Feierabend, als alle eilig die Firma verließen, gab sie dem Mann den Stoffbeutel zurück. Doch er wollte ihn partout nicht wiederhaben. »Eine Kleinigkeit, nichts von Bedeutung, nimm ihn ruhig an, ich brauche ihn nicht mehr«, sagte er immer wieder. »Ich brauche ihn auch nicht«, gab sie hastig zurück. Schließlich nahm er den Beutel etwas verlegen zurück. Sie stieg auf ihr Fahrrad und fuhr schnell nach Hause.

Kein Mensch auf der Welt würde Feng in ihrem Herzen ersetzen, dachte sie auf dem Rückweg. Ihre Entscheidung stand bereits fest: Was für ein Verbrechen er auch begangen hatte und wie viele Jahre er eingesperrt bleiben würde, sie würde auf ihn warten.

Die Zeit seiner Haft veränderte Feng, machte ihn verschlossener. Nach seiner Entlassung hatte er keine Arbeit. Er beschäftigte sich mit Kalligraphie und Malerei und verkaufte auch anderer Leute Werke. Schon bald hatte er wieder eine Affäre. Dieses Mal war es eine kleine, berechnende Frau mit weißer und glatter Haut. Sie war bissig und trug immer Schuhe mit sehr hohen Absätzen. Tat man nicht, was sie wollte, trat sie auch schon einmal. Aber Feng war verrückt nach ihr und zog kurzerhand aus der Wohnung aus. Sijuko traf sich mit dieser Frau. Am Ende des Treffens prügelten sie sich.

»Hunden kann man das Scheißefressen eben nicht abgewöhnen.« Sijuko verschloss ihr Herz und begann Mahjong zu spielen. Schon wenige Monate später spielte sie täglich. Den anderen Spielern erzählte sie vom Unrecht, das ihr jene Frau angetan hatte. Die Tage vergingen. Mit der Zeit wurde ihre Miene immer düsterer und ihre Hoffnung immer kleiner.

Und als Feng ein paar Jahre später verkündete, zu seiner »ersten Familie« nach China zurückzukehren, verließ sie den Spieltisch gar nicht mehr. Nebenbei spekulierte sie auch ein wenig an der Börse. Sie rechnete damit, fortan ein Leben ohne Feng zu führen. Sie verdiente kleine Summen an der Börse und lernte allmählich, ihre Tage allein für sich zu verbringen. Ihr Herz und ihr Bett waren halb leer. Sie konnte ihre Traurigkeit nicht in Worte fassen. Noch nahm sie ihre eigene Einsamkeit wahr.

Eines Tages verschnürte sie alle Kleider und Gegenstände von Feng zu einem Bündel und gab sie als Spende weg. Da fiel ihr auf, dass es ihr, anders als früher, egal war, ob Feng noch lebte oder schon tot war.

Doch dann, ungefähr um die gleiche Zeit, erhielt sie einen Anruf von ihm aus Dangtu, seiner alten Heimat. Er war schwer krank, sagte er am Telefon, seine chinesischen Verwandten hatten ihn betrogen, und auch das Büro für Taiwan-Angelegenheiten hatte ihn fortgeschickt. Sie konnte es kaum ertragen, seine klagende Stimme zu hören. »Ich stehe am Rande des Todes.« Nicht mal eine feste Bleibe besaß er mehr. Er wusste, dass nur noch sie ihn bei sich aufnehmen würde.

Sie rang mit sich. Dann reiste sie schließlich nach China, um ihn abzuholen. Vielleicht war sie diesem Mann in ihrem letzten Leben so viel schuldig geblieben, dass sie in diesem Leben so viel hatte zurückzahlen müssen. Aber wie viel auch immer es war, die Schulden waren mehr als beglichen.

Als sie ihn wiedersah, befielen sie erneut Zweifel. Sie hatte nicht erwartet, ihn so verfallen zu sehen: Klapperdürr war er geworden und konnte nur noch sprechen, wenn er den Mund verzog. Das Schicksal hatte es weder mit ihr noch mit ihrem Mann gut gemeint. Nichts, nicht das Geringste hatte es ihnen gegönnt. Sein ganzes Leben hatte ihn eine undefinierbare, leidenschaftliche Kraft von ihr weggezogen, und zum Schluss war nichts mehr von ihm übrig geblieben, sein Herz war stumpf und ausgehöhlt. Sie konnte sehen, dass ihm eine wahnsinnige Angst in den Knochen steckte, dass er eine Grenze überschritten hatte und wirklich am Rande des Todes stand.

Widerstrebend sorgte sie für ihn, aber sie quälte ihn auch, beachtete ihn nicht. Oder sie brachte ihm absichtlich keine

Klöße mit Fleischsuppenfüllung, die er so gern aß. Manchmal, wenn sie ihm die Windeln wechselte, brüllte sie ihn an, fragte ihn, ob er noch ein Mensch sei, oder noch boshafter: »Bist du überhaupt noch ein Mann?« Manchmal weigerte sie sich, ihn zu stützen, wenn er aufstehen wollte, ja, bewarf ihn sogar mit Gegenständen. Danach jedoch plagten sie Gewissensbisse, und sie kümmerte sich erneut um ihn. Sie sparte sich Geld vom Munde ab und kaufte ihm stärkende Lingzhi-Pilze und Ginseng, kochte ihm Brei und Suppen. Es war ein endloser Kreislauf, der sie furchtbar ermüdete. Oft geriet sie grundlos in Wut.

Einmal schlief sie vor Erschöpfung neben ihm ein. Als sie mitten in der Nacht plötzlich wach wurde, sah sie, dass er darauf gewartet hatte, mit ihr reden zu können. Es war das erste Mal, dass sie das Gefühl hatte, dass er ihr vollkommen gehörte, dass es in seinem Herzen neben ihr wirklich keinen anderen Menschen mehr gab. Doch war sie so traurig und verbittert, dass sie in diesem Moment an ihr nächstes Leben denken musste, in dem sie ihn am liebsten nicht wieder kennenlernen wollte. In ihrem nächsten Leben wollte sie nicht erneut als Frau zur Welt kommen. Und um keinen Preis noch ein weiteres Mal Fengs Frau werden.

Was man
über die Verehrung
der Liebesgöttin Qiniangma
wissen muss

Am siebten Tag des siebten Mondkalendermonats wird die Nacht der Siebenen *(*Qixi*) gefeiert. Es ist das Fest der Liebesgöttin Qiniangma, auch die* Weberprinzessin Zhinü *genannt, die mit ihren Schwestern in den sieben Sternen des Großen Wagens wohnt. Es heißt, dass sie sich an diesem Tag mit dem Hirtenjungen trifft. Weil sie sich ineinander verliebt hatten, hörte der Hirtenjunge auf, das Feld zu bestellen, und Qiniangma ließ den Webstuhl ruhen. Der Himmelsgott strafte sie daraufhin und erlaubte ihnen, sich nur noch einmal im Jahr zu treffen.*

*Kinder und Jugendliche stehen unter dem Schutz von Qiniangma. An seinem ersten Geburtstag (oder nach einem Monat) erhält jedes Kind ein Amulett (*Kuan Tai*) in Form einer alten Münze oder eines Medaillons, das an einem roten Seidenfaden (*Jiajuan*) um den Hals getragen wird. Sodann wird es im Tempel unter den Schutz Qiniangmas gestellt. Dieser Ritus heißt* Kuan kuin *und wird jährlich zum Qixi-Fest durch Erneuerung des roten Fadens (*Uan kuin*) vollzogen, bis das Kind 16 Jahre alt ist.*

Die Nacht der Siebenen *ist das wichtigste Opferfest der Frauen. Traditionell wird der Weberprinzessin an diesem Tag abends geopfert. In der Nacht bitten junge unverheiratete Frauen Qiniangma um handwerkliches Geschick. Am selben Tag wird auch die* Bettenmutter, Chuangmu, *verehrt. Die* Bettenmutter *ist eine der Schwestern Qiniangmas und wacht über den ruhigen Schlaf aller kleinen Kinder. Zur Verehrung der* Bettenmutter *wird zu-*

erst Räucherwerk angezündet und gebetet. Ist das Räucherwerk dann zu einem Drittel abgebrannt, wird goldenes Papiergeld angezündet. Je schneller das Papiergeld verbrennt, umso schneller wächst das Kind.

Qiniangma und ihre Schwestern sind in ihrem Rang dem Himmelsgott sehr nahe. Entsprechend großzügig sind ihre Opfergaben. Besondere Hochachtung spiegelt sich in einem eigens gefertigten Papierpavillion der Qiniangma wieder (der verbrannt wird). Man kann das Bild der Qiniangma auch vorne an den Rand des Opfertisches kleben und Waschschüssel und Handtücher für die Göttin bereithalten, für ihre Morgentoilette. Sieben verschiedene Opfergaben sind vorzubereiten. Am wichtigsten sind sieben Schalen gekochter Klebreisbällchen mit Füllung. Jedes Bällchen muss eine Vertiefung haben, die die Tränen der Sehnsucht aufnehmen kann. Da der Hirtenjunge und die Weberprinzessin nur einen einzigen Tag im Jahr zusammenkommen dürfen, weinen sie oft Tränen der Sehnsucht. Ebenfalls liebt Qiniangma gebratenen Klebreis und in Sesamöl gebratenes Klebreis-Hühnerfleisch. Man kann ihr Blumen wie Kratzdisteln, Springkraut, Jasmin oder Brandschopf darbringen. Außerdem sollen auch Puder, Schminke, rote Seidenbänder, duftende Handtücher, Fächer und Spiegel bereit liegen.

Nach der Opferzeremonie werfen die Frauen die Hälfte der Kratzdisteln und der Schminkutensilien aufs Dach (den Himmel), die andere Hälfte behalten sie für sich. So erbitten sie für die eigenen Kinder Gesundheit, ein gutes Aussehen, Begabung und Glück in der Liebe.

»Jetzt können wir nur noch Mazu fragen«

Der Tag, an dem mein Großvater Lin Jian verschwand

Taiwan/Taichung, 1948

Meine Mutter Sijuko malte sich immer wieder aus, was an dem Tag geschehen war, als Großvater verschwand. Sie stellte sich vor, wie ihn ein paar Männer in ihrem Jeep verschleppt hatten. Nicht vorstellen konnte sie sich allerdings, wohin der Jeep ihn anschließend gefahren hatte. Woran hatte Großvater im Wagen gedacht? Betete er zu den Göttern? Dachte er an die Familie? An sie? Nun, dachte sie, konnte er keine Bäder mehr nehmen und keine Spaziergänge mehr machen. Lebte er damals noch? Lebt er in diesem Augenblick noch?

Diese Fragen drehten Runden in ihrem Kopf.

In der Nacht, als Großvater nicht mehr nach Hause kam, hatte sie sich erkältet und lag mit Fieber im Bett. Ayako fand nicht mal die Zeit, einen Sud mit Heilkräutern für sie zuzubereiten. Sie legte ihr nur ein feuchtes Tuch auf die Stirn und schloss dann die Tür. Durch die Tür hindurch konnte sie dennoch deutlich hören, wie ihre Mutter das Haus verließ, zurückkam, wieder wegging, erneut zurückkam. Wie sie in ihrem Zimmer auf und ab ging, mit Tante Mingfang redete und ihrem jüngeren Bruder etwas sagte. Aykos Stimme klang gedämpft zu ihr herüber, man hörte das Tappen von Schritten. Die Atmosphäre im Haus war so gespannt wie die Luft vor dem ersten Donnerschlag.

Sijuko war ganz benommen. Mehrmals sank sie in einen leichten Schlaf, aus dem sie immer wieder hochschreckte.

Aus allen Poren rann ihr unaufhörlich der Schweiß, bis sie die dicke Steppdecke ganz nass geschwitzt hatte. So verging die Nacht. Als es fast hell geworden war, hörte sie das Geräusch der Holzpantoffeln des Vaters. Von ihrem Bett aus rief sie mit heiserer Stimme »Ba«. Aber er hörte sie nicht. »Ba«, rief sie wieder, aber wieder keine Antwort. Ayako war auch verschwunden. Das ganze Haus schwieg. Damals war ihr älterer Bruder auch nachts nicht mehr regelmäßig zu Hause. Entweder hing er in einer Kampfsportschule herum, wo er Kung Fu lernte, oder er arbeitete als Laufbursche für einen Mafioso und Casinobesitzer. Ihr jüngerer Bruder schlief in diesem Augenblick wohl schon, und Siuwen und ihre Familie waren in ihren Räumen im Hinterhof. Sie mieden Ayako und ihre Familie wie ein Nest voller Giftschlangen.

Am frühen Morgen wachte Sijuko auf, fühlte sich aber noch immer schwach. Mit Mühe verließ sie das Bett und ging ins Wohnzimmer, wo sie Ayako allein in einer Ecke sitzen sah. Sie warf Sijuko einen Blick zu, und in diesem Blick lag Panik. Das jagte Sijuko Angst ein. So verstört hatte sie ihre Mutter noch nie erlebt. Niemals zuvor. Selbst als die Briefe ihres Vaters vom Südpazifik ausgeblieben waren, war sie nicht so außer sich gewesen. Immer hatte sie ihre Angst zu verbergen gewusst. Doch in diesem Moment konnte sie nichts mehr verstecken. Sie hoffte auf Nachrichten von ihrem Mann, die sie nicht mehr erhoffen konnte.

»Aija, leg dich schnell wieder hin!« Ayako erinnerte sich erst gerade wieder daran, dass ihre Tochter krank war. »Iss etwas Reissuppe«, sagte sie wie benommen. Sijuko nickte, blieb aber stehen, wo sie stand. »Und Ba?« Sijuko hatte die Vorahnung, dass ihr Vater niemals wiederkommen würde, wenn sie diese Worte ausspräche. Ach, sie waren verflucht. Doch sie konnte sich nicht zurückhalten zu fragen. Ayako schwieg zuerst, dann sagte sie voller Kummer: »Jetzt können wir nur noch Mazu fragen. Aber kleine Kinder sollten nicht so viele Fragen stellen.«

›Ich bin kein kleines Kind mehr‹, Sijuko sagte das zu sich selbst.

»Iss Reissuppe«, wiederholte Ayako. »Ich will nichts essen«, gab sie beleidigt zurück. Sie war wütend, dass ihre Mutter ihr keine richtige Antwort gegeben hatte und nur daran dachte, sie wieder in ihr Krankenzimmer zu schicken. Sie spürte, dass ein großes Unglück über die Familie hereingebrochen war. Trotzdem hielt ihre Mutter die Sache vor ihr geheim und würde es nur ihrem älteren Bruder erzählen. Ausgerechnet ihm, dem die Familie vollkommen gleichgültig war. Immer schon hatte Ayako sie für unnütz gehalten und ihr nicht vertraut. Sie hatte nicht einmal bemerkt, dass sie älter geworden war.

Von jenem Tag an hörte Ayako es nicht mehr gerne, wenn Sijuko und ihre Brüder den Namen ihres Vaters erwähnten. Sie überlegte kurz, ob sie nach Okinawa zurückkehren sollte. Oder sie würde umziehen, weil sie die Frau ihres Schwagers nicht mehr in ihrer Nähe ertragen konnte. Sie zog um, und einige Jahre später wanderten Siuwen und ihre Kinder nach Brasilien aus.

Auch nach dem Umzug wurden sie immer wieder vom Geheimdienst aufgesucht. Es kam vor, dass sie mitten in der Nacht gegen die Tür schlugen und brüllten: »Lin Cai, komm raus!« Danach drangen sie in die Wohnung ein, durchwühlten alles und spuckten vor ihr aus. Erst ganz allmählich begriff Sijuko, was passiert war. Ayako bat einige einflussreiche Leute, ein gutes Wort für sie einzulegen. Von Taichung bis nach Taipeh fragten sie sich durch, konnten aber nichts Neues über ihren Mann erfahren. Ayako bat jemanden, für sie einen langen Brief an das Polizeihauptquartier zu schreiben, aber auch das brachte nichts.

Einmal belauschte Sijuko heimlich, wie sich Ayako mit anderen Leuten über ihren Vater unterhielt. »Damals«, sagte sie, »war er bereits krank, da war er schon nicht mehr er selbst«. Sie hörte auch, wie Ayako weinte. Dies war in ihrem bisherigen Leben nur zweimal vorgekommen. Das erste Mal an dem Tag nach Lin Jians Verschwinden. Ayako erschien ihr sonst immer wie eine undurchdringliche Wand.

An den langen Brief erinnerte sich meine Mutter Sijuko als ein dicht beschriebenes Papier. Mehrmals tauchte der Name Lin Jian auf, und auf der Rückseite trug er Ayakos Fingerabdruck. Er fragte nach Lin Jians Aufenthaltsort: »Ich wünsche nur seinen Verbleib zu erfahren, das ist alles – andere Wünsche und Forderungen vorzubringen liegt mir fern.« So unterwürfig hatte sich Ayako damals ausgedrückt. Um den Brief abzugeben, fuhr sie, bereits schwanger, sogar mehrmals nach Taipeh. Einmal, als sie Sijuko dorthin mitnahm, hatte sie schon einen richtig dicken Bauch und musste mehrere Verschnaufpausen einlegen, weil sie sich nicht wohl fühlte.

Schließlich gab Ayako auf. Kümmerte sich nur noch um den Friseursalon. Als hätte sie vergessen, dass Lin Jian verschwunden war, oder als würde sie versuchen, es zu vergessen. Denn wie hätte sie sonst weiterleben können? Kein Mensch wollte mehr etwas über die Sache wissen. Nur Sijuko vermisste ihren Vater. Und hörte nicht auf, nach ihm zu fragen. Ayako verbot ihr das ständige Nachbohren. Wenn sie es dennoch tat, sah sie sie mit einem durchdringenden Blick an, der Sijuko zur Weißglut brachte. Doch sie unterdrückte ihre unaussprechlichen Gefühle. Manchmal spielte sie mit dem Gedanken, sich umzubringen.

Sijuko redete sich ein, ihr Vater käme absichtlich nicht nach Hause zurück. Vielleicht war er ja weggelaufen und hatte sich anderswo niedergelassen. So wie er früher, als er noch bei ihnen lebte, gerne spazieren gegangen und dann stundenlang weggeblieben war. Und dieses Mal war er eben zu weit gelaufen. Wenn sie sich das vorstellte, konnte sie manchmal richtig wütend auf ihren Vater werden: Wo war er hingelaufen? Wenn sie das alles vorher gewusst hätte, dann wäre sie doch mitgegangen. Lieber wäre sie mit ihrem Vater zusammen fortgegangen.

Die meiste Zeit war sie überzeugt, dass Lin Jian tot sein musste. Unmöglich, dass ihr Vater all die vergangenen Jahre gelebt haben sollte, ohne je mit der Familie in Kontakt zu treten. Er konnte nicht so lange böse auf sie sein. Nein, er musste gestorben sein. Irgendwann antwortete das Polizeihauptquartier auf den Brief und erklärte, es kenne den Aufenthaltsort jenes Vermissten nicht. Das war viele Jahre später. Damals hatte sie bereits begriffen, dass sie ihren Vater nie wiedersehen würde. In ihrer Erinnerung war er immer sehr liebevoll zu ihr gewesen: Er war es, der ihr immer Leckereien in den Mund steckte oder ihr Wasser in ein Glas einschenkte und zum Trinken reichte. Auch wenn all dies nur Kleinigkeiten waren, so hatte nie ein Mensch sie besser behandelt als ihr Vater. Immer wenn sie an ihn dachte, musste sie weinen.

Sie konnte sich auch daran erinnern, dass er nach seiner Rückkehr aus dem Krieg häufig getrunken hatte. So viele Male war er betrunken, sein Gesicht vom Alkohol gerötet, und lächelte sie an.

Sie glaubte langsam, allein auf der Seite ihres einsamen Vaters zu stehen, auf der Seite einer Seele mit unbekanntem Aufenthalt. Und dass sie allein gegen die anderen stand, gegen Ayako und Onkel Cai, sogar ihre Schwester Sinru. Sie musste möglichst dicht zu ihrem Vater aufrücken, weil er außer ihr ja keinen Menschen mehr hatte. Später versteifte sie sich regelrecht darauf, ihrer Familie an ihres Vaters Stelle Widerstand zu leisten.

Lin Jian hatte aus dem Südpazifik einen Lederkoffer mitgebracht. Sijuko sah einmal, wie Ayako ihn mit traurigem Gesicht öffnete und dann wieder schloss. Diesen Koffer gab es immer noch. Darin lagen seine Uniform, die er im Krieg getragen hatte, und außerdem die Tausend-Näherinnen-Arbeit, für die Ayako auf der Straße tausend Frauen um je einen Stich gebeten hatte. Die Blutflecken auf diesem Stoff hatten sich bereits dunkel verfärbt. Außerdem noch Unterhemden und kurze Hosen, schon ganz von Motten durchlöchert. Sijuko streichelte ein Unterhemd, als streichelte sie die Haut ihres Vaters, und stellte sich vor, wie er mit diesem Hemd am Leib um sein Leben gerannt war.

Später erfuhr sie, dass Ayako nie aufgegeben hatte, nach ihrem Ehemann zu suchen. Falls er längst gestorben war und sein Leichnam unauffindbar bliebe, bekäme er kein richtiges Begräbnis und bliebe eine ruhelose Seele. Ayako hatte sogar darüber nachgedacht, den Lederkoffer, den sie als das Erbe ihres Mannes betrachtete, zusammen mit der Haarsträhne und seinen Fingernägeln zu beerdigen. Aber was, wenn Jian noch am Leben war? Anscheinend hoffte sie weiterhin, dass er noch lebte.

So schob sie die Sache immer wieder hinaus. Schließlich starb sie selbst. Vor Ayakos Tod machte Sijuko mit allem, was ihre Mutter betraf, Frieden. Ihre Mutter hatte Gründe dafür gehabt, ihr Leben so zu führen, wie sie es geführt hatte. Sijuko akzeptierte auch, dass sie ihre Schwester Sinru mehr geliebt hatte als sie. Nach dem Tod ihrer Mutter waren all diese Dinge unwichtig geworden. Nur eine einzige Sache gab es, die sie nicht hinnehmen konnte.

Die Forderung ihrer Schwester Sinru, Onkel Cai ebenfalls in dem Familiengrab beizusetzen. Sijuko verschloss ihr Herz und redete nicht mehr mit ihrer Schwester. Sie konnte verstehen, weshalb Sinru ein gutes Wort für Onkel Cai eingelegt hatte. Aber wie hätte sie einwilligen können? Nein, sie liebte ihren Vater und würde sich niemals gegen ihn wenden. Er war noch nicht wirklich beerdigt, wie konnte man da ausgerechnet den Mann, der für seinen Tod verantwortlich war, neben ihre Mutter betten? Nie und nimmer würde sie das hinnehmen! Sie würde sich mit allen ihr zu Gebote stehenden Kräften dagegen wehren.

Nur so könnte sie selbst zur Ruhe kommen. Das war ihre Art, ihren Vater zu lieben.

»Geh nicht,
bleib.«

Wie mein Vater Feng
mit Tschiang Kaishek
nach Taiwan kam
China, Provinz Anhui, 1948

Im Frühling 1948 besuchte Feng die dritte Stufe der privaten
Zhongda-Mittelschule in Nanjing. Zum Frühlingsfest fuhr
er nach Hause. Der Bürgerkrieg zwischen der nationalisti-
schen Kuomintang unter Tschiang Kaishek und Maos kom-
munistischer Volksbefreiungsarmee zerriss das Reich der
Mitte. Das Geld verlor mit jedem Tag mehr an Wert. Die
Truppen, die durchs Land zogen, forderten von den Leuten
Lebensmittel, Holz und andere lebensnotwendige Dinge. In
Fengs Familie wurde nicht nur das Essen knapp, auch seine
Studiengebühren lasteten schwer. Er ging zu seinem älteren
Bruder, der seinen Erbteil bereits ausgezahlt bekommen
hatte. »Ich bin doch selbst ein hilfloser Lehmbuddha, der einen Fluss überqueren muss«, seufzte der, »wie könnte ich
mich denn da noch um dich kümmern?« Er lud Feng nicht
mal zum Abendessen ein, sondern schickte ihn weg. Obwohl
seine Mutter dagegen war, unterbrach Feng seine Ausbildung und kehrte nach Hause zurück.

Feng hieß mit Familiennamen eigentlich Lu, und die Lus besaßen in dem Dorf Lujiachuang 200 *Mu* Land, ungefähr drei-
zehn Hektar. Nachdem Fengs Vater gestorben war, führte
seine Mutter Lu Guimei den Hof. Sie hatte drei Söhne und
eine Tochter zur Welt gebracht, unter denen sie 1947 das Fa-
milienvermögen aufteilte. Feng war ihr jüngster Sohn und

hatte bis dahin noch keine eigene Familie. Zusammen mit seiner Mutter erhielt er die Hälfte des Ackerlandes und ein neues, mit Ziegeln gedecktes Haus. Den größten Teil des Landes verpachteten sie an Bauern.

Feng wollte die verbleibenden 6 Hektar Land künftig mit seiner Mutter bestellen. Am achten Tag des Neujahrsfests zog er sich die neuen Schuhe an, die seine Mutter für ihn genäht hatte, und machte sich auf, den Zugochsen von der Familie seines Bruders zu holen. »Am Nachmittag wollen die Wangs wegen der Ehevermittlung zu uns kommen!« rief ihm seine Mutter nach. Sie hatte schon alles für ihn arrangiert. Mit seinem Leben verhielt es sich so ähnlich wie mit den neuen Schuhen: Er brauchte bloß hineinzuschlüpfen, und schon war alles in Butter. Doch die Schuhe waren ihm ein wenig zu eng gewesen. »Die weiten sich schon noch aus«, hatte seine Mutter dazu bemerkt.

Tatsächlich hatte er noch nicht ans Heiraten gedacht. Auch wenn er nichts anderes im Kopf hatte als Frauen. Aus der Zeitung wusste er, dass die Kuomintang eine Niederlage nach der anderen erlitten, und glaubte, dass ein großes Unheil bevorstand. Viele Leute im Dorf bezeichneten ihn und seine Familie bereits als »feudale Grundherren«. Würde die Kommunistische Partei das Land übernehmen, wären die guten Tage vorbei. Feng setzte keine allzu großen Erwartungen in eine Heirat.

Mit den neuen Stoffschuhen an den Füßen spazierte er durch das Städtchen Huhe, um den Ochsen nach Hause zu holen. Er hatte gerade seinen neunzehnten Geburtstag gefeiert. Feng ahnte nicht, dass sich der Weg seines Schicksals in diesem Moment bereits verzweigte. In wenigen Stunden würde er eine Frau namens Fu Qi kennenlernen und sein Leben damit eine ganz neue Richtung nehmen. Er wusste auch nicht, dass er später auf eine Insel mit Namen Taiwan gehen würde. Es würde ein halbes Jahrhundert vergehen, bis er seine Mutter und das Dorf Lujiachuang wiedersähe.

Er hatte sich eine mit Zucker bestäubte, frisch ausgebackene *Mahua* gekauft und schlenderte über den Markt des Städtchens. Der Nordwind wehte stark, aber die Sonne wärmte angenehm. Die Augen halb zusammengekniffen, entdeckte er eine vertraute Gestalt: »Bruder Qian!« Er kannte den jungen Mann aus der Grundschule in Dangtu. Qian Yongping ragte groß aus der Menge heraus, Feng hatte ihn gleich wiedererkannt.

Zwei Jahre zuvor war Qian Yongping einem Pekingoper-Ensemble beigetreten, für das er die chinesische Geige, die *Erhu,* spielte. Seine Operntruppe war ständig auf Tournee. In ein paar Tagen würde das Stück »Silang besucht seine Mutter« in einem Theater in Nanjing aufgeführt. Qian lud Feng ein, doch vorbeizukommen.

In der Mittelschule hatte Feng auch Theater gespielt. Aber er konnte nicht singen, und seine Bewegungen waren steif. Ihm blieb nur die Rolle des Zwergs Wu Dalang; er musste sich das ganze Stück über in der Hocke fortbewegen. Die Rolle des gehörnten Zwergs war ihm peinlich, er fühlte sich lächerlich auf der Bühne und verlor bald das Interesse am Theaterspielen. Weil er aber immer noch gerne Opern hörte, versprach er Qian sofort, zur Aufführung zu kommen.

Als er nach Hause kam, saßen sie bereits alle im Empfangszimmer und warteten auf ihn. Baitang, der Knecht, kam eilig zur Tür gelaufen und zog ihn ins Haus. »Herr Wang ist hier wegen der Vermittlung. Sie warten auf dich«, sagte er. Feng setzte absichtlich eine missmutige Miene auf und erspähte im Empfangszimmer einen kleinen, alten Mann mit dickem Bauch, der sich gerade mit seiner Mutter unterhielt. »Na, im Gegenteil, das passt aber gut«, hörte er sie lachen, wobei sie den Mund mit der Hand bedeckte. Sie hatte Puder aufgelegt und eine frische Jacke angezogen.

Feng betrat das Zimmer. »Das ist Onkel Wang.« Feng warf einen Blick auf den Gast und fürchtete sofort, dass seine Tochter so aussehen könnte wie er. »In Zukunft wird sich unsere Lian also ganz auf dich verlassen können.« Herr Wang war kein großer Redner. Er beschränkte sich auf das Wichtigste. Erst in diesem Moment erkannte Feng in Onkel Wang jenen Ölverkäufer Wang Erlang aus seinen Kindertagen. Er hatte gehört, dass er schon lange kein Öl mehr auf der Straße verkaufte. Er besaß nun zahlreiche Felder, betrieb eine eigene Ölmühle und einen Laden.

Obwohl Feng sich oft und gerne Opern anhörte, hatte er noch nie in einem echten Theater vor einer Bühne gesessen und ein Stück angesehen. Vielleicht war es sein Alter, seine Gefühlslage, jedenfalls verliebte er sich sofort in alles, was er dort sah und hörte: Die Gesten der vier Rollentypen der traditionellen Oper – die männlichen *Sheng*, *Jing* und *Chou* und die weibliche *Dan*, – waren gut gesetzt, elegant, Gesang und Spiel vollendet schön. An allen traurigen Stellen liefen auch seine Tränen reichlich. Er trank Tee, der den Zuschauern serviert wurde, und als er sah, dass andere Leute Melonenkerne zwischen den Zähnen aufknackten, fing auch er an, Melonenkerne zu knabbern. Applaudierten die anderen Zuschauer, dann applaudierte er mit. Er war vollkommen bei der Sache und hellauf begeistert.

Qian Yongping stellte ihm nach der Aufführung Fu Qi vor. Sie war gerade dabei, sich abzuschminken. Er erkannte in der jungen Schauspielerin, die nun vor ihm saß, nicht Silangs Mutter wieder, die sie auf der Bühne gespielt hatte.

Man konnte sie eine Schönheit nennen. Er starrte sie unverwandt an.

»Spielst du morgen auch?« fragte er sie.

»Nein, morgen ist Laternenfest. Wir gehen zum Konfuziustempel. Komm doch mit.« Ihre alles andere als gekünstelt klingende Stimme faszinierte ihn sofort. Es lag unendlich viel Gefühl darin. Mit gespielter Gelassenheit sah er ihr dabei zu, wie sie da auf einem Requisitenkoffer saß, ihr Gesicht mit Vaseline einrieb und sich sorgfältig abschminkte.

»Du hast wirklich gut gesungen«, sagte er, »vor allem in der Szene, in der du mit Yang Silang zusammentriffst.«

Sie warf ihm einen aufmerksamen Blick zu. Normalerweise kamen Zuschauer nur hinter die Bühne, um die Darsteller der jugendlichen Männer- und Frauenrollen zu loben. Aber nun stand ein junger Mann neben ihr und machte ihr Komplimente. Er trug eine dicke, gefütterte Jacke und darunter eine westliche Anzughose, während seine Füße in unzeitgemäßen, handgenähten Stoffschuhen steckten. Sein Stil war schwer einzuordnen: Er wirkte wie ein städtischer Intellektueller und gleichzeitig wie ein Hinterwäldler.

»Kommst du oft in die Oper?« Ihr Interesse schmeichelte ihm. »Ja, oft«, log er ohne eigentliche Absicht und war von seinen Worten beinahe selber überzeugt. »Essenz, Kraft und Geist – all das hat eure Aufführung besessen, einfach hervorragend. Und du hast schön gesungen. Du bist noch so jung und hast so tiefgründig gespielt. Das ist wirklich bewundernswert.« Seine letzten beiden Sätze hatte er ganz ehrlich gemeint. Hätte sie es gewünscht, er wäre jeden Tag ins Theater gekommen, um sie singen zu hören.

Nun errötete auch Fu Qi. »Ach wo. Du bist zu nett.« Sie hätte ihn gerne gefragt, wie alt er eigentlich war und weshalb er aussah wie ein alter Professor, wenn er sprach. »Zum

Glück bist du nicht aus Nordchina. Die Leute aus Tianjin sind so wählerisch.«

Er lächelte und schwieg. Er wollte über etwas anderes mit ihr reden, wusste aber noch nicht, was. »Wie lange werdet ihr in Nanjing gastieren?« fragte er sie schließlich. »Nur noch zwei Aufführungen.« In ihren Worten schwang ein leichtes Bedauern mit. »Unsere nächste Station ist Shanghai.« Sie sah ihn an. »Von nichts kommt nichts.« Obwohl sie so belanglos daherredete, elektrisierten ihn ihre Worte.

Feng saß hinter der Bühne und sah den Mitgliedern der Truppe bei der Arbeit zu. Wenn er keine andere Arbeit finden sollte, überlegte er, dann wäre er auch damit zufrieden, für das Ensemble Statistenrollen zu übernehmen. Es war ihm unangenehm, den ganzen Tag bloß neben Fu Qi zu stehen. Deshalb lief er überall herum und half, wo er konnte, hievte Kisten mit Bühneninventar auf eine dreirädrige Handkarre. Vom Rand der Bühne aus beobachtete er Fu Qi. Sie blieb am ruhigsten von allen. Sie mischte sich in keine Gespräche ein, sondern ordnete und packte konzentriert ihre Kleider, während die anderen herumschrien und lärmten.

Erst später erfuhr Feng, dass Fu Qi aus einer armen, kinderreichen Familie aus Shanxi stammte. Geboren war sie in Peking. Mit acht Jahren schickten ihre Eltern sie zu einer Operntruppe. Der Direktor, ein Herr Li, hatte bei dem berühmten Sänger und Schauspieler Ma Lianliang studiert. Später bekam er Lungentuberkulose und konnte nicht mehr singen. Er hustete alle seine Schüler an, und wer etwas falsch machte, bekam zudem auch noch Schläge. Fu Qi lernte schnell und konnte bald sämtliche Frauentypen spielen, nicht nur die lebhafte *Huadan*. Auch die zurückhaltende *Qingyi* oder die Rolle der würdigen alten Dame, der *Laodan*, sang sie mit Bravour. Weil sie offenherzig und redlich war, passte die Rolle der *Qingyi* besser zu ihr. Dem Leiter des Ensembles spielte sie die *Huadan* nie temperamentvoll und kokett genug. Später nahm er die junge, quirlige Zhou Jingping als Pflegetochter an und begann sie auszubilden. Der Sohn eines hohen Kuomintang-Beamten erschien jeden Tag zu Zhou Jingpings Aufführungen und himmelte sie an. Der Direktor schob Fu Qi bald ins Abseits und ließ sie nur noch hin und wieder ältere Frauenrollen spielen. Nur wenn seine Ziehtochter krank war oder schlecht gelaunt, durfte Fu Qi ihre Rollen wieder singen.

An jenem Abend ihrer ersten Begegnung wurde es für Feng zu spät, um noch nach Hause zurückzufahren. Er übernachtete bei Qian Yongping. Am folgenden Tag gingen alle zusammen auf den Platz vor dem Konfuziustempel, um sich die Lampions anzusehen, zu essen und ihren Spaß zu haben. Dann drängten sie sich um einen Ringwurf-Stand. Feng warf seinen Ring um eine japanische Blumenvase und gab sie Fu Qi. Sie bekam ganz glänzende Augen. »Vor ein paar Tagen habe ich eine Vase zerbrochen, die ganz genauso aussah!« Als Feng das hörte, war er sehr stolz und freute sich mehr darüber als über den Umstand, dass er mit seinem Ring getroffen hatte.

Die Operntruppe zog weiter nach Shanghai, und Feng sah Fu Qi für längere Zeit nicht wieder.

Von den Qians erfuhr er, dass Yongping die Truppe inzwischen verlassen hatte. Später hieß es, er sei in die »Achte Feldarmee der Kommunisten« eingetreten. Feng musste häufig an jenen Abend denken, an dem er sich mit Fu Qi hinter der Bühne unterhalten hatte. Wahnsinnig gerne hätte er sie noch mal eine Openarie singen hören, oder auch ein Lied. Am Abend des Laternenfestes hatte sie eine Volksweise gesummt.

Ihm fiel ein, dass in einer Rumpelkammer des Hauses auch eine *Erhu* lag. Er musste eine Ewigkeit suchen, bis er sie gefunden hatte. Er stimmte die Saiten, wischte den Staub ab und fing an, mit dem Bogen darüberzustreichen. Er brachte aber keine Melodie zustande. Bald machte es ihm keine Freude mehr. Ständig musste er an Fu Qi denken. Er brauchte nur die Augen zu schließen, schon tauchte ihr engelsüßes Gesicht vor ihm auf. Dann fühlte er sich innerlich so angespannt wie die Saiten der *Erhu*. Ihm war, als beträte er ganz allein eine verlassene Stadt, über der der abnehmende Mond am Himmel aufsteigt. Es war klar, dass er an Liebeskummer litt. Den ganzen Tag lag er in seinem Bett und konnte sich zu nichts aufraffen.

Sein Onkel besaß ein Grammophon. Also lieh er sich ein Fahrrad aus und durchquerte die halbe Stadt, um ein bisschen Musik zu hören. Doch er erlebte eine herbe Enttäuschung: Was er vorfand, waren nur einige aus Japan importierte Platten mit westlicher Opernmusik und die Aufnahme eines Nazi-Militärmarsches, die sein Onkel von einem Deutschen geschenkt bekommen hatte. Aber Feng wollte chinesische Opern hören.

Sein Onkel, der in der Grundschule der kleinen Stadtgemeinde als Lehrer arbeitete, schloss sich weder der Kuomintang an, noch wurde er Mitglied der Kommunistischen Partei. Doch viele Jahre später, während der Kulturrevolution, schlugen ihn die Roten Garden wegen jener paar Grammophonplatten so sehr, dass er Blut spuckte. Von diesem Tag an sprach er mit keinem Menschen mehr und hörte sich auch keine Musik mehr an. Die meiste Zeit über hockte er da mit ausdruckslosem Gesicht. Seit seinem achtundvierzigsten Lebensjahr bis zu seinem Tod lebte er in einer Welt des Schweigens.

Die Wangs nahmen die Initiative in die Hand und statteten den Lus einen Besuch ab. Da Wang Lian ganz den Vorstellungen von Fengs Mutter entsprach, beauftragte sie einen Spezialisten, die Geburtshoroskope von Feng und Lian zu vergleichen. Das Ergebnis war eindeutig: Das Schicksal für eine eheliche Verbindung zwischen beiden stand günstig. Fengs Mutter bekam vor Freude den Mund nicht mehr zu: »Da, sieh nur, der Himmel hat eure Ehe vorherbestimmt.« Dies erzählte sie jedem, der über die Schwelle ihres Hauses trat.

Feng hüllte sich in Schweigen. Er wusste, was auf ihn zukam, versuchte aber, nicht daran zu denken. Die Tochter der Wangs hatte er bereits gesehen und in ihrem sehr runden, blassen Gesicht nach einer Lösung seines Dilemmas gesucht. Doch beim Blick auf ihr Profil war ihm lediglich der Gedanke gekommen, dass er Fu Qi sein Leben lang nicht wiedersehen würde. Traurig und ein wenig mürrisch schaute er zu, wie sein Leben entschieden wurde. Schnell hatten sich beide Familien auf den Heiratstermin verständigt.

Am Tag der Hochzeit trug die Tochter der Wangs ein Brautkleid mit Phönixmuster, dazu eine Phönixkappe, den traditionellen Kopfputz der Kaiserin und der chinesischen Braut. Feng war in ein langes, gefüttertes Gewand gekleidet und hatte einen Zylinder auf dem Kopf. Die Braut wurde in einer Sänfte zum Haus der Lus getragen. Als Aussteuer brachte sie zwei Esel und zwei *Dan* oder 100 Kilo Getreide mit. Über den ganzen Weg zündeten die Leute Chinakracher. Es war nicht auszumachen, ob es wegen des beißenden Rauchs der Knallkörper war oder weil sie ihre Familie verlassen musste: Lian hörte nicht mehr auf zu weinen. Als Feng ihren Schleier hochhob und in ihre geröteten Augen blickte, sah er sie an wie eine Fremde auf der Straße. Er hätte selbst nicht sagen können, ob er Überdruss oder Mitleid empfand. Er erschrak über seine eigene unbeteiligte Haltung und wandte sich ab. Nachdem sie sich vor dem Himmel und der Erde verneigt hatten, mussten sie dies auch voreinander tun. Die Hochzeitsgäste verlangten, dass sie sich mit verschlungenen Armen Schnaps zu Trinken gaben. Feng kam seine Hochzeit wie eine Theateraufführung vor, und er spielte nur eine Gastrolle.

In der Hochzeitsnacht fing es an, wie aus Kübeln zu schütten. Feng hatte eine Menge getrunken. Als er das Brautgemach betrat, musste er sich übergeben. Lian wischte alles auf und half Feng, sich auf den Bettrand zu setzen. Er ließ sich auf die Matratze fallen und schlief sofort ein. Als er am anderen Morgen die Augen öffnete, sah er, dass er noch immer das Hochzeitsgewand trug. Seine Braut saß auf einem Stuhl vor dem Bett. Einen Moment lang vermutete er, sie habe die ganze Nacht so dagesessen, doch sie hatte sich umgezogen und trug nun ein kurzes chinesisches Hemd. Er wollte sich ein kleines Stück aufrichten, sank aber sofort wieder zurück in die Kissen. Sein Kopf schmerzte so sehr, als wolle er zerspringen. »Soll ich dir einen Tee machen?« fragte sie ihn. Er gab keine Antwort und schloss nur die Augen. Sie fasste es als ein »Ja« auf und ging aus dem Zimmer.

Er sah, wie sie zurückkam. Wie sie das Glas Tee trug. Als lebte sie schon immer mit ihm zusammen. Er trank den Jasmintee mit gesenktem Kopf. »Er ist noch sehr heiß, trink ihn schön langsam«, sagte sie. Er wollte eigentlich etwas darauf erwidern. Doch seine Gedanken und seine Augenlider waren so schwer, dass er am Ende nichts sagte.

Von diesem Tag an sagte er überhaupt nichts mehr zu ihr. Einfach weil er keine passenden Worte fand, keine Sätze, die ihm zu ihr einfielen. Nur mit dem gescheckten Hund, den sie zur Hochzeit geschenkt bekommen hatten, redete er und tollte mit ihm herum. Er musste an den falschen Buckel von Wu Dalang denken. Lian war wie dieser Zwergenbuckel, eine Theatermaske, die man ablegte, wenn das Stück vorüber war.

Seine junge Frau konnte offenbar seine Gedanken lesen. Sie tat alles, um ihm zu gefallen. Aus den Augenwinkeln beobachtete sie jede seiner Bewegungen und lernte schnell seine Gewohnheiten kennen. Sie vermied es, allein mit ihm zu sein, und arbeitete immer außerhalb seines Blickfeldes. Häufig sah er sie, wie sie seiner Mutter den Rücken abklopfte. Eines Tages verrenkte er sich die Hüfte. Seine Mutter wies Lian an, auch ihm den Rücken abzuklopfen. Er widersprach nicht und ließ sie gewähren. Sie klopfte an all seine Schmerzen und den Kummer seines Lebens, und je mehr sie ihn abklopfte, umso trauriger wurde er. Aber er sagte nichts, sondern senkte den Kopf und dachte an das Gesicht einer anderen Frau.

Feng lag im Bett. Leise betrat sie das Zimmer, und in der Annahme, dass er schlief, schlüpfte sie wie eine Katze zu ihm unter die Decke. Er drehte sich um und brummte. Er war noch wach. In manchen Nächten konnte er nicht schlafen. An diesem Abend lag er einfach nur im Bett und dachte über seine Zukunft nach. »Soll ich dir deinen Rücken ein bisschen drücken?« fragte sie ihn in der Dunkelheit. Als er keine Antwort gab, stand sie mutig auf und zündete die Öllampe an. Dann öffnete sie eine Flasche mit selbst gemischtem, stark duftenden Heilkräuterwein und rieb Feng damit zuerst den Rücken ein, bevor sie ganz leicht seine Muskeln drückte. Sein Körper wurde heiß und entspannte sich. Plötzlich drehte er sich zu ihr herum. Ohne sie anzusehen, zog er ihr langsam die Kleider aus.

Er dachte immer noch an das andere Gesicht. Etwas in

seinem Herzen hielt ihn fest umklammert. Und er hielt den Körper seiner Frau. In ihr zu sein, empfand er als etwas ganz Natürliches. Er wusste sofort, was er zu tun hatte. Wie ein Fisch der in einen fremden Teich eintaucht: Ein unbekanntes, erregendes Gefühl überflutete ihn. Er schwamm tiefer hinein, bis er darin verschwand.

Mit dem Bürgerkrieg wurde das Leben teurer und für viele Menschen schwieriger und schwieriger. Fengs Schwiegervater Wang, der Eigentümer der Ölmühle, schmierte seine Beziehungen zu den diversen Kontrolleuren. So konnte er den Lus helfen, ein kleines Stück Land zu verkaufen. Sie schlugen zwar keinen wirklich guten Preis dafür heraus, bekamen die Summe aber in Goldyuan-Noten ausbezahlt. Fengs Mutter war voller Dankbarkeit, aber noch mehr wünschte sie sich die Goldyuan-Noten in Gold umzutauschen. Zu dieser Zeit war der Handel mit Gold schon verboten. Wang fand dennoch Wege für den Umtausch.

Trotz der chaotischen politischen Lage fanden nach wie vor Opern- und Theateraufführungen statt. Ohne Wissen seiner Familie fuhr Feng ein weiteres Mal nach Nanjing, um sich eine Oper anzusehen. Er saß im Theater, Schalenberge von Melonenkernen und Erdnüssen zu seinen Füßen, und war die ganze Zeit über angespannt. Er bildete sich ein, Fu Qi könne jederzeit auf der Bühne erscheinen. Er trank seinen Tee, starrte auf die Szenerie und summte nervös die Melodien mit.

An jenem Abend gaben sie das Stück »Hass und Niedergang der Ming-Dynastie«. Wenn Li Zicheng, der Führer der Aufständischen, die Hauptstadt angreift, begibt sich Chongzhen, der letzte Kaiser der Ming-Dynastie, zur Residenz seines Kanzlers, um sich mit ihm zu beraten. Doch der Kanzler gibt gerade ein Bankett, und der Torwächter, der den Kaiser nicht erkennt, weist ihn ab: »Du hältst dich wohl für den Kaiser von China. Hier kommt keiner rein.« Chongzhen weiß, dass sein Ende gekommen ist. Er beschließt, sich umzubringen. – Plötzlich fiel im Theater der Strom aus. Das Publikum blieb im Dunkeln sitzen und wartete. Dann hörte man von draußen Schüsse. Soldaten der »Achten Feldarmee« kamen ins Theater gestürmt, und der Lichtkegel einer Taschenlampe wanderte durch die Zuschauerreihen. Im schwachen Licht der Lampe konnte Feng beobachten, wie die Soldaten einem Mann und einer Frau die Hände auf den Rücken banden und sie aus dem Saal zerrten. Kurz darauf gingen die Lichter wieder an. Die Aufführung fiel aus.

Dies war Fengs zweiter Opernbesuch in Nanjing. Und sein letzter. Nicht lange darauf überquerten die kommunistischen Truppen den Yangtse-Fluss.

Als Lian im sechsten Monat schwanger war, stand eines Tages ein fremder Mann vor der Tür. Er fragte nach Feng. Er wollte nicht direkt sagen, was ihn hergeführt hatte. Feng folgte ihm in die Abenddämmerung auf die Straße. Am Ende der Gasse stellte sich der Mann als Fu Qis Cousin vor und übergab Feng einen Brief. Dann drehte er sich um und ging davon.

Feng öffnete zitternd den Brief und las langsam Wort für Wort – um nichts zu übersehen. In seinem Kopf begann es wild zu hämmern: Fu Qi war noch in Shanghai und wollte ihn sehen.

Sie trug einen tibetblauen Qipao, und in ihrem Haar steckte eine weiße Trauer-Blume. Offenbar war jemand aus ihrer Familie gestorben. Sie spazierten durch Shanghais Stadtviertel Xujiahui. Die ganze Zeit sagte sie kein Wort, und er tat es auch nicht. Er hätte gerne ihre Hand gehalten oder sie umarmt, tat aber auch das nicht. Er starrte geradeaus, und manchmal sah er sie von der Seite an. Sie wirkte zurückhaltend und gleichzeitig bekümmert. Die Arme hatte sie vor der Brust verschränkt.

»Wieso hast du nicht auf meine Briefe geantwortet?« fragte er schließlich. Sie schüttelte den Kopf, und er sah ein leichtes Lächeln auf ihren Lippen. »Ach ja? Du hast mir geschrieben? Nicht eine Zeile habe ich davon erhalten!« Wie sie ihn ansah, war einfach bezaubernd. Ich will dich nie wieder verlassen, dachte er. Seine Heirat war ein Fehler gewesen. Von nun an würde er keinen weiteren Fehler mehr begehen.

»Bleib doch hier, und geh nicht weg!« Sie sah ihn zögernd an, als sei sie sich nicht ganz sicher, ob sie auch meinte, was sie sagte. »Unsere Truppe geht bald nach Taiwan. Kannst du nicht einfach mitkommen?«

Seine Mutter stand im Nebenzimmer und seufzte. Sie hatte begriffen, dass der Entschluss ihres Sohnes feststand. Damals ging die Schlacht am Huaihai-Fluss gerade in ihre letzte und entscheidende Phase. Angst und Unruhe hatten die Menschen erfasst, der Geldwert der Goldyuan-Noten war ins Bodenlose gesunken, und alle sprachen davon, dass die Kuomintang ausgespielt hatte. Feng schlug seiner Mutter vor, mit ihm nach Taiwan zu kommen, doch sie wollte nicht. »Was soll ich da machen mit meinen alten Knochen? Und selbst wenn: Wir habe keine Verwandten dort. Zu wem könnten wir da gehen?«

»Dann fahre ich eben zuerst. Und sobald ich kann, komme ich zurück und hole euch rüber.« Das war nicht gelogen. Er meinte es so. Er war voller Zuversicht.

Seine Frau traute sich nicht, etwas zu sagen. »Taiwan? Wo ist Taiwan?« Sie stellte diese Frage, die er nicht genau beantworten konnte. »Eine kleine Insel, irgendwo neben Hongkong.« Er sah sie an. In diesem Moment wollte er sie nur ruhigstellen, nicht diskutieren. Aus reinem Eigennutz zeigte er ein wenig mehr Geduld als sonst.

»Wie weit ist Taiwan weg?« fragte sie weiter. Sie sah ihn offen an. Sie freute sich darüber, dass er von sich aus mit ihr sprach. »*Aija*, du …« Er verstummte. Er hatte nichts gegen sie. Außer, dass sie keinen Platz in seinem Herzen hatte, aber das war nicht ihre Schuld. »Habe ich es dir nicht gesagt: Ich werde erst einmal hinfahren und euch dann später rüberholen.« Er wusste, dass sie sich fügen würde. Er wollte nur sein Gewissen beruhigen.

Fu Qis Ensemble gab ihre letzte Vorstellung im »Regenbogen-Theater«. An diesem Tag musste sie sich weder kostümieren noch schminken, sie sang nur ein paar Schlager. Als sie sang, versuchten einige Leute in den Zuschauerraum zu gelangen, ohne zu bezahlen. An der Kasse kam es zu einem Tumult. Fu Qi glaubte, es sei besser, einfach weiterzusingen, um die Situation nicht noch mehr eskalieren zu lassen. Später hinter der Bühne redeten die anderen Truppenmitglieder aufgeregt durcheinander: »Es ist jemand gestorben.«

Das Opfer war der Assistent des Theatermanagers. Sein Mörder gehörte zur Shanghai Triade, die Zhou Jingping auf ihrer Gehaltsliste hatte und sich über die Liaison mit dem Kuomintang-Söhnchen ärgerte. Zhou Jingping hockte in einem Stauraum hinter den Kulissen und traute sich nicht mehr heraus. Der Kuomintang-Sohn war gar nicht erst erschienen. Es war die letzte Vorstellung. Drei Tage später wollte sich die Truppe auf den Weg nach Taiwan machen, um dort weiterzuspielen. Fu Qi ging nicht zu Zhou Jingping, um sie zu trösten. Ihre Gedanken kreisten nur um eine Frage: Feng war noch immer nicht gekommen – hatte er es sich anders überlegt?

Feng hatte es sich nicht anders überlegt. Er saß zu diesem

Zeitpunkt noch im Zug. Als er die Hongqiao-Straße herunterlief, hätte ihn Fu Qi fast nicht erkannt. Er hatte sich die Haare schneiden lassen, trug einen etwas zu weiten Anzug und sah wie ein reifer Mann aus, wie ein Filmschauspieler. Sie brachte ihn in der Wohnung eines Bewunderers unter, wo er auf dem Boden schlief. Sie würden sich am nächsten Tag auf der Uferpromenade am Huangpu-Fluss treffen.

Er kam nicht mehr dazu, ihr von seiner Fahrt von Nanjing nach Shanghai zu erzählen. Die ganze Zeit über hatte er eingekeilt in einem dichten Knäuel von Fahrgästen gestanden, und der Zug war wegen eines Schusswechsels auf halber Strecke zwölf Stunden stehen geblieben.

Er hatte bereits ihre Hand gehalten und kannte ihre Sorgen und Nöte. Er wusste, dass sie fünf Jahre älter war als er und einmal in einen verheirateten Mann verliebt gewesen war. Weil sie nicht mehr seine Nebenfrau sein wollte, hatte sie die Beziehung beendet.

Er kam auch nicht mehr dazu, ihr zu beichten, dass er ebenfalls bereits verheiratet war. In Sekundenschnelle hatte er entschieden, dass es besser wäre, es ihr ein anderes Mal zu erzählen. Dann würde er ihr sagen, dass seine Frau nichts weiter war als irgendjemand, mit dem er verheiratet war und mit dem er zusammenlebte. Dass er diesen Menschen nie geliebt hatte. Und dass dieser Mensch weder wusste, was Liebe war, noch ihn verstand.

Obwohl sich seine Mutter mit ganzer Kraft dagegen stemmte, dass Feng nach Taiwan ging, gab sie ihm die gegen die Banknoten eingetauschten »kleinen gelben Fische« und vergoss viele Tränen. Nur kein Abschied für immer, hoffte sie. Er erkundigte sich nach Schiffen nach Taiwan. Die »Zhongxing«, die sie nehmen würde, war ausgebucht. Ihm blieb nur die »Zhaoshang«. Damals flog nur einmal in der Woche ein Passagierflugzeug von Shanghai nach Taiwan.

Fu Qi spielte mit einem Taschentuch: Zuerst verknotete sie es zu einer Blume, dann löste sie sie wieder auf und band sich das Tuch um ihr Handgelenk. »Nimm das Schiff, es ist billiger«, schlug sie ihm vor. Er spürte, wie viel Macht sie über sein Leben hatte.

»Gut, dann nehme ich das Schiff. Du fährst zuerst, und ich komme nach«, entschied er. Sie saßen am Huangpu-Uferdamm. Der Wind zerzauste ihr die Haare. Er beugte sich zum Wasser hinunter, nahm eine »Kommandant« aus der Schachtel und zündete sie an. Sein Blick lag auf ihr: wie sehr er Fu Qi liebte.

In den vergangenen Monaten hatte sie alle seine Gedanken besetzt, und nun ergab er sich ganz ihren sanften Augen.

Ein storniertes Ticket ermöglichte es ihm, Shanghai einen Tag früher als sie zu verlassen. Mit einem Lederkoffer in der Hand ging er an Deck, drehte sich nach ihr um und winkte. Sie trug ein weißes Kleid mit roten Punkten. Erst jetzt bemerkte er, wie schlank sie gewachsen war. Wie gerne hätte er diese schöne Figur noch einmal umarmt. Er stand da an der Reling und winkte ihr. Das Schiff ließ den Wusong-Fluss allmählich hinter sich und steuerte auf eine unbekannte Insel zu, eine Insel, auf der Feng keine Menschenseele kannte. Was seine Mutter wohl machte? Und Lian, seine Frau? Ob sie einen Sohn zur Welt bringen würde? Diesen Sohn würde er lieben. Und er dachte daran, dass weder seine Mutter noch Lian auch nur ahnten, dass er wegen einer anderen Frau nach Taiwan fuhr.

Dann wurde er schwer seekrank.

Vielleicht habe
ich meinen Vater
schon getötet

Viele Jahre wusste ich nicht einmal, ob mein Vater noch lebt. Es war mir auch egal.

Laut Psychoanalyse müssen manche Frauen, wenn sie Erwachsen sind, irgendwann ihre verinnerlichte Vaterfigur zerstören, um andere Männer lieben zu können. Ich war bei einer Reihe von Psychoanalytikern, doch was eigentlich mit mir los ist, ist mir immer noch nicht klar.

In den westlichen Erzählungen und Dramen gibt es unzählige Beispiele für Vatermorde. Die chinesische Literatur dreht sich gern um den Konflikt zwischen Vätern und Töchtern. Oft zwingen die Väter ihre Töchter dazu, einen Mann zu heiraten, den sie zuvor für sie ausgesucht haben. Was zu einem tragischen Bruch zwischen Vater und Tochter führt. Aber niemand tötet ihn deshalb.

Manchmal scheint es mir, als sei ich nach wie vor auf der Suche nach einem Vater, einem Menschen, der mich trösten und leiten kann. Dann wieder habe ich jedoch das Gefühl, dass ich meinen inneren Vater schon getötet habe.

Mein Vater lebt noch, er ist nicht gestorben.

1949 ging er nach Taiwan. Er glaubte, dass er nur kurze Zeit hier bleiben würde. Er blieb ein halbes Leben. 1987, als Familienbesuche zwischen Taiwan und China wieder möglich wurden, kehrte er auf den Kontinent zurück, um dort seinen Lebensabend zu verbringen. Leider gingen ihm bald seine Ersparnisse aus, seine Familie hieß ihn nicht willkommen, und am Ende landete er sogar vor Gericht. Mein Vater bekam Parkinson und musste zurück nach Taiwan in ein Krankenhaus.

Seinen eigenen Vater verlor mein Vater, als er noch ein Kind war. Sein Leben lang wünschte er sich einen Sohn, doch er bekam nur eine Tochter nach der anderen. Ich war seine am wenigsten ergebene, ungehorsamste Tochter. Mit zwanzig ging ich nach Paris und kam nicht mehr nach Hause zurück.

»Sie sollten Ihrem Vater vergeben«, rieten mir andere Psychoanalytiker. Männer, die in jungen Jahren ihren Vater verlören, sehnten sich immer nach einem Stammhalter, um die Familienlinie fortzuführen. Daher auch die pausenlosen Affären meines Vaters. Aber ich kann ihm nicht vergeben. Mein Vater war kein Vater, dazu war er zu selten zu Hause. Und kam er einmal nach Hause, schickte er mich vor die Tür. Oder er schenkte, weil er gerade mal wieder über beide Ohren verliebt war, unser Haus einer anderen Frau, ohne uns etwas zu sagen.

»Sie denken, Ihr Vater liebt Sie nicht. Aber wer liebt eigentlich Ihren Vater?« Keiner liebt meinen Vater. Ich weiß das. Und ich weiß auch, dass mein Vater noch nicht mal weiß, dass ihn nie jemand geliebt hat.

In dem Sommer, bevor ich zu Großmutter zog, endete meine Kindheit. An jenem Tag nahm mich Vater mit auf Besuch zu seiner Geliebten Su Mingyun.

Ich erinnere mich noch genau: Es war ein mit Tatamis ausgelegter Raum. Nachdem ich es mir auf einer der Matten bequem gemacht hatte, ging eine Frau im Unterrock an mir vorbei. Ich erinnere mich an ihr Gesicht, ganz anders als Mutters. Sie hatte eine weiße Porzellanhaut. Mutters Haut war dunkel (jemand hatte sie sogar »schwarze Katze« genannt). Ich schaute von meinem Tatami-Lager hoch. In dem Zimmer war nichts passiert, und in der ganzen Welt war nichts passiert. Die »Tante« steckte mir Bonbons zu und lachte die ganze Zeit. Mein Vater saß am anderen Ende des Zimmers. Sie unterhielten sich leise, dann wandten wir uns zum Gehen.

»War das in Hsinchu?« Meine Mutter schlug auf meine Handflächen, weil ich ihr nichts Genaues sagen konnte. Noch viele Jahre darauf wollte sie von mir wissen, ob wir damals zwei Mal umgestiegen und wie lange wir dort geblieben waren. Daran konnte ich mich nicht mehr erinnern. Meine Mutter erwiderte: »*Aija*, das ist deine Spezialität. In den entscheidenden Momenten des Lebens schläfst du immer ein!«

Meine Eltern stritten vor uns Kindern. Mein Vater schleuderte alle Schüsseln und Teller vom Esstisch auf den Boden. Nicht nur das: Er nahm eine Pfanne und schlug sie Mutter auf den Kopf. Sie hockte auf dem Boden und hielt sich die Hände vor ihr blutüberströmtes Gesicht. Er drehte sich um und verließ die Wohnung.

Damals war mir dies noch nicht klar, aber meine Kindheit hatte nie richtig begonnen und war schon vorbei.

Vorher war Vater etliche Male erst um Mitternacht nach Hause gekommen. Ohne meine vom Schlaf schweren Augen zu öffnen, war ich aus meinem Bett gekrochen, weil ich ihn, nach dessen Rückkehr und Zuwendung ich mich gesehnt hatte, sehen wollte. Doch er warf mir vor, dass ich noch nicht schlief, und schob mich ins Schlafzimmer zurück. Später blieb ich gleich in meinem Bett. Doch ich lauschte in der Dunkelheit seiner nächtlichen Rückkehr. Erst wenn alles ruhig geworden war, konnte ich wieder einschlafen.

»Ein chinesischer Vater sollte seinen Kindern seine Gefühle nicht so offen zeigen. Ein Vater muss auf seine väterliche Würde achten«, erklärte mir meine Mutter, als ich erwach-

sen war. »Ein Vater muss sich auch wie ein Vater benehmen.«
Ich hasste sie für ihre Rückgratlosigkeit. Egal, wie übel Vater
sie auch behandelte, sie setzte sich immer wieder für ihn ein.

Ein chinesischer Vater? »Lebt er nicht auf Taiwan? Wieso
chinesischer Vater?« griff ich sie an. »Er lebt zwar schon
mehr als die Hälfte seines Lebens hier, aber alle nennen ihn
Lao-ou-a, alte Wasserbrotwurzel?« Taiwan hatte die Form einer Süßkartoffel, Taiwan war *han-zhi*. China war *ou-a*, eine
Wasserbrotwurzel.

Ich hätte gerne gewusst, wie sich ein Vater zu verhalten
hatte. Ich hätte Vater gerne gefragt, wie denn seiner Ansicht
nach ein Vater zu sein hatte. Doch ich fragte nie. Erst später
begriff ich, dass er sein Leben lang nur den Ehemann und Vater gespielt hatte. Oder auch nur sich selbst. Er wusste gar
nicht, wie schwer es war, diese Rolle zu spielen. Als anspruchsvolle Zuschauerin durchschaute ich die Schwächen seiner
Aufführung sofort. Aber auch das konnte er nicht wissen.

Sobald mein Vater für längere Zeit von zu Hause fernblieb,
bekam meine Mutter schlechte Laune. Viele Jahre später
wurde mir klar, dass sie damals unter Depressionen litt. Ärgerten wir sie dann zufällig, schlug sie uns mit einem Staubwedel. Ich gehorchte ihr am allerwenigsten, daher steckte
ich auch die meiste Prügel ein. Oft hatte ich am ganzen Körper blaue Flecken. Deshalb trug ich auch im Sommer meine
Winteruniform mit langen Ärmeln und Hosen. Mehrmals
ermahnte mich die Lehrerin, in Sommeruniform zum Unterricht zu kommen. Schließlich log ich, dass ich eine seltsame Krankheit hätte und meine Haut nicht der Sonne aussetzen dürfe. Mehr als zehn Tage lang waren meine blauen
Flecken zu sehen.

All das kam mir damals nicht ungewöhnlich vor. Ich hatte meinen Vater meine Mutter schlagen sehen. Er konnte ei nen ganzen Stuhl nach ihr werfen oder sie mit seinem Ledergürtel peitschen. Mutter wehrte sich nicht einmal. Oft wachte ich mitten in der Nacht auf und wollte von zu Hause weglaufen, an einen friedlicheren Ort. Ich begriff nicht, weshalb Mutter nicht in der Lage war, Vater Widerstand zu leisten. Wie auch, ich weiß es nicht. Nur eines: Wenn sie mich geschlagen hatte, sprach ich nicht mehr mit ihr, bis meine blauen Flecken weg waren. Manchmal fragte ich mich, ob ich ihre Gewalt geerbt hatte. Eine Kraft, die ich die ganze Zeit in meinem Inneren angestaut hatte und die eines Tages explosionsartig aus mir herausbrechen würde. Auch im Innern meiner Eltern tobten starke Unwetter.

Meine Mutter schloss sich in ihrem dunklen Zimmer ein und wurde selbst zu einem dunklen Raum.

Großmutter Ayako und Tante Sinru kamen Mutter einige Male besuchen. Tante Sinru zückte aus ihrer Geldbörse einige hundert Taiwan-Dollar und wollte sie meiner Schwester geben. Meine Schwester rannte davon. Einmal brachte Großmutter eine magische Zeichnung aus dem Mazu-Tempel mit: »Klebt die in eure Wohnung. Sie versöhnt Ehepaare miteinander und sorgt für Frieden in der Familie.« Ein anderes Mal fing Mutter in Gegenwart der beiden an zu weinen: »Mazu hat mich verlassen, du brauchst sie nicht mehr für mich zu bitten.«
       Großmutter sagte: »Wenn dein Leben davon abhängt, dass Feng lebend zu dir zurückkommt, dann bete ich zu Qiniangma, der himmlischen Weberprinzessin, für euch.« Danach brach sie mit Tante Sinru auf. Kaum waren sie weg, kam meine ältere Schwester aus ihrem Zimmer gelaufen, riss mir die Geldscheine aus der Hand und warf sie mit Wucht auf den Boden. »Weshalb musst du Sinrus Geld annehmen? Wir brauchen ihr Mitleid nicht!«

»Aber genau das sind wir doch – bemitleidenswert!« rief ich ihr hinterher.

Ich weiß nicht mehr, wie Mutter jene Jahre überlebte. Mehrmals musste sie ins Krankenhaus und zerstritt sich wieder mit Großmutter. Von da an alterte sie sehr. Seltsam, dass ihre Depressionen nachließen, nachdem Vater ins Gefängnis gekommen war. Erst als Vater nach China zu seiner alten Familie zurückkehrte, gab sie ihn auf.

Eines Tages, kurz nach meinem zwölften Geburtstag, tauchte mein Vater wieder auf. Er befahl meiner Mutter, ein Mittagessen zu kochen. Zuerst arbeitete sie ihm zu langsam, dann kochte sie ihm nicht gut genug. Wütend verlangte er von mir, den gar gekochten Reis zu bringen. Weil die Schale sehr heiß war, ließ ich sie fallen. Der Reis lag auf dem Boden, ich erschrak sehr. »Geh«, schrie Vater, und ich glaubte, er wollte mich nur auf mein Zimmer schicken. Doch er packte mich und zwang mich vor dem Hauseingang niederzuknien. Es war das erste Mal, dass er mich auf diese Weise bestrafte.

Ich hatte mich gerade hingekniet, da fuhren die Zhuans, unsere Nachbarn, in ihrem Auto vorbei. Sie schauten teilnahmslos zu mir und stiegen dann lachend und schwatzend aus dem Auto. Plötzlich hörte ich eine innere Stimme sagen: »Bloß weg hier!« Als ich losrannte, hatte ich noch nicht mal Schuhe an und trug nur ein dünnes Kleid. Barfuß irrte ich einen ganzen Tag lang in der Vorstadt herum. Doch es gab keinen Ort für mich, an den ich gehen konnte.

In der Abenddämmerung fand mich Vater auf einer entfernten Straße. Ich war weit gelaufen und müde. Widerstandslos folgte ich ihm nach Hause. Nach diesem Vorfall mied ich jedes Gespräch mit ihm. Fragte er mich etwas, antwortete ich ihm natürlich respektvoll, wobei ich ihn sogar siezte. Ich traute mich nicht mehr, ihm ins Gesicht zu sehen. Sobald er die Wohnung betrat, zog ich mich umgehend in mein Zimmer zurück. Wir wechselten sonst kein Wort miteinander. Er hatte mir auch nichts zu sagen.

Ich bin die Tochter, die keinen Vater hat. Ich bin genau wie mein Vater, verantwortungslos. Mein Leben lang habe ich ihn ignoriert. Und nur Dinge gegen seinen Willen getan. Ich hasste es, ihm zuzuhören, seinen Lügen. Er selbst glaubte seinen eitlen Lügen auch noch. Er sprach immer im Befehlston. Er hat mich nie gehört. Er redete und hörte nur sich selber.

Irgendwann kam mein Vater nicht mehr nach Hause. Mutter sagte nicht, wo er hingegangen war. Erst ein paar Jahre später erfuhr ich, dass mein Vater »ein übler Bandit und Spion« war und »und dort gelandet ist, wo er hingehört«: im Untersuchungsgefängnis von Jingmei.

In der achten Klasse rief mich der Mathematiklehrer ins Lehrerzimmer. Als ich es betrat, trank der Mathematiklehrer gerade einen im Glas aufgebrühten Jasmintee und spuckte die losen Teeblätter auf seine Handfläche. »Feng Xinwen ist dein Vater?« Ich nickte. Er sah mich an. »Und weißt du was für ein Mensch dein Vater ist?« Als ich stumm blieb, schraubte er seine Stimme nach oben: »Los, antworte!« Ich schüttelte hilflos meinen Kopf.

Der Mathematiklehrer wechselte einen Blick mit einem anderen Lehrer, der Sun Yatsens »Drei Volksprinzipien« unterrichtete und den Schülern militärisches Training gab. Dann nippte er wieder an seinem Tee. Befangen stand ich vor ihnen, und der Mathematiklehrer sagte lachend zu mir: »Dann denk mal nach, was dein Vater für einer ist, denk mal scharf nach.«

»Verzeihung, Herr Lehrer«, antwortete ich, »aber mir fällt dazu keine Antwort ein.« Der Mathematiklehrer sah mich so scharf an, dass ich zurückwich. »Dein Vater ist ein Schlappschwanz, wusstest du das nicht?«

Der Mathematiklehrer und sein Kollege brachen in schallendes Gelächter aus. Ich wäre am liebsten vor ihren Augen im Boden versunken oder davongelaufen. Danach wurde ich von meinen Mitschülern gemieden. Ich traute mich nicht mehr, in den Unterricht zu gehen. Viele Wochen blieb ich zu Hause hocken. Mutter fragte mich nach dem Grund, ich gab ihr aus Angst keine Antwort. Als sie ihn später doch erfuhr, sprach sie von einer »Strafexpedition« gegen die Schule. Da ich fürchtete, sie könnte ihre Ankündigung wahr machen, nahm ich meine Schulbesuche wieder auf. Freunde sollte ich dort nie wieder haben.

Nicht ein einziges Mal besuchte ich meinen »Schlappschwanz«-Vater im Gefängnis. Er wollte nicht, dass wir ihn so niedergeschlagen und mutlos sehen. Aus seiner Zelle schrieb er Briefe, in denen er behauptete, irgendwo im Süden zu arbeiten. »Lernt fleißig und folgt den Anweisungen eurer Mutter.« Meine kleinen Schwestern waren noch zu jung, um diese Dinge zu begreifen, aber meine ältere Schwester heulte sofort los, wenn sie seine Briefe las. Mir waren sie völlig gleichgültig, denn er hatte sie ja nicht an mich gerichtet. Er schrieb nur selten. Seit ich wusste, wo er wirklich war, hatte ich nicht mal mehr Lust, einen Blick auf seine Briefe zu werfen.

Als ich siebzehn war, wurde mein Vater entlassen. Er war abgemagert und schweigsam geworden. Er hatte keine Arbeit und saß alleine zu Hause, wo er in der Bibel las oder Kalligraphien malte. Es hieß, dass er sich im Gefängnis hatte taufen lassen. Am Tag seiner Entlassung kam ich von der Schule nach Hause und traf ihn dabei an, wie er eine Kalligraphie aus der Haftzeit an die Wand hängte. Es war aus dem Brief des Apostels Paulus an die Korinther:

»Die Liebe ist langmütig und freundlich, die Liebe ist nicht eifersüchtig, die Liebe treibt nicht Mutwillen, sie bläht sich nicht auf, sie verletzt nicht den Anstand, sie sucht nicht das Ihre, sie lässt sich nicht erbittern, sie trägt das Böse nicht nach, sie freut sich nicht über das Unrecht, sie freut sich vielmehr an der Wahrheit, sie erträgt alles, sie glaubt alles, sie hofft alles, sie duldet alles.«

Bald nach seiner Rückkehr entfernte er Mutters Götter-Altar. »Du sollst neben mir keine anderen Götter haben«, predigte er. Verwirrt verstaute Mutter ihre Götterfiguren und Leuchter in einem Koffer und ging seither zweimal im Monat in den Tempel, um zu beten. »Euer Vater ist wirklich verrückt, ein Dummkopf«, sagte sie. »Er hat es allein Mazus Schutz zu verdanken, dass er früher aus dem Gefängnis entlassen wurde.«

Als mein Vater eines Tages zufällig die Figuren im Koffer entdeckte, warf er sie und den ganzen übrigen Inhalt kurzerhand in die Mülltonne. Aber ich hatte ihn dabei beobachtet. Heimlich nahm ich die beiden Götterfiguren an mich: *Sieht tausend Stunden weit* und *Hört wie der Wind so schnell.*

Die zwei Jahre, in denen Vater zu Hause herumsaß, fielen mit meiner Pubertät zusammen. Schon ihm unter die Augen zu treten war mir damals zuwider. Nach der Schule streifte ich durch die Gegend oder hing in Buchhandlungen oder Bibliotheken herum. Kam ich nach Hause, so saß er entweder friedlich vor dem Fernseher oder fegte die Zimmer aus oder las seine Zeitung. »*Ba*, Sie lesen die Zeitung?« konnte ich dann etwa bemerken. »Hm, die Zeitung«, gab er kurz zurück. Oder ich sagte: »Sie fegen hier aus, *Ba*?« – »Hm, ich fege.«

Eines Tages bat ich Mutter darum, mir neue Schuhe zu

kaufen. Da sie zur Arbeit musste, begleitete mich Vater zum Einkaufen. Er fuhr mich ins Taipeher Shoppingviertel Ximending. Er kaufte mir die Schuhe und brachte mich wieder heim. Die ganze Zeit über wechselten wir kein Wort miteinander. Außerdem bestand ich darauf, immer hinter ihm zu gehen. Ich wollte nicht, dass andere Leute sahen, dass er mein Vater war. Ich wollte nicht, dass er mein Vater war.

Er nahm es hin und übte nicht den geringsten Zwang auf mich aus. Und auch er sprach nicht viel mit mir.

Die Haft hatte meinen Vater nicht verändert. Schon kurze Zeit später kehrte er zu seinen Gewohnheiten zurück. Er verliebte sich in eine kleine, umtriebige Frau, der er, da er nichts anderes hatte, ohne Mutters Wissen unser Haus zum Geschenk machte. Als Gegenleistung kochte und sorgte sie für ihn. Drei Jahre lang. Dann verschwand mein Vater ein weiteres Mal.

1987 wurde auf Taiwan der Ausnahmezustand aufgehoben, und nach 38 Jahren durften die Taiwaner zum ersten Mal wieder nach China reisen. Vater hatte unglaubliches Glück: Obwohl er gesessen hatte, wurde ihm die Fahrt nach China genehmigt, wahrscheinlich aufgrund eines Fehlers des zuständigen Verwaltungsamtes. Daraufhin teilte er Mutter mit, dass er allein in seine alte Heimat zurückkehren würde, um dort seinen Lebensabend zu verbringen.

Eines Nachmittags im Winter stand ich mit meinen vier Schwestern in unserem engen Wohnzimmer und sah ihm dabei zu, wie er den Reißverschluss eines großen, neuen Kunstlederkoffers aufzog und ihn mit Kleidern, verschiedenen Gebrauchsartikeln sowie Geschenken und Goldstücken für seine Mutter und seine jüngeren Geschwister füllte. Dann setzte er sich eine Schirmmütze auf, sagte uns, dass wir ihn nicht zu begleiten bräuchten, und ging allein bis zum Ende unserer Gasse, um ein Taxi anzuhalten.

Ich hatte gerade angefangen zu studieren und war längst von zu Hause ausgezogen. Trotzdem wollte ich nur eines: ins Ausland gehen, weit weg von meiner Familie, je weiter, desto besser. An diesem Tag war ich nur gekommen, um Vater noch einmal zu sehen. Während ich mit meinen Schwestern im Wohnzimmer stand und ihm beim Packen zusah, betrachtete ich seinen stur entschlossenen Gesichtsausdruck. Ich verstand. Vater würde sich nicht mehr um uns kümmern. Er würde vermutlich nie mehr zu dieser Familie zurückkehren.

Mein Vater ging gerade mit dem Koffer in der Hand nach draußen, als Mutter plötzlich die Treppen herunterstürmte und brüllte: »Wenn du Eier hast, dann kommst du nicht wieder. Und falls du dich noch mal blicken lässt, dann schneide ich sie dir ab, du Hundesohn!« Mit diesen Worten schleuderte sie die Bibel, in der Vater häufig gelesen hatte, nach ihm. Das harte Buch flog gegen die Fensterscheibe, die mit einem lauten Klirren zerbrach. »Zerschlag noch etwas«, feuerte ich sie an. »Zerschlag noch ein paar mehr Sachen!«

Voller Panik rannte meine ältere Schwester aus dem Haus, hielt Vater an der Kleidung fest, aber er dachte gar nicht daran, umzukehren. »Kommt schnell und bittet ihn, dazubleiben«, rief sie uns zu. Dann lief sie ein Stück an ihm vorbei und warf sich vor ihm auf die Knie. Ich dagegen blieb unbeweglich in der Wohnung stehen und sah, wie Vater weiterging und meine Schwester fassungslos hinter ihm her eilte. Schließlich kam sie ins Haus zurück, sah mich und meine jüngeren Schwestern an und zeigte plötzlich mit dem Finger auf mich: »Warum hast du so weit abseits gestanden? Und wieso kannst du nur noch Öl ins Feuer gießen? Du hast überhaupt keine Liebe im Herzen. Du bist ein furchtbarer Mensch, weißt du das?«

Erst da wusste ich, dass ich, egal was auch passierte, immer eine Außenstehende in dieser Familie bleiben würde. Ich hatte kein Gefühl mehr und verfolgte keine Absichten, so als hätte diese Familie gar nichts mit mir zu tun. Ich war nichts weiter als ein Zuschauer.

Was meine ältere Schwester nicht wusste: Ich hatte am selben Tag ein Gespräch mit Vater gehabt. In unserer verrußten, öligen Küche saßen wir beide, und Vater sagte: »Nein, ihr braucht mich nicht. Ihr kommt auch ohne mich zurecht. Aber um meine Leute da drüben habe ich mich so viele Jahre nicht gekümmert, sie brauchen mich viel mehr.« Da drüben? Das hörte sich an wie ein ferner Ort. Hatte Vater »da drüben« früher erwähnt, dann eher verstohlen. Nun klang »da drüben« geradezu neiderregend schön.

Langsam aß Vater sein frisch gedämpftes, mit Fleisch gefülltes Klebreisklößchen, während ich zum ersten Mal erfuhr, dass er in China noch eine Tochter und sogar eine Frau hatte. Ich hatte nicht gewusst, dass er sie so sehr vermisste und ihretwegen so ein schlechtes Gewissen hatte. Ich schwieg erst, dann sagte ich gequält: »Ich bin auch deine Tochter. Du denkst gar nicht an uns?«

»Doch. Aber ich habe nie an sie da drüben gedacht.« Er faltete das Bambusblatt, an dem noch ein paar Reiskörner klebten, zu einem Päckchen. »Wenn es dir nicht passt, tu doch so, als wäre ich nicht dein Vater.«

Er stand auf, warf das Bambuspäckchen auf den Boden und verließ die Küche. Bestraft und verlassen blieb ich zurück.

»Bruder, was soll ich sagen.«

Die Seitensprünge meines Vaters Feng und seine Verhaftung
Taiwan/Taipeh, 1972

Feng lernte Su Mingyun am Busbahnhof im Stadtteil Pan-chiao kennen. Das war zwei Jahre nachdem er die Armee verlassen hatte und nach Taipeh gezogen war. Su Mingyun arbeitete als Schaffnerin, und alle sprachen von ihr nur als der Bahnhofsschönheit. Feng arbeitete ganz in der Nähe bei der Führerscheinstelle des Technischen Überwachungsbüros. Er traf sich häufig an dem Busbahnhof mit Freunden und sah dort Su Mingyun, wenn sie gerade Pause machte.

Trotz der Schaffneruniform hatte Su Mingyun eine gewisse Ähnlichkeit mit der berühmten Filmschauspielerin Ge Lan. Die weiße Bluse, der enge Rock und die kleine graue Schiffchen-Mütze standen ihr besonders gut.

Als Feng sie zum ersten Mal erblickte, konnte er kaum seine Augen von ihr lassen, so ergriffen war er von ihrer Anmut. Wohin Su Mingyun auch ging, alle drehten sich nach ihr um. Es kam sogar vor, dass Leute nach ihren Schichtzeiten fragten, um in ihrem Bus mitzufahren und sich daran zu ergötzen, wie sie auf geschickte Weise die eng gedruckten Haltestellennamen und Fahrpreise auf dem Fahrschein lochte und dann vom Block herunterriss.

Dieses Mädchen, fand Feng, sah die Menschen auf besondere Weise an. Sie wirkte so unnahbar, als wollte sie vermeiden, dass ihr jemand zu nahe kam.

Feng bot sich keine Gelegenheit, ihr näher zu kommen.

Aber es war auch nicht seine Absicht. Su Mingyun rannten so viele Männer hinterher. Und außerdem hatte er zu Hause Kinder und eine schwangere Frau sitzen.

In der Nähe der Führerscheinstelle gab es ein neues öffentliches Schwimmbad. Im Sommer kühlten sich die Büroangestellten gerne in der Mittagspause im Wasser der Schwimmbecken ab. Eines Mittags ließ sich Feng von seinen Kollegen überreden mitzukommen. Und dort sah er Su Mingyun wieder.

Su Mingyun konnte nicht schwimmen. Sie saß in ihrem Badeanzug am Beckenrand und sah den anderen zu. Sie lächelte, und ihre Haut schimmerte zart in der Mittagssonne. Feng betrachtete sie. Dieses Mädchen hatte etwas von einem seltenen Schmetterling.

Er verschlang sie mit Blicken und schwamm absichtlich genau vor ihrer Nase ein paar Runden. Nicht sicher, ob sie ihn überhaupt bemerkte. Gerade als er das Becken verlassen wollte, sah er, dass Su Mingyun ins Wasser stieg. Mit angehaltenem Atem versuchte sie unter Wasser zu schwimmen. Dabei merkte sie nicht, wie sie den Nichtschwimmerbereich verließ.

Feng sah, wie ihr Körper plötzlich wild hin- und herruderte. Ohne lange zu überlegen, sprang er ins Wasser.

Er rettete ihr das Leben. Das zumindest glaubte sie.

Feng dagegen empfand das Verhalten des Mädchens als selbstmörderisch. Welcher Nichtschwimmer begab sich schon mitten ins tiefe Wasser? »Ich dachte, was auch immer passiert, du wirst mich retten. Deshalb bin ich einfach losgeschwommen«, sagte sie zu ihm, als sie später zusammen im Bett lagen.

»Blödsinn. Hast du nicht gesehen, dass ich gerade gehen wollte?« Feng zog an ciner »Neuen Paradies«. Er war überzeugt davon, dass seine neue Freundin irgendwie anders tickte als andere Menschen. Ihr Körper war erschreckend schön und passte wunderbar zu seinem eigenen. Sie stand ihm so gut, wie ein perfekt sitzender Maßanzug. Er ahnte bereits, dass es schwer sein würde, sie zu verlassen. »Ich hab dich nicht gehen sehen. Ich sah dich nur mich retten.« Su Mingyun lachte. Sie lachte immer.

Su Mingyuns Familie wohnte in Hsinchu. Sie teilte sich in Panchiao ein Zimmer mit einer jungen Kollegin namens Zhang. Als Feng sie das erste Mal besuchen kam, blieb ihre Kollegin seelenruhig im Zimmer sitzen. Als wollte sie herausfinden, ob der verheiratete Feng irgendwelche üblen Absichten hegte. Während Su Mingyun duschte, schnitt sie sich vor Fengs Augen die Fingernägel und forschte ihn aus: »Wie ich höre, kannst du sehr gut schwimmen.«

Er und Su verließen die Wohnung, um sich einen Film anzusehen, danach begleitete er sie nach Hause zurück.

Auf dem Rückweg überkamen Feng angesichts ihrer Verletzlichkeit Gewissensbisse. »Vielleicht wäre es besser, wenn wir uns in Zukunft nicht mehr treffen.« Sie runzelte kurz die Stirn. »Warum?« fragte sie dann lachend. Er blickte ihr ins Gesicht und wollte sie auf der Stelle umarmen und küssen. Sein Herz machte eine Kehrtwendung: »Lass uns ein Hotel für diese Nacht suchen.«

Damals wusste er noch nicht, dass diese Frau ihn eines Tages in große Schwierigkeiten bringen würde. »Bis gleich?« fragte sie ihn nach jeder gemeinsamen Nacht, wenn er sie verlassen wollte. Sie schien nirgends hingehen zu wollen und nichts anderes vorzuhaben, als auf ihn zu warten.

»Bis gleich«, gab er dann entschlossen zurück. So ging es jedes Wochenende. Zuerst mietete er für sie ein Zimmer, und ein paar Monate später kaufte er ihr sogar eine Wohnung. Sie war eigentlich für seine eigene Familie bestimmt gewesen. Aber weil er es nicht ertragen konnte, sie enttäuscht zu sehen, änderte er seine Pläne.

An ihren gemeinsamen Wochenenden kochte Su Mingyun für ihn und trank ein paar Porzellanschälchen Schnaps mit ihm. Ganz allmählich gewöhnte er sich an diesen Lebensrhythmus: nur noch für das Wochenende zu leben und all seinen Elan und seine Energie dafür aufzusparen. Er schwor sich, Su Mingyun, die er jetzt mehr liebte als jeden anderen Menschen, gut zu behandeln.

Er glaubte, dass sie ihn liebte. Er brauchte sie nur anzusehen, schon konnte er sich kaum noch beherrschen. Wieder und wieder liebten sie sich, bis zur völligen Erschöpfung. Und hatten sie etwas gegessen und getrunken und sich ein wenig ausgeruht, fielen sie erneut übereinander her. Als ginge es darum, herauszufinden, wer das stärkere sexuelle Verlangen besaß. Keiner von beiden war bereit, zuerst aufzuhören. Als müssten sie sich gegenseitig übertrumpfen. Ihre Rufe und Schreie trugen ihnen schräge Blicke der Nachbarschaft ein. Su Mingyun war das alles einerlei. Ihr Gesicht zeigte weiterhin ein Dauerlächeln.

Feng versuchte sich zu erklären, was das unersättliche Feuer seines Begehrens immer wieder entfachte. Lag es an ihrer Haut oder ihrem Geruch? Oder kam es daher, dass sie beim Gehen so zerbrechlich und weiblich wirkte? Oder an dem Blick, mit dem sie ihn ansah?

Feng wusste schon vorher, wie verzweifelt Sijuko reagieren würde, und dennoch wollte er von zu Hause fortgehen.

Er konnte die Richtung, die sein Leben nahm, nicht mehr ändern. Su Mingyun fragte ihn drei Monate später, ob er sich nicht scheiden ließe. Er versprach ihr, darüber nachzudenken. Er dachte auch wirklich darüber nach. Er ging nach Hause und stritt sich gewaltig mit Sijuko. Was er auch vorbrachte, sie lehnte eine Scheidung strikt ab: »Nur über meine Leiche. Und selbst als Leiche wäre ich nicht damit einverstanden.« Ließ er sich wirklich von ihr scheiden, dachte er, dann würde sie wahrscheinlich sofort den Verstand verlieren.

Und obwohl Feng alles andere war als ein Zauberer, schob er das Thema Scheidung beiseite. Er setzte seine gewohnten Besuche bei Su Mingyun fort, und sie empfing ihn nach wie vor gut gelaunt. Sein ganzes Leben lang hatte ihn sein Verlangen verfolgt, ohne Atempause. Erst bei Su Mingyun war es gestillt worden, erst hier hatte es eine Heimat gefunden. Später verließ er ihretwegen für mehr als zwei Jahre seine Frau und seine Kinder.

Wenige Monate nachdem sie Feng kennengelernt hatte, hängte Su Mingyun ihren Job an den Nagel. Ihr gefalle die Arbeit als Schaffnerin nicht, sagte sie, ständig belästigten sie die Männer. Nachdem sie sicher wusste, dass sich Feng nicht scheiden lassen würde, verkündete sie ihm eines Abends: »Ich heirate General Lao.« Feng aß gerade gekochte Erdnüsse. Fast wäre ihm eine Nuss in der Kehle stecken geblieben. »General Lao? Deinen Patenonkel?« Su Mingyun schlug die Augen nieder und sagte nichts. »Was hast du vor?« Wut stieg in ihm hoch. Er stand auf, schnappte sich seine Jacke und wollte gerade gehen. Eilig fügte sie hinzu: »Meine Eltern machen sich Sorgen um mich. Sie wollen, dass ich heirate.« Eine Ausrede, wer zum Teufel sollte das glauben. Er ging auf die Tür zu. »Du warst es schließlich, der mich nicht heiraten wollte«, fuhr sie fort. »Deshalb habe ich an ihn gedacht. Er ist so gut zu mir.« Er blieb vor der Tür stehen und zog sich in Zeitlupe die Schuhe an. »Ich fürchte mich oft, so allein zu

wohnen. Und du kommst ja immer erst am Wochenende.«
Ohne ein Wort zu sagen, ging Feng weg.

Versteinert lehnte er eine Weile an einem Leitungsmast
vor Su Mingyuns Wohnung, dann ging er zu einem Nudel-
stand in der Nähe, wo er zwei Becher Sake trank. Erst als es
fast schon dunkel war, fuhr er mit dem Bus nach Hause. Den
ersten Satz richtete er an seine Tochter: »Niemand darf mehr
mit mir streiten.« Danach ging er ins Schlafzimmer und legte sich ins Bett.

General Lao stammte aus der chinesischen Provinz Jiangxi.
Er hieß zwar *Lao*, »Alt«, mit Nachnamen, war aber noch relativ jung. Keine fünfzig, und er wirkte ganz jugendlich. In der
entscheidenden Schlacht von Xubeng, während des chinesischen Bürgerkriegs, hatte er sich sehr verdient gemacht, aber
dabei auch einen Arm verloren. In jener Schlacht waren die
Kuomintang südlich des Yangtse-Flusses zurückgedrängt
worden; selbst Nanjing war nicht zu halten gewesen. Von da
an ging es mit der Kuomintang auf dem Festland rapide
bergab.

General Lao folgte Bai Chongxi, dem Oberbefehlshaber
der antikommunistischen Truppen in Mittelchina, nach
Taiwan. Später wurde er zum Generalleutnant ernannt, aber
er blieb für alle nur General Lao. Nach dem Tod seiner Frau
kränkelte er vor sich hin und ließ sich bald pensionieren. Lao
wohnte allein in einer westlichen Villa mit Garten in der Ar-
meesiedlung Panchiao. Er führte ein freigiebiges Leben. In
seinem Haus gab er eine Mahjong-Runde nach der anderen,
ständig hatte er Gäste bei sich.

Su Mingyun hinterließ bei General Lao den tiefsten Ein-
druck von allen. »Du erinnerst mich an meine Tochter in
China. Du siehst haargenau so aus wie sie!« sagte er an dem
Tag, als er sie kennenlernte. Jemand schlug General Lao vor,

Su Mingyun als Patentochter anzunehmen. Der General äußerte sich nicht dazu. Su Mingyun gefiel der Gedanke. Seitdem redete sie ihn mit Patenonkel an. Bald lud General Lao sie regelmäßig zum Mahjong ein und machte ihr bei jeder Gelegenheit kostbare Geschenke.

Einmal ließ er sie in einem Jeep von zu Hause abholen. Als sie sich dann gegenübersaßen, schenkte er ihr einen Brillantring. »Du hast große Ähnlichkeit mit meiner ersten Liebe«, sagte er zu ihr. »Vor allem im Profil.« Su Mingyun war gerührt. Sie blickte auf den Ring und konnte ihn gar nicht genug bewundern. Nie zuvor in ihrem Leben hatte sie einen Diamanten gesehen. Gab es etwas Strahlenderes, etwas Wahreres?

Zwei Monate nachdem Feng ihre Wohnung verlassen hatte, heiratete Su Mingyun den einarmigen General Lao. Die Hochzeitsfeier fand in einem Jiangxi-Restaurant statt, mit erlesenen Speisen seiner chinesischen Heimatprovinz. Auch Feng hatte eine Einladung erhalten. Er ging aber nicht hin und wollte auch nichts über die Hochzeit wissen. Er war schon genug damit beschäftigt, sie zu vergessen. Manchmal tat ihm sein Herz so weh, dass er es massieren musste, dann wieder fühlte es sich ganz taub an. Er suchte Freunde auf und betrank sich mit ihnen in irgendwelchen Kneipen.

Nie hatte er erwartet, dass ihn seine Freundin so bald enttäuschen würde. Dieses Miststück, dachte er manchmal, wenn er wieder nüchtern war. Doch jedes Mal, wenn er sich vorstellte, wie jener Mann mit seinem einen Arm Su Mingyun an sich drückte, überkamen ihn eine unbändige Wut und Verzweiflung. Er ersann alle möglichen Rachepläne.

Doch welcher Vorstellung er auch nachhing, er wollte immer noch mit ihr schlafen. Er sehnte sich danach, sie noch ein einziges Mal zu lieben. Keine andere Frau konnte ihn in solche Erregung versetzen und ihm derart phantastische Höhepunkte verschaffen. Niemand, nur diese verdammte Su Mingyun.

Kaum drei Monate nachdem sie geheiratet hatte, tauchte Su Mingyun eines Nachmittags in Fengs Büro auf.

Sie suchte nach Frau He, einer früheren Arbeitskollegin, aber als Feng ins Zimmer trat, war augenblicklich klar, dass sie in Wirklichkeit seinetwegen gekommen war. Ohne sich etwas anmerken zu lassen, legte er die Dokumente, die er in der Hand hielt, auf seinen Schreibtisch, drehte sich um und ging raus. Und wirklich, sie folgte ihm.

»Ich würde gern mit dir reden. Lass uns nachher zusammen essen gehen, okay?« Selbst jetzt lag ein Lächeln auf ihren Lippen, doch dieses Mal wirkte es ein wenig gezwungen. »Was willst du reden? Können wir das nicht auch hier besprechen?« Er setzte sein Pokergesicht auf.

Er suchte nach einem Grund, sie zu beschimpfen. Und nach einem, sofort mit ihr ins Bett zu gehen. So ideal konnte diese Ehe nicht sein, überlegte er, sonst wäre sie nicht hier.

»Vielleicht besser woanders«, stammelte sie, ohne seinem Blick auszuweichen. Feng war unschlüssig. Eigentlich wollte er sie sich vom Hals halten, und nun hatte sie wieder die Tür zu seinem Herzen aufgestoßen. Nur reden. Und wo, war auch egal. »Sechs Uhr. Warte am Busbahnhof auf mich.« Mit diesen Worten lief er zur Toilette. Als er wieder herauskam, war sie verschwunden.

Er stand dort, wo sie gerade miteinander gesprochen hatten. Er konnte ihr Parfüm riechen. Er kannte ihren Geruch und erinnerte sich, wie er ihren Duft in sich aufgesogen hatte.

Nach diesem Gespräch war die Sache für Feng klar. Er wechselte seine zwei letzten aus China mitgebrachten Goldbarren in Taiwan-Dollar um und kaufte Su Mingyun im Vorort Huilong ein neues Appartement. »Die Wohnung läuft auf meinen Namen«, erzählte sie all ihren Freunden. »Daran seht ihr, wie gut Feng zu mir ist.«

Niemand konnte sagen, warum sie General Lao eigentlich verlassen hatte, was dahintersteckte. Weshalb hatte der General sie ziehen lassen?

Selbst Feng fragte nicht weiter nach und hatte keine Erklärung. »General Lao war in Ordnung, bis auf eine Kleinigkeit.« Insgeheim war Feng stolz auf seine Manneskraft. Er verzieh seiner untreuen Freundin schnell. Zwei Jahre lang lebten sie zusammen unter einem Dach.

Dann pirschte sich das Unglück an Feng heran. Und er merkte nichts.

Wie gewöhnlich ging er zur Arbeit und ließ sich zu Hause nur äußerst selten blicken, und nur notgedrungen. Zum Beispiel wenn seine Frau Sijuko ihm mal wieder mit Selbstmord drohte. Er hasste es, wenn sie ihn so erpresste. Allein um ihr das zu sagen, kam er dann nach Hause. Manchmal schickte er auch jemanden mit ein bisschen Geld zur »Flussquelle«. Er fand zugleich, dass er niemandem mehr etwas schuldig war.

Su Mingyun war wie Wachs in seinen Händen und so zärtlich. Wenn er dagegen an Sijuko dachte, fühlte er Unbehagen. »Kein bisschen sanft ist sie. Ich habe die falsche Frau geheiratet«, sagte er oft, kühl und unerbittlich.

Woher wissen die Menschen, dass sich ihnen ein Unglück nähert? Gibt es irgendwelche Anzeichen dafür, einen Geruch? Oder steht das Unglück im Zeichen unguter Zahlen? Dem vierten Tag eines Monats? Oder hängt es mit Fengshui und einer falschen Farbe zusammen? Oder einem zu nahen Turm oder Baum? Dem Platz, an dem der Herd aufgestellt ist? Oder dem falschen Tierzeichen, dem Tiger, der Kuh, dem Schwein im Jahr des Hasen? Oder kommt es, weil man mit dem Finger auf den Mond gezeigt hat? Oder sich an Neujahr die Haare hat schneiden lassen oder vergessen hat, vorher den Abfall zu entsorgen? Haben wir vorher nichts bemerkt? Oder ist das Unglück zu raffiniert?

Feng liebte Su Mingyun, und er liebte sie auf eine etwas verrückte Weise. Alles, was sie sich von ihm wünschte, erfüllte er ihr. Manchmal fiel es ihm leicht, sie zufriedenzustellen, wenn er ein paar Krebse für sie dämpfte, ihr eine Schallplatte von Zhou Xuan oder Bai Guang besorgte, sie zum Tanzen ausführte (obwohl er nicht gut tanzen konnte), ihr eine Handtasche aus Leder schenkte oder Stinktofu mitbrachte. Dann konnte sie sich freuen wie ein Kind. Aber manchmal verlangte sie von ihm, für sie den Mond vom Himmel zu holen. In der Nähe eine weitere Wohung für ihre Familie zu kaufen.

»Verkauf erst mal das Appartement, das du von General Lao bekommen hast, für die erste Rate. Den Rest stotterst du mit einem Kredit ab«, schlug Feng ihr ernsthaft vor. »Unmöglich, das Appartement ist schon an A Fang vermietet. Er und seine Familie werden auf keinen Fall ausziehen«, schimpfte Su Mingyun. Ihm fiel keine andere Lösung ein. »Dann lass uns später noch mal drüber reden, ich habe kein Geld dafür«, wechselte er das Thema. »Ich bin schwanger«, platzte Su Mingyun heraus. Ihre alten Eltern könnten in ihre Nähe nach Huilong ziehen. War das Kind erst mal geboren, dann würden sie ihr helfen.

Zusammen mit seinem Schwurbruder Zhao Qide eröffnete Feng neben dem Job bei der Führerscheinstelle noch ein Taxiunternehmen. Sie nahmen einen Bankkredit auf, kauften sich davon vier Gebrauchtwagen, rüsteten sie zu Taxis um und vermieteten sie dann an Fahrer, die je in einer Früh- und einer Spätschicht fuhren. In den siebziger Jahren gab es auf den Straßen von Taipeh noch nicht viele Taxis. Das Geschäft kam bald in Schwung.

Zhao Qide und Feng kannten sich aus der Führerscheinstelle. Beide waren ehemalige Soldaten. »Brüder halten zusammen«, fanden sie. Feng nannte Zhao »Großer Bruder« und Zhao nannte Feng »Nummer Zwei«. Häufig tranken sie ein paar Gläschen zusammen, redeten über alles und spielten Mahjong. Brauchte Zhao Qide Geld, zögerte Feng keine Sekunde, ihm welches zu leihen.

Doch nicht in allen Dingen war Feng seinem Bruder derart ergeben. Anfangs hatte Zhao vorgeschlagen, Leuten, die die Führerscheinprüfung nicht schafften, gegen eine Provision eine Prüfungsbescheinigung zu besorgen. Damit war Feng nicht einverstanden gewesen. Er konnte es ihm ausreden: »Es bringt nicht wirklich viel Geld, und außerdem müssten wir ständig befürchten, dass wir auffliegen.«

»Besser, wir machen was anderes.« Zuerst hatten sie die Idee, eine Reishandlung zu eröffnen. Aber als sie feststellten, dass sich schon einige Großhändler den gesamten Verkauf von Reis teilten, kamen sie auf das Taxiunternehmen.

Während seiner Zeit in der Führerscheinstelle hatte Feng jemandem gelegentlich einen Gefallen getan, aber dafür höchstens ein paar Red-Delicious-Äpfel angenommen. Hatte zum Beispiel jemand ein hungriges Kind zu Hause, war aber mehrmals nacheinander durch die gewerbliche Fahrzeugprüfung gefallen, wiederholte Feng mit ihm die Prüfungsfragen und legte beim Prüfer ein gutes Wort für ihn ein. Doch nie nahm er Schmiergelder an oder ließ sich sonst irgendwie bestechen. Leute, die ihm Äpfel oder Mondkuchen machten, brachten sie gewöhnlich zu ihm nach Hause. Dass seine Töchter die Geschenke annahmen, ahnte Feng in all den Jahren nicht. Seine Töchter, die das Obst und die Süßigkeiten dann vertilgten wie Heuschrecken, wie ein Schwarm ungeliebter Schädlinge.

Zhao Qide war ständig in Geldnot. Seine Eltern waren alt und lebten bei ihm. Seine Frau war schon viele Jahre krank. Feng schaute häufig bei Zhao vorbei, um die Bettlegrige zu besuchen (obwohl er wusste, dass sie an Lungentuberkulose litt) und den Eltern seines Schwurbruders Gesellschaft zu leisten.

Es kam ihm nicht in den Sinn zu denken, dass er die Zhaos freundlicher behandelte als seine eigene Familie. Als ihr Taxiunternehmen gut lief, bestand er stets darauf, dass Zhao einen größeren Anteil vom Gewinn erhielt als er selbst: »Nimm dir zuerst davon. Denn ist mein Geld nicht auch dein Geld?« Langsam gewöhnte sich Zhao Qide daran mehr zu nehmen, schließlich hielt er es sogar für selbstverständlich. »Warum nimmt er sich immer mehr als du?« fragte Su Mingyun. Feng jedoch verteidigte seinen ›Bruder‹ Zhao: »Zu Hause verlässt man sich auf seine Eltern und außer Haus auf seine Freunde.« Immer wiederholte er diesen einen Satz. So lange, bis Su Mingyun aufhörte zu fragen.

Während ihrer Schwangerschaft ging sie sehr in die Breite. In den ersten Monaten musste sie sich immer wieder furchtbar übergeben. Später bekam sie einen seltsamen Hautausschlag, der juckte und schmerzte. Sie rannte von einem Arzt zum anderen. Aber keiner wusste genau, was es war. Wegen ihrer Schwangerschaft verboten sie ihr, sich mit irgendwelchen Salben einzureiben. Ihre Laune verschlechterte sich. Sie lächelte seltener.

Mitte Juli brachte Su Mingyun ein Mädchen zur Welt. Wieder hatte Feng eine Tochter bekommen. War das wirklich sein Kind? Vielleicht musste er anfangen, zu Gott zu beten, um endlich einen Jungen zu bekommen. Er setzte sich an das Krankenbett und betrachtete Su Mingyun, wie sie das Mädchen liebkoste. Dann ergriff er ihre Hand. »Macht nichts. Ich werde dafür sorgen, dass du noch ein ganzes Dutzend Kinder bekommst, und nur Jungen«, tröstete er sie.

Am 25. Dezember, dem Tag der Verfassung, stand Feng im Morgengrauen auf. Er wollte einen alten Kameraden im Süden des Landes besuchen. Su hatte er gesagt, dass er am nächsten Tag wieder zurück sein würde. In Kaohsiung angekommen, merkte er, dass er die Adresse vergessen hatte. Er fuhr nach Taipeh zurück. Er schloss die Wohnungstür auf und fand Su Mingyun im Bett mit Zhao.

Erstarrt blieb er in der Schlafzimmertür stehen. Dann ging er ohne ein Wort zu sagen zurück ins Wohnzimmer und setzte sich aufs Sofa. Er konnte nichts denken. Er wusste auch nicht, was er denken sollte. Er atmete, und sein Atem wurde kürzer und kürzer.

»Bruder, was soll ich sagen? Ich weiß nicht, was ich sagen soll.« Zhao Qide hatte sich bereits wieder angezogen, stand nun vor ihm und fummelte an den Knöpfen seines Hemds herum. Wann hatte er sich all die neuen Sachen gekauft? Warum war sein Gesicht so unverschämt gerötet? Und Su Mingyun. Was saß sie im Schlafzimmer und kam nicht heraus? Sein Herz zog sich schmerzhaft zusammen. Aber vielleicht war es ja gar nicht sein Herz. Vielleicht war es der Magen oder irgendein anderes Organ. Doch er meinte, dass es das Herz sein musste. Es war immer sein Herz, es waren Herzschmerzen, die ihn quälten.

So saß er unter dem blassen Neonlicht auf dem Sofa. Man

hatte ihn ohne Proben in dieses Stück gestoßen. Niemand hatte ihm seinen Text mitgeteilt. Und er wusste nicht, wie er von der Bühne wieder abtreten sollte.

Zhao Qide knöpfte sein Hemd zu. Dann goss er sich einen Jasmintee auf. Gerade wollte er sich mit der heißen Blechtasse niedersetzen, als Feng sie ihm aus der Hand schlug. Sie prügelten sich. Zhao Qide versetzte Feng einen Kinnhaken. Der schlug mit einem Stuhl auf seinen Schwurbruder ein. Aus seiner Nase tropfte das Blut wie aus einem lecken Wasserhahn, auf den Boden und auf seine bloßen Füße. Zhao Qide war vom Schlag mit dem Stuhl bewusstlos geworden, er lag da wie ein Toter. Su Mingyun stand in einer Ecke und sah Feng an. Er wischte sich mit dem Hemdsärmel das Blut von der Nase ab und ließ sich wieder auf das Sofa fallen. Weder er noch sie sprachen ein Wort. Als sei das Schweigen ihr letztes Zugeständnis, ihr einziges Übereinkommen. Nach einer Weile fühlte Feng Kälte in sich aufsteigen. Er zog sich Schuhe und Jacke an und verließ die Wohnung.

Ihr Blick heftete sich an seinen Hinterkopf. Dieser vorwurfsvolle, flehende und schuldbewusste Blick verfolgte ihn. Er konnte ihm nicht entkommen. Er lenkte seinen Körper, seine Gedanken.

Er ließ sich durch die Straßen treiben. Dann ging er zur Taxivermietung, öffnete das doppelte Eisentor und durchwühlte die Schubladen ihres Büros nach der Bankhypothek, Geschäftspapieren und Stempeln. Alles, was er finden konnte, stopfte er in eine Plastiktüte. Es sollte eine Zeit lang dauern, bis er feststellte, dass Zhao Qide die wichtigsten Papiere und Stempel längst an sich genommen hatte. Bei seiner Suche in Schubladen, Schränken und Schachteln stieß Feng auch auf einen nagelneuen Anzug. In seiner Innentasche entdeckte er eine Pistole, eine alte Waffe. Zhao hatte sie von einem Triadenbruder geschenkt bekommen. Feng wollte sie in eine Schublade zurücklegen. Dann kehrte er noch einmal um und nahm die Pistole an sich.

Feng ging zur »Flussquelle« zurück. Den Weg kannte er gut. Er öffnete die eiserne Sicherheitstür der Wohnung und dann die Holztür – Bewegungen, die ihm vertraut waren und die er, ohne nachzudenken, ausführen konnte; so wie er seinen Schirm aufspannte, eine Banane schälte oder die Fingergelenke knacken ließ, wenn er nichts zu tun hatte. Ohne einen Laut von sich zu geben, betrat er das Wohnzimmer. Dann setzte er sich aufs Sofa, nahm eine Zeitung vom Tisch und begann darin zu lesen. Er saß dort, als habe er zwei Jahre lang nichts anderes getan.

Seine Frau Sijuko sah ihn dort sitzen. Sie sah das Blut auf seiner Kleidung. Er schien bei absolut klarem Verstand zu sein. Die Mischung aus Traurigkeit, Wut, Angst und Verzweiflung hinterließ nichts als Starre in seinen Zügen.

»Warum bist du zurückgekommen?« fragte sie. Er tat so, als hätte er ihre Frage nicht gehört, und las nur weiter aufmerksam seine Zeitung. Voller Wut schaute sie ihn an. So verharrten sie eine Weile. Dann ging Sijuko in ihr Schlafzimmer zurück und sperrte die Tür hinter sich zu. Sie wählte den Rückzug, statt ihn aus der Wohnung zu werfen.

Später bereute sie ihre Nachgiebigkeit. Es wäre der Wendepunkt in ihrem Leben gewesen, doch sie hatte ihn nachlässig verstreichen lassen. Sie hätte ihn rauswerfen sollen. Stattdessen musste sie ihn nun für immer ertragen, ganz gleich, wie er sie auch behandelte.

Eine Woche darauf, es war ein strahlender Tag, kam Su Mingyun mit dem Kind auf dem Arm in die Führerscheinstelle. Kein Wort der Entschuldigung. Sie wollte nur wissen, ob er ihr die Grundbucheintragung der Wohnung geben könne. Sie standen vor dem Büro. Er übersah die Menschen, die um sie herumliefen und ergriff ihre Hand: »Was sagst du, wem gehört die Wohnung? Sag schon, wem gehört sie? Wem gehört die Wohnung?« Er schubste sie mit Kraft von sich weg, ihr Kind begann erschrocken zu weinen.

»Du warst es doch, der gehen wollte. Ich habe nie gesagt, dass du nicht mehr wiederkommen darfst«, gab sie zurück. Sie war immer im Recht, und er hatte Unrecht. Er war im falschen Moment in die Wohnung hineingeplatzt und hatte sie im falschen Moment verlassen. Feng sah Su Mingyun in die Augen, aber konnte keine Zärtlichkeit, keine Hoffnung darin entdecken. Einen solchen Blick hatte er an ihr noch nie bemerkt: Diese Frau liebte ihn nicht.

Sein Glaube an das Leben hatte einen Riss bekommen. Und dieser Riss wuchs. Was Feng auch festhalten wollte, alle Freude, alle Hoffnung, es entglitt ihm und verschwand durch diesen Riss. Gleichzeitig wuchs sein Hass wie eine Krankheit in ihm, bis er ihn schließlich ganz ausfüllte.

Eines Nachts war Feng betrunken. Er fuhr nach Huilong zu Su Mingyun. Das Schloss hatte sie bereits ausgewechselt. Dann sah er, dass im Treppenhaus vor der Wohnungstür ein paar Männerschuhe standen. Er war sicher, das waren Zhao Qides Schuhe! Seine Adern schwollen, als wollten sie platzen, und er schlug zornig gegen die Tür. Weil niemand öffnete, erzählte er dem Nachbarn, er habe seinen Schlüssel vergessen, und kletterte über dessen Balkon in Sus dunkle Küche. Er schaltete das Deckenlicht an und trug hastig ein paar brennbare Dinge zusammen. Als er sie anzündete, stürzte Zhao Qide aus dem Schlafzimmer. Su Mingyun rannte mit dem Kind auf dem Arm aus der Wohnung. Feng sah sie nicht, er konzentrierte sich allein darauf, all seinen Hass in den Flammen aufgehen zu lassen. Keine halbe Stunde später hatte Zhao Qide Polizei und Feuerwehr alarmiert, und Feng wurde abgeführt.

Sein Gesicht war schmaler geworden. Ein trauriger, wüster Bart bedeckte es. Obwohl er zu seiner Familie zurückgekehrt war, hielt er sich selten dort auf. Alles Heuchelei, dachte er, er war von einer Heuchelei in die nächste gestolpert. Oft war er jetzt auch tagsüber betrunken. Er fuhr sein von Unfällen verbeultes Taxi durch die Viertel der Stadt. Er versuchte, mit anderen Frauen zu schlafen, um jene eine Frau vergessen zu können. Doch sie war Teil seines Körpers. Sie zu vergessen kam einer Amputation gleich. Und wie ein Phantomschmerz erinnerte sich sein Körper an ihre Präsenz.

Die Sonnenbrille auf der Nase, betrat Feng ein Heilkräutergeschäft am Markt von Mitte-Frieden. Er verlangte nach Sterkuliensamen gegen seine Halsschmerzen. Auf dem Rückweg zu seinem Auto fiel ihm ein Mann auf. Er stand auf der anderen Straßenseite. Irgendwie hatte er ihn schon einmal gesehen. Vielleicht auch nicht.

Das war im Frühjahr 1970. Feng hatte keine Sehnsucht mehr nach Su Mingyun. Er lebte nur noch von Tag zu Tag, von Augenblick zu Augenblick. Und war traurig wie nie zuvor.

Anfang April sah er eines Tages »An der Flussquelle« einen Mann stehen, der sich mit seiner Tochter unterhielt. Als er sich näherte, drehte der Mann sich um und ging in entgegengesetzter Richtung davon. »Wer war das?« fragte er seine zweitälteste Tochter. Sie sah ihn verwirrt an: »Der Mann hat gesagt, dass wir gar nicht Feng mit Familiennamen heißen.«

Ein paar weitere Tage später, es war gegen Abend und Feng wollte gerade durch die Tür des Hauses treten, kamen plötzlich zwei Männer auf ihn zu, die lange draußen auf ihn gewartet hatten. Einer der beiden machte ein undurchdringliches Gesicht, der andere sprach ihn an: »Wir möchten dich bitten, mit uns auf ein kurzes Gespräch ins Polizeihauptquartier zu kommen.«

»Ich sage kurz meiner Familie Bescheid«, willigte Feng ein. Doch die Männer nahmen ihn mit, bevor er die Wohnung betreten konnte. »Es geht nur um eine kleine Sache, in der wir dich um deine Meinung fragen wollen. Nach unserer Unterhaltung schicken wir dich wieder zurück«, versprach einer der Männer.

Er ging mit zu jenem kurzen Gespräch. Er sollte jahrelang nicht mehr nach Hause zurückkommen.

Sie waren im Polizeihauptquartier in der Sining-Nan-Straße. Der Kriminalpolizist, der Feng befragte, hieß Yao. Er war sehr höflich. Drei Stunden lang saßen sie schon in einem schallisolierten Raum und unterhielten sich. Gerade hatte der Beamte Feng eine Schale Nudelsuppe bringen lassen und ihm ein Glas Tee aufgegossen. Yao stammte ebenfalls aus Anhui. Sie hatten sich viel zu erzählen, von ihrer Heimat und Leuten, die sie kannten. Dann fragte Yao ihn über seine Zeit in Nanjing aus. Das Amt für öffentliche Sicherheit, sagte Yao, wolle sich von ihm ein paar Angaben bestätigen lassen. Beim Betreten des Polizeipräsidiums hatte Feng Befürchtungen gehegt, die sich über der heißen Suppe in Dampf auflösten. Niemals hatte er gegen das Gesetz verstoßen, war immer anständig und ehrlich gewesen. Es gab nichts zu befürchten.

»Weißt du, wer Han Guoliang ist?« Yao blinzelte durch seinen Zigarettenrauch und machte sich Notizen. Er war äußerst redselig und achtete sehr auf Details. Feng beantwortete ihm jede seiner Fragen, auch in der Hoffnung, auf diese Weise möglichst schnell zum Ende zu kommen. »Ich bin ihm auf dem Schiff von Shanghai nach Taiwan begegnet«, sagte er. »Ein Freund also, mit dem du dich in Taipeh häufig getroffen haben?« wollte Yao wissen.

»Nicht gerade Freund. Einmal haben wir uns in Taipeh getroffen, danach habe ich ihn nicht mehr gesehen.« Langsam dämmerte es Feng, dass Yao ihn mit Fragen einkreiste. »Nein, ein Freund war er wirklich nicht«, betonte er. »Und wir haben uns nur ein einziges Mal getroffen.«

»Das kann nicht sein, nur ein Mal habt ihr euch gesehen?« Yao glaubte ihm anscheinend nicht. »Ja, nur ein einziges Mal«, beteuerte Feng. Wenn er die Fragen nur beantwortete, durfte er gehen. »Und was habt ihr bei diesem Treffen gemacht?« wollte Yao wissen. »Daran erinnere ich mich nicht mehr. Das ist schon zu lange her.« Feng war erschöpft. Er wollte sich nur hinlegen und einen Tag und eine Nacht durchschlafen.

»Ihr kommt beide aus Anhui und habt in Nanjing gemeinsam die Mittelschule besucht. Und ihr seid euch damals nie begegnet? Du lügst!« Yao wurde schroffer. »Ich habe ihn wirklich nicht früher kennengelernt«, insitierte Feng, müde, aber er insistierte.

»Weißt du, dass er ein kommunistischer Spion war?« Yaos Frage kam aus heiterem Himmel und versetzte Feng in Alarmbereitschaft. Diese Frage war alles andere als harmlos. »Kommunistischer Spion« hatte er ausgespuckt, als seien diese zwei Worte schmutzig. Nun musste Feng lernen, dass diese Worte wie eine Seuche waren. Kam man mit ihnen in Kontakt, griff sie einen sofort an. Er versuchte gelassen zu wirken. »Nein. Davon habe ich nichts gewusst.«

Das Verhör ging im gleichen Stil so weiter, tagelang, nächtelang. Drei Männer befragten ihn im Wechsel. Während sie sich ablösen konnten, gönnten sie Feng fast gar keine Ruhepause. Manchmal erlaubten sie ihm, mit dem Kopf auf dem Tisch für eine halbe Stunde zu schlafen. Dann weckten sie ihn wieder auf und setzten das Verhör fort. Zu spät durchschaute Feng die Absichten seiner Verhörer, auch die des netten Herrn Yao. Seine Schuld stand längst für sie fest; was sie nun wollten, war sein Geständnis. Er steckte in einem schrecklichen, menschenverschlingenden Sumpf, aus dem es kein Entrinnen gab. Dabei war er vollkommen unschuldig. Er hatte nie etwas mit kommunistischen Spionen zu tun gehabt.

»Lu, am besten du versuchst dich zu erinnern: Wie oft habt ihr euch in Taipeh getroffen?« Der Raum hatte keine Fenster, und die Tür war fest geschlossen. Die Luft hing voller Zigarettenqualm. Das Atmen fiel ihm schwer. Unaufhörlich zitterte er am ganzen Körper. Dabei war es im Zimmer nicht kalt. Ihm war auch nicht kalt. Sein Herz fror, so sehr, dass er schlotterte. Mit aller Kraft lehnte er sich nach vorne. Er musste gut zuhören und in Ruhe alle Fragen beantworten. Am dritten Tag saß er nur noch schräg nach hinten gelehnt auf dem Stuhl. Und einmal fiel er vor Müdigkeit auf den Boden. Selbst um sich abzustützen, war er zu schwach.

»Einmal.« Er konnte nur noch kurze Antworten geben. »Ich bin mir sicher, nur einmal.«

»Und was habt ihr während dieses Treffens gemacht?« Eine Frage, wie ein ständig wiederkehrender Alptraum.

Welche Bosheit verbarg sich hinter diesem ruhigen und gelassenen Tonfall? Was wollten sie hören? Angestrengt versuchte er, sich die damaligen Ereignisse zu vergegenwärtigen. Ja, er erinnerte sich an den Mann mit Namen Han Guoliang, sehr deutlich sogar. Er wusste, dass man ihn bereits erschossen hatte, viele Jahre lag das zurück. Feng schwieg. Doch Schweigen war hier verboten.

Es war im Winter 1950 ganz in der Nähe des Taipeher Bahnhofs. Han Guoliang betrat ein Exil-Studentenwohnheim auf der Suche nach einem Freund. Sein Blick fiel auf Feng, der auf der unteren Matratze eines Etagenbettes lag und Zeitung las. Feng hatte ursprünglich bei einer befreundeten Familie gewohnt, sich dann aber mit dem Ehepaar wegen einer Kleinigkeit gestritten und war in das Wohnheim umgezogen. Dort wohnte er schon mehr als einen Monat und war immer noch ohne Arbeit.

In dem großen Schlafsaal kamen sie ins Gespräch. Han Guoliang lud Feng zum Essen bei seinem Freund Qian ein. »Ich gehe bald nach Hongkong, und von dort aus exportiere ich Lebertran und Tigerpenisse nach Taiwan. Wir könnten einen kleinen Importhandel aufmachen«, schlug er Feng vor. Han Guoliang war groß und kräftig. Dumm war er nicht. Außerdem stammten sie aus derselben Gegend. Gut gelaunt redeten sie den ganzen Abend lang.

»Wann fährst du denn nach Hongkong? Und wie viel Geld brauchst du?« Feng hatte zwar keine Ahnung von Geschäften, aber Lust darauf hatte er. Han Guoliang hielt er für besonders gewitzt. »Noch nicht, aber wenn es so weit ist, werde ich dich nicht vergessen«, versprach er Feng.

Hans Freund Li Qingsheng goss allen die Gläser randvoll mit Schnaps. Li Qingsheng unterrichtete an einer Realschule. Bald kamen sie auf die politische Situation in China zu sprechen. »Die Mitglieder der Kommunistischen Partei sind durchweg unbestechliche und integre Leute, aber hier nach Taiwan sind nur die korrupten Beamten der Kuomintang gekommen«, wusste Li Qingsheng. »Wart's ab, diese Leute werden Taiwan auf den Hund bringen und ruinieren.«

»Hätte ich das gewusst, dann wäre ich damals gar nicht erst hergekommen«, murmelte Feng verdrossen. Er musste an Fu Qi denken. Ihretwegen war er hier. Sie aber war nie auf Taiwan angekommen. Ihr Schiff war auf See gesunken, niemand hatte überlebt. Seitdem hatte sich sein Leben vollkommen verändert. Er konnte nun nicht mehr zurück, nicht zu seiner Familie, nicht in seine Heimat.

»Wenn man zurückwollte, gäbe es schon Wege«, sagte Han, dessen Gesicht vom Trinken gerötet war. »Der Kuomintang ist nicht zu helfen. Weißt du, wie sie das Festland verloren haben?« Inbrünstig legte Han Feng die Ziele und Ideale der Kommunistischen Partei dar. Bald verdrehte dieser die Augen. Es reichte ihm. Han lachte offenherzig: »Keine Angst. Wer den Tod fürchtet, der sollte besser gar nicht erst leben.«

»Für uns Chinesen ist die Kommunistische Partei die einzige Hoffnung.« Feng sagte nichts dazu. Seit er wusste, dass er nicht mehr nach China zurückkonnte, war ihm alles, egal was auch passierte, gleichgültig. Selbst wenn Taiwan von Mao befreit würde, wäre ihm das egal. Er hatte kein Ziel, keine Hoffnung. Er lauschte schweigend ihrem Gespräch: »Ich habe keine politischen Ideale, ich möchte nur nach Hause.« Hans Augen leuchteten auf: »Dann solltest du erst recht in die Partei eintreten, wie willst du sonst zurückkehren?«

Han Guoliang sah gut aus. Er hatte in der Sowjetunion Marxismus und Wirtschaft studiert. Er war zu allen freundlich. Seine Persönlichkeit, seine Bildung machten ihn Feng sympathisch. Dennoch wehrte er ab: »Von Politik verstehe ich nichts, und auch nicht vom Kommunismus.« Und weil er Hans Einladung nicht direkt ablehnen wollte, ergänzte er: »Ich will alleine sein und frei, ich will im Augenblick keiner Partei beitreten.«

Zum Abschied überreichte ihm Han einen »Leitfaden zur Kontaktaufnahme mit dem Bündnis zur Befreiung Taiwans«. Er riet ihm, das Bändchen gut zu verstecken. Sie würden sich bald wieder treffen. Feng war ein wenig angetrunken. Der Leitfaden roch nach Ärger, er musste ihn schnell loswerden. Die ganze Zeit über hatte er die Goldbarren seiner Mutter am Körper getragen. Er hatte sie um den Bauch gebunden. Aber dieses Bändchen machte ihn nervös. Er steckte es in die Tasche. Das mulmige Gefühl wich nicht von ihm. Schließlich bog er in eine dunkle Gasse ein, und versenkte das Buch in einen Wasserkanal.

Er lief durch die staubigen Straßen der Stadt. Der ersten Erleichterung folgte ein vertrautes Gefühl: Er stand allein in der Welt. Ob er nun lebte oder starb, unglücklich oder glücklich war: Er hatte nur sich selbst. Die Leute hatten ihre politischen Ideale. Er hatte keine. Alles, was ihn antrieb, war die Suche nach Arbeit. Arbeit, um zu überleben, bis er endlich wieder nach Hause fahren konnte. Bis zu zum Tag des ersten Verhörs hatte ihn Politik nicht im Mindesten interessiert. Er wollte nie Mitglied irgendeiner Partei werden, am wenigsten der Kommunistischen Partei. Ihre bloße Erwähnung ließ die Leute erbleichen. Nach dem Abschied von Han lief er durch die Allee hinter dem Bahnhof von Taipeh. Er kaufte sich Bananen. Es waren die ersten Bananen seines Lebens. Bananen essend lief er weiter. Obwohl er kaum Hunger verspürte, schmeckten ihm diese Bananen besser als alles, was er jemals gegessen hatte. Er hätte ewig so weiteressen können, eine Banane nach der anderen.

Später kam Han Guoliang auf der Suche nach Feng noch mehrmals ins Wohnheim. Aber immer war Feng gerade zufällig nicht da. Instinktiv ging er ihm aus dem Weg. Er verließ Taipeh nach erfolgloser Arbeitssuche. Durch die Vermittlung eines Exil-Freundes verschaffte er sich gegen Geld einen Wehrdienstnachweis und eine neue Identität. Er ging nach Qingshui n der Nähe von Taichung und bekam dort eine Stelle als Unteroffizier.

Drei Jahre später las er folgende Zeitungsmeldung:

»Der kommunistische Spion Han Kangding (alias Han Guoliang) trat 1946 in die Partei der Banditen ein und hatte in Yantai, Provinz Shandong, das Amt eines Vorstandssekretärs inne. 1949 kam er auf Weisung der Banditen nach Taiwan, um dort aktiv zu werden. Mit großer krimineller Energie warb er Li Qingsheng, Zhang Liri, Su Haijin, Lin Jianguo und andere Personen für seine Bande an, baute eine Rebellenorganisation auf und verbreitete mit der Absicht, die Zahl der Parteimitglieder zu erweitern, die Lüge, die Banditenarmee werde in Kürze Taiwan befreien. Er plante, die Regierung mit illegalen Mitteln zu stürzen, und hat sich abscheulicher Verbrechen schuldig gemacht. Gemäß Paragraph 2, Absatz 1 der vorgesehenen Strafe für Rebellion wurde über alle fünf der oben genannten Personen die Todesstrafe verhängt und bereits am frühen Morgen des 20. Januar um vier Uhr dreißig in Manchangting vollstreckt.«

Feng empfand mit einem Mal sein eigenes Los als ein großes Glück. Han Guoliangs Unglück – die Tatsache, dass ein geistreicher, gebildeter junger Mann voller Enthusiasmus mit vierunddreißig Jahren in Manchangting starb – war ihm dagegen unbegreiflich.

Er hatte den Eindruck, dass es in dieser Sache keine Wahrheit gab, dass es sowieso unmöglich war, zu bestimmen, wo die Wahrheit lag. Wie hätte man das auch machen sollen? »Geschichte« – dieser Begriff war längst ein anderes Wort für »Wahnsinn«. Han und seine Kumpane waren nur einfache Leute, die in einer Strömung mittrieben, sie hatten Politik nicht als Beruf betrieben, Han war nur mutiger als er selbst gewesen. Aber er wollte nicht mehr an ihn denken.

Von seiner Bekanntschaft mit Han wussten nur zwei Menschen auf der Welt: Der eine war Sijuko, der andere sein

Schwurbruder Zhao Qide. Gerade als Feng die Zeitungsmeldung las, kam Zhao zur Tür herein, um ihn zu besuchen. Feng erzählte ihm von der Geschichte und reichte ihm den ausgeschnittenen Artikel. »Erzähl das niemandem«, sagte Feng tief ergriffen und seufzte. »Diesen Han kenne ich, schrecklich!«

»Ist das dein Wehrdienstnachweis?« Feng wurde von einem Mann namens Qiu verhört. »Und diese Landzuteilungsurkunde?« Feng nickte beide Male. Er war schon im vierten Monat im Polizeipräsidium. Sie hatten ihm ein Feldbett ins Verhörzimmer gestellt. Außerdem erlaubten sie ihm, sich einmal in der Woche zu duschen. Das Essen brachten sie ihm regelmäßig in einem dreiteiligen Blechbehälter. Die Minuten, in denen er aß, waren die einzigen Augenblicke, in denen er sich erholen konnte. Die übrige Zeit bestand aus erschöpfenden Verhören. Die Essenszeit war zugleich die einzige Sache, auf die es sich zu warten lohnte. Nicht wegen des Essens selbst – er hatte keinen Appetit –, sie war die einzige Abwechslung. Die drei Monate ohne Tageslicht kamen ihm vor wie drei Jahre, wie dreißig Jahre. Er sah den Mann an, der auf den Namen Qiu hörte: Er trug ein weißes Hemd und eine gelbe Krawatte (die gleiche Krawatte hätte er sich beinahe mal gekauft). Möglicherweise würde er niemals mehr irgendeine Krawatte tragen können. Vielleicht würde er dieses Zimmer nie mehr verlassen.

»Blödsinn! Wem gehört dann dieser Personalausweis?« Feng richtete seinen Blick auf ein Ausweispapier, das Qiu ihm überreichte. Es stimmte, das war sein ehemaliger Personalausweis. Erschrocken wurde ihm bewusst, dass er die ganze Angelegenheit selbst fast vergessen hatte. »Woher haben Sie den?« fragte er vorsichtig. Statt einer Antwort schlug ihm Qiu ein Metalllineal ins Gesicht. »Du sollst antworten! Du sollst nicht fragen!« schrie er. Vor Schmerz wäre Feng beinahe vom Stuhl aufgesprungen: »Warum schlagen Sie mich?«

Qiu überprüfte, ob die Tür auch richtig abgesperrt war. Dann kam er zurück und sagte: »Diese dreckigen Hurensöhne von kommunistischen Spionen. Mit ein paar Schlägen kommst du noch glimpflich davon.« Auf einem Bogen linierten Büropapiers notierte er Datum und Uhrzeit, die er mit seinem Lineal unterstrich. Dann schrieb er Folgendes:

»(1) Frage: Seriennummer 51A19245, Name Feng Xinwen – Ist dieser Wehrdienstnachweis gefälscht?«

Feng blickte ihn an (seine Pupillen hatten die Farbe von Bernstein, und das Weiße seiner Augen war makellos). »Was ich dich auch frage, du wirst mir wahrheitsgemäß antworten. Andernfalls brauchst du dir nicht einzubilden, dass du dieses Zimmer auf deinen zwei Beinen verlassen wirst«, drohte er. Dabei starrte er Feng so abweisend an, als sei er ein giftiges, gefährliches Tier.

»Den Wehrdienstnachweis hatte ich mir gekauft«, gab Feng zu. »Der Grund war, dass ich damals keine Arbeit finden konnte und mir dann dachte, dass es auch nicht schlecht wäre, Soldat zu werden.« Er strich sich über sein Gesicht und spürte, dass es wehtat und brannte. »Wollte Han Guoliang, dass du das tust?« fragte Qiu als Nächstes. »Nein, wir haben uns nur ein einziges Mal gesehen. Er wusste absolut nichts von dem, was ich getan habe. Und ich habe auch nichts Schlechtes getan.« Während er dies sagte, kam es ihm vor, als habe er sich alles, was er sagte, nur ausgedacht. Hatte er bereits den Verstand verloren? War er nicht mehr in der Lage, sich zu erinnern, was er wirklich getan hatte?

War es möglich, dass er mit Han Guoliang zusammengearbeitet hatte? Und dass er es nur vergessen hatte? Er starrte den Kalender an der grauen Wand an, von dem ihm Tschiang

Kaishek anlächelte. Wer würde kommen und ihm, Feng, die Wahrheit sagen? Wer würde ihm sagen, was er eigentlich falsch gemacht hatte?

»Wer hat dir befohlen, in die Armee einzutreten?« fragte Qiu eisig. Die ganze Zeit sah er ihn nicht direkt an. Seine Mundwinkel waren verächtlich herabgezogen.

»Niemand, ich habe das selbst entschieden.« Ob Qiu oder Yao gegenüber, immer fühlte Feng sich kleiner. Seine Selbstachtung war gebrochen. Als Qiu ihm die Dokumente präsentierte, die Feng absichtlich versteckt hatte, stieß er ihn auf einen Dornenweg, auf dem er nichts mehr besaß, er war nackt.

»Haben sie dich angewiesen, das Militär zu unterwandern?« Qiu sah ihn von oben herab an, fast ungeduldig. »Was?« Feng hatte ihn nicht verstanden. Qiu platzte vor Wut. Qiu holte aus einem Nebenzimmer einen Abakus mit spitz zulaufenden Steinen. »Knie dich da drauf. Ich glaube nicht, dass du mich nicht verstanden hast.«

Qiu schlug mit dem Block Büropapier immer wieder auf die Tischplatte. »Du dreckiges Schwein, das nicht einmal zu seinem eigenen Namen steht. Jetzt habe ich aber keine Geduld mehr, weiter meine Zeit mit dir zu vertrödeln.« Fengs Knie schwollen auf dem Abakus an. »War es das Bündnis zur Befreiung Taiwans?« Ein weiteres Mal explodierte diese Frage in seinen Ohren. Feng ertrug den Schmerz kaum noch. Er sagte nichts. Schüttelte nur weiterhin den Kopf.

Qiu stand auf und hieb seine Faust mehrmals auf sein rechtes Ohr. Feng heulte auf und schützte den Kopf mit den Händen. Qiu packte ihn an den Haaren und riss seinen Kopf nach hinten. Dann trat er ihm in die Leisten. Feng verlor fast das Bewusstsein. Er schrie in einem fort. Wer würde ihn beachten? Sie waren allein im Verhörzimmer. Selbst wenn Qiu ihn totschlagen würde, wüsste später niemand, wie es geschehen war. In diesem Moment brach Feng endgültig zusammen. »Ich lege ein Geständnis ab«, brüllte er verzweifelt, »ich gestehe!«

»Ich höre.« Qiu saß wieder an seinem Platz. Seine Gesichtszüge hatten sich entspannt, und er sah Feng freundlich an. »Ich weiß nicht, was genau ich sagen soll. Bitte sagen Sie es mir«, brachte Feng kraftlos hervor. Sofort wurde Qius Gesicht wieder ernst: »Woher sollen wir denn wissen, in was für dunkle Machenschaften du verstrickt warst? Am besten, du berichtest mir alles wahrheitsgemäß.« Qiu biss auf seinen Stift und glättete mit der Handfläche eine leicht zerknitterte Seite seines Büropapiers. »Wann bist dem Bündnis zur Befreiung Taiwans beigetreten?«

»Han Guoliang hat mir angeboten, mitzumachen, aber das habe ich nicht getan«, stammelte Feng schluchzend. Dass er weinte, erschütterte ihn noch zusätzlich. »Im Grunde bin ich ein Feigling. Ich war zu feige, mitzumachen.« Er wischte sich mit der Hand die Tränen aus dem Gesicht.

»Weil ich Angst hatte, dass mich Han Guoliang noch einmal finden könnte, bin ich Hals über Kopf aus dem Wohnheim ausgezogen. Ich habe ihn danach auch nicht mehr wiedergesehen. Ich habe da nicht mitgemacht, wirklich nicht!«

Feng heulte jetzt hemmungslos. Er konnte seine Schmerzen nicht länger ertragen. Während er sich mit einer Hand am Tischrand abstützte, sagte er wimmernd: »Ich weiß, wer mich denunziert hat. Ich bin auch bereit zu einer Gegenüberstellung.« Qiu sah ihn hasserfüllt an. Er verachtete diesen wimmernden Mann vor ihm. »Geschwätz! Gegenüberstellung? Warte ab, bis du vor dem Militärgericht stehst, dann bekommst du deine Gegenüberstellung. Bis dahin kannst du deinen verdammten Vorfahren der letzten acht Generationen etwas vorheulen, du dreckiger Hurensohn!«

Jemand kam mit dem Abendessen herein. Qiu beschloss,

Feng erst mal essen zu lassen, doch er musste während des Essens weiter auf dem Abakus knien. Er verließ das Zimmer und schloss hinter sich ab. Nach einer Weile kam er mit einem Umschlag zurück. »Warum isst du nichts? Ist es nicht gut genug?« fragte er. Feng senkte den Kopf und schwieg. »Los, sag was! Wieso isst du nichts?« brüllte er und wedelte Feng mit dem Umschlag vor dem Gesicht herum. »Ich werde dir gleich befehlen, drauf zu scheißen, dann wirst du es essen.«

Zornig setzte er sich, öffnete den Umschlag, nahm eine Pistole heraus und richtete sie auf Feng. »Gehört diese Waffe dir?« Er sah so aus, als wäre er entschlossen, jeden Augenblick auf Feng zu schießen. Fengs Lippen wurden weiß, und er begann am ganzen Körper zu zittern. Er brachte keinen Ton heraus. Qiu hielt weiter die Pistole auf ihn gerichtet: »Sprich! Wem gehört sie?«

Feng war so erschrocken, dass er nur mit Mühe ein paar Worte herausbrachte: »Das ist Zhao Qides ...« Er hatte noch nicht zu Ende gesprochen, da löste sich plötzlich ein Schuss. Die Kugel flog an Fengs Kopf vorbei und schlug ein Loch in die Wand.

Mehrere Polizisten kamen in den Verhörraum gestürmt. Es roch nach Pulver. Feng und Qiu starrten zur aufgerissenen Tür. Qiu, der selbst erschrocken war, stammelte: »Es ist nichts, nichts ist passiert.«

Feng verbrachte mehr als vier Monate im Verhörzimmer des Polizeipräsidiums. Als er das Präsidium schließlich verließ, erkannte er den Himmel über Taipeh und die Gerüche seiner Straßen nicht wieder. Benommen kniff er die Augen zusammen. Sein Kopf war leer. Wegen der Verletzungen an seinen Knien konnte er kaum gehen. Jemand musste ihn stützen. Er wusste, dass er seine Freiheit verloren hatte. In der Vergangenheit hatte er so viele Dinge verloren, aber er wusste nicht, wie sich der Verlust der Freiheit anfühlte. Er wollte auf die Toilette gehen. Aber sie schoben ihn bereits in ein Auto. In diesem Moment ging der Nachmittagsmonsun nieder. Feng wurde mit Handschellen an eine Eisenstange im Gefängniswagen gekettet. Da saßen schon andere Männer, Seite an Seite. Der Geruch von feuchten Kleidern mischte sich mit dem von Urin und männlichem Angstschweiß. Einer der Männer sah Feng feindselig an. Schweigend rollten sie ihrer Gefangenschaft entgegen.

Feng wurde für schuldig befunden, kommunistische Spione gedeckt zu haben, und bekam fünf Jahre. Im Nachhinein war er den Männern, die ihn verhört hatten, sogar dankbar. Hätten sie vor Gericht nicht darauf bestanden, dass die Kommunistische Partei wohl kaum Bedarf an einer Figur wie ihm gehabt hätte, dann wäre er unweigerlich zum Tode verurteilt worden. Ihre Verachtung hatte ihm das Leben gerettet. Später, im Untersuchungsgefängnis, hörte er haarsträubende Geschichten. Er selbst wagte nicht, seine Geschichte zu erzählen. Was hätte er erzählen sollen? Han Guoliang hatte er nicht wirklich gekannt, und auch von der Kommunistischen Partei wusste er nicht genug. All diese Dinge hatte er nur oberflächlich gestreift. Hätte er etwa sagen sollen, dass er kein politischer Gefangener war? Dass ein billiges Flittchen ihn dorthin gebracht hatte, wo er heute war? Ein einziges Treffen mit Han Guoliang hatte er mit fünf Jahren Gefängnis bezahlen müssen. Wut und Empörung erfüllten ihn, doch er hasste weder den Geheimdienst noch Tschiang Kaisheks Kettenhunde. Er hasste nur zwei Menschen.

Diese beiden Menschen hatten ihn in dieses Gefängnis geschickt, aus dem es keine Errettung mehr gab.

Was man
über Mazu
wissen muss

Im Volksglauben Taiwans ist Mazu, was so viel heißt wie »Mutterahn«, die wichtigste Gottheit. Mazu kam als Lin Muoniang (»Stilles Mädchen«) 960 n. Chr. zur Welt. Sie war die siebte Tochter eines Fischers von der Meizhou-Insel in Südchina. Muoniang war ein ungewöhnliches Kind. Ihr Vater und ihre Brüder wurden auf dem Meer von einem Taifun überrascht und gerieten in Lebensgefahr. Muoniang sah im Traum wie ihre Angehörigen ertranken. Träumend gelang es ihr, die Brüder mit den Händen und ihren Vater mit den Zähnen aufzufangen. Ihre Mutter fand sie so regungslos daliegen und versuchte sie zu wecken. Muoniang öffnete den Mund und verlor den zwischen den Zähnen bewahrten Vater, der auf See ertrank. Muoniang schwamm aufs Meer hinaus, um ihren Vater zu suchen, und ertrank ebenfalls – mit 17 Jahren. Eine andere Legende sagt, sie sei mit 26 in die Wolken aufgestiegen und zu den Göttern geholt worden.

Mazu ist seither vor allem die Schutzgöttin der Fischer und Seeleute. Auswanderer aus Südchina nahmen Figuren der Göttin als Schutz mit nach Taiwan und gründeten überall auf der Insel Mazu Tempel, die drei wichtigsten sind in Dajia, Peigang und Lugang. Nach einem alten Brauch besuchen sich die göttlichen Schwestern einmal im Jahr – um die Wunderkraft der Tempel zu stärken. Das geschieht immer zu Mazus Geburtstag, am 23. Tag des dritten Mondkalendermonats.

Der wichtigste Prozessionsweg ist von Dajia nach Peigang.

Acht Tage und Nächte lang tragen Hunderttausende von Pilgern Mazu in einer Sänfte durchs Land, wobei sie immer wieder Abstecher in kleine Tempel zu weniger berühmten »Schwestern« macht.

Der Sänfte voran geht die Prunkgarde mit ihren Leibwächtern Hört wie der Wind so schnell *und* Sieht tausend Stunden weit. *Ihre Köpfe sind mit langen gelben Streifen bedeckt, und in ihren Händen halten sie das so genannte* »Wegegeld« oder »Handgeld«. Dieses Handgeld weist böse Mächte ab und bringt Glück und Frieden. Die Gläubigen riskieren Kopf und Kragen, um an dieses Handgeld zu kommen.

Anlässlich der Reise der Göttin stellen Gläubige, die der Prozession nicht folgen können, vor ihrem Haus einen Opfertisch auf. Darauf stellen sie ein Gefäß für die Räucherstäbchen, zwei Vasen mit Blumen und vier Sorten Obst. Wenn Mazus Sänfte vorbeizieht, entzünden sie Gold- und Silberpapiergeld und Chinakracher.

Sobald der Prozessionszug vorbeizieht, knien die Gläubigen mit Räucherstäbchen in den Händen nieder, um zu beten. Viele senken den Kopf bis zum Boden und bitten darum, die Sänfte möge über sie hinweggetragen werden. Dieses Unter die Sänfte Kriechen *reinigt den Gläubigen und bewahrt ihn vor Unheil. Ähnlich wie beim Erhaschen des Handgelds kommt es auch bei dieser Handlung oft zu großem Tumult.*

Das Gold- und Silberpapiergeld ist die Währung der Götter und Geister. Den Göttern opfert man goldenes Papiergeld, für die Ahnen oder Geister ist das silberne oder auf einfaches Papier gedruckte Geld.

Die Darbringung des Räucherwerks dient der Kontaktaufnahme zwischen Menschen und Göttern. Der Rauch steht für die Kommunikation mit dem Himmel. Diese Handlung geht immer dem Gebet voraus.

Ein wichtiger Bestandteil der Anbetung Mazus ist die Befragung des Orakels. Der Gläubige wirft die *Jiaobei, zwei hölzerne*

Halbmonde mit einer flachen und einer gewölbten Seite, auf den Boden. Fallen sie auf eine flache und eine gewölbte Seite, beantwortet das Orakel die Frage mit »Ja«. Zweimal flach oder zweimal gewölbt bedeutet »Nein«. Wenn das Orakel mit »Ja« geantwortet hat, darf man ein Orakelstäbchen ziehen, auf dem ein poetischer Orakelspruch zu lesen ist.

Die sind jetzt
alle ihre
eigenen Herren
Der Winter,
in dem mein Vater Feng
China verließ
China, Provinz Anhui, 1949

Lu Guimei weinte viele Nächte hindurch über den Fortgang
ihres jüngsten Sohnes nach Taiwan. Nie hätte sie gedacht,
dass er dieses Mal Lujiachuang verlassen würde und nicht
mehr zurückkommen könnte. Nie hätte sie gedacht, dass es
ein Abschied ohne Hoffnung auf ein Wiedersehen zwischen
Mutter und Sohn sein könnte.

Vier Monate nachdem Feng gegangen war, brachte seine
Frau eine Tochter zur Welt. Kurz danach zogen Tschiang
Kaisheks Truppen vollständig nach Taiwan ab. Lu Guimei
hatte sich umgehört, und jemand sagte ihr hinter vorgehaltener Hand: »Tschiang Kaisheks Armee rückt im Ausweichmanöver auf Taiwan vor.« Sie wusste nicht, was das heißen
sollte: »Ausweichmanöver«. Jemand erklärte ihr, dass es so
viel bedeutete wie »die sind erledigt«. Für Lu Guimei war
klar, was das hieß: Der Bürgerkrieg war vorbei. Kurze Zeit
später befreite die Achte Feldarmee das Dorf Lujiachuang.

Lu Guimei und ihre Schwiegertochter arbeiteten täglich
auf dem Feld. Als die Setzlinge noch keine zwei Monate im Boden waren, trat der Yangtse-Fluss über die Ufer. Er über-
schwemmte alles. Die Deiche brachen. Das Wasser breitete
sich endlos übers Land aus. Damit sie etwas zu Essen hätten,
bat Lu Guimei ein oder zwei Pachtbauern, die vom Hochwas-
ser verschont geblieben waren, um einige hundert Pfund Getreide. Bis Oktober waren die Fluten zurückgegangen. Rasch

brachte sie mit ihrer Schwiegertochter die Herbstsaat aufs Feld. Wang Lian trug bei der Arbeit ihr Baby auf dem Rücken. Sie blieb nicht selten bis in die Dämmerung auf den Feldern. Lu Guimei machte sich Gedanken. Sie bat ihre Schwiegertochter immer wieder um Vergebung: »Ich hatte Angst, er würde dich mitnehmen und nicht mehr wiederkommen. Deshalb habe ich dich dabehalten«, erklärte sie immer wieder, wie eine Beichte. Manchmal ähnelte es einem Selbstgespräch, manchmal klang es wie eine Beschwörung. Ihre geschäftige Schwiegertochter hielt dann kurz inne und sprach zu Fengs Mutter immer dieselben tröstenden Worte: »Mach dir keine Sorgen mehr, *Niang*. Immer schön langsam, ein Schritt nach dem anderen.« Doch auch in ihrem eigenen Herzen wuchs die Unruhe. Sie hätte nicht sagen können, was es war.

Lians Kummer stand ihr ins Gesicht geschrieben. Doch sie war jung und hatte ein Kind. Und sie hatte viel zu tun. Wenn sie die Arbeit ruhen ließ, überfielen sie erneut die vielen Sorgen. Also arbeitete sie immer, rund um die Uhr.

Lian war nur zwei Jahre älter als Feng. Aber viel reifer und erwachsener als er. Die Sonne hatte ihr Gesicht verbrannt, ihrem Blick fehlte nicht die Kraft, wenn sie auch immer ein wenig abwesend wirkte. Abends lernte sie in einem Kurs Lesen und Schreiben. Und sie war Mitglied im Frauenverein. Doch die meisten Frauen hielten sie auf Distanz, behandelten sie abschätzig. Sie hörte viel an diesen Abenden. So erfuhr sie auch, dass ihr Vater eingewilligt hatte, der neuen Regierung seine Felder zu abzugeben.

Die Herbsternte fiel ganz gut aus. Doch die Stimmung im Dorf wandte sich bald gegen Lu Guimei. Einige der Pachtbauern grüßten sie auf offener Straße nicht mehr. Andere, Wohlgesinnte, versuchten sie zu beschwichtigen: »Du bist eine alleinstehende Frau, wo doch der gnädige Herr verschieden ist. Selbst wenn man dich zu den Grundbesitzern zählte, dann doch nicht zu den bösen. Auf jeden Fall werden wir für dich sprechen, sollte es Schwierigkeiten geben.« Sie wusste nur wenig über die Kommunisten. Was sie wusste, war, dass die Kommunistische Partei sich um die armen Leute kümmerte. Sie war nicht arm. Die Partei würde ihr nicht helfen. Die Leute erzählten sich, dass die Grundbesitzer nach der Bodenreform ihre »roten Eigentumspapiere« abgeben müssten. Dann würde das Land endlich denjenigen gehören, die es bearbeiteten. Lu Guimei konnte weder lesen noch schreiben. Sie begriff die Lage nicht wirklich. Alles, was sie verstand, war, dass ihr Unheil drohte. Vorsorglich schickte sie ihre Knechte nach Hause.

Auch ihre armen Verwandten behandelte sie nun anders. Früher, wenn sie zu ihr kamen, um sich Geld zu borgen, ließ sie erst einmal eine Tirade von Vorwürfen und Belehrungen auf sie ab. Arbeite fleißiger statt vom großen Los zu träumen! Nimm Fengs Vater und mich, wir haben mit nichts als dem Hemd am Leib angefangen! Und ein Leben lang geschuftet! »Jeden Tag bin ich mehr als zehn Meilen zu Fuß zum Großhandel und zurück gelaufen!« Jetzt kam kaum noch einer, um sich Geld zu leihen. Und die wenigen, die noch über ihre Schwelle traten, bekamen nun statt Standpauken ein wenig Mehl oder Früchte mit auf den Weg. Sie nahmen es wie selbstverständlich und gingen grußlos. Lu Guimei verachtete sie dafür. Doch sie lebte nach dem Vorsatz, sei freundlich zu allen. Man wusste ja nie, was kommt.

»Ich bin schon ein halbes Jahrhundert alt, da hat mir das Schicksal noch eine Tochter geschenkt. Dieses Glück verdanke ich den guten Taten in meinem letzten Leben.« Sie suchte sich Leute auf der Straße, denen sie solche Dinge erzählen konnte. Außerdem hoffte sie etwas zu erfahren über das, was draußen geschah, wie sich die Dinge wandelten.

Aber die meisten wussten auch nicht mehr als sie. Und wenn, erzählten sie es ihr wohl kaum. Lu Guimei kam dann immer schnell auf ihre Schwiegertochter Lian zu sprechen. Sie war ja so tüchtig und fleißig. Ihren Sohn Feng wagte sie nicht mehr zu erwähnen. Beziehungen nach Übersee, das wusste Lu Guimei, brachten Scherereien. Tagsüber arbeiteten sie auf den Feldern. Abends besuchte Lian ihren Alphabetisierungskurs, sie lernte schneller als die anderen. Lu Guimei ahnte, warum. Sie wollte Feng einen Brief schreiben.

Von Feng hatten sie nur einmal aus Shanghai Nachricht erhalten: Er habe bereits eine Schiffspassage und werde in Kürze nach Taiwan abfahren. Mehr erfuhren sie nicht. Als Lu Guimei heimlich versuchte, einen Brief an Feng schreiben zu lassen, war es zu spät. Der Postverkehr zwischen China und Taiwan war abgebrochen.

Eines Tages rückte eine Arbeitsgruppe in das Dorf ein. Sie sollte die Bodenreform umsetzen. Das Land gehörte nun denjenigen, die es bebauten, hieß es. Lu Guimei schickte nach ihrem ältesten Sohn, der außerhalb des Dorfes wohnte. Mit sorgenvoller Miene nahm ihr Sohn auf einem Stuhl Platz. Er hustete viel und sprach nur wenig. »Die neue Politik will die Grundbesitzer abschaffen. Die reichen Bauern stürzen. Und die Kleinbauern schützen sie. Vor allem den Landarbeitern wird geholfen«, murmelte ihr Sohn. Er klopfte sich dabei leicht auf die Brust. Als wolle er all seinen Kummer herausklopfen. »Zu welchen von denen gehören wir dann?« fragte Lu Guimei, etwas schwer von Begriff. »Zu wem schon? Zu den Grundbesitzern. Ich habe dir immer geraten, die Felder zu verkaufen, und du wolltest nicht. Du hast nie etwas davon gehabt. Das hast du nun davon. Das ganze Elend.« Er bekam einen heftigen Hustenanfall.

»Trinkst du auch immer deine Medizin?« Lu Guimei hatte ihren Kummer mit ihm. »Selbst wenn wir Grundbesitzer wären. Wir sind doch nicht böse. Wir dürften doch keine Probleme bekommen. Oder?« kehrte sie zu der dringendsten Frage in ihrem Herzen zurück. »Deine Pächter haben wohl nichts gegen dich. Das wissen alle. Vielleicht legen sie ein gutes Wort für dich ein«, beschwichtigte sie ihre Schwiegertochter. Lian saß daneben und schaukelte das Baby auf ihren Knien. »Außerdem haben wir ein paar Felder verkauft. Es sind doch nur noch 30 *Mu* übrig.«

Lu Guimeis ältester Sohn hatte vor der Revolution Opium geraucht. Damals rauchte er viel, er magerte ab, blieb aber relativ gesund. Jetzt hatte er kein Opium mehr. Und wurde krank. Lu Guimei beklagte sich bei ihrer Schwiegertochter: Ich habe zwei Söhne, mein Großer steht mir nicht sehr nahe, mein Jüngerer ist fortgegangen, was nutzt es, solche Söhne zu haben. Sie seufzte und sagte leise: »Guo Laotu und Xiao Er sprechen kein Wort mehr mit mir, wenn sie mich sehen. Vor zwei Tagen kam Xiao Ers Tochter vorbei. Da habe ich ihr ein paar Weizenfladen zugesteckt, aber sie ist einfach weglaufen, ohne mich eines Blickes zu würdigen.«

»Sie warten auf ihr ›rotes Papier‹. Lass sie ruhig Landbesitzer werden. Wieso machst du dir so viele Gedanken?« sagte ihr Sohn unbeteiligt.

»Sie sagen, weil Feng nach Taiwan gegangen ist, hätten wir Verbindungen zum Feind. Und wir sind Grundbesitzer. Was sollen wir nur tun?« Lu Guimei zückte ein Taschentuch und presste es sich auf die Augen.

»Sag einfach, du hast mit Feng nichts zu tun; sag, er sei ein schlechter Sohn und du hättest ihn rausgeworfen«, ihr Ältester unterdrückte einen erneuten Hustenanfall. »Oder du erzählst ihnen, er sei nach Shanghai gegangen und irgendwie verschwunden oder erschlagen worden, jedenfalls ist er nicht nach Taiwan gegangen.«

»Was redest du da bloß?« Lu Guimei fing an zu weinen, so als sei das, was er sagte, tatsächlich passiert. Auch ihre Schwiegertochter bestand sofort darauf, dass ihr Schwager nicht mehr weiter sprach. Lu Guimeis Sohn war verstimmt und beeilte sich zu gehen.

Früh morgens um vier Uhr stand Lu Guimei auf. Normalerweise kämmte sie nach dem Aufstehen stets ihren grauen Schopf, rieb ihn mit Haaröl ein, bis er glänzte, und band ihn sorgfältig zu einem Knoten zusammen. Doch diesmal hatte sie die ganze Nacht kein Auge zugetan. Mit ungekämmten Haaren setzte sie sich allein vor die Türschwelle und lauschte den fernen Hahnenschreien. Dann erhob sie sich und betrat das Zimmer auf der Westseite des Hauses. Überall lagen die Scherben von Flaschen, Krügen und Vasen, die in der vergangenen Nacht zerschlagen worden waren. Wie sie ihre Verwandten und ehemaligen Pächter hasste! Ein gutes Dutzend von ihnen war in der letzten Nacht in ihr Haus eingedrungen und hatte es geplündert. Mit einem Lächeln auf den Lippen hatte sie zugesehen, obwohl es ihr das Herz im Leibe zerriss. »Räuber, Banditen! Allesamt sollen sie eines grausamen Todes sterben und zur Hölle fahren!« So hatte sie diese Leute im Stillen nun schon viele hundert Mal verflucht.

Früher, wenn sie an ihre Tür klopften, hatten sie nie vergessen, eine möglichst mitleiderregende Miene aufzusetzen. Gab man ihnen dann, was sie wollten, sagten sie zu allem Ja und Amen. Früher hatten sie Angst vor ihr gehabt. Diese Angst empfanden sie jetzt zwar immer noch, aber mit einem kommunistischen Funktionär im Rücken zeigten sie ihr nur noch die kalte Schulter. Sie brauchte bloß leise anzudeuten, wie schwer ihr Leben war, da zeigte sich Schadenfreude in ihren Gesichtern. »Ihr wart es gewohnt, Fisch und

Fleisch zu essen, nun kostet auch ruhig mal, wie unser Leben schmeckt.« Lud sie sie auf einen Schnaps nach Hause ein, kamen sie nicht. Stattdessen hockten sie den ganzen Tag bei den Dorffunktionären und den Leuten vom Bauernverband und redeten. Wo sie auftauchte, stoben sie auseinander wie ein Vogelschwarm.

»Wenn ich das gewusst hätte. Ich hätte alles verkauft und wäre mit Feng nach Taiwan gegangen«, sprach sie zu sich selbst im Hof. Sie hockte sich hin und betrachtete die Ameisen, die emsig hin und her liefen.

Sie hatte schon geweint in ihrem Leben. Damals, während des Widerstandskriegs gegen Japan geriet Lujiachuang in die Hände der Feinde. Überall trieben sich Räuber und Banditen herum. Als man ihr die Nachricht überbrachte, dass ihr Mann von Banditen verschleppt worden war, lief sie sofort los, um mit ihnen zu verhandeln. Niemand konnte ahnen, dass ihr Mann bereits aus dem Versteck der Banditen geflohen war. Er hatte nicht damit gerechnet, dass seine Frau versuchen würde, ihn zu befreien. Statt ihres Mannes hielten die Banditen nun Lu Guimei mehrere Tage lang fest. Ihr Mann jedoch sprang auf seiner Flucht trotz der bitteren Kälte in einen Fluss. An einer Flussgabelung war er dem falschen Lauf gefolgt. Entkräftet ertrank er. Als die Banditen das erfuhren, ließen sie seine Witwe frei. Das war im Frühjahr 1938, Lu Guimei war zweiundvierzig Jahre alt. Sie weinte viele Tage lang. Dann wischte sie sich die Tränen aus dem Gesicht.

Die armen Verwandten hatten sich inzwischen auch in Räuber verwandelt und warteten darauf, ihr Haus und ihr Land untereinander aufzuteilen. Wie Hunde, die darauf warteten, dass ein Knochen unter den Tisch fiel. Hunde wedelten immerhin noch mit ihrem Schwanz. Aber was taten diese

Banditen? »Es ist noch nicht hell, *Niang*. Bist du so früh aufgestanden, um dich zu grämen?« Ihre Schwiegertochter legte ihr eine Jacke über. Lu Guimei überlegte hin und her. Sie hatte noch ein wenig Gold vergraben. Sollte sie ihrer Schwiegertochter davon erzählen? Was, wenn sie eines Tages vor Ärger starb? Dann mussten ihre Schwiegertochter und ihre Enkelin weiterleben.

Sie konnte einfach nicht glauben, was aus der Welt geworden war. Man hatte sie und ihre Schwiegertochter ausgeschlossen, und der Familie Wang ging es auch nicht besser. Was hatten sie nur falsch gemacht? Etwa, dass sie ein Leben lang geschuftet hatten, um sich jene paar Felder zu kaufen? Weinend und schniefend stand sie unter einem alten Baum im Hof. Nicht um sich selbst weinte sie, sondern um ihren Mann. »Sieh doch, wie soll ich so weiterleben?« sprach sie zu ihm. »Wenn das so weitergeht, dann komme ich zu dir.« Ihre Tage waren zu einem Alptraum geworden, ein Alptraum, aus dem es kein Erwachen gab.

Lu Guimei hätte vor sieben Jahren den Zugochsen lieber nicht kaufen sollen. Ihr ältester Sohn kümmerte sich um das Tier und pflügte mit ihm seine eigenen Felder. Was sie jedoch nicht wusste: Vor drei Jahren hatte er seine 60 *Mu* verkauft und den Ochsen gleich dazu. Jetzt fanden sich bei einer Durchsuchung die Belege. Ihr Sohn musste wegen Sabotage der Bodenreform für fünfzehn Jahre ins Gefängnis. Ein Sturm braute sich über Lu Guimei zusammen.

Nach der Bodenreform begannen die »Kritik- und Kampfsitzungen«. Man beschlagnahmte Lu Guimeis gesamtes Eigentum, trug all ihre Habseligkeiten auf dem Dreschplatz zusammen und verteilte sie an die Landarbeiter. Die Dorffunktionäre befahlen außerdem, die wenigen Getreidevorräte der Familie in den allgemeinen Getreideschuppen zu bringen. Lu Guimei hatte zunächst zaghaft auf der Tenne gestanden und alle Leute angelächelt, egal wen. Als sie aber merkte, dass man ihnen das restliche Getreide wegnahm, ging sie auf die Männer zu und beklagte sich unter Tränen: »In meiner Familie gibt es nur noch uns Frauen. Ihr könnt gerne all unsere ›roten Papiere‹ haben, wenn ihr wollt!« Niemand beachtete sie. Nur ein paar Kinder starrten sie an, die Erwachsenen zogen sie rasch weg.

Im Oktober 1950 gab es in Lujiachuang eine Bürgerversammlung, auf der die Grundbesitzer an den Pranger gestellt wurden. Außer gegen Lu Guimei und einen Mann namens Lu Chenggui richteten sich die Vorwürfe auch gegen Lians Vater. Die Kampfsitzung dauerte drei Stunden. Lian saß mit ihrem Kind im Arm unter den Zuschauern und sah zu, wie einige aus der Familie Lu ihren Vater und ihre Schwiegermutter beschimpften und beleidigten. Zuerst verlangten sie von ihnen, sich niederzuknien, und Lu Guimei musste ihr Kopftuch abnehmen. Danach wurden sie gezwungen, sich hohe Schandhüte aus Papier aufzusetzen und sich nacheinander bei jedem Einzelnen der anwesenden Kleinbauern und Landarbeiter zu entschuldigen, und dies war noch nicht genug. Ein Cousin, der früher von den Wangs Geld geborgt hatte, bespuckte Lians Vater und schlug Lu Guimei ins Gesicht. Sie fiel zu Boden. »Nicht schlagen, nicht schlagen!« rief Lian und drängte sich mit ihrem Kind im Arm nach vorne. Sie hielten sie zurück: »Es reicht, du Tochter eines Grundbesitzers, du Frau eines Reaktionärs. Komm her und knie dich auch hin!« Weil aber ihr Kind in lautes Geschrei ausbrach und im Saal ein ziemliches Durcheinander herrschte und nur wenige Leute sie anfeuerten, kam Lian noch einmal davon.

Noch am gleichen Abend wurde Lu Guimei eingesperrt. Das Gefängnis war ihr eigenes Haus. Das Haus, das sie und ihr Mann eigenhändig aufgebaut hatten. Man sperrte sie in das Wohnzimmer im südlichen Teil des Erdgeschosses, wo sie sich gegen eine Wand lehnen durfte. Fünf oder sechs Milizionäre bewachten sie im Wechsel Tag und Nacht. Lian nahm ihr Kind und lief nach Hause zu ihrer Mutter. Hier weinten sie zusammen. Denn auch ihr Vater war von den Milizionären eingesperrt worden und saß nun oben im ersten Stock, wohin sie ihm weder etwas zu essen noch Wasser bringen durften.

Lian blieb eine Nacht bei ihrer Mutter. Am anderen Morgen machte sie sich auf den Rückweg zu ihrer Schwiegermutter. An jenem Tag blies ein starker Wind. Als sie den Deich entlangging, hörte sie plötzlich zwei Schüsse. Das Kind im Arm haltend, senkte sie wachsam den Kopf und beschleunigte ihren Schritt. Nach einem zweistündigen Fußmarsch erreichte sie beinahe das Dorf, als jemand sie beim Namen rief. Es war eine der Frauen aus dem Alphabetisierungskurs, die Frau Zhou hieß und mit der Lian noch nie ein Wort gewechselt hatte.

Lian fand sie etwas zynisch und rechthaberisch, aber sie war nicht böse. Sie blieb stehen und warf einen Blick auf Frau Zhou, die ihr irgendwie verändert erschien. Frau Zhou zog sie in einen menschenleeren Ahnentempel: »Auf dem Gerstenfeld ist gerade jemand erschossen worden, und ich habe gehört, dass deine Schwiegermutter als Nächste dran sein soll.«

»Und was ist mit meinem Vater?« Lian hatte die Nachricht ganz durcheinander gebracht. Frau Zhou schaute sich nach allen Seiten um. Lian versuchte, ihre Fassung wiederzugewinnen. Die Frau, die da vor ihr stand, war weder mit ihr befreundet noch mit ihr verwandt. Wieso ging sie für sie solch ein Risiko ein? Konnte sie ihren Informationen trauen? Frau Zhous Mann gehörte zur den Leuten von der öffentlichen Sicherheit. Also musste eigentlich stimmen, was sie ihr mitgeteilt hatte. Lian nahm das wenige Geld, das sie bei sich hatte, und drückte es ihr in die Hand: »Solltest du etwas über meinen Vater hören, bitte rette sein Leben.« Sie bestand darauf, dass Frau Zhou die Münzen annahm. Dann verließ sie den Ahnentempel.

Im Haus ihrer Schwiegermutter hatte sich alles verändert. In der Halle wimmelte es von Milizionären. Zwei Cousins von Feng waren bereits eingezogen und bewohnten jetzt je ein großes Zimmer im Parterre und im ersten Stock. Sie hatten ein paar Kleidungsstücke von Lu Guimei zu einem Bündel zusammengerollt und ihr ins Wohnzimmer gebracht. Später fand Lian im Kuhstall ihre eigenen Kleider und das Kochgeschirr wieder, das sie von zu Hause mitgebracht hatte. Dieses Haus war von diesem Tag an nicht länger ihr Zuhause.

Heimlich schlich sie an dem Zimmer vorbei, in dem ihre Schwiegermutter eingesperrt war. Lu Guimei hielt den Kopf gesenkt und wirkte sehr angegriffen. Mit leiser Stimme versuchte sie sie zu trösten: »Nicht wir sind schuld, es sind diese Zeiten. Solange du den Berg bestellst, wirst du immer Brennholz haben.« Sie hatte noch nicht zu Ende gesprochen, da drückte ihr einer der Milizionäre den Lauf seines altmodischen Gewehrs unter das Kinn: »Hört auf zu quatschen! Ihr Ausgeburten von Schlangengeistern und Rinderdämonen, was redet ihr da für ein Blödsinn.« Lian sah das vom Alkohol gerötete Gesicht des Mannes mit dem Gewehr. Sofort holte sie eine Flasche Schnaps aus einem Nebenzimmer und schenkte den Milizionären ein. Da sie nichts sagten, stellte sie die Flasche einfach auf den Tisch. Nach dem Abendessen sah sie, wie die Männer zu trinken anfingen.

Unter dem Vorwand, ihrer Schwiegermutter etwas zum Essen zu bringen, näherte sie sich dem Saal auf der Südseite. »*Niang*, nimm's nicht so schwer. Die Götter schneiden uns den Weg schon nicht ab.« Ihre Schwiegermutter seufzte tief. Sie fragte die Götter, wofür das alles.

Von Lians Elternhaus kam die Nachricht herüber, ihr Vater sei zu einer lebenslangen Haftstrafe verurteilt worden (er sollte später mehrere Jahre lang im Gefängnis bleiben). Sein Verbrechen bestand darin, dass er »die Verordnungen der Bodenreform missachtet« hatte. Lian versuchte ihren Vater im Gefängnis zu besuchen, aber man ließ sie nicht zu ihm. »Die Gerechtigkeit geht vor die eigene Familie. Mach, dass du nach Hause kommst. Wenn du keinen klaren Schlussstrich ziehst, wirst du große Probleme haben«, riet ihr die stellvertretende Direktorin des Frauenverbandes, die sie zufällig vor dem Gefängnis traf. Sie meinte es gut mit ihr. Aus der Ferne sah sie ihren Vater. Er war stark abgemagert, und sein Gesicht war von Bartstoppeln bedeckt. Über Nacht war sein Haar weiß geworden. Sie erkannte ihn fast nicht wieder. Trotz der Entfernung konnte sie seine Trauer und Einsamkeit spüren. Sie wagte es weder, sich ihm zu nähern, noch davonzugehen. In einem fort wiegte sie das jammernde Kind auf ihrem Schoß.

Lians Leben war von Kindheit an leicht und sorglos gewesen. Nachdem sie in Fengs Familie eingeheiratet hatte, behandelte ihre Schwiegermutter sie wie eine leibliche Tochter. Alle sprachen davon, wie gut es das Schicksal doch mit ihr meinte. Das Einzige, was sie nicht ganz begreifen konnte, war das Verhalten ihres Ehemannes. Lian wusste, dass er sich daran störte, dass sie keine höhere Bildung besaß. Doch sie hatte ihm erzählt, dass sie zusammen mit ihrem jüngeren

Bruder zwei Jahre bei einem Hauslehrer gelernt hatte. Außerdem hatte sie ihrem Vater immer bei der Buchführung der Ölmühle geholfen. Sie konnte rechnen, sie rechnete sogar ausgezeichnet. Dies hatte ihr Vater Feng auch bestätigt, sie konnte sich erinnern, aber Feng hatte gar nicht darauf geachtet. Immer schien ihn irgendwas zu bedrücken. Lian konnte nicht sagen, was in ihm vorging. Wie gern hätte sie gewusst, was er dachte!

Nicht lange nach ihrer Hochzeit fand Feng, sie sollte ein wenig Make-up benutzen. Ratlos suchte sie ihre Cousine auf, um die Sache mit ihr zu besprechen. Daraufhin schicke die Cousine jemanden los, um einige Schminkutensilien für sie zu kaufen, und brachte ihr außerdem bei, wie man die Schminke auftrug und sie wieder entfernte. Lian hatte ein Gesicht, das niemand je als hübsch oder als hässlich bezeichnet hatte; ein Gesicht, das weder rund noch platt war. Jeden Morgen wusch sie sich den Schlaf aus den Augen, trug ein wenig Duftwasser auf, betrachtete sich kurz im hin und her schwappenden Waschwasser und schüttete es dann mitsamt ihrem Spiegelbild aus. An jenem Abend war Feng nach Nanjing gefahren und kam nicht nach Hause zurück. So legte sie sich mit ihrem geschminkten Gesicht hin, das ihr wie eine aufgesetzte Maske vorkam, und schlief ein.

Auch am folgenden Tag kam Feng nicht zurück. Da ihre Schminke verblasst war, wusch sie sie ab.

Dann blätterte sie in einer Illustrierten, die ihr ihre Cousine mitgebracht hatte. Sämtliche der darin abgebildeten Frauen aus Shanghai waren geschminkt und trugen westliche Kleider. »Würdest du dich jeden Tag so zurechtmachen, dann würde er sicher nicht weggehen.« Sie konnte heraushören, dass ihre Cousine nur ihr allein die Schuld gab. Sie glaubte, dass es an ihr lag, wenn er sie so gleichgültig behandelte, weil es ihr nicht gelungen war, ihn an sich zu binden.

Aber wie sollte sie ihn halten? Es war ja nicht so, dass sie nicht darüber nachgedacht hatte. Doch jedes Mal, wenn sie mit ihm sprach, schaute er sie ungeduldig an, und sie verstummte sofort. Was konnte sie ihm auch erzählen? Alles war trivial und bedeutungslos, wichtige Dinge gab es in ihrem Alltag nicht, und von den wirklich wichtigen Dingen hatte sie keine Ahnung. Es kam natürlich auch niemand zu ihr und klärte sie auf. Von dem Gerede auf der Straße wusste sie, dass die Achte Feldarmee den Reichen nahm, um den Armen zu geben. Und das die Kuomintang durch und durch korrupt war. »Einen Furz verstehst du!« So redete er mit ihr, wenn sie nur zwei Worte sagte. Alle hielten seine Reaktion für normal. Eine Frau verstand eigentlich von nichts etwas und sollte auch nichts verstehen: »Frauen hüten besser ihre Zunge.« Zwar hatte sie das unbestimmte Gefühl, dass ihr Ehemann sie gar nicht mochte. Doch ihre Mutter sagte immer wieder, was für ein Glückskind sie doch sei: »Eine derart gute Schwiegermutter findest du nicht mal, wenn du mit einer Laterne nach ihr suchst.« Wie sehr ihr Leben von ihrer Schwiegermutter abhing. Tatsächlich hatte sie ihre Schwiegermutter geheiratet. Aber sie war wirklich gut zu ihr, kein Zweifel. Die Frage war eher, ob Feng sie liebte.

Nach Fengs Fortgang war sie lange Zeit sehr traurig. Sie bereute, dass sie ihn damals einfach hatte ziehen lassen, ohne auch nur ein bisschen dagegen zu rebellieren. Was, wenn er nun nicht wiederkam oder ihm sogar irgendetwas zustieß? Sie bereute, dass sie ihn nicht begleitet hatte, sondern dem Rat ihrer Schwiegermutter gefolgt und zu Hause geblieben war. »*Aija*, Kind, lass ihn gehen. Wenn die Verhältnisse dort wirklich unerträglich sind, dann wird er in jedem Fall zurückkommen. Dies ist seine Familie, da muss er doch zurückkommen, oder?« hatte ihre Schwiegermutter gesagt. »Ich kann zwar nicht in sein Herz schauen, aber ich weiß, dass er fürchtet, dass uns schwere Zeiten bevorstehen könnten, wenn die Kommunisten erst mal da sind. Lass ihn also ruhig gehen, er wird ganz bestimmt wiederkommen. Und falls nicht, dann wird er einen Weg finden, uns von hier wegzuholen.«

Sie hatte den Worten ihrer Schwiegermutter geglaubt. Denn ihre Schwiegermutter war eine kluge Frau, die viel gesehen hatte und viele Leute kannte. Und sie war Fengs Mutter. Feng hatte vor niemandem Angst – nur vor seiner Mutter. Immer war Lu Guimei auf ihrer Seite. Manches Mal hatte sie sogar Feng zurechtgewiesen. Wenn Lian nicht auf ihre Schwiegermutter hörte, auf wen sollte sie dann hören?

Sie wohnten von nun an im Kuhstall. Die Kleine schrie und weinte die ganze Nacht hindurch. Lian warf einen prüfenden Blick zur Decke des Stalls. Als sie in die Familie Lu eingeheiratet hatte, war ein Stück des Daches von einem Taifun weggerissen worden. Glücklicherweise hatte ihre Schwiegermutter den Schaden reparieren lassen. Das Zimmer, in dem sie noch vor kurzem gewohnt hatte, war jetzt einem von Fengs Cousins zugeteilt worden. Diese Verwandten waren noch einigermaßen freundlich zu ihr. »Wenn du etwas brauchen solltest, dann sag uns ruhig Bescheid«, hatten sie ihr heimlich zugeflüstert, aber was konnte sie schon brauchen? Ihr Ehemann war nach Taiwan verschwunden, ihr Vater war ein Kapitalist und Großbauer, auch ihre Schwiegermutter war Grundbesitzerin. Wohin sollte sie sich mit ihrem Kind wenden? Sie lag auf dem Boden des Stalls, und sie wusste, dass das Dach in der Regenzeit nicht dicht bliebe, aber es gab schlimmere Dinge.

Mitten in der Nacht bemerkte sie auf der Rückseite des Kuhstalls einen schwankenden Schatten. Zuerst dachte sie, es seien die Bäume im Wind. Doch dann hörte sie, wie jemand von draußen ihren Namen rief. Es war Frau Zhous Stimme: »In einigen Tagen werden sie deine Schwiegermutter erschießen. Du solltest das wissen.« Aus Sorge, man könnte sie erkennen, hatte sich Frau Zhou einen Stoffhut aufgesetzt. Lian gab ihr die Hälfte ihres Geldes. »Später gebe ich dir zurück, was du für mich getan hast«, sagte sie hastig, aber Frau Zhou unterbrach sie: »Vergiss später, denk an jetzt. Überleg lieber, wie du sie retten kannst. Wenn sie erst mal mit deiner Schwiegermutter fertig sind, werden sie auch dich nicht einfach laufen lassen. Also sei vorsichtig.«

Frau Zhou sagte noch, dass ihr jüngster Bruder ebenfalls nach Taiwan gegangen sei. Sollte Lian irgendetwas von Feng hören, sollte sie ihr Bescheid geben. Sie würde so gerne Kontakt mit ihrem Bruder aufnehmen, was über Feng vielleicht möglich sei. Frau Zhou ging davon. Lian blieb allein im leeren und karg eingerichteten Kuhstall zurück, unsicher und orientierungslos. Ihr Leben hatte sie einfach dorthin geführt, wo sie heute stand. Wie würden diese Leute sie wohl behandeln? Sie und ihre Schwiegermutter waren doch bloß Frauen, Frauen, die von nichts etwas verstanden, wie man ihnen immer gesagt hatte. Wieso wurden die Frauen also jetzt gegen ihren Willen in die Kämpfe der Männer hineingezogen? »Feng, wo bist du?« rief sie verzweifelt im Stillen.

Sie konnte nicht schlafen. Also stand sie auf und setzte sich vor den Kuhstall auf einen Holzstuhl, dem ein Bein fehlte. Nie zuvor in ihrem Leben hatte sie irgendwelche Entscheidungen treffen müssen. Und nun ging es um ein Menschenleben. Sie musste sich richtig entscheiden, und die Zeit dazu war bereits knapp. Ihrer Mutter stand sie nicht eben nahe, ihr Ehemann Feng hatte der Familie den Rücken gekehrt, und ihr Vater saß im Gefängnis. Sie hatte niemanden, an den sie sich wenden konnte. Was ihr geblieben war, waren ein vor

Hunger schreiendes Kind und eine Schwiegermutter, die ihre Hilfe brauchte.

»Feng«, rief sie ein weiteres Mal stumm nach ihrem Mann, »warum hast du uns verlassen?« Als der Hass beinahe in ihr hochkam, lenkte sie ihre Gedanken in eine andere Richtung. Sie musste einen Ausweg für ihre Schwiegermutter finden, ihr Leben retten.

Sie zögerte, ob sie gleich am frühen Morgen zu Fengs Cousin gehen und die Sache mit ihm besprechen sollte. Es schien ihr zu unsicher. Sie hatten ihr Haus okkupiert. Er arbeitete für die Kulturtruppe des Dorfes, es lag nahe, dass sie die ganze Wahrheit kannten. Aber was brachte es, mit ihnen zu reden, wenn sie bisher auch nichts gesagt hatten.

Sie machte die ganze Nacht kein Auge zu.

Am nächsten Tag bestellte sie der Anführer der Volksmiliz zu sich. Er hatte gehört, dass ihre Schwiegermutter erst Ende des letzten Jahres einige Felder verkauft hatte, und wollte nun von ihr wissen, was aus dem Geld geworden war. »Deine Schwiegermutter hat uns gesagt, sie habe für die Felder Gold erhalten, das sie dir in Verwahrung gegeben habe.« Er verhörte sie regelrecht, und sie versuchte sich zu verteidigen: »Nein, so war das nicht. Ich rede mal mit ihr.« Sie bat den Gruppenführer inständig um eine Gegenüberstellung mit ihrer Schwiegermutter, aber er winkte ab.

Ein schweres Gewitter zog auf. Sie brachten den Grundbesitzer Lu Shibiao und sperrten ihn auch in ihrem Haus ein (Lian hielt es immer noch für ihr Haus). Der Milizführer und die Bodenreform-Arbeitsgruppe hatten für heute ihre Arbeit erledigt. »Morgen kommen wir wieder und begleichen unsere Rechnung mit dir«, sagten sie zum Abschied.

Lian fragte Lu Shibiao, ob er von der Todesstrafe gegen ihre Schwiegermutter wusste. Er hatte auch davon gehört.

Dann bat er sie, zu seiner Familie zu gehen, und ihm eine Steppdecke zu besorgen. Als sie wiederkam, ging sie zu den Verwandten ins obere Stockwerk, die auf ihre Tochter aufgepasst hatten. Sie luden sie zum Essen ein. Lian gab sich einen Ruck: »Es heißt, meine Schwiegermutter sei bereits zum Tode verurteilt worden.« Doch die Verwandten machten ein verdutztes Gesicht und entgegneten: »Davon wissen wir nichts!« Lian spürte, dass sie darüber erstaunt waren, wie viel sie wusste, und dass sie selbst auch längst Bescheid wussten und nichts erzählen wollten. Wem konnte sie in diesen Zeiten noch vertrauen?

Der Cousin ermahnten Lian sich gut um das Kind zu kümmern. Zu dem Todesurteil ihrer Schwiegermutter schweigen sie. »Ich will mit ihr fliehen, bitte helft mir!« Sie fiel auf die Knie und sah die Frau des Cousins an. Sie war noch die Gutherzigste von allen. In ihrem Gesicht spiegelte sich ihr Zögern: »Gut, steh auf und sag mir, wie ich dir helfen kann. Wenn ich kann, dann werde ich es tun.«

Lian erzählte ihr von einem geheimen Keller zum Schutz vor Banditen, durch den man unbemerkt nach draußen gelangen könne. »Aber da sind so viele Türen davor, die sind alle verschlossen. Wie willst du da durchkommen?« Die Frau schien bedrückt. Lian versuchte sie zu beruhigen: »Ob unsere Flucht gelingt oder nicht, ist Schicksal. Wir werden euch nicht in Schwierigkeiten bringen. Ich gehe jetzt ein paar Sachen holen. Du brauchst nur meiner Schwiegermutter Bescheid zu sagen, wenn das geht.«

»Dann lass aber deine Tochter hier zurück. Wie willst du mit einem Kind fliehen? Du gehst, und sobald du weg bist, nehme ich mich seiner an.« Die Frau seufzte und blickte zu ihrem Mann. Der zeigte keine Reaktion, sah auch nicht besonders froh aus. »Wenn dir die Flucht gelingt, holst du das Kind später bei mir ab. So weit werde ich noch helfen. Aber danach sind wir den Lus nichts mehr schuldig, für immer.«

Lian unterdrückte ihre Tränen. Sie wollte ihre Tochter nicht zurücklassen. Aber eine Flucht mit einer alten Frau und einem kleinen Kind war einfach unmöglich. Was sollte sie tun? Es brach ihr das Herz, ihrer Tochter zuliebe sollte sie eigentlich dableiben, mit dem Kind würde sie zusammen überleben! Aber was würde dann aus ihrer Schwiegermutter werden? Sollte sie in einigen Tagen auf dem Gerstenfeld sterben? War ihre Schwiegermutter wirklich so schlecht, dass sie sterben musste? Warum konnte man sie nicht am Leben lassen? Eine verheiratete Tochter ist wie vergossenes Wasser, sagte das Sprichwort. Ihre Schwiegermutter war ihre Familie. Sie konnte nicht tatenlos zusehen, wie sie umgebracht wurde! Und hatte man sie erst mal exekutiert, dann wäre sie selbst wegen des Goldes dran.

»Denk noch mal in Ruhe darüber nach. Heute Nacht regnet es in Strömen, und zum Fliehen wäre morgen auch noch Zeit genug«, riet ihr der Cousin. Sie gab ihm Recht, bedankte sich und ging.

Der Milizführer behandelte sie immer schlechter. »Wenn du uns nicht sagst, wo das Gold versteckt ist«, blaffte er sie an, »dann kommst du auf die Liste, dann werden wir dich verprügeln. Ihr verlogenen Grundbesitzer.« Er entschied, sie allein in ein Zimmer zu sperren. Es lag über dem Wohnzimmer, und sie konnte von dort aus zu ihrer Schwiegermutter hinuntersehen. Lu Guimei schien vor lauter Groll kein Wort mehr herauszubringen. Einen Tag und eine Nacht schon verweigerte sie jede Nahrung, vielleicht weil sie wusste, was ihr bevorstand.

»*Niang*, iss ein bisschen was«, rief sie leise zu ihr hinunter. Sie hoffte, dass ihre Schwiegermutter wieder zu Kräften kam, damit sie rennen konnte. Die Milizionäre erlaubten ihr nicht, lange zu reden. »*Niang*, hör auf mich, iss etwas, nur ein klein wenig.« Sie konnte ihr eigenes Echo hören. Würde ihre Schwiegermutter begreifen, was sie ihr sagen wollte? Sie wendete sich noch mal an die Milizionäre: »Wo ist mein Kind?« Und einer von ihnen, der ein gutes Herz hatte, gab ihr zur Antwort: »Das weint und schreit. Dein Cousin hat es zu sich genommen.«

Das beruhigte sie. Jetzt konnte sie sich wieder ihrem Fluchtplan widmen. Wenn sich die Milizionäre auch diese Nacht wieder betrinken würden, dachte sie, dann würde sie ihre Schwiegermutter nehmen und rennen. Sollte dies aber nicht der Fall sein, dann würde sie hier bleiben und abwarten, was die Götter mit ihr vorhatten.

In der Nacht ließ der Regen nach. Die Regentropfen, die vorher auf das Dach geprasselt waren, wurden immer leiser, und sie hörte, wie ihre Schwiegermutter im Zimmer umherlief, sie schlief nicht. Nach zehn Uhr unterhielten die Milizionäre sich zunehmend lauter. Sie wusste, dass sie wieder tranken.

Jetzt musste sie nur noch warten, bis sie betrunken waren. »*Niang*, was hältst du von Shuitang, da drüben?« rief sie ins Erdgeschoss. Ihre Schwiegermutter schwieg erst, begriff aber kurz darauf, worauf ihre Schwiegertochter hinauswollte. In Shuitang lebten Verwandte ihrer Familie, die früher auch zu ihren Pächtern gehört hatten. Zu Neujahr und zu anderen Festen hatten sie ihr oft Sachen zum Essen geschickt und sich mit Lu Guimei immer gut verstanden. »Die sind jetzt alle ihre eigenen Herren geworden«, antwortete sie aus der Dunkelheit, und in ihrer heiseren Stimme dämmerte das ganze Ausmaß der Ereignisse.

Lian blickte hinunter: Im Wohnzimmer verbreitete eine Petroleum-Schirmlampe ihr schummriges Licht, doch das

Lärmen der Männer ließ nach. »*Niang*, iss noch ein bisschen mehr, und dann zieh dir irgendetwas über«, wies sie sie an. »Wir durchqueren den Schutzkeller.« Mit diesen Worten sprang sie hinunter.

Als sie nach draußen rannten, stießen sie auf etliche Türen, die mit Stangen verbarrikadiert waren, es fehlten die Schlösser. Lian schob den Riegel der Hintertür auf, trat mit Lu Guimei auf den schlammigen Weg, und sie rannten um ihr Leben.

Das war im Winter 1949.

Mao sagt:
»Die Taiwaner essen
nur Bananenschalen«
*Die Reise, die mein Vater Feng
fast vierzig Jahre später
in seine Heimat China unternahm
China, Provinz Anhui, 1987*

Es war ein ungewisser und endloser Weg zurück in die Heimat. Es war ein Marsch, der vierzig Jahre dauerte.

Von Taipeh flog Feng mit dem Flugzeug über Hongkong nach Nanjing. Beim Umsteigen in Hongkong verwechselte er das Boarding Gate und hätte um ein Haar seine Anschlussmaschine verpasst. Er hörte durch die Lautsprecher der Wartehalle mehrmals seinen Namen. Als letzter Passagier bestieg er die Maschine. Ein Passagier, der es nach vierzig Jahren plötzlich eilig hatte, nach Hause zurückzukehren.

Kurz vor Sonnenuntergang traf er in Nanjing ein. Er war angekommen und wusste erst einmal nicht, wie er seine Reise fortsetzen wollte. Müde verbrachte er die Nacht in Nanjing. Er saß alleine in einem Hotelzimmer und blickte durch das Fenster auf die abendlichen Straßen der Stadt. Unentwegt liefen ihm die Tränen über das Gesicht. Er konnte sich nicht mehr daran erinnern, wann er das letzte Mal geweint hatte.

Es musste damals im Polizeihauptquartier gewesen sein. Und noch früher, 1949, als er nach Keelung gefahren war, um Fu Qi vom Hafen abzuholen. An diesem Tag hatte er seinen einzigen Anzug getragen und das weiße Hemd, sauber und ordentlich genug. Er hatte sich sogar zuvor in Ertiaotong die Haare schneiden lassen. Dann war er rauchend am Kai auf und ab gegangen. Er wartete lange, dann ging er zurück in die Besucherhalle. Ein paar Leute standen da zusammen und redeten aufeinander ein. Er achtete nicht auf sie. Jemand bestürmte einen Hafenangestellten mit Fragen, und ein paar andere Leute gingen rastlos auf und ab. Irgendwie kam ihm die Stimmung in der Halle eigenartig vor. Er fragte jemanden: »Wann kommt das Schiff aus Shanghai an?« Der Mann rauchte ebenfalls, sah ihn kurz an und sagte dann ohne sichtbare Regung: »Die ›Zhaoshang‹? Die ist vor zwei Tagen untergegangen.«

Das Schiff war gesunken. Sein Herz sank. An jenem Abend versteckte er sich unter einer Steppdecke in dem Schlafsaal des Wohnheims und weinte lange Zeit, so lange, bis sein Weinen die anderen aufweckte. Einer kam aus dem Nordosten Chinas, ein Riese. Er fuhr ihn grob an: »Große Männer heulen doch nicht. Was soll das Huähuä? Was bist du denn für ein Schlappschwanz.« Er saß im Bett und rauchte eine Zigarette, ohne den Mann anzusehen oder ihm etwas zu entgegnen. Schließlich verließ er den Saal und ging durch die nächtlichen Straßen und ging und ging, bis es hell wurde. Danach aß er mehrere Tage lang nichts und sprach viele Wochen kein Wort.

Keine drei Wochen später wurde die Meerenge von Taiwan für den Schiffsverkehr gesperrt, und eine Rückkehr nach China wurde unmöglich.

Als die Nacht sich über Nanjing senkte, ging er zum Konfuziustempel und zum Ufer des Qinhuai-Flusses. In seinem Herzen vernahm er die Stimme einer jungen Frau. Er musste an das Laternenfest denken, das in jenem Jahr vor dem Konfuziustempel stattgefunden hatte. Doch hier war alles anders. Überall standen Straßenhändler, die geröstete Kastanien und kandierte Früchte am Spieß verkauften. Ein Mann führte auf der Straße einen Affen vor, der Fahrrad fahren konnte. Die meisten Menschen trugen dunkelblaue Mao-Anzüge, eine Uniform, die ihm fremd vorkam. Doch nicht die anderen waren fremd, sondern er selber.

Feng hatte nicht geglaubt, dass er noch einmal hierher zurückkehren könnte, in seine alte Heimat. Er ging zum Bahnhof und schaute auf den Fahrplan der Züge nach Hause. Dann schlenderte er weiter. In den Straßen lag der Duft von Wildgemüse, und die Stimme der jungen Frau klang immer noch in seinem Herzen.

An einer Straßenkreuzung ging er immer geradeaus weiter, er lief und lief, bis er sich verlaufen hatte.

Fu Qi? In der Menschenmenge erblickte er ein Mädchen und erschrak. Das Mädchen trug einen Mao-Anzug und ein weißes Halstuch. In einem Pulk von Radfahrern radelte sie langsam davon. »Fu Qi?« hätte er beinahe ausgerufen, doch sein Verstand hielt ihn davon ab.

Der Strom der Zeit überflutete ihn.

Seine Erinnerungen an Nanjing waren tiefer und lebendiger als die an seinen Heimatort Dangtu. Er besuchte einen Klassenkameraden aus der Mittelschulzeit. Der war zunächst so überrascht, dass er kaum ein Wort herausbrachte. Dann schickte er seinen Sohn los, um ein paar andere ehemalige Mitschüler herbeizuholen, die in der Nähe wohnten. Feng schaute in die Gesichter dieser Klassenkameraden, sie sahen alle viel gereifter aus als er, wie aus einer anderen Generation. Er sprach voll Zutrauen mit ihnen. Sie hörten ihm interessiert zu, doch die meisten lächelten nur vor sich hin und suchten vielleicht nach passenden Worten.

Mit einem Mal spürte er, wie schnell die Zeit vergangen war. Ihm schien, als wäre er erst gestern aus China fortgegangen, wie konnte es sein, dass bereits vierzig Jahre vergangen waren? Einer seiner Mitschüler war jetzt Sekretär des städtischen Parteikomitees. Er lud ihn auf der Stelle zu sich nach Hause zum Essen ein. Feng erwiderte, eine Tasse Tee tue es auch, bitte keine Umstände, keine Umstände. Als er dann in der Wohnung des Parteisekretärs auf dem Sofa saß und ihn aus seinem Leben erzählen hörte, stellte Feng fest, dass er selbst ganz anders sprach und sich auch anders verhielt als die Hiesigen.

Doch es fehlte noch etwas. Er ging zu Nanjings großer Brücke, überquerte sie ganz allein, die Lastwagen donnerten an ihm vorbei. Er starrte in den gelblich-trüben Yangtse; die Fluten des Stroms zogen ebenso schnell vorüber wie die Jahre des Lebens. Am nächsten Tag nahm er in der Nähe seines Hotels ein Taxi und ließ sich in seine alte Heimat Dangtu fahren.

Feng schaute aus dem Autofenster und durchsuchte die Vergangenheit nach etwas Vertrautem. Doch da war nichts Besonderes. Er konnte nichts heraufbeschwören. Die vorbeifliegende Landschaft war wie immer. Der Himmel war weit, und die Felder standen voller Maulbeerbäume. Auch als er das Fenster herunterkurbelte, roch er nichts Besonderes, aber eine undefinierbare Vertrautheit erfüllte sein Herz mit zärtlicher Zuneigung. Er musste wieder weinen.

Er unterdrückte seine Tränen und heftete seine Augen starr auf die schmierige Fensterscheibe. Sie hatte ein Loch, jemand hatte es mit durchsichtiger Plastikfolie überklebt. Die Landschaft seiner alten Heimat sah verschwommen aus.

Guanmai-Gasse hatte man mittlerweile in Guanmai-Ort umbenannt. Sein Fahrer stammte aus Hukou und kannte sich in dieser Gegend nicht aus, er sei nur mal in Hu-Fluss und Wu-See gewesen. In Dangtu angekommen, fuhren sie orientierungslos herum. Als sie jemanden fragten, sagte ein Mann, Guanmai-Gasse hieße schon lange nicht mehr so. Dieser Mann stand vor seiner Haustür und reparierte gerade ein uraltes Fahrrad. Um ihn herum saßen und standen einige Leute und sahen ihm dabei zu. Ihre Blicke richteten sich alle auf Feng, aber keiner sagte ein Wort, als sähen sie einem Theaterstück zu.

Als er weiter fragte, erzählte man ihm, dass sein Elternhaus längst abgerissen sei. Während der Bodenreform. Er holte einen Stift heraus und schrieb den Namen seiner Mutter auf ein Stück Papier, sie schüttelten bloß die Köpfe. Er missverstand sie und dachte, er hätte nicht fragen sollen. Schließlich waren sie damals Grundbesitzer gewesen, seine Mutter war Grundbesitzerin. Er wischte den Gedanken fort: Diese Dinge lagen schon so viele Jahre zurück. Möglicherweise erinnerte sich niemand mehr an seine Mutter. Es war zu lange her. Feng verabschiedete sich freundlich. Die Leute musterten ihn aus den Augenwinkeln. Vielleicht war er in ihren Augen eine Art Außerirdischer. Er war ein Mann aus Taiwan, sie hatten noch nie jemanden aus Taiwan gesehen.

Gegen Abend zeigte ihm endlich jemand den richtigen Weg. Als der Wagen in die Gasse einbog, war es bereits kurz vor sieben. »Proletarier aller Länder vereinigt euch!« stand in roten Schriftzeichen auf einer Lehmmauer. Feng zog zwei schwere, große Kunstlederkoffer aus dem Kofferraum. Er betrachtete die verwitterte Holztür des Hauses. Rechts und links und auch über der Tür klebten Spruchbänder. Seit letztem Neujahr hatte der Regen sie schon arg verwaschen. Sein Schwager, Ji Ming, hatte von drinnen Geräusche gehört und steckte seinen Kopf durch die Tür. Als er Feng erblickte, humpelte er hastig nach draußen. »Huiping, dein alter kleiner Bruder aus Taiwan ist zurück.« Schon früh am Morgen hatte ihnen ein Dorfkader den Besuch angekündigt. Sie hatten den ganzen Tag zu Hause auf Feng gewartet.

Feng erkannte seinen Schwager nicht wieder. »Nun schau nur, schau nur!« Herzlich, aber etwas befangen schlug ihm

Ji Ming auf die Schulter. »Nun kommt schon heraus und helft mit, die Koffer zu tragen. Du bist sicher todmüde von der langen Reise.« Fengs schlaksiger Neffe kam aus dem Haus gerannt und ergriff einen der Koffer. Den anderen überließ er nicht Ji Ming, sondern trug ihn selbst hinein. Er stand mitten im Hof, ihm wurde ein wenig schwindelig, unter all den Nachbarskindern, die herbeiliefen und ihn anschauten. Als seine große Schwester Huiping aus dem Haus kam, stellte er sein Gepäck ab. Für einen kurzen Moment gaben seine Beine nach, er wäre beinahe gestürzt.

Seine große Schwester kam heraus und sprach ihn an, Feng hielt sie zuerst für seine Mutter, eine Sekunde lang glaubte er, seine Mutter sehe noch so aus wie damals. Aber dann merkte er, als sie miteinander sprachen, dass es seine große Schwester war, die da vor ihm stand! Hastig umarmte er sie, noch nie in ihrem Leben hatten sie sich umarmt. Als ihr Körper leicht gegen sein Brustbein stieß, löste sich irgendetwas in seinem Herzen. Vor Erregung brachte er kein Wort hervor, und er schaute durch einen Schleier aus Tränen. Seine Schwester trug einen alten Mao-Anzug, und ihr sonnengegerbtes Gesicht war von tiefen Falten durchzogen. »Große Schwester«, rief er wehmütig aus. Sie öffnete den Mund und lachte. Ihr fehlten zwei Schneidezähne, weshalb er sie lieber nicht genauer anschaute.

Seine beiden älteren Brüder waren beide gestorben. Seine große Schwester hatte mit sechzehn geheiratet und das Elternhaus verlassen. Feng erinnerte sich noch lebhaft an ihr Mädchengesicht, mit ihren Zöpfen und ihren immer lachenden Mandelaugen. Jetzt trug sie glattes, kurzes Haar, es war schon halb ergraut, ein schwarzes Haarband hielt es zusammen.

Am Tag ihrer Hochzeit hatte seine Schwester weinend in ihrem Zimmer gesessen. Sie weigerte sich, in die Brautsänfte zu steigen. Feng war damals an ihrem Zimmer vorbeigekommen und hatte gesehen, wie seine Mutter ihr gut zuredete: »Du hast schon zu den Sänftengöttern gebetet, wird schon, wird schon. Du heiratest dort hin, aber du kannst immer zu deiner *Niang* kommen.« Aber nach ihrer Hochzeit war seine Schwester nie wieder ins elterliche Haus zurückgekehrt. Voller Widerwillen in den Mandelaugen hatte sie sich in die Sänfte gesetzt.

Jetzt waren ihre Mandelaugen sichtbar geschwollen, aber auf ihrem Gesicht lag ein Lachen, so als habe sie die vergangenen Jahre über immer so gelacht. Als ob sie gewusst hätte, dass ihr jüngerer Bruder nach vierzig Jahren zurückkehren und sie so lachen würde.

Als Feng von zu Hause fort ging, hatte er sich nicht von ihr verabschiedet. Sein Schwager Ji Ming war bereits in die Kommunistische Partei eingetreten, er sah seine Frau nur äußerst ungern »bei dieser Grundbesitzerfamilie«. Später ging er zur Volksmiliz, er führte einen Trupp von über dreißig Mann an. Von seiner Frau verlangte er, die Beziehung zu ihrer Mutter ganz abzubrechen. Nach Lu Guimeis und Lians Flucht suchte Ji Ming sie mit seinem Trupp, um sie zurückzubringen.

Feng sollte noch einige Zeit warten, bis er von den damaligen Ereignissen mehr erfuhr. Ji Ming hatte hartnäckiger als andere nach seiner Schwiegermutter gefahndet. Er ging auch zu seinem Schwager, um ihn zum Verhör abzuholen. Lu Guimeis ältester Sohn lag krank im Bett. Ji Ming beschimpfte ihn so sehr, dass er Blut spucken musste.

Jetzt forderte er seinen jüngsten Sohn Xiaohua auf, seinem Onkel Tee einzuschenken. Trotz seines hinkenden Beins bewegte er sich energisch im Zimmer auf und ab. Seiner Schwiegertochter befahl er, sich schnell auf dem Markt nach Fleisch und Gemüse anzustellen. Ji Mings ältester

Sohn war gerade fünfundvierzig geworden und schon voller weißer Haare. Normalerweise arbeitete er in der Fabrik. Als er erfahren hatte, dass sein Onkel aus Taiwan zu Besuch kam, war er zu Hause geblieben. Feng drehte sich um und sah Xiaohua an: Im Profil sah er seiner Mutter sehr ähnlich.

»Wo ist *Niang*?« Feng nahm das Handtuch, das Ji Ming ihm reichte, und wischte sich über sein Gesicht. Ein paar Nachbarskinder standen draußen und blickten durch das Fliegengitter in die Wohnung hinein. Neugierig musterten sie den weit gereisten Gast. Fliegen drehten ihre Runden auf dem Gitter und versuchten nach draußen zu gelangen.

»Deine alte *Niang* will nicht bei uns wohnen. Sie lebt ›Westlich der Weidenbrücke‹ zusammen mit Siaolis Mutter. Sie ist nicht gut zu Fuß. Jetzt isst du erst mal was, und morgen gehen wir sie gemeinsam besuchen«, Huiping schälte eine Orange und reichte ihm ein Stück.

Feng steckte es sich in den Mund. Er kaute an der Erinnerung. Im Geiste baute er sein altes Haus wieder auf.

»*Niang* wohnt in einem Lehmhaus mit Ziegeldach, dort ist es nicht gerade bequem. Am besten du bleibst hier, hier ist es komfortabler.« Huiping schüttete eilig ein paar Erdnussbonbons aus einer Plastiktüte auf einen kleinen Teller.

»Lass uns zuerst zu *Niang* gehen, ich habe keinen Hunger.« Feng hatte nicht mal seinen Tee getrunken, und wollte schon wieder gehen. »Ich bin ihr kein guter Sohn gewesen!« Er sah aus, als habe er den Verstand verloren, so als wäre er gerade aus einem Alptraum aufgewacht, tausend Gefühle bewegten ihn.

»Du solltest erst etwas essen.« Huiping drehte sich zu ihrem Mann um. »Vielleicht kann Ji Ming dir ein Fahrrad besorgen. Es ist ein weiter Weg. Wenn du nichts isst, schaffst du es nicht dorthin.«

»Doch, doch, keine Sorge.« Feng stand in der Tür zum

düsteren Wohnzimmer und besah sich die Einrichtung. An der Wand hing ein Foto von einem schon etwas dicklichen Mao Zedong. Diese verdammten vierzig Jahre. Sein Mund war trocken, und er hatte einen bitteren Geschmack auf der Zunge. Sie waren beide noch am Leben. Aber wie sie das geschafft hatten, wusste er nicht.

»Trink Tee, trink Tee.« Ji Ming humpelte auf ihn zu und hielt ihm eine Schale entgegen.

Feng kniete vor seiner Mutter und ließ seinen Tränen freien Lauf, sie tropften auf die Bandagen ihrer gebundenen Füße, die Tränen seiner Mutter fielen auf seinen Rücken. Sich am Bettrand abstützend, setzte sie sich auf und wischte Feng mit ihrem Ärmel die Tränen aus dem Gesicht. Gleichzeitig streichelte sie ihm sanft den Rücken und sagte: »Hör auf zu weinen, das schadet deiner Gesundheit. Nicht weinen, das schadet deiner Gesundheit.«

In ihrem Raum drängten sich viele Leute. Es war eng und stickig. Schon seit einigen Jahren verbrachte Fengs Mutter den größten Teil ihrer Zeit hier im Liegen. Sie hatte sich nichts sehnlicher gewünscht, als ihren jüngsten Sohn noch einmal zu sehen. Jetzt suchte sie überall nach einem Taschentuch. »Nun such schon eins für sie«, Huiping gab ihrem Sohn Xiaohua einen Schubs. »Siaoli? Siaoli, dein Vater ist da!« rief sie in Richtung Tür.

Fengs Ehefrau Lian war sehr alt geworden. Sie hatte nicht wieder geheiratet und hatte die ganze Zeit mit ihrer Tochter und seiner Mutter zusammengelebt. »Wollte sie meine Witwe bleiben, oder wollte niemand sie haben?« fragte sich Feng. Dann dachte er: Hätte sie wieder geheiratet, wäre mir jetzt leichter ums Herz.

Als sie ihn erblickte, flackerten ihr vor Aufregung die Augenlider, aber sie sagte kein Wort. Sie begrüßte Huiping und lief davon, um ihm heißes Wasser zu bereiten. Huiping scherzte:»Da wartet man so treudoof auf dich, dass man darüber alt wird.« Feng kehrte aus seinen Gedanken zurück und entgegnete, wie zum Trost:»Wer von uns ist nicht alt geworden?« Er sah, wie Lian mit dem Wasser zurückkam. Sie reichte ihm ein frisches Handtuch, das sie bereitgelegt hatte. Er blickte auf die Waschschüssel, das Wasser schwappte fast über den Rand. Der Boden der eisernen Schüssel war mit Schriftzeichen bedruckt:

>»Die vier Meere wallen auf,
>Wolken und Wasser geraten in Zorn,
>die fünf Kontinente erbeben,
>und Wind und Donner brüllen.«

Feng las Zeichen für Zeichen. Ohne zu wissen, dass Mao Zedong diese Verse gedichtet hatte.

Es war, als sei er erst gestern fortgegangen. Als er sie verließ, ahnte er nicht, dass es ein Abschied für vierzig Jahre werden würde. Er wagte nicht, Lian anzusehen, tat es dann doch. Gemischte Gefühle und der bitter-saure Beigeschmack des Elends stiegen in ihm erneut auf. Diese Frau, diese Frau war seine Ehefrau, mit der er das Bett geteilt hatte. Er schlürfte heißes Wasser, ein seltsamer Gedanke tauchte auf: Das Schicksal hatte sie aneinandergekettet, es lag nicht in ihrer Macht, sich zu trennen, damals nicht, heute nicht, und ob sie nun wollten oder nicht.

»So eine ist mir noch nicht untergekommen! Bist du taub?« Huiping ging aus dem Zimmer. »Schwägerin Lian, sag der alten Jungfer mal, dass sie aus ihrem Zimmer kommen soll«, rief sie laut.

Feng holte Geschenke aus den Kunstlederkoffern, öffnete eine Schachtel und entnahm ihr eine Halskette und einen

Armreif aus Gold. Alle Umstehenden schauten verblüfft zu. »Oh, unserem Schwager geht es aber gut!« Ji Ming betrachtete den Goldschmuck. »Unser Leben hier war wirklich für die Katz.« Er seufzte tief und schüttelte immer wieder den Kopf.

Feng versuchte, seiner Mutter die Halskette, an der ein großes goldenes Medaillon baumelte, um den Hals zu legen. Ihr Hals war so faltig wie der Boden eines ausgetrockneten Teichs. Wieder kamen ihm die Tränen. Dann streifte er ihr den Armreif über, er behängte sie mit Gold. »Gib den Armreif doch Lian«, raunte ihm seine Mutter ins Ohr.

»Ich hab noch etwas Besonderes für Lian.« Er hockte sich vor seinen Koffer und begann darin zu wühlen. »Das für Lian ist hier.« Feng stellte alle Schatullen, die er gekauft hatte, auf den Boden. Sie waren mit 24-karätigem Goldschmuck gefüllt. Er nahm ein Stück heraus und überreichte es ihr wie einen Pokal, der Preis für vierzig Jahre Trennung.

Es war ein schweres Armband, in das ein Drache und ein Phönix eingraviert waren, dazu die Worte »Drache und Phönix bringen Frieden und Glück«. Eigentlich war es ein verspätetes Hochzeitsgeschenk. Lian nahm es verlegen entgegen. »Leg es dir um, na leg es dir schon um!« bedrängte sie Ji Ming, der neben ihr stand. Er heftete seinen Blick auf die übrig gebliebenen Schatullen auf dem Boden.

Feng bemerkte, dass sich Lian das Armband nicht umlegte, ja dass sie es nicht umlegen wollte. Er war nicht sicher, ob sie das Geschenk nun ablehnte oder ob es ihr nicht gefiel. »Wo ist Siaoli?« wechselte er das Thema. Seine Tochter, die er noch nie gesehen hatte. Auch ihr hatte er eine goldene Halskette mitgebracht, eine Kette mit herzförmig eingefassten Diamantensplittern.

»Siaoli, dein Vater schenkt dir ein Herz!« witzelte Huiping, hob die Kette mit ihrem Zeigefinger hoch und bewunderte sie. Alle anderen umringten sie, um sie ebenfalls zu betrachten. »Was ist jetzt mit Siaoli?« wollte Feng wissen und sah zu Lian hinüber. Die sagte nun endlich etwas, mit unsicherer Stimme: »Es geht ihr nicht gut, sie schläft.«

»Dann sollte ein Arzt sie sehen, mit so etwas ist nicht zu spaßen.« Feng stand unverzüglich auf, Lian sah ihn unschlüssig an. Er ging ins gegenüberliegende Zimmer, das zweite Zimmer im Haus. Es gab nur dieses und das seiner Mutter, in dem er später schlafen sollte.

Die anderen folgten ihm. Doch in dem Zimmer, das er nun betrat, schien niemand zu sein. Er nahm es genauer in Augenschein: Neben einem großen, leeren Bett stand an der Wand noch ein Stockbett, auf dessen oberer Matratze sich Pappkartons und Zeitungen stapelten. Unten lag jemand und schlief zur Wand gedreht – ein rundlicher Körper. In ihren Haaren saß eine Haarspange, und die linke Hälfte ihres Hinterns lugte unter der Bettdecke hervor. Schlief sie da wirklich mit so einer dicken Baumwolljacke? Feng trat ans Bett heran. »Siaoli?« rief er ihren Namen. Er stellte sich eine Tochter vor, schön wie Blumen, schön wie Jade. Eine Tochter, die aus einem Traum erwachte, und die ihn »Ba« nennen würde. Doch die Frau rührte sich nicht. »Siaoli?« Auch Lian rief nach ihr, aber Siaolis dicker Körper blieb bewegungslos. Im Zimmer herrschte Totenstille.

Feng lag in Lians Bett. Das Bett roch nach seiner Frau. Oder ein Geruch, den er nicht zuordnen konnte. Er machte die Augen zu. »Der Geruch der Heimat?« fragte er sich. »Oder des Kommunismus?« Er suchte weiter. »Staub?« Er schlug die Augen wieder auf. Die Tür war geschlossen. Sie würde wahrscheinlich nicht mehr in ihr Zimmer zurückkommen, dachte er. Und mit einer Mischung aus Freude und Scham zugleich sank er in einen tiefen Schlaf.

Sein eigenes Schnarchen weckte ihn. Das Erste, was er sah, war eine Porzellanbüste von Mao, zuoberst auf dem Kleiderschrank. Maos Gesicht war stellenweise rosa gepudert, und seine Augen blickten begeistert in die Ferne. Feng setzte sich auf, er hörte draußen jemanden sprechen.

Lians Stimme, das musste ihre Stimme sein. Er versuchte, sich zu erinnern, und hörte, was sie draußen sprachen. »Nun geh doch ins Bett, *Niang*, ich werde schon dafür sorgen, dass sie noch einmal gründlich darüber nachdenkt.«

»Und wenn er tausend, ja, wenn er zehntausend Fehler gemacht hat, er ist und bleibt ihr Vater.« In seiner Erinnerung hatte seine Mutter eine weiche und beeindruckende Stimme, und die Stimme da draußen klang trostlos und alt.

»*Niang*, ruh dich erst mal aus, überanstreng dich nicht«, hörte er Lian zu seiner Mutter sagen. In seinem Herzen war noch ein Gedanke, aber die Anstrengung der Reise ließ ihn sofort wieder einschlafen.

Feng wohnte schon einige Tage lang im Haus seiner Mutter. Einige Dorfbewohner, die von seiner Rückkehr gehört hatten, klopften neugierig an die Tür, um sich nach ihm zu erkundigen. Diejenigen unter fünfzig erinnerten sich nicht mehr an ihn, nur die Älteren wussten noch, wer er war. Immer wieder wollten sie wissen, ob er auf Taiwan sehr gelitten habe. Sie stellten sich das Leben dort sehr armselig vor.

»Essen eigentlich alle Leute auf Taiwan Bananenschalen?« Ein alter Mann mit Gehstock hatte einen langen Weg zu ihnen zurückgelegt, um einmal jemanden aus Taiwan zu sehen. Feng hatte keine Zeit ihm zu antworten. Der alte Herr Guo, der zusammen mit seinem Vater privaten Hausunterricht genommen hatte, unterbrach ihn: »Der Himmel weiß, was deine Mutter und Lian alles deinetwegen durchmachen mussten.« Und stockend erzählte er Feng.

Die beiden Frauen waren nach seinem Weggang nach Taiwan ständigen Angriffen ausgesetzt gewesen, nicht nur während der Bodenreform, sondern auch später, als die Kulturrevolution wütete. »Hart war es für die! In den Jahren der großen Hungersnot besaßen die drei nichts außer einem löchrigen Topf, und alle Leute mieden sie.«

Feng erfuhr erst jetzt, dass Lian nach der Bodenreform mit seiner Mutter geflohen war und die beiden später, nachdem sie sich der Polizei gestellt hatten, zusammen mit Siaoli im Kuhstall unterkommen mussten; dass seine Mutter vor Groll und Zorn krank geworden und immer auf die Pflege von Lian angewiesen war.

Während der Kulturrevolution galten sie als »schlechte Elemente«, keine noch so kleine »Kritik- und Kampfsitzung« fand ohne Lian statt. Sie wurde zu Arbeitseinsätzen verpflichtet und zum Düngersammeln geschickt und musste sich von den Dorfbewohnern beschimpfen und schlagen lassen. Sie rasierten ihr die Haare in breiten Schneisen und zwangen sie, ein hölzernes Schuldschild um den Hals zu tragen, auf dem ihr Verbrechen zu lesen war: »Reaktionäres Element der Grundbesitzerklasse mit Überseekontakten«. Im Herbst 1968 wurde Fengs Mutter schwer krank, aber man erlaubte ihr nicht, zum Arzt zu gehen. Sie wäre beinahe gestorben. Siaoli wurde tagtäglich von den Kindern der Mittelbauern und Landarbeiter beschimpft und verprügelt. Sie wollte nicht mehr in die Schule gehen.

Je mehr sie ihm erzählten, desto trauriger und schuldbewusster wurde Feng. Er hatte seiner Mutter und Lian so viel angetan! Ohne Lian wäre seine Mutter längst gestorben.

Damals ahnte er noch nicht, wie sehr ihn Siaoli, sein Kind, das er nie kennengelernt hatte, hasste. Der alte Herr Guo war der einzige Mensch, der über die Vergangenheit sprach. Die anderen wagten nicht, an die Vergangenheit zu rühren; als sei sie ein schlafendes wildes Tier oder ein sedierter Wahnsinniger, den man nicht reizen durfte.

Feng lud Herrn Gao zum Essen ein, aber dieser lehnte mit zurückhaltender Höflichkeit ab.

Siaoli war nicht krank und fiebrig gewesen. Sie hatte sich nur krank gestellt. Sie wollte ihn nicht sehen. Sie legte die Halskette, die er ihr geschenkt hatte, in Lians Nachtschränkchen, wo sie sie nicht mehr anrühren würde.

Feng gab nicht auf und hoffte, dass seine Tochter mit ihm sprechen würde. Da sie unter demselben Dach lebten, musste sie ihm schließlich irgendwann über den Weg laufen. Sie hielt jedoch ihren Kopf gesenkt und vermied jeden Blickkontakt. Sie sprach kein Wort mit ihm.

Das alte Lehmhaus, in dem seine Mutter lebte, war sehr feucht. Das Plumpsklo befand sich außerhalb, war schmutzig und hatte kein Dach. Bei Regen musste man einen Schirm mitnehmen. Außerdem musste man auf einen stabilen Stand achten. Glitt man aus, fiel man direkt in die Grube. Die beiden kleinen Zimmer waren eng und stickig Hier lebten die drei Frauen aus drei Generationen miteinander. Aber sie waren daran gewöhnt. Jetzt schliefen sie alle drei in einem Raum, Feng überließen sie das Nebenzimmer.

Es war ein männerloser Haushalt. Eine Familie, in der er immer gefehlt hatte.

Feng war aufgestanden und sah zu, wie Lian im Vorhof ein Huhn mit heißem Wasser überbrühte. Vermutlich hatte sie das Tier für ihn geschlachtet. Er setzte sich ins Wohnzimmer, wenn man die kleine Diele überhaupt so nennen konnte. In einer Ecke stand ein kleiner dreibeiniger Tisch und in der Mitte einige kaputte Stühle um einen Holztisch. Seine Platte war voller Brandflecken von heißen Töpfen. Unter den Tisch waren allerlei Dinge gestopft, und der Boden war so feuchtkalt, dass es einen fröstelte.

Feng konnte sich nicht vorstellen, wie es die drei hier schon so lange aushielten. Und man hatte ihm erzählt, dass sie sogar in einem Kuhstall gehaust hatten. »Was macht *Niangs* Rheuma?« fragte er Lian, als sie ins Zimmer trat, um ihm das Frühstück zuzubereiten.

»Jahrelang war sie ohne Beschwerden, aber in letzter Zeit geht es schlechter«, antwortete sie. Wie ihre Tochter sah sie ihm nicht direkt ins Gesicht. »Zum Glück kann sie noch ganz gut schlafen. Wenn, dann schläft sie den halben Tag.« Plötzlich nagte sein Gewissen wieder an ihm. So viele Jahre lang hatte diese Frau ohne ein Wort zu verlieren für seine Mutter gesorgt. Er schwor sich, sie nie mehr schlecht zu behandeln, möge kommen, was wolle.

»Ist Siaoli schon aufgestanden?« Er kehrte wieder zu seinem Vorhaben zurück. »Sie ist zur Arbeit gegangen. Sie macht die Buchhaltung in einer Metallfabrik.« Lian wirkte stolz, die Tochter hatte bestimmt einen guten Posten. »Buchhaltung?« Das war ein Bereich, in dem er sich nicht auskannte. Es klang gut. »Warum so früh?« fragte er und stellte sich seine Tochter vor dem Rechenschieber vor, klack klack klack. »Die Fabrik ist weit weg, mit dem Fahrrad braucht man immer eine Stunde.« Lian wischte sich den Schweiß aus dem Gesicht. Eine verlegene Geste. »Sie ist sehr schüchtern. Sie ist von klein auf schikaniert worden, aber sie ist ein gutes Kind.« Er hörte zu und fand, sie hatte Recht. »Und es gibt niemanden, der für eine Heirat in Frage käme?« erkundigte er sich weiter. Die Tochter sah ihrer Mutter wirklich ähnlich.

»Noch nicht.« Lian wandte den Blick ab. Die Tränen kamen den Worten voraus. »Vor zwölf Jahren hatte sie einen Verlobten. Er starb an Magenkrebs. Danach wollte sie nicht mehr heiraten.«

»Mein Sohn!« Seine Mutter rief nach ihm. Er unterbrach sein Frühstück und ging nach ihr sehen. »Schau mal diese Briefe hier: Diesen da hast du mir aus Taipeh geschickt. Und das hier ist mein Antwortbrief, aber er kam zurück. Und dieser kam aus Thailand.« Feng nahm die Briefe in die Hand. Sie waren brüchig und vergilbt. Ihm war zum Weinen zumute. Nach einer Weile fing er sich wieder. Dann erzählte er seiner Mutter, wie er einem befreundeten Piloten den Brief mitgegeben hatte, damit er den Brief in Thailand einwarf. Der Pilot hatte Angst bekommen, hatte gekniffen, und so konnte er ihr keine Briefe mehr schicken.

Mehrere Tage vergingen. Siaoli verließ frühmorgens das Haus und kam spät am Abend wieder. Immer wieder traf sie mit ihrem Vater in einem der Zimmer zusammen, doch sie ging ihm immer aus dem Weg, so wie man einem fremden Mann aus dem Weg geht. Einmal hatte er sie mit einer etwas heiseren Stimme bei ihrem Namen gerufen – Siaoli. Er wartete auf ihre Antwort. Eine halbe Ewigkeit, wie ihm schien. Aber sie tat so, als existierte er nicht, als habe er sie nicht gerufen.

Er war wütend. Warum konnte sie nicht mit ihm sprechen? Wollte sie ihn auf diese Weise bestrafen? War er wirklich dieser Rabenvater, dem man nicht verzeihen konnte? Was hatte er falsch gemacht? Na schön, selbst wenn er einen Fehler begangen hatte, wenn er wirklich zehntausend unverzeihliche Fehler begangen hatte: Er war doch immerhin aus weiter Ferne angereist, um sie zu sehen. War er denn nicht zurückgekehrt? Stand er denn nicht vor ihr? Sie sollte ihm eine Chance geben!

Sein Schwager Ji Ming besorgte ihm im Hotel »Chinesisch-Albanische Freundschaft« ein Zimmer. Die Fenster des Zimmers waren sauber, das Mobiliar staubfrei. Und es

war nicht teuer. »Es ist nicht weit. Besser, du isst bei uns.«
Drei Tage später nahm er das Angebot an. Seiner Tochter
wollte er damit zeigen: Wenn sie ihm den ganzen Tag groll-
te, konnte er auch gehen.

Nach dem Umzug lud Ji Ming ihn ein, mit einigen Funk-
tionären und dem Sekretär der Ortspartei zu essen. Sie wollten mit ihm Geschäfte machen. »Schwarze Katze, weiße
Katze, Hauptsache, sie fängt Mäuse.« Dies sei ein Zitat des
Genossen Deng Xiaoping. »In welchem Zeitalter leben
wir?« fügten sie hinzu. »In einer Zeit, in der uns der Genosse
Deng Xiaoping zu einer weitreichenden Öffnung ermun-
tert, wirtschaftlich und politisch.«

Als Feng das Zimmer seiner Mutter gegen das Hotelzimmer tauschte, reichte er Lian das Schmuckkästchen, das er Siaoli geschenkt hatte. Doch Lian schüttelte nur den Kopf:
»Das gib ihr mal selbst.« Er spürte den Unmut, der in ihren
Worten lag, vielleicht enttäuschte sie auch sein Umzug ins
Hotel. Er steckte das Kästchen in seine Tasche. Er war ihnen
vieles schuldig. Und das Einzige, was ihm blieb, war, es wiedergutzumachen. Aber wenn sie ihren Unmut an ihm aus-
ließen, wurmte ihn das. Er mochte Streit generell nicht, mit
niemandem. Bevor er ging, sprach er lange mit seiner Mutter. Behutsam bereitete er sie darauf vor, ein Haus aus Beton
für sie bauen zu wollen. Sobald das Haus fertig sei, würde er
wieder zu ihnen ziehen.

Sie tröstete ihn: »Mach dir keine Gedanken, mein Sohn,
wir sind daran gewöhnt, hier zu leben.«

Unter dem Zureden seines Schwagers Ji Ming beteiligte sich
Feng zusammen mit Mitgliedern der Kommunistischen
Partei an einer staatlichen Ziegelei. »Ziegel braucht jeder,
der ein Haus baut, und Häuser müssen immer gebaut werden, nicht wahr?« Er hatte vergesen, wer ihm das gesagt hat-

te. Feng hatte keine Einwände und war schnell mit allem einverstanden. Er hatte all seine Ersparnisse mitgebracht und war nach China gekommen, um etwas aufzubauen. Er wollte etwas für seine Familie tun.

Feng sah sich die Ziegelei an: Sie war nicht groß und beschäftigte nur wenige Leute, aber sie besaß eine Fläche von einigen tausend Quadratmetern und zwei Brennöfen, die noch in Betrieb waren. Auf dem Gelände der Ziegelei waren eine Menge Backsteine aufgestapelt, die schone lange Wind und Wetter ausgesetzt waren. Feng ging an diesen Ziegelmauern vorbei, wie bei einem Empfang mit militärischen Ehren schritt er sie ab. Er fühlte sich glücklich und zufrieden. Er würde der Chef des Joint-Ventures sein, und später würden sie ihm einen Dienstwagen besorgen.

»Ich hätte da eine kleine Bitte.« Einige Funktionärsversammlungen lagen hinter ihm. Auf einer Dinnerparty konnte er sich nicht mehr zurückhalten. Der Parteisekretär war ein Freund von Ji Ming. Xiaohong, Ji Mings Tochter, und sein Sohn hatten sich gerade ineinander verliebt. Mit seiner Frage platzte Feng in die angetrunkene Unterhaltung. Die vier oder fünf Gäste schauten ihn an. »Meine Forderung ist, dass meiner Tochter die Buchhaltung übertragen wird.« Er war sich nicht sicher, ob alle damit einverstanden sein würden. Aber er glaubte, dass sie nicht anders konnten, als seinen Vorschlag zu respektieren. Er würde zumindest darauf bestehen.

Der Parteisekretär und sein Bruder versuchten ihn davon zu überzeugen, dass Ji Ming besser geeignet war für den Posten des Buchhalters. Die Buchführung der Ziegelei sei sehr kompliziert, und Siaoli, eine Frau, könnte das nicht bewältigen. Sie redeten viel, lehnten seinen Vorschlag aber auch nicht wirklich ab. Feng wollte abwarten, bis alle wieder nüchtern waren, und die Sache dann noch einmal ansprechen. Er ging nach Hause und sagte Lian, sie solle Siaoli Bescheid geben. Er sah es als eine Art von Wiedergutmachung an. Er war sicher, dass sie überglücklich wäre. Doch seine Tochter lehnte ab. Sie wollte nicht nur nicht als Buchhalterin in der Ziegelei arbeiten, sie ignorierte ihn auch nach wie vor.

Feng konnte seinen Ärger nicht leugnen. »Es reicht, dann habe ich mich die längste Zeit um sie gekümmert!« Harte Worte, die er zu Lian sagte. Siaolis Benehmen hatte ihn schon genug gedemütigt. Von ganzem Herzen wünschte er sich, von ihr nur ein einziges Mal mit »*Ba*« angesprochen und als Vater anerkannt zu werden. Doch sie blieb stur und dickköpfig. Vielleicht hatte sie seinen Charakter geerbt. Seine guten Absichten konnten ihrem Hass auf Dauer nicht standhalten. Mit jeder Niederlage kühlte sein Herz mehr und mehr ab.

»Was will sie, das ich tue?« fragte er sich immer wieder. Er erinnerte sich an den Tag, als sie mit vorgespielter Krankheit im Bett gelegen hatte. Damals waren ihm die ersten grauen Haare in ihrem schwarzen Schopf aufgefallen. Wie konnte eine Frau nur so störrisch sein? Wie schwer sie sich das Leben machte. Kein Wunder, dass sie nicht geheiratet hatte. Dann geh doch, geh weg, du schlecht erzogene Tochter.

Als es zu den Ereignissen auf dem Platz des Himmlischen Friedens kam, waren die neuen Gebäude der Ziegelei gerade fertiggestellt. In einem zweistöckigen Betonhaus bezog Feng drei Büroräume im zweiten Stock. Eines nutzte er als Schlafzimmer, in einem anderem lagerte er in Kisten verpackte chinesische Antiquitäten, die er überall zusammengekauft hatte. In das vorderste Zimmer, in dem er manchmal saß und fernsah, stellte er ein paar neue Sofas und Sessel.

Hier saß Feng, als er von den Studentendemonstrationen in Peking hörte. Er hatte keine Ahnung von dem Massaker und der Unterdrückung, die den Protesten folgten. Er verließ die Wohnung, um Dattelpflaumen einzukaufen. Auf den Straßen, auf dem Markt war alles beim Alten. Solange nur nichts passierte, das seine Ernennung zum Geschäftsführer verhinderte, war alles gut. Diese Gefühle belebten ihn, verliehen ihm Glanz. An seine taiwanische Familie dachte er nicht viel, er versuchte heimisch zu werden, schließlich war er in China geboren.

Siaoli aber blieb hartherzig und wollte nicht mit ihm sprechen.

Er konnte nicht glauben, eine so furchtbare Sünde begangen zu haben. »Liebe Tochter, das solltest du verstehen, in diesen schlimmen Jahren ging es nicht darum, ob jeder Einzelne richtig oder falsch handelte, es war eine historische Tragödie!« Wie schade, dass er keine Gelegenheit dazu bekam, auf diese Weise mit Siaoli zu sprechen. Anfangs hatte er noch gemeint, ihr die Dinge erklären zu müssen. Aber dann war ein Tag nach dem anderen verstrichen, und er sah bald keine Notwendigkeit mehr, mit ihr zu reden. Manchmal dachte er auf seinen Spaziergängen an diese »historische Tragödie«. Dann fasste er den Entschluss, dass er auch auf diese Tochter verzichten konnte, wenn sie ihn nicht als Vater haben wollte.

Nein, er war sich sicher. Sie wollte nicht seine Tochter sein. Egal, das machte nichts. Denn er hatte sie ja nie gekannt und wollte sie nun auch nicht kennenlernen.

Trotz alledem besuchte er regelmäßig seine Mutter. Er bat dann seinen Chauffeur, ihn zum Markt fahren, wo er Heilwurzeln wie Ginseng, *Dong Kuei* und *Ho Shou Wu* kaufte, dazu gutes Obst. Damit fuhr er weiter zu seiner Mutter und sah nach dem Rechten. Lu Guimei ging es schlechter. Die meiste Zeit lag sie lethargisch im Bett. Bei jedem seiner Besuche brachte Feng Geld mit. Er gab das Geld Lian. Sie nahm es an, sagte aber nichts dazu. Er war sich unsicher, ob sie ihn noch hasste oder, was noch absurder war, ob sie ihn noch liebte. Manchmal wechselten sie einige Sätze miteinander. Aber er blieb immer kürzer und kürzer und ging immer rascher wieder fort. Lian sprach ihn nie auf Siaoli an, und er wollte auch nichts mehr über sie wissen.

Manchmal huschte seine Tochter an ihm vorbei, flink und mit gesenktem Blick. Wie ein Geist kam sie ihm vor.

Feng bemerkte, dass seine Nichte Xiaohong auf Distanz zu ihm ging. Er nahm es nicht ernst und kaufte ihr weiterhin Früchte und Süßigkeiten, um ihr eine Freude zu machen. Trotzdem verweigerte sie ihm einen Blick in die Rechnungsbücher. Immer wenn er sie danach fragte, gab sie zurück: »Zu umständlich, die habe ich alle weggeschlossen.« Nach mehreren solcher Versuche stellte er sie zur Rede, doch sie gab ihm nur frech zurück: »Mach du deinen Job als Geschäftsführer. Kümmer dich nicht um andere Angelegenheiten.«

Er beobachtete nun Ji Ming genauer und merkte, dass er ihm auch aus dem Weg ging. Er besuchte seine Schwester. Sie empfing ihn wie immer freundlich und bot ihm Dumplings und Papayas an. Und dennoch spürte er, dass sie irgendetwas vor ihm zurückhielt. Die ganze Familie spielte ein falsches Spiel. Obwohl er sich zunehmend unwohl fühlte, unternahm er nichts dagegen.

Sie war seine Schwester – was sollte er tun? Wir sind doch eine Familie. Im Winter 1989 suchte ihn seine Schwester auf, um etwas mit ihm zu besprechen. Ihr Enkel wolle heiraten und brauche ein Motorrad. Vielleicht könnte er es für ihn kaufen? Die Frage verärgerte Feng: Immer wieder hatte er in speziellen Läden teure Importwaren für seine Schwester gekauft, Fernseher, Kühlschrank und eine Nähmaschine. Er hatte sogar ein Bad mit Toilette für sie anbauen lassen. Und nun wollten sie auch noch ein Motorrad!

Feng hatte vor, für seine Mutter und Lian ein Betonhaus zu bauen. Er hatte schon die Maurer und Handwerker gefunden. Und nicht nur das: Er hatte auch heimlich nach einem Stück Land für ein Grab an einem Berghang gefragt. Er wollte vorbereitet sein, wenn seine Mutter starb. Anfangs hatte ihm Ji Ming ein wenig geholfen, aber seit einiger Zeit sah er ihn nicht mehr. Eines Tages sprach er ihn darauf an und erhielt zur Antwort: »Ich Hinkefuß komme auf Berghängen nur mühsam vorwärts. Lass uns ein anderes Mal darüber sprechen.« Feng war ein wenig enttäuscht. Er ahnte nicht, dass es seine herrische Art war, die Ji Ming auf die Nerven ging. Er dachte nur, dass Ji Ming nicht mehr so freundlich war wie früher.

Eines Tages lächelte ihn ein Angestellter der Ziegelei an: »Du hast doch so viel Gold mit nach Taiwan genommen. Du solltest etwas zurückgeben, zu Gunsten unseres Dorfes.« Wie konnte man so etwas sagen? Feng war wie vor den Kopf geschlagen und fragte den Mann, der eigentlich ein guter Kerl war: »Wie kannst du so etwas sagen?« Ernst gab der Mann zurück: »Warum sollte ich es nicht sagen, dein Schwager sagt es auch!«

Feng besorgte sich ein kleines Lastauto, mit dem er nach und nach die Ziegel »Westlich der Weidenbrücke« auf das Baugrundstück bringen lassen wollte. Als er das Zimmer seiner Mutter betrat, um sie zu begrüßen, zog sie ihn in großer Unruhe zu sich heran und nahm seine Hand: »Leg ein bisschen Geld zurück, mein Sohn. Der Enkel von Ji Ming braucht ein Motorrad, schau doch mal, ob du es ihm nicht kaufen kannst.«

Feng jedoch weigerte sich hartnäckig. Wer sagte, dass man ein Motorrad brauchte, um zu heiraten? Wie viele

Motorräder gab es im Dorf? Und wie konnte Ji Ming darüber bestimmen? Wofür er, Feng, sein Geld ausgab, war allein seine Sache, was ging das Ji Ming an? Und hatte er ihm denn nicht bereits den Job in der Ziegelei besorgt? Und war nicht seine Tochter dort Buchhalterin geworden? Seine Nichte, die sich zwar gerne wichtig machte, aber von Buchführung keine Ahnung hatte und sehr abgebrüht war. Je länger Feng darüber nachdachte, desto niedergeschlagener wurde er.

In den folgenden Monaten sprach Feng kaum ein Wort mit seiner Schwester und Ji Ming. Er war mit dem Bau des Hauses für seine Mutter und Lian beschäftigt. Was die Ziegelei betraf, gab es für ihn nichts zu tun. Es ging ihn alles immer weniger an.

Stattdessen beschäftigte er sich mit dem Grundriss des Hauses und überwachte die Arbeiter. »Dieses Haus kann man mit meinem früheren Elternhaus wirklich nicht vergleichen. Damals konnten wir allein die Zimmer der Knechte nicht zählen.« Er sagte das ohne böse Absicht. Glücklicherweise hörte ihm niemand wirklich zu. Die Leute meinten, dass er etwas eingebildet sei. Feng ignorierte das Gerede. Zudem hatte er inzwischen verdrängt, wie sehr seine Mutter und Lian wegen des alten, prächtigen Hauses gelitten hatten.

Hin und wieder geriet er mit den Arbeitern in Streit, wegen Kleinigkeiten, die den Bau betrafen. So hatte er einen nach Nanjing geschickt, um ein Wasserklosett zu kaufen. Irgendwie gelang es dem Mann auch, eines aufzutreiben, doch die Handwerker aus Dangtu hatten ein solches Klo noch nie gesehen. Also zementierten sie die komplette Klosettschüssel ein, die Sitzfläche lag nun auf Bodenhöhe. Feng verlangte, dass sie das Becken wieder aus dem Boden holten und diesmal richtig aufstellten. Die Arbeiter waren wenig begei-

stert: »Es ist doch schon einbetoniert, wie soll man es raus-
nehmen. Man kann es doch auch so benutzen!« Außerdem:
»Man hockt doch über dem Klo, wo gibt es denn so was, ein
Klo zum Sitzen!« Feng kam es so vor, als spräche er mit einer
Betonwand, sie verstanden ihn nicht. Dann kam es zum
Eklat.

»Wir sind nur wegen Ji Ming hier. Deinetwegen wären
wir nicht gekommen.« Die Männer blieben stur, sie nahmen
ihre Werkzeuge und gingen, wie sie es angekündigt hatten.
Feng musste seine Strategie ändern. Auch wenn er sich ärgerte und mutmaßte, dass vielleicht Ji Ming dahinter steckte.
Andererseits war Ji Ming ein Verwandter, mit dem man reden konnte. Er bat ihn, an seiner Stelle mit den Arbeitern zu
verhandeln. Sein Schwager willigte sofort ein, was in Feng
Reue auslöste. Eigentlich waren sie doch eine Familie, und so
bestand wirklich kein Grund, sich nur wegen ein paar Kleinigkeiten die Laune verderben zu lassen.

Nachdem das Haus fertiggestellt war, redete Feng wieder
mit seiner Schwester und Ji Ming. Manchmal ging er zu ihnen und aß mit ihnen zu Mittag oder zu Abend. Er erzählte
seiner Schwester, dass der Arzt ihm zu salzige Speisen verboten hatte. Doch Huiping scherte sich nicht darum. Weiterhin
schüttete sie große Mengen Salz und Glutamate in die Speisen. Schließlich wurde es Feng zu viel, und er ging in die Küche. »Nur ein bisschen Salz, nur wenig Salz bitte«, sagte er
mit einem Lachen in der Stimme. Er wusste, dass er ihr damit
Umstände bereitete. Doch nicht im Traum hätte er mit der
Antwort gerechnet, die seine Schwester ihm gab: »Für dich
weniger Salz – und die anderen müssen nichts essen?«

Bei Lian und seiner Mutter konnte er nur zum Mittagessen bleiben. Dann war seine Tochter bei der Arbeit und aß
mittags in der Kantine. Abends aß sie zu Hause. Immer wenn

Feng bei ihnen aß, ließ Lian beim Kochen das Salz weg, doch Feng konnte zu viel Öl genauso wenig leiden. Nachdem er dies mehrmals erwähnt hatte, kochte Lian auch ohne Öl. Das Essen schmeckte nun gar nicht mehr.

Wie eine normale Familie saßen die drei am neuen Esstisch des neuen Hauses zusammen, Feng hatte eigens eine Tischdecke aus Plastik besorgt. Seine Mutter schlief oft schon nach wenigen Bissen ein. Da sie kaum noch etwas sah, schaffte sie es nicht mehr, das Essen mit den Stäbchen zu greifen. Lian musste sie füttern. Sobald Feng fertig gegessen hatte, brachten sie seine Mutter zurück in ihr Zimmer. Erst danach aß sie selber. Ganz langsam und bedächtig aß sie den übrig gebliebenen Reis und die Essensreste auf.

»Du musst nicht alles aufessen. Man soll nicht weiter essen, wenn man satt ist«, meinte er zu der Frau, die vor vierzig Jahren seine Ehefrau gewesen war. Doch Lian verstand nicht, was er ihr damit zu verstehen geben wollte. Feng wurde deutlicher: »Wenn du so viel isst, wirst du da nicht zu dick?« Sie legte die Stäbchen nieder. Mit hochrotem Kopf stand sie auf und trug die Schalen mit dem Essen in die Küche. Feng wusste, dass sie die Reste nicht wegschmeißen würde – nie und nimmer würde sie das fertigbringen. Sobald er gegangen war, würde sie alles aufessen. Nicht ein Reiskorn würde übrig bleiben. Das musste mit den Leiden der Vergangenheit zusammenhängen. Er konnte es nur akzeptieren, oder nicht. Ändern würde sie es wohl nicht mehr.

Sie begehrte ihn nicht mehr, das konnte er sehen und fühlen. Es erfüllte ihn mit Unzufriedenheit, aber er wagte nicht, sich etwas anmerken zu lassen. Wenn er etwas unternähme, dann würde er sie ganz sicher verletzen. Er wollte sie nicht verletzen, er wollte sie beschützen. So blieb ihm nichts, als ihr nur immer wieder Geld zuzustecken.

Doch je mehr Geld er ihr gab, desto schuldiger fühlte er sich. Was er auch tat, er würde seine Schuld bei ihr nie wieder begleichen können, nicht mal, wenn er sie mit seinem eigenen Leben beglich.

Das Ziegelgeschäft ging ins dritte Jahr, und die Aufträge rissen nicht ab. Wohl weil der Sohn des Parteisekretärs für die Verteilung von Bauaufträgen auf dem Land zuständig war. Er sorgte dafür, dass die Bauunternehmern die Ziegel bei ihm bestellten. Auch wenn der Handel nicht florierte, lief es doch bereits ziemlich gut, und die Brennöfen waren 365 Tage im Jahr in Betrieb.

Jedes Mal, wenn Feng nach seinem Chef-Gehalt und nach Gewinnbeteiligungen fragte, luden ihn der Sohn des Parteisekretärs und Ji Ming sofort in ein Restaurant ein. Zwischen Dim Sum und Fischfilet setzten sie ihm dann auseinander, dass Handel zu treiben Expansion bedeute. Sie machten zwar Gewinne, müssten diese aber gleich reinvestieren, damit alles gut weiterlaufe. Er werde das hoffentlich verstehen und sich keine Sorgen machen.

Feng verstand das alles sehr gut, und er verstand es gleichzeitig wieder nicht. Im dritten Jahr wollte er eine erhellende Erklärung erzwingen. Trotzdem erzählten sie ihm den ganzen Abend lang wieder dasselbe. Dieses Mal hatten sie sogar den Parteisekretär dazu geladen. Sie öffneten eine Flasche Hirseschnaps und bestellten eine Schale Schildkrötengalle, die sie mit Alkohol vermischten und Feng zu trinken gaben. Einige Männer rissen am laufenden Band schmutzige Witze. Sie würden ihm eine Frau besorgen, die ihm im Haushalt helfen sollte. Als er betrunken war, stellte er keine weiteren Fragen mehr, und sie brachten ihn nach Hause. Schon wenige Tage später fing eine mittelalte Frau an, sein Wohnzimmer zu putzen.

Er hatte den Eindruck, dass sie mit ihm hatte schlafen wollen. Nein, nicht nur das, sie hatte ihn regelrecht provoziert mit ihrer dünnen Bluse, von der ihr angeblich aus Versehen auch noch ein Knopf aufgesprungen war. Ein Teil ihrer Brust war zu sehen. Draußen traute sie sich doch auch nicht, so herumzulaufen. Wie konnte sie sich da also derart entblößen, wenn sie zu ihm kam? Offensichtlich wollte sie ihn anmachen. Ausgehungert, wie er war, kam diese Gelegenheit für ihn wie ein heiß ersehnter Regen nach langer Trockenheit. Auch wenn eine leise Stimme ihm sagte, dass diese Frau nicht gut für ihn war. Gute Frauen reizten einen Mann nicht auf die Weise, wie sie es tat.

Später erfuhr er, dass ihr Mann vor ein paar Jahren gestorben war. Im Bett mit ihr war er einem Herzinfarkt erlegen. Als Feng das hörte, bekam er eine Gänsehaut: Sie war so eine Frau, die ihre Männer überlebte – das brachte Unglück! Die Angst verschnürte ihm die Kehle, dennoch konnte er ihren Reizen nicht widerstehen.

Er schlief nun beinahe jeden Tag mit ihr. Es war, als sei sie bei ihm eingezogen und hätte die Rolle einer Ehefrau angenommen. Er konnte ihr seine Gedanken mitteilen, was ihn bedrückte. Sie besaß die Fähigkeit, zuzuhören. Er vertraute sich ihr an wie bei einer Beichte. Er erzählte ihr von seinen Unzufriedenheiten, immer mehr erzählte er, und sie hörte ihm zu. Danach bat sie ihn um Geld. Als müsste er für das Zuhören bezahlen, wie bei einem Psychotherapeuten. Er gab ihr auch ein bisschen Geld, aber nach und nach verlangte sie immer mehr. Bald verdarben ihm ihre Forderungen die Laune: »Dann bekommst du eben gar keinen Mao mehr.«

Wenn er wütend wurde, durfte sie ihn nicht weiter reizen. Er würde sie sonst schlagen. Als er sie schließlich doch einmal schlug – er fand, nicht allzu fest –, heulte und schrie sie Himmel und Erde zusammen. Er zog sich seine Jacke über und ging allein aus dem Haus. In der Nähe des Ahnentempels setzte er sich an den Rand eines Teichs. Wie in Trance starrte er aufs Wasser. Er vermisste seine Frau auf Taiwan. Er sollte sie anrufen, dachte er, und sie bitten, nach China zu kommen. Er brauchte eine Partnerin, nicht so eine Zicke. Feng bereute zunehmend, dass er Sijuko nicht besser behandelt hatte. Die letzten drei Jahre über hatte er sie nicht ein einziges Mal angerufen.

Er nahm sich vor, das nachzuholen. Als er das dachte, fühlte er sich gleich viel wohler.

Die Witwe war eine kapriziöse und schwierige Frau. Zuerst heulte sie dem Parteisekretär des Dorfes etwas vor. Feng habe sie vergewaltigt, behauptete sie wiederholt. Die Männer musterten sie mit spöttischen Blicken, gekränkt plauderte sie Fengs Geheimnisse aus. Seine diversen Zweifel am Ziegelgeschäft. Aus ihrem Mund klangen seine Worte so: »Diese Bande von Hundesöhnen hat sich zusammengerottet, um mir mein Geld abzuknöpfen.« Mit den »Hundesöhnen« meinte er seine Verwandten, einschließlich seiner älteren Schwester und seines Schwagers, und auch den Parteisekretär und die Kommunistische Partei, ja eigentlich fast jeden aus dem Dorf.

»Er sagt, alle haben ihn betrogen und er ist auf sie hereingefallen.« Er habe bereits eine Reihe von Racheaktionen eingeleitet, und dass er sicher einen Weg finden würde, sich zu revanchieren. Einer fragte genauer nach: »Was für eine Rache?« Darauf wusste die Witwe keine Antwort, und die Männer lachten sie aus: »Hat er dir das im Bett nicht erzählt? Nicht möglich, oder?«

»Er will sein Geld von der Bank abheben und damit zurück nach Taiwan gehen«, stotterte sie. Als die Männer das hörten, waren alle starr vor Schreck. »Fahr zur Hölle!« Und ohne lange nachzudenken: »Wie viel Geld will er denn noch mitnehmen? Was hat er schon alles ausgegeben für Essen, Trinken und alle möglichen Vergnügungen. Und dann hat er noch ein Haus gebaut und das Auto gekauft. Was will er denn da noch groß mit nach Taiwan nehmen?«

Feng bestach einen Bankangestellten, und dieser spielte ihm die Buchungsbelege der Ziegelei zu. So fand Feng heraus, dass die Ziegelei Gewinne machte. Nun brauchte er die Belege nur noch mit den Rechnungsbüchern zu vergleichen, die seine Nichte geführt hatte, und alles käme ans Licht. Für die kommende Woche hatte sich seine Nichte drei Tage Urlaub genommen, um nach Shanghai zu fahren. Er würde einen Weg finden, an die in einem Schrank verschlossenen Rechnungsbücher zu gelangen, und er würde sie alle fotokopieren.

Aber seine Nichte fuhr doch nicht nach Shanghai. Etwas Ungutes passierte: Die Witwe zeigte ihn wegen Vergewaltigung an, und Feng wurde vorgeladen. Sie hatte es also nicht bei Drohungen bewenden lassen, sondern ihn wirklich angezeigt. Sie wollte ihm so zeigen, dass er nicht seinen Spaß mit einer Frau haben konnte, ohne die Verantwortung dafür zu übernehmen.

Im den folgenden ein, zwei Jahren war er fast ausschließlich mit dieser frustrierenden Angelegenheit beschäftigt. Was die Witwe von ihm wollte, war Geld; Geld, das er ihr hätte früher geben sollen, wie er jetzt erst begriff. Diese Frau war ein billiges Flittchen. Sie und »die anderen« hatten ihn gemeinsam betrogen. Sie hatte ihn in die weibliche Falle gelockt. Das heißt, nein, von wegen ›weibliche Falle‹, was für ein Blödsinn, ihr Körper war nichts besonderes. Alles, was sie konnte, war im Bett zu stöhnen und zu schreien, als entledigte sie sich aller körperlicher Beschwerden auf einmal.

Diese Frau war eine Heimsuchung. In der ersten Hälfte seines Lebens hatte ihn eine andere Frau fast zugrunde gerichtet. Konnte es denn sein, dass ihm in der zweiten Hälfte dieses Miststück von Witwe den Rest geben sollte? »Das ist sie nicht wert, das ist sie nicht wert!« rief es in seinem Herzen. Diese Leute waren wirklich grausam – ihn so zu behandeln. Ihn so zu betrügen und ihn dann bei lebendigem Leib ins Feuer zu stoßen.

Es gelang ihm nicht, seinen Ärger hinunterzuschlucken.

An dem Tag, an dem seine Mutter starb, verhandelte Feng gerade mit der Witwe. Ji Ming war auch anwesend. Zuvor war ein Typ aus Nordchina, der viele Jahre lang im Gefängnis gesessen hatte, aufgekreuzt und hatte sich als ein Verwandter der Witwe vorgestellt. Er würde die Vehandlung für sie übernehmen. Fengs blasses Gesicht zeigte keine Regung. Sie saßen in einem Restaurant. Der Typ war aus dem Norden, er bestand auf Nudeln. Sie schauten ihm alle erst einmal dabei zu, wie er schlürfend die Nudeln verschlang. Feng fragte sich, ob er und die Witwe ein heimliches Liebespaar waren oder was sie sonst miteinander verband. Als der Typ mit seinen Nudeln fertig war, zündete er sich eine Zigarette an und sagte: »Ich schlage Folgendes vor: Du gibst ihr fünfzigtausend Renmin Bi in bar, als Entschädigung, und du, du ziehst deine Anzeige gegen ihn zurück. Damit wäre eure Rechnung beglichen.« Feng konnte seinen Ärger kaum zurückhalten. »Wofür fünfzigtausend Renmin Bi? Und was, wenn ich ihr das Geld gebe, aber sie ihren Teil nicht erfüllt? Wenn sie wieder kommt und wieder Geld von mir fordert, was mache ich dann? Sie ist sehr gierig, ich kann sie nicht immer bezahlen!« Er hatte gesprochen, ohne Luft zu holen. Als er gerade einen Melonenkern mit den Zähnen knackte, kam Lian angerannt, atemlos und offenbar widerwillig blieb sie vor dem

Restaurant stehen und rief ihm zu: »Deine *Niang* ist von uns gegangen.«

Er hatte sie nicht verstanden und starrte in ihr dickes Gesicht: »Was hast du gesagt? Sprich deutlich.« Nach Luft ringend wiederholte sie: »Deine *Niang* ist von uns gegangen.«

Fünf Jahre verbrachte er insgesamt in seiner »alten Heimat«. Davon vermied er die ersten drei Jahre jeden Kontakt zu seiner Familie auf Taiwan. Erst dann rief er sie wieder an. Er war einverstanden, als ihn seine älteste Tochter in China besuchen kommen wollte. Als er ihr dann gegenüberstand, empfand er starke Schuldgefühle, weil er sie, ihre Mutter und ihre Geschwister damals verlassen hatte. Aber er beklagte sich bei ihr auch über Siaoli, seine Tochter aus erster Ehe, wie verstockt und unmöglich sie war. Irgendwann fragte sie ihn dann: »*Ba*, wie viele Töchter hast du eigentlich noch?«

An einem windigen Nachmittag musste seine Tochter wieder zurückfahren. Sie sagte ihm ernst: »Hier ist ohnehin nicht deine Heimat.«

Eines noch musste Feng erledigen: ein angemessenes Grab für seine Mutter zu besorgen. Auf einigen privaten Friedhöfen war er bereits gewesen und hatte sich die Familiengräber anderer Leute angeschaut. An dem Tag, als er schließlich ein geeignetes Grab gefunden hatte, zitterte er zum ersten Mal spürbar. Von da an verschlechterte sich sein Gesundheitszustand. Oft zitterten ihm die Hände, ohne dass er etwas dagegen tun konnte. Eine Frau, mit der er gelegentlich schlief, fand dies abstoßend und blieb fort. Das machte ihn so wütend, dass er nur noch heftiger zitterte. Erst jetzt, wo er krank war, sah er ein, dass er einen großen Fehler gemacht hatte: Er hatte nicht nur seine Familie auf Taiwan verraten, sondern auch sich selbst.

Wenn er später im Krankenhaus an die fünf Jahre in China zurückdachte, seufzte er bitter. Zwei Drittel seines Lebens hatte er seiner Familie auf Taiwan gehört. Das andere Drittel seines Lebens gehörte er seiner Familie in China. Er fühlte sich unvollständig, zerrissen. Es gelang ihm nicht, zufrieden zu sein. Er wusste nicht, wer er war. Er war niemand. Wie eine ausrangierte Porzellanschale, die die unschönen Spuren des Lebens trug. Zufällig dagelassen, abgestellt, hochempfindlich würde sie beim ersten Schlag zerbrechen.

Aber er hatte keine Schuldgefühle mehr. Seine Mutter hatte ein ordentliches Grab bekommen, in einer nach den Prinzipien des Fengshui ausgewählten Lage. Bevor er Dangtu den Rücken kehrte, stieg er oft den Hügel hinauf, zum Grab seiner Mutter. An diesem Ort empfand er Frieden, hier fühlte er sich nicht mehr so traurig, verbittert und einsam.

Bevor Feng ging, gab er die wenigen Ersparnisse, die ihm geblieben waren, Lian und versprach ihr, auch in Zukunft regelmäßig Geld zu schicken.

Sie saßen zusammen an einem Tisch und redeten miteinander. Dies war das erste Mal überhaupt, dass sie ein richtiges Gespräch führten, und es sollte auch ihr einziges Mal bleiben. Feng hatte gedacht, Lian würde den Mund nicht aufbekommen. Umso mehr überraschte es ihn, als sie offen und gelassen mit ihm sprach. »Ich habe immer gewusst«, sagte sie, »dass du irgendwann zu ihnen zurückkehren würdest. Ich werde dich nicht aufhalten. Das habe ich damals nicht getan und werde es auch jetzt nicht tun.« Und sie fügte hinzu: »Dieses Haus hast du gebaut. Solltest du die Zeit finden, dann hoffe ich, dass du uns hier oft besuchen kommst.« Sie sprach von »uns«, nicht »mich«. In seinem Herz brodelten Schuld und Scham, und dazu mischte sich

Wut auf sich selbst und andere. Aber schließlich beruhigte er sich wieder und machte sich daran, seine Antiquitätensammlung zu verpacken. Abgesehen davon hatte er nur ein paar Kleider, die er mitnehmen wollte.

Was die herzförmige Halskette betraf, die er für Siaoli gekauft hatte – die ließ er zusammen mit einem Brief im Zimmer seiner Tochter zurück. In diesem Brief versuchte er ihr die »historische Tragödie« zu erklären. Ja, nicht nur er selbst war eine Figur in jener Tragödie, sondern auch seine Tochter, sie beide. So wie jener Prinz Hamlet und Lady Macbeth in den Geschichten von Shakespeare, die er mal gelesen hatte. Oder wie in der Pekingoper, wie Lin Chong in den »Die Räuber vom Liang-Schan-Moor« oder Yang Silang aus »Silang besucht seine Mutter«. Er erzählte ihr, dass Yang Silang seine Familie verlassen musste und in den Norden zog. Er konnte nicht anders, als Tiejing, die Prinzessin des Liao-Reiches, zu heiraten. Später habe er den Schmerz der Trennung von seinen Eltern nicht mehr ausgehalten und sei unter Lebensgefahr nach China zurückgekehrt, um seine Mutter zu besuchen.

Ach Kind, mein Kind! Er schrieb mehr als zehn Seiten voll und steckte diese dann zusammen mit dem Schmuckkästchen in einen großen Umschlag. Auf den Umschlag wiederum schrieb er ganz sorgfältig:

»Für meine Tochter Siaoli, zu persönlichen Händen«

Egal, wie viel man rechnet, man rechnet nie so gut wie die Götter. Nach vielen Jahren des Rechtsstreits mit der Witwe verlor Feng den Prozess und musste ihr auch noch eine Entschädigung zahlen. Er hatte sein Leben an die Frauen verschwendet. Er ärgerte sich so sehr, dass er wieder anfing zu zittern. Später zitterte er auch dann, wenn er nicht mit seinem Schicksal haderte. Er war schon krank, bevor er Dangtu verließ.

Seine zweite Frau kam aus Taiwan nach Dangtu, um ihn abzuholen. Kaum auf der Insel gelandet, musste er ins Krankenhaus.

Im Zimmer
meines Vaters
Taiwan/Taipeh, 2001

Das Sanatorium liegt in den Bergen in einem Vorort von Taipeh. Während wir über Steinstufen den Hügel hinauflaufen, erzähle ich dir, dass alle Leute, die uns kennen, behaupten, ich sähe meinem Vater ähnlich. Sogar der Charakter sei der gleiche. Das finde ich nicht.

Seit fünfzehn Jahre habe ich meinen Vater nicht mehr gesehen. Mein Vater ist ein typisch chinesischer Vater. Früher bin ich vor seiner autoritären Stimme immer zurückgewichen. Ich denke an das Jahr, als er fortging, und die Zeit davor. Wir sprachen nur noch selten und sehr wenig miteinander. Und wenn ich ihm etwas sagen musste, dann wurde mein Körper ganz schief und meine Stimme dünn und piepsig: »*Ba*, ich gehe jetzt mal.«

Ich atme tief durch, fasse Mut und öffne die Zimmertür.

So viele Jahre sind vergangen. Wie ein alter Soldat sieht mein Vater aus, ein Heimkehrer aus hundert Schlachten. Am Ende liegt er im Bett eines Sanatoriums. Und ich bin die Tochter, die ihn nicht besuchen will. Schon lange schäme ich mich für ihn. Ich fürchtete sogar, bitte versuch mich zu verstehen, dass du in ihm einen unerträglichen Vater sehen könntest. Und dass du mich in ihm sehen könntest. Dass du mich dann vielleicht verlassen würdest. Ich öffne die Tür und bitte dich in die Welt meiner Familie. Was du siehst, ist ein dunkler und heruntergekommener Winkel. Wie wirst du dir jetzt mein früheres Leben vorstellen?

Bevor ich mit zwanzig Taipeh verließ, lud ich einen Jungen, für den ich sehr schwärmte, zu uns nach Hause ein. Zu dieser Zeit schrieben wir uns Briefe, wurden Brieffreunde. Als wir uns das erste Mal trafen, bestand er darauf, zu mir nach Hause zu kommen. Ich wandte ein, dass meine Eltern beide nicht da seien. Er entgegnete: »Das macht nichts, ich will nur mal sehen, wie du so lebst.« An der Einrichtung, meinte er, könne man sehen, was für Menschen in einem Haus lebten. Ich hatte gleich ein ungutes Gefühl, ließ ihn aber trotzdem zu uns kommen. Er blieb nur ein paar Minuten. Dann verabschiedete er sich. Ich hörte nie mehr etwas von ihm.

Später hörte ich, dass er Medizin studiert und die Tochter des Kinderarztes Dr. Shieh aus Panchiao geheiratet hatte. Als ich klein war, war Dr. Shieh der bekannteste Arzt in Panchiao. Wenn ein Kind aus unserer Straße hohes Fieber bekam, brachten die Eltern es immer den ganzen weiten Weg mit der Fahrradriksha bis zu Doktor Shieh. Seine Praxis gibt es heute noch. Mein Brieffreund, den ich nie mehr wiedergesehen habe, hat sie übernommen. Es war nicht schlimm, ihn kennengelernt zu haben. Schlimm war nur, dass ich ihm mein Herz geöffnet und ihn eingelassen habe.

»Ist dir dein Vater wirklich gleichgültig?« fragst du mich. Ja, er ist mir egal. Ich will ihn nicht sehen. Er war immer schroff und verletzend zu mir. Eines Tages habe ich mir geschworen, dass ich mich nie mehr so behandeln lassen werde.

»Ba. Da bin ich.« Im Zimmer liegt nur mein Vater. Er sieht wirklich wie ein Patient aus. Mit Mühe setzt er sich im Bett auf und will etwas sagen. Aber er weint nur, und Speichel fließt aus seinem Mund. Ich nehme ein Taschentuch und tupfe ihm den Speichel ab. Dann versucht er wieder, sich umzudrehen und nach einem Buch auf dem Nachttisch zu greifen. Ich klappe es auf, sein Titel lautet »Untersuchungen zur Parkinson-Krankheit«. Mein Vater will etwas sagen, aus seinem Mund kommt nichts als Speichel.

»Das ist die Krankheit, die ich habe.« Wenn er spricht, zittert er. Sein hübsches Gesicht ist jetzt schmal und eingefallen. Er zeigt auf einen Apfel auf dem Tisch neben dem Bett. Er möchte, dass du ihn isst. Du stehst regungslos und stumm da. Mein Vater sucht nach einem Messer für dich. »Ba, lass mich ein Messer holen.« Schnell mache ich mich auf die Suche nach einem Messer und einem Teller.

Du sitzt auf dem einzigen Stuhl des Zimmers. Mein Vater hat nichts gesagt. Er starrt nur die ganze Zeit aus dem Fenster. Ich folge seinem Blick und schaue auch aus dem Fenster. Der Fernseher läuft tonlos. Sie zeigen eine BBC-Dokumentation über das Leben unter Wasser, die wunderschönen, farbenprächtigen Tiere des Meeres. Im Zimmer riecht es nach Desinfektionsmittel.

Als ich noch klein war, hörte mein Vater nur klassische Musik. Er mochte Schubert und Chopin und dann vor allem Peking- und Kunqu-Opern. Er summte immer die Melodien mit. Er besaß viele Schallplatten. Einige davon nahm er später zusammen mit dem Plattenspieler mit. Er nahm sie mit in die Wohnung seiner Geliebten, Fräulein Su. Einige Jahre später saß er im Gefängnis. Dort konnte er überhaupt keine Musik mehr hören.

Erst vor ein paar Tagen habe ich in Mutters Wohnung noch ein paar der alten Schallplatten gesehen, die er damals sammelte.

Hört er immer noch Musik? Ich traue mich nicht, ihn danach zu fragen. Und betet er immer noch zu Jesus? Auch diese Frage traue ich mich nicht zu stellen. Im Gesicht meines Vaters ist so viel traurige Zartheit. So viele Jahre lang, so viele Jahre. Er hat so viele Frauen geliebt, aber nie sich selbst. Wonach hat er eigentlich die ganze Zeit gesucht?

Meine ältere Schwester sagt, dass er darunter leidet, sich nicht mehr frei bewegen zu können. Aber noch mehr leidet er darunter, dass er seinen Harndrang und Stuhlgang nicht kontrollieren kann. Er hat all seinen schicken Glanz, seine sprühende Vitalität verloren. Er ist ein Mann ohne Selbstachtung geworden. Er sagt jetzt nur noch wenig. Eine unerträgliche Stille erfüllt sein Zimmer.

Ich stelle dich meinem Vater vor, und er nickt mit dem Kopf. Anscheinend hat ihn Mutter schon darauf vorbereitet. Es überrascht mich ein bisschen, dass er nichts gegen dich hat (vor ein paar Jahren hatte er so lange gegen eine Beziehung meiner großen Schwester zu einem Ausländer gewettert, bis sie sie schließlich beendete. Mein Vater trumpfte auf: »Sag ich doch, sie essen Brot und wir essen Reis, das passt eben nicht zusammen!«), und er spricht mit dir sogar auf Englisch: Thank you. Danke, dass du so gut zu meiner Tochter bist, will er damit vielleicht sagen. Mein Vater fängt an, schwer zu atmen. Ich ringe einen Moment lang mit mir, dann trete ich ans Bett und klopfe ihm leicht den Rücken. Das habe ich noch nie getan und tue es auch nicht gerne.

Vater sagt etwas zu dir, auf Chinesisch: »Bitte kümmere dich um meine Tochter, meine liebste zweite Tochter.« Ohne auf meine Übersetzung zu warten, fährt er fort: »Als sie noch ein Kind war, bin ich einmal während eines Taifuns mit ihr im Arm den ganzen Weg von Taichung zurück nach Taipeh gefahren. Sie habe ich immer am meisten geliebt.«

Ich erinnere mich nicht an diese Fahrt. Wann soll das gewesen sein? Erzählt mein Vater Märchen? Er hat früher oft gelogen. Er hat sich und anderen viel vorgemacht. »Schon als Kind«, spricht er weiter, »war sie klüger als ihre Schwestern. Ich wusste, dass sie einmal einen guten Mann finden würde. Um sie habe ich mir nie Sorgen gemacht. Ich schickte sie zum Klavierunterricht, ich wusste, dass sie anders war als die anderen Kinder.«

Peinlich berührt übersetze ich für dich, was Vater sagt.

Natürlich erinnere ich mich an die unglücklichen Klavierstunden, an die paar Monate. Jeden Tag nach dem Unterricht ging ich mit der chinesischen Übersetzung von Ferdinand Beyers »Vorschule zum Klavierspiel« unter dem Arm zu meiner Klavierlehrerin. Immer machte sie: »Tss, tss, tss, nun übst du das schon so lange und kannst es immer noch nicht.« Oft bat sie dann ein anderes kleines Kind ins Übungszimmer, das bereits im Wohnzimmer wartete, und forderte es auf, mir das Stück vorzuspielen. Sie selbst ging dann weg und erledigte irgendwelche Hausarbeiten. Nach einer Weile kam sie zurück und sagte zu dem Kind: »Schön, du hast große Fortschritte gemacht. Schließlich übst du ja jeden Tag zu Hause, nicht wahr?« Dann sagte sie zu mir: »Sie geht in die dritte Klasse der Bambuswald-Grundschule, sie ist kleiner als du!« oder »Du solltest deinen *Ba* und deine *Ma* bitten, ein Klavier für dich zu kaufen, oder ihr mietet euch eins. Richte ihnen doch aus, sie sollen mal zu mir kommen.« Wie oft saß ich allein im Übungszimmer und lauschte dem Wind in den Bäumen. Manchmal spielte ich auch mit einem Klumpen Lehm, mit dem ich die Formen von Ohren oder Nabel nachbildete. Ich drückte den Lehm in meinen Bauchnabel und legte den Abdruck auf das Klavier. Einmal erwischte mich die Lehrerin und schleuderte den Lehm wütend auf den Boden: »Was ist das für ein Dreck? – *Aija*, du bist wirklich ein hoffnungsloses Mädchen.«

Der Klavierunterricht war die letzte Sache, die mein Vater von mir verlangte. Danach verschwand er.

Wenigstens meine ältere Schwester konnte sehr gut Klavier spielen. Sie sagte, sie habe es nicht der Lehrerin zu verdanken. Sie habe sich alles selbst beigebracht. Vater selbst konnte nicht Klavier spielen. Aber er war sehr stolz, eine Tochter zu haben, die es konnte, so als wäre das die wichtigste Sache in seinem Leben. Ich frage mich, ob mein Vater mich gerade für meine ältere Schwester hält.

Ba bittet mich, einen Koffer aus dem Kleiderschrank zu holen. Ich nehme den Koffer und öffne ihn. Darin liegen Vaters Anzugjacke und seine Hose und außerdem ein Foto von seiner Mutter. »Schau ganz unten«, weist er mich an. Ich erkenne den braunen alten Lederkoffer sofort wieder. Mit ihm kam er 1949 aus China nach Taiwan.

Ich stoße auf ein Sammelalbum. Als ich es öffne, entdecke ich meine Geschichten und Artikel, die in irgendwelchen Magazinen und Zeitungen erschienen sind. Er hatte sie alle gesammelt und eingeklebt. An einige Texte kann ich mich nicht einmal mehr erinnern.

Vater zittert immer noch. Er sagt zu dir: »Ich hatte immer ein Auge auf sie, ich wusste, dass sie eines Tages etwas werden würde.«

»*Ba*«, murmele ich, und mir laufen die Tränen übers Gesicht. Ich dachte, dass mein Vater mich nie geliebt hat. Ich dachte, dass mein Vater eine lebende Hülle sei, dem seine Familie völlig gleichgültig ist. Ich weiß nicht, warum ich weinen muss, ich weiß bloß, dass ich in diesem Moment nicht aufhören kann zu weinen.

Du hältst die Hand meines Vaters fest. Dann kommt dir das fremde, wundersame Wort auf Chinesisch über deine Lippen: *Ba*. Du hast es dir von uns abgehört, um ihn so anzusprechen.

Wir verlassen das Sanatorium und gehen wieder die Steinstufen bergab. Du bist in Gedanken versunken. Mein Herz steigt und sinkt: »Was hältst du von meinem Vater?« Du denkst lange nach. Dann gibst du mir zur Antwort: »Dein Vater sieht aus wie ein mongolischer Krieger.« Du nimmst meine Hand und lachst: »Ihr seht euch wirklich ähnlich.«

Herz Sutra

Lehrrede von der Essenz der großen transzendenten Weisheit
Boddhisattva Avalokiteshvara
übt die tiefe transzendente Weisheit,
als er erfasst, dass die fünf Skandhas alle leer sind,
so abschneidend Leiden und Unheil. Shariputra:
Form ist nicht verschieden von Leere,
Leere ist nicht verschieden von Form
Form ist eigentlich Leere, Leere ist eigentlich Form
bei Empfindung, Wahrnehmung, Wollen und
Unterscheidung ist es das Gleiche.
Shariputra, alle Dinge sind leere Erscheinung,
sie existieren nicht, sie vergehen nicht,
sind nicht befleckt, nicht rein,
nehmen nicht zu, nicht ab, daher ist in der Leere
keine Form, keine Empfindung, Wahrnehmung,
Wollen, Unterscheiden,
nicht Sehen, Hören, Riechen, Schmecken, Tasten,
Vorstellen, nicht Form, Klang, Geruch, Geschmack,
Berührung, Ding an sich.
Keine Welt der Sinnesorgane, nicht einmal eine Welt
unterscheidenden Denkens,
keine Unwissenheit und auch kein Ende von Unwissenheit.
Nicht einmal Alter und Tod,
auch kein Ende von Alter und Tod.

Kein Leiden, kein Anhäufen, kein Verlöschen, kein Weg,
keine Erkenntnis und auch kein Erlangen,
weil nichts existiert, das zu erlangen wäre.
Ein Boddhisattva
existiert aus dieser transzendenten Weisheit heraus,
im Geiste ohne Hindernis, ohne Hindernis
und somit ohne Furcht.
Jenseits von Täuschung und Illusion
ist endlich Nirvana erreicht. Alle Buddhas der Vergangenheit,
Gegenwart und Zukunft
existieren aus dieser transzendenten Weisheit heraus,
und erlangen unübertroffene vollkommene höchste Erleuchtung.
Daher wisse, die transzendente Weisheit
ist das große, wunderbare Mantra; ist das große,
leuchtende Mantra;
ist das höchste Mantra; ist das unübertreffliche Mantra;
das Mantra, das transzendente Weisheit bedeutet;
deren eigentliche Bedeutung das Mantra ausspricht:

Gate, Gate, Paragate
Parasamgate
Bodhi Svaha

(Dies ist die)
Lehrrede von der Essenz der Weisheit.

Im Zimmer
meines
Großonkels
Taiwan/Taichung, 2001

»Ich wünsche mir nichts sehnlicher, als deinen Großonkel neben deiner Großmutter zu beerdigen.« Tante Sinrus Augen sind plötzlich gerötet, aber sie kann ihre Tränen zurückhalten.

Wir sind wieder in Großmutters Haus in Taichung. Ich bin gekommen, um mich bei Tante Sinru zu entschuldigen. Ich konnte ihren Auftrag nicht vollständig ausführen. Ich hatte nicht erwartet, dass ich auf dieser Reise etwas für meinen Großonkel tun müsste. Auch wenn ich es versucht habe, ich wollte Mutters Gefühle nicht verletzen. Aber die Sache wühlt mich auf, ich weiß nicht, auf wessen Seite ich mich stellen soll. Auf die von Großmutter oder die von Großvater? Großonkel? Tante Sinru? Mutter? Ich frage mich, wie sie alle über so viele Jahre mit diesem Schmerz leben konnten, den sie tief in ihrem Herzen unter Verschluss hielten. Sie versuchten zu überleben. Und fanden kein Wort für ihr Leid. Was für Kräfte und Fähigkeiten besitze ich schon, dass ich einen Ausweg für sie und ihr Leben finden könnte?

»Die Mörder, die deinen Großvater auf dem Gewissen haben, waren ganz bestimmt von der Kuomintang. Der Tod deines Großvaters hat nichts zu tun mit deinem Großonkel«, sagt Tante Sinru. »Wie kann man Sijuko nur dazu bringen, deinem Großonkel zu verzeihen?«

»Am Ende wird sie ihm vergeben, sie braucht nur ein wenig Zeit.« Ich sage ihr, dass es mir leidtut. »Nein, du hast dein Bestes getan«, widerspricht Tante Sinru.

»Kommt, ich zeige euch was.« Sie wischt sich die Tränen

aus den Augen und steht auf. Wir folgen ihr in ein Zimmer. Es ist das Zimmer, in dem ich als Kind bei Großmutter gewohnt habe. Jetzt ist es das Zimmer meines verstorbenen Großonkels. Es ist vollgestellt mit Kartons uns Schachteln, mit Holzschnitzereien und Figuren. Auf einem Tisch steht ein Foto, das ihn und Großmutter Ayako zeigt, und zwischen ihnen mein Großvater. Es ist eines der Bilder, die während des Krieges aufgenommen wurden. Es war kurz bevor Großvater in den Südpazifik musste. Ich betrachte meinen jungen Großonkel: Er hat etwas von einem Bohemien, anders als Großvater: Er sieht seriöser und gebildeter aus, ein schicker Pilot. Mein Großonkel wirkt etwas rebellisch, wie ein Freigeist. Großmutter Ayako hält meinen Onkel im Arm und sieht sehr hübsch aus.

Ich höre wieder das Rauschen des Flusses, wie damals unter der Brücke. Es gehört zur Geschichte von Großonkel und Großmutter.

»Das alles sind Arbeiten deines Großonkels, und hier ist, was ihr sehen wolltet: die Mazu.« Tante Sinru verneigt sich mit zusammengelegten Handflächen in Richtung des kleinen Hausaltars. Es ist die Göttin, die er für Großmutter Ayako auf seiner Flucht in die Berge geschnitzt hatte. Mazu sitzt mit halb geschossenen Augen auf einem Armstuhl. Sie trägt eine Phönixrobe und die Krone der Kaiserin auf dem Kopf. In der Hand hält sie einen Vogel. »Dein Großonkel hat damals auch noch die beiden Generäle von Mazu geschnitzt, *Hört wie der Wind so schnell* und *Sieht tausend Stunden weit*. Deine Mutter hat sie mitgehen lassen, was sie allerdings bestreitet.« Tante Sinru seufzt und verlässt den Raum. »Was für eine Sünde, welch Schande!«

»*Mej-Mej*, deine Mutter hat damals darauf bestanden, *Hört wie der Wind so schnell* und *Sieht tausend Stunden weit* mitzunehmen, und dann hat sie die beiden verbummelt, weiß der Himmel wohin. Es ist schon eine gewaltige Respektlosigkeit, Mazu all die Jahre so schrecklich einsam da stehen zu lassen.« Tantes Stimme ist mal hoch, mal tief. Dann versinkt sie in tiefes Grübeln.

Tante Sinrus Worte treffen mich wie ein Hieb. Ich bin völlig perplex. Erst jetzt begreife ich, wie existenziell wichtig die Frage nach dem Verbleib der beiden Generäle war. Sie hatte den Streit zwischen meiner Mutter und Tante Sinru noch verschärft, und ich hatte es nicht einmal geahnt.

»Tante, Entschuldigung, *Hört wie der Wind so schnell* und *Sieht tausend Stunden weit* sind nicht bei meiner Mutter. Ich habe sie mitgenommen.«

Ich erzähle Tante Sinru die ganze Geschichte, und sie schaut mich mit großen Augen an. »Wieso hast du das denn nicht schon früher gesagt? Ich habe das die ganze Zeit deiner Mutter vorgeworfen.« Nach einem kurzen Moment des Erstaunens schließt sie die Augen und denkt nach. »Na dann ist ja gut. Schön, dass sie nicht verloren gegangen sind. Natürlich, natürlich, die beiden Generäle waren bestens geeignet, dich zu beschützen«, sagt sie und lächelt sanft.

Anfangs hatte ich keine besondere Beziehung zu den Leibwächtern Mazus. Ich stellte sie nur wie zwei normale Figuren in meinen unterschiedlichen Wohnungen in unterschiedlichen Zimmern auf. Sie wussten, dass ich unterschiedliche Männer traf, und sahen mir dabei zu, wie ich erst studierte und dann anfing zu arbeiten. Ich hatte ein paar Möbel und einige persönliche Probleme. Abgesehen davon besaß ich so gut wie nichts. Oft ging ich ganz in Gedanken versunken in meiner Wohnung auf und ab. Manchmal rauchte ich, manchmal hörte ich auf zu rauchen, manchmal telefonierte ich mit verschiedenen Menschen in unterschiedlichen Sprachen, ich arbeitete oder grübelte nach und stellte mir mein Leben als eine ewige Reise vor. Ich hatte nicht viele Freunde. Möglicherweise gab es auch niemanden, den ich wirklich liebte. Ich fühlte mich immer einsam. Manchmal redete ich mit mir selbst. Dass ich allerdings dir begegnen würde, hätte ich nie erwartet.

»Es ist ganz schön dreist von dir, Mazu die Generäle einfach wegzunehmen. Hattest du denn keine Angst, Mazu damit zu verärgern?« Tante Sinru lächelt mich an. Du betrachtest die Figur von Mazu sorgfältig, bevor du dich umdrehst und fragst: »Warum hat diese Mazu eigentlich eine andere Farbe als die Mazu-Figuren in den Tempeln?«

»Weil ihr Großonkel damals auf seiner Flucht in die Berge keine Farben dabeihatte, er konnte sie nicht anmalen. Deswegen hat sie ihre Farbe des Holzes behalten. Allerdings hat er später jemanden gebeten, in ein Loch in Mazus Rücken die fünf Elemente zu stecken; ein bisschen Gold, Holz, Wasser und Erde werden auf dem Feuer zu einer Paste verrührt. Er hat mir erzählt, dass nach altem Brauch auch eine Riesenhornisse in der Figur steckt, das stärkt ihre göttlichen Kräfte.« Wenn Tante Sinru über Großonkels Mazu redet, liegt ein heller Glanz in ihren Augen.

»Wenn ich Ihre Nichte heirate, dürfen wir Mazu dann auch zur Hochzeit einladen?« fragst du plötzlich Tante Sinru.

»Wollt ihr heiraten?« Tante Sinru schaut mich an. Ich kann es nicht glauben und sehe dich an. Obwohl du das letzte Mal meinem Vater versprochen hast, dass wir uns gegenseitig stützen werden. Aber das ist das erste Mal, dass du vom Heiraten redest. Und gefragt hast du mich auch noch nicht.

»Mej-Mej, hast du was gemerkt?« reißt mich Tante Sinru aus meinen Gedanken.

»Wie?« Ich bin so aufgewühlt, in meinem Kopf ist eine Wolke. Wovon redet sie jetzt?

»Hast du nicht erzählt, dass er dich, kurz nachdem ihr euch kennengelernt habt, nach *Hört wie der Wind so schnell* und *Sieht tausend Stunden weit* gefragt hat? Nur aus diesem Grund, nur deshalb seid ihr überhaupt nach Taiwan gekommen. Das hat Mazu heimlich für euch arrangiert. Mazu ist eure wahre Heiratsvermittlerin. Ihr solltet euch bei ihr bedanken.« Tante Sinru hält unser beider Hände und gibt uns ein Bündel Räucherstäbchen.

Das Testament
meines
Großonkels

Geliebte Ayako!

Bevor ich gehe, möchte ich dir wenigstens diese Worte hinterlassen. Ich habe sie nie über die Lippen gebracht.

Du warst der Mensch, der mir Kraft zum Leben gab, und du bist es, die mir den Frieden gibt zu sterben. Weil ich dich geliebt habe, war mein Leben erfüllt.

Du hast einmal gesagt, dass das Leben für uns Menschen mehr Kummer als Freude bereithält. Aber beklagt hast du dich nie darüber. Das bewundere ich an dir.

Ich habe vieles falsch gemacht. Der größte Schmerz war der Tod meines Bruders. Er ist an meiner Stelle gestorben. Das Einzige, was ich nicht bereue, ist meine Liebe zu dir. Der glücklichste Tag in meinem Leben war damals 1963, als wir uns wiedersahen. Mir war die Rückkehr nach Taiwan gelungen, wo ich einen Sprengstoffanschlag ausführen wollte. Ich konnte dich endlich sehen. Doch mein Plan, Verbindung zu Gleichgesinnten im Untergrund aufzunehmen, wurde sabotiert.

Ich musste fliehen und Taiwan wieder verlassen, obwohl ich bleiben wollte. Vor meiner Abreise konnte ich dich nicht zu Hause besuchen und versteckte mich im Zhenlan-Tempel in Dajia. Ich hoffte dich dort zufällig zu treffen, wenn du Mazu deine Räucheropfer darbrächtest. Als es mir endlich gelang, dich abzupassen, fiel mir ein Mann auf, der dir den ganzen Weg über gefolgt war. Deshalb gab ich mich dir nicht zu erkennen. Kurz zuvor hatte ich gerade vor Mazu einen

Schwur abgelegt. Ich versprach, alles zu tun, um dich zu beschützen. Und ich schwor, für den Tod meines Bruder zu büßen und für die Freiheit Taiwans zu kämpfen, solange ich lebte.

Ayako, wenn ich alles noch einmal erleben dürfte, die revolutionäre Sache würde ich niemals aufgeben. Auch wenn es so aussieht, als hätten wir verloren. Ich bin überzeugt, dass wir an dem Tage gesiegt haben, an dem sich die Menschen daran erinnern, was wir erlitten haben. Dann werden unsere Kinder wissen, was für Menschen ihre Väter gewesen sind. Sie haben ihr Leben nicht umsonst gelebt!

Ich habe den alten Namen für Taiwan immer gehasst: *Dai-wan*, »Insel der Verfluchten«. Wie viele rastlose Seelen sind hier begraben worden? Ich möchte kein *Dai-wan,* kein verfluchter Geist werden.

Dies ist mein letzter Wille. Da wir schon nicht das Leben gemeinsam verbringen konnten, hoffe ich, dass uns der Tod vereinen kann. Ich wünsche mir, neben dir und meinem Bruder begraben zu werden.

Wenn du diesen Brief liest, dann bin ich bereits auf dem Weg in das Land der höchsten Freude. Aber du sollst wissen, dass ich auch in jener Welt auf dich warten werde. Ich habe schon ein Leben lang gewarte, und kann noch ein weiteres Leben warten.

Möge ich bei euch sein!

Cai
Brasilien, São Paulo, 1982

Mein Vater
»Fu Buxiang«
Das Geheimnis von
Sinrus Herkunft
Taiwan/Taichung, 1963

Als Sinru 1948 geboren wurde, lagen die Ereignisse vom 28. Februar, im Volksmund »228«, ein Dreivierteljahr zurück. Als Kind hörte sie nie jemanden vom »228« reden; erst mit über dreißig. Und es war ihr Onkel aus dem fernen Brasilien, der ihr davon erzählte.

Als sie zur Welt kam, galt ihr Vater als vermisst. Sie war ihm nie begegnet, konnte auch nicht den Unterschied begreifen zwischen ihr und einer Tochter mit Vater. Sie nahm nur den Druck wahr, der auf ihrer Mutter lastete. In den Augen ihrer Mutter lag etwas wie Trauer und Vorwurf aber weitaus häufiger sprachen aus ihnen Trost und Zuspruch. Als wollte sie damit sagen: Du hast zwar keinen Vater, aber du hast ja mich.

Das Verhalten ihrer Mutter färbte auf Sinru ab. Sie musste immer an den zweiten Sohn der Nachbarsfamilie Ye denken: Sie hatten mit anderen Kindern aus dem Dorf mit Steinschleudern gespielt. Da schoss ihm eines der Kinder aus Versehen einen Longane-Kern ins Auge. Ein Arzt für traditionelle chinesische Medizin rührte ihm wahrscheinlich die falsche Salbe an, denn nicht lange danach erblindete das Auge. Mutter Ye, eine Frau vom Stamm der Pingbu, sagte daraufhin zu Ayako: »Ach, das macht doch nichts. Zum Glück ist das andere Auge ja noch in Ordnung, er kann also sehen.«

Nachdem Sinru in die Schule gekommen war, musste sie zum ersten Mal einen Fragebogen zu den Familiendaten der neuen Schüler ausfüllen. In die Spalte »Vater« hieß ihre Mutter sie die drei chinesischen Zeichen für »Vater unbekannt«, *fu bu xiang*, einzutragen. Aber Sinru konnte die drei Zeichen ebenso wenig schreiben wie ihre Mutter, daher lieh sich Ayako ein Wörterbuch von den Nachbarn aus. Als sie wieder zurückkam, reichte sie ihr einen Notizzettel, auf den jemand *fu bu xiang* geschrieben hatte. Sie solle sie abschreiben. Sinru dachte erst, ihr Vater heiße Fu Buxiang, und fing an, sich mit ihrer Mutter zu streiten. »Aber Lin Jian ist mein Vater!« protestierte sie. Das Gesicht ihrer Mutter verfinsterte sich, aber sie ignorierte das ständige Nachbohren ihrer Tochter.

Sie erinnerte sich besonders an den Augenblick, als ihre Mutter sie an den Schultern packte und zu ihr auf Japanisch sagte: »Schreib nicht, dass Lin Jian dein Vater ist, und erzähl niemandem, dass dein Vater Lin Jian ist, verstanden? Verstanden?« Sie nickte und versprach es ihr. Als sie die Tränen ihre Mutter sah, wollte sie ihr dabei helfen, sie abzuwischen. Das Taschentuch noch in der Hand, drückte ihre Mutter sie fest an sich, so fest, dass sich ihre Fingernägel in ihren Arm bohrten. Ayako weinte. Sinru nahm ihren angenehmen Geruch nach Puder gegen Hitzeausschlag wahr. Sie lehnte sich an die Brust ihrer Mutter. Sehr lange. Damals war sie erst ungefähr sieben oder acht Jahre alt.

Trotzdem konnte sie schon damals die Unsicherheit im Blick ihrer Mutter erkennen, das Geheimnis, das sie in den Tiefen ihrer Seele hütete. Aber sie war noch zu klein, um danach zu fragen. Als sie ein wenig älter war, vermutete sie zwar, dass ihre Mutter über die Abwesenheit ihres Vaters bekümmert war. Aber sie traute sich nicht, darüber zu sprechen. Sie konnte gar nicht schnell genug erwachsen werden.

Bald fiel ihr auf, dass die Augen ihrer Mutter nicht mehr so hell leuchteten wie auf den alten Fotos und dass sie auch ihre Hüften nicht mehr so gerade hielt. Schließlich machte sie sich nicht mehr so makellos zurecht wie früher: Immer trug sie eine weiße oder graue Bluse, dazu einen langen Rock. Ihre eleganten Kleider zog sie gar nicht mehr an, ganz zu schweigen von ihrem wertvollen Kimono.

Als Sinru ein junges Mädchen war, wollte sie sie immer in diesem Kimono sehen. Sie bettelte darum, wieder und wieder. Ihre Mutter entgegnete darauf nur, dass sie den Kimono für sie aufbewahre, »als deine Aussteuer«. Manchmal beklagte sich ihre Mutter: »Die Zeit der Kimonos ist doch längst vorbei, was bringt es, diese alten Klamotten aufzubewahren.« Dann fragte sie Sinru: »Willst du ihn wirklich haben? So ein Kimono wiegt schwer.« Sinru nickte dann immer. Obwohl sie nicht daran dachte, ihn je wirklich anzuziehen. Sie wollte nur alle Dinge ihrer Mutter aufbewahren, ihre Kleidungsstücke, ihre Geschenke wie diese japanische Spardose mit der Aufschrift »Ich bringe Geld und Glück« oder den Schal, den sie für sie gehäkelt hatte. Jeden Zettel, den ihre Mutter ihr schrieb, hob sie in einer Plastiktüte auf.

Diese Zettel waren alle auf Chinesisch geschrieben. Weil ihre Mutter befürchtete, sie könnte die Schriftzeichen nicht verstehen, fügte sie manchmal noch ein paar Zeichnungen hinzu: mal eine Flasche mit Sojasoße, mal ein Hemdknopf, ein Papierschirm oder eine Rikscha. Ihre Mutter malte auch eine Puppe und ein paar Kleider für sie, die sie mit der Schere ausschnitt. Sie konnte der Papierpuppe immer neue Kleider anziehen. Sie fand die gemalte Puppe wunderschön, mit ihren feucht schimmernden Augen, die immer so aussahen, als würden sie gleich in Tränen ausbrechen. Viele Jahre hindurch spielte sie nur allein für sich mit solchen Papierfiguren, sprach für sie. Sie waren ihr einziges Spielzeug.

Zu ihren Kindheitserinnerungen gehörte, dass mitten in der Nacht Männer ins Haus kamen, um das Familienbuch zu kontrollieren. Jedes Mal, wenn sie um diese Zeit an die Tür klopften, glich ihre Mutter einem aufgescheuchten Vogel. Eilig räumte sie noch ein paar Unterlagen auf und befahl Sinru, unter ihrer Bettdecke zu bleiben, sich schlafend zu stellen. Sinru hörte, wie ihre Mutter alle Fragen der Kontrolleure gewissenhaft beantwortete. Manchmal, wenn die Leute sehr grob und rücksichtslos vorgingen, sagte sie nur das Notwendigste. Manchmal waren sie auch höflicher. Dann bot sie ihnen zur Begrüßung schon mal eine Schale Reisbrei an, wie er nachts auf den Straßen verkauft wurde. Wenn sie nicht ablehnten, fragte sie beiläufig nach dem Verbleib ihres Mannes. Sinru dachte deshalb immer, dass ihr Vater noch lebte. Er kam nur noch nicht heim. Doch die meisten dieser Männer waren ungehobelt und unfreundlich, es war ihnen egal, wie es ihrer Mutter ging.

Sie blieben meistens in der Küche stehen oder zogen sich die Schuhe aus und betraten die Tatami-Zimmer, um in alle Winkel zu spähen. Damals kam ihr ältester Bruder kaum noch nach Hause. Er trieb sich auf der Straße herum, prügelte sich und jobbte im Spielcasino. Eine Weile saß er sogar in der Jugendbesserungsanstalt ein. Später ging er mit Freunden nach Japan und meldete sich erst einmal gar nicht mehr.

Während der Kontrollbesuche hatte Ayako oft Tränen in den Augen und beantwortete die Fragen mit einem hastigen Nicken oder Kopfschütteln. Manchmal gab es gegenseitige Missverständnisse: Entweder verstanden sie nicht ihren Dialekt, oder Ayako verstand ein Dokument nicht. Dann bat sie ihre große Schwester Sijuko, für sie zu übersetzen. Es gab Männer, die sich über sie lustig machten: »Mach uns nichts vor. Okinawa gehört auch zu China. Dich jetzt als eine Japanerin auszugeben bringt dir nichts.« Ihre Mutter nickte nur in einem fort, verbeugte sich und sagte zu allem »Ja«. Sie machte das so lange, bis sie den Mund hielten.

Im Rückblick tat Sinru ihre Mutter immer leid. Wie schwer ihre Tage damals gewesen waren! Sie hatte sich ganz allein um den Friseursalon im Erdgeschoss kümmern müssen. Sie musste nicht nur nach ihrem Mann fahnden, sondern sich auch noch um ihren Bruder sorgen. Hatte ihre Mutter je in Erwägung gezogen, dass ihr Mann längst den »Weg zu den Gelben Quellen« angetreten hatte?

Wahrscheinlich schon. Im Laufe der Zeit hörte ihre Mutter allmählich auf, die Kontrolleure nach ihrem Vater zu fragen. Ihr ältester Bruder kam auch aus Japan zurück. Er nannte sich nun »Mascha«, und die Leute meinten, er sei längst ein hoffnungsloser Herumtreiber geworden. Zusammen mit ein paar anderen Männern eröffnete er ein Spielcasino. Es musste aber bald wieder schließen. Er ließ sich nur zu Hause blicken, wenn er Geld brauchte. Ayako war offenbar immer gut vorbereitet. Selbst wenn er mitten in der Nacht auftauchte, zog sie ein Bündel Scheine aus irgendeiner Schublade. Er nahm das Geld wortlos entgegen. Manchmal blieb er auf einen Teller Nudelsuppe, den ihm seine Mutter hinstellte. Manchmal wollte er sich nicht einmal hinsetzen und ging gleich wieder fort. Bei seinem letzten Besuch wollte er das Familienbuch mitnehmen, doch Ayako stand in der Küche und hielt es fest umklammert. Nie im Leben würde sie es herausrücken. Ihr Bruder blieb am Esstisch sitzen und starrte seine Mutter an. Nach einer Weile ging er. Er kam nie wieder zurück.

Als Kind konnte Sinru nicht begreifen, warum ihr Vater einfach nicht mehr zu ihnen zurückkehrte. Sie wollte wissen, wo er war. Eines Tages stritt sie sich sogar mit ihrer älteren Schwester. »Sie haben ihn verhaftet, klar?« fauchte Sijuko. »Also was soll der Radau? Hast du keine Angst, auch verhaftet zu werden?« Sinru hörte sofort auf zu weinen. Sie wollte wissen, warum man ihren Vater mitgenommen hatte. »Was weißt du noch?« fragte sie. Doch Sijuko machte nur ein ernstes Gesicht, genau wie eine Erwachsene.

Als sie mehr von der Welt verstand, war sie etwas neidisch auf ihre Schwester. Nicht nur, dass Sijuko viel mehr Dinge wusste als sie. Einige alte Fotos zeigten sie auch in den Armen ihres Vaters in Militäruniform. Sijuko bewahrte Geschenke auf, die er ihr gemacht hatte. Sie selbst besaß nicht den kleinsten Gegenstand, der von ihm stammte. Seit ihrer Geburt bis jetzt hatte sie ihn nicht einmal zu Gesicht bekommen. Sie kannte nur seine Foto-Gesichter. Als junges Mädchen schaute sie sich diese Fotos gerne an. Dazu musste sie aus dem Schrank in Mutters Zimmer immer das chinesische Schminkkästchen mit seinen drei Schubfächern herausnehmen. Wenn man den Deckel aufklappte, sah man in einen Spiegel. Im ersten Fach lagen Lippenstifte, im zweiten Haarklammern und Haarschmuck, und im untersten bewahrte Mutter ihre Fotos auf. Diese vergilbten Bilder nahm sie heraus, um sie sich immer wieder anzusehen. Dabei versuchte sie sich vorzustellen, wohin ihr Vater gegangen war und wie er mit Mutter zusammengelebt hatte.

Ihr Vater steht auf einem Stück Rasen mit einer Gruppe von Kommilitonen der japanischen Flugschule vor einem Flugzeug; ihr Vater mit einem Kommilitonen unter einem blühenden Kirschbaum in Kyoto; ihr Vater in einem Kimono mal mit ihrem Bruder und mal mit ihrer Schwester im Arm; ihr Vater sitzt im Beiwagen eines Motorrads zusammen mit einem Kommilitonen; ihr Vater mit seinem Freund Musashi. Auf der Rückseite dieser Bilder standen das Jahr und der Ort, wo sie aufgenommen worden waren. Das jüngste Foto war nach der Rückkehr ihres Vaters aus dem Südpazifik und zeigte ihn zusammen mit der ganzen Familie. 1947. Ihre Mutter war bereits mit ihr schwanger gewesen, auch wenn man ihrem Bauch noch nichts ansehen konnte. Die Augen ihres Vaters wirken darauf ganz leer, als würde er gerade in weite Ferne schauen. Ihre Mutter wirkt ruhiger und gefestigter, es scheint, als stütze sie die ganze Familie.

Oft saß Sinru allein im Zimmer ihrer Mutter und betrachtete immer wieder die Fotos. Im Hintergrund tickte eine alte Uhr. Es gab auch einige Fotos ihrer Eltern, Hochzeitsfotos, und dann eines ihres Onkels aus seiner Mittelschulzeit in Taichung. Außerdem gab es ein Bild, auf dem sie selbst auf dem Boden sitzt und spielt. Sie sieht sehr glücklich aus. Alle erzählten von ihr, dass sie ein sehr liebes Kind gewesen sei, ein Kind, das alle gleich in ihr Herz schlossen.

Obwohl sie ihren Vater nie gesehen hatte, wusste sie viel über ihn. Jedes Mal, wenn die Erwachsenen seinen Namen erwähnten, spitzte sie ihre Ohren und hörte aufmerksam zu. Sie erzählte ihren Klassenkameraden oft über ihn: »Er war ein berühmter Pilot und Held und hat eine Verdiensturkunde von der japanischen Regierung bekommen« oder »Mein Vater flog *Zero*-Bomber, und einmal hat er ein großes Loch ins feindliche Hauptquartier geschossen.« Tatsächlich wusste sie nicht einmal, wer der Feind gewesen war. Wenn sie einen Aufsatz schreiben sollten, beschrieb sie ihren Vater als einen Helden, den alle verehrten.

Eines Tages kam ihre Grundschullehrerin zu Besuch. Die Lehrerin kam aus China. Sie sprach Hochchinesisch, Sijuko musste sich zwischen sie und ihre Mutter setzen und dolmetschen. Nachdem die Lehrerin gegangen war, wollte Sinru von ihrer Mutter wissen, was sie miteinander besprochen hatten. Ihre Mutter antwortete: »Nichts Besonderes. Sie hat nur gemeint, dass du deinen Aufsatz falsch geschrieben hast. Du kannst so nicht über deine Familie schreiben, und du darfst auf keinen Fall noch mal so schreiben.« Die Lehrerin sagte, das sei kolonialistisches Gedankengut. Wir seien jetzt die Republik China, und Tschiang Kaishek sei unser Volksheld. Tschiang Kaishek sei ein großartiger Mann, der den Japanern verziehen habe. Außerdem verlangte die Lehrerin, dass wir zu Hause nicht mehr Japanisch oder Dialekt, sondern nur noch Hochchinesisch sprechen sollten. Je mehr Ayako von dem Gespräch mit der Lehrerin erzählte, desto niedergeschlagener sah sie aus. Was bedeutete »kolonialistisches Gedankengut«? War das etwas Gefährliches? Und sie und ihre Schwester hatten in der Schule ja beide Zhuyin (eine Umschrift nach den ersten vier Lauten des Alphabets, Bo po mo fo, genannt) gelernt und konnten Hochchinesisch sprechen. Nur ihre Mutter konnte es nicht. Was sollten sie tun? Sinru blickte ihre Mutter an, die ihr im taiwanischen Dialekt antwortete: »Was soll ich machen? Ab jetzt rede ich nicht mehr, das wird schon gehen.«

Die Lehrerin kam noch viele weitere Male zu Besuch, offenbar weil sie Ayako ganz besonders mochte. Ein wenig später nahm sie sogar Japanisch-Unterricht bei ihr. Einmal schenkte sie ihr einen Rosenkranz mit einem Kreuz aus 18-karätigem Gold. Um die Weihnachtszeit herum trug sie Sinru auf, ihre Mutter zur Messe mitzunehmen. Um Mitternacht in der Herz-Jesu-Kirche im Zentrum der Stadt. Aber ihre Mutter blieb unbeirrt, sie sagte zu Sinru: »Für sie ist Maria die heilige Mutter, aber meine heilige Mutter ist Mazu.« Die Lehrerin brachte immer Geschenke mit. Einmal eine große Keksdose der Marke »Goldfasan«. Jedes Mal sah Sinru, wie sich ihre Mutter lächelnd, aber zurückhaltend von der Lehrerin verabschiedete.

Sinru hatte vergessen, in welchem Winter es war. Eines Tages gab ihre Mutter ihr einen Brief in die Hand und sagte flüsternd zu ihr: »Wolltest du nicht immer einen Vater haben?

Da gibt es nämlich jemanden, der gerne dein Vater werden würde. Was meinst du, wärst du damit einverstanden?« Ihre Mutter blickte sie fast bittend an: »Es ist dein Onkel aus Brasilien, er schreibt, dass er dich adoptieren und dann zu sich holen möchte.«

Ayako erzählte ihr, Onkel Cai habe schon viele Briefe geschrieben und mit ihr vereinbart, dass er Sinru adoptieren werde. »Warum will mich Onkel Cai denn adoptieren?« fragte sie verständnislos. »Weil er keine Tochter hat. Er hat sich immer eine Tochter gewünscht.« Ihre Mutter erwähnte schon eine Weile nicht mehr ihren Vater Lin Jian. Dafür sprach sie nun öfter von ihrem Onkel in São Paulo. »Nein, ich will nicht. Außerdem kenne ich Onkel Cai ja gar nicht.« Sie sagte nicht ernsthaft Nein. Nur, wenn sie sich adoptieren ließ, musste sie ihre Mutter verlassen und nach Brasilien gehen.

Der Onkel zeigte sich immer großzügig gegenüber der ganzen Familie. Jahr für Jahr schickte er ihnen viele ausländische Spielsachen und Lebensmittel aus Brasilien, vor allem Kaffeebohnen. Ihre Mutter trank den Kaffee, den Onkel Cai ihr schickte, gern schwarz und ohne Zucker. Möglicherweise mochte sie den Onkel vor allem wegen des Kaffees. Sinru stand eher unter dem Einfluss ihrer Schwester: »Er hat Vater auf dem Gewissen«, hatte ihr Sijuko verraten. Irgendwie merkte Sinru, dass nicht nur ihren Vater, sondern auch Onkel Cai ein Geheimnis umgab. Wenn die Erwachsenen sie erwähnten, schauten sie sich vorsichtig um und senkten die Stimme.

Aber sie hatte sich an diese allgemeine Geheimnistuerei und Verschwiegenheit längst gewöhnt. Auf den Straßen klebten an den Strommasten Zettel: »Meldet kommunistische Spione, eine hohe Belohnung ist euch sicher.« Eine Nachbarsfamilie schmuggelte Zigaretten aus China und dem Ausland, und manchmal ertönten vor ihrem Haus mitten in der Nacht geheimnisvolle Pfiffe. Tagsüber beobachtete sie jemanden, der Orangen und Mandarinen in einer Schubkarre anbot. Als sie ihm welche abkaufen wollte, behauptete der Mann steif und fest, gar keine zu verkaufen. Er sah sie muffig an.

In einigen Nächten sah sie brennende Papierlampen zum Himmel aufsteigen. Dieses Schauspiel begeisterte sie, aber ihre Mutter bemerkte: »Die schwebenden Papierdrachen sehen hübsch aus, aber sie bedeuten, dass jemand verhaftet wird. Das ist das Signal.« Sinru wollte wissen, welches Signal, aber ihre Mutter erklärte es ihr nicht näher.

Als Kind züchtete Sinru Seidenraupen. Die Maulbeerblätter, die sie für sie sammelte, spülte sie immer sorgfältig ab, bevor sie eins nach dem anderen in eine Pappschachtel legte. Dann sah sie zu, wie die Raupen sie Bissen für Bissen auffraßen. Langsam sponnen die Raupen sich mit ihren Seidenfäden in Kokons ein.

Für ihre Raupen sorgte sie so umsichtig wie eine Mutter für ihre Kinder.

Einmal fragte sie ihre Mutter, warum die Lehrer sagten: »Einen Kokon spinnen und sich in seinen Fäden verfangen«, warum bedeutete das denn etwas Schlechtes? Sie fand, dass jeder Mensch in so einem eigenen Kokon leben sollte wie die Seidenraupen. So lebte man doch gut und sicher!

Sinru blieb auch später dieser Meinung.

Es war im Frühling, Sinru ging gerade in die vierte Klasse der Grundschule. Da kam Ayako mit einer Neuigkeit: »Dein Onkel kommt aus Brasilien, um dich zu sehen. Wir müssen nach Taipeh zum Flughafen, um ihn abzuholen.« Auf der Zugfahrt nach Taipeh war ihre Mutter nervös, sie fürchtete, den Songshan Flughafen vielleicht nicht zu finden oder sonst etwas zu verpassen. Sinru dagegen dachte, ihre Mutter wolle sie verlassen und zu ihrem Onkel abschieben. Auf der Fahrt war sie wütend auf sie. Sie verstand einfach nicht, wieso ihre Mutter die ganze Zeit beharrlich davon redete, dass sie sich von ihrem Onkel adoptieren lassen sollte. Schon vorher hatte sie oft protestiert: »Und wenn du dich auf den Kopf stellst, ich werde nicht nach Brasilien fahren. Versprich mir, dass ich nicht muss, sonst komme ich nicht mit nach Taipeh.«

In den vergangenen dreißig Jahren war Ayako nur wenige Male in Taipeh gewesen. Sie war nur hingefahren, um im Polizeihauptquartier nach dem Verbleib ihres Mannes zu fragen.

Einmal hatte sie Sijuko dorthin begleitet. Sijuko erzählte ihr, dass ihre Mutter immer ein Gesuch mit sich führte, das ein Bekannter für sie verfasst hatte. Im Polizeihauptquartier wollte niemand etwas von diesem Brief wissen. Als Ayako nach einem zuständigen Beamten suchte, schnitt ein Miliärpolizist ihr den Weg ab und warf sie hinaus.

Seither sprach Ayako von Taipeh als »dieser teuflische Ort«, nie mehr wolle sie dorthin. Ihre Welt beschränkte sich auf ihre Familie, und auf Dajia. Sijuko sagte, ihre Mutter habe in Taipeh einige Leute nach Manchangting gefragt, aber niemand konnte ihr sagen, wo dieser Ort lag. »Was ist Manchangting?« fragte Sinru sie, und ihre Schwester gab unwirsch zurück: »Na der Ort, an dem sie die Leute töten.«

Dieses Mal wollte Sijuko auf keinen Fall mit nach Taipeh kommen. Sie wehrte sich mit Händen und Füßen, stritt mit ihrer Mutter und drohte ihr sogar, kein Wort mehr mit ihr zu reden, wenn Ayako dort hinfahren würde. Dies brachte ihre Mutter in eine ausweglose Situation. Sie ging in den Tempel, um zu Mazu zu beten. Am gleichen Abend führten sie und

Sijuko im Schein einer Lampe ein langes Gespräch. Sinru versuchte sie heimlich zu belauschen. Aber weil beide mit gesenkter Stimme sprachen, verstand sie sie kaum.

Am frühen Morgen des folgenden Tages sah sie nach dem Aufstehen Sijuko allein am Frühstückstisch sitzen und Reissuppe essen. Sie hatte schon alle Rasiermesser im Friseursalon geschliffen. »Hast du nicht gesagt, dass unser Onkel *Ba* auf dem Gewissen hat? Wieso ist Mutter dann so nett zu ihm?« Doch ihre Schwester warf ihr bloß einen wütenden Blick zu, knallte ihre Schale und Stäbchen auf den Tisch und verließ das Zimmer. Kurze Zeit später ging Sijuko fort, wegen eines Mannes aus China.

Ayako und Sinru gelang es nicht, Onkel Cai abzuholen. Viele Stunden lang standen sie am Ausgang und warteten, bis die Passagiere der allerletzten Maschine durchgekommen waren, aber der Onkel tauchte nicht auf. Im Nachtzug kehrten sie heim. Am anderen Morgen brachte ihnen der Postbote ein Telegramm. Als ihre Mutter die wenigen Zeilen überflog, fing sie an zu weinen. Was passiert war, eröffnete Sijuko ihrer Schwester erst ein paar Tage später voller Schadenfreude: »Dein lieber Herr Onkel steht auf der schwarzen Liste, sie haben ihn nach Brasilien zurückgeschickt.«

Im Winter 1963 studierte Sinru in Changhua an der höheren Handelsschule. Eines Tages wurde die Flagge auf Halbmast gesetzt, und für den Rest des Tages fiel der Unterricht aus. Voller Freude stieg Sinru in den Zug nach Hause. Im Zug hörte sie, dass der amerikanische Präsident Kennedy ermordet worden war. Zum ersten Mal erfuhr sie, dass es außer Präsident Tschiang Kaishek auch einen Präsidenten namens Kennedy gab. Eine Woche später stand eines Nachmittags ein fremder Mann mittleren Alters vor ihrer Tür. Er war hoch gewachsen und trug einen Stetson, wie sie die Schauspieler in den Gangster-Filmen trugen. Ihre Mutter und er saßen in der Küche und sprachen lange miteinander. Als er Sinru zur Tür hereinkommen sah, erhob er sich. »Sinru, das ist dein Onkel«, sagte ihre Mutter mit einem seltsamen Gesichtsausdruck. Sinru wandte sich dem Fremden zu. Warum wollte dieser Mann sie adoptieren?

In den Augen ihres Onkels konnte sie keine Antwort auf ihre Frage finden. Sie brannten wie Fackeln voller Leidenschaft. Später erinnerte sie sich auch an etwas Unstetes in seinem Ausdruck. Höflich bot ihr Onkel ihr seinen Platz an, sie fühlte sich seltsam: Wie konnte ein Erwachsener einem jungen Mädchen seinen Platz überlassen? »Nein, danke, ich möchte nicht sitzen.« Dies waren ihre ersten Worte an ihn. Dann sah sie, wie er eine Zigarette vom Tisch nahm. Er klemmte sie zwischen Daumen und Zeigefinger und steckte sie an. An dieses Bild würde sie noch lange denken. Der Mann, der darauf wartete, *Ba* von ihr genannt zu werden, sagte auf Japanisch zu ihr: »Kleine Joko, ich hatte schon gehört, dass du ein gutes Herz hast. Aber ich wusste nicht, dass du so ein hübsches Mädchen bist!« Seine tiefe Stimme vergoldete jedes seiner Worte.

Ihre Mutter brachte sie in ihr Zimmer und zeigte ihr die Geschenke, die ihr Onkel mitgebracht hatte: eine Schachtel mit Parfüm, eine Halskette aus brasilianischen Saphiren, westliche Kleider und ein Tonbandgerät. Alle diese Dinge lagen ordentlich aufgereiht auf den Tatami. Das Zimmer hatten sich früher ihre beiden Brüder geteilt, jetzt war es schon seit einiger Zeit ihr eigenes Zimmer. Manchmal wohnte auch die Tochter ihrer Schwester hier, ihre kleine Nichte, die an diesem Nachmittag mit Nachbarskindern Mangos von den Bäumen »schlagen« gegangen war (sie nahmen lange Stöcke, und schlugen die reifen Früchte von den Ästen). »Wieso will er mir das alles schenken?« fragte Sinru mit leiser Stimme. »Er möchte dich als seine Tochter annehmen, also komm, sag schon ja.« Auch ihre Mutter flüsterte. »Na geh schon zu ihm rüber und sag *Ba* zu ihm, ja?« Ihre Mutter verließ den Raum, um sich um den Mann zu kümmern, der sie unbedingt adoptieren wollte, ihr Brasilien-Onkel. Sinru blieb, wo sie war. Sie hörte ihre Mutter nach ihr rufen, aber sie antwortete absichtlich nicht. Noch ein paar Mal hörte sie die Rufe, dann schlief sie in ihren Kleidern auf den Tatami ein.

Als sie wieder erwachte, war ihr Onkel längst gegangen. »Wo ist er hin?« fragte sie. »Keine Ahnung, aber er wird in ein paar Tagen wiederkommen. Enttäusch ihn dann nicht noch einmal«, sagte ihre Mutter vorwurfsvoll zu ihr. Sie verstaute den Koffer, den er mitgebracht hatte, unter dem Dielenboden.

Aber ihr Onkel kam nicht wieder. Erst viele Jahre später erfuhr sie, dass er über Hongkong auf einem Frachtschiff nach Taiwan gelangt war, um ihre Mutter zu sehen. Doch bald beschlich ihn das Gefühl, dass ihn jemand verfolgte. Deshalb wagte er nicht mehr, in ihr Haus zu kommen. Ein paar Wochen später nahm er unbemerkt ein Fischerboot und kehrte auf vielen Umwegen nach Brasilien zurück. Sinru dachte, ihren Onkel enttäuscht zu haben, weil sie ihn nicht mit *Ba* angesprochen hatte. Vielleicht würde er seine Geschenke zurückverlangen. Sie liebte die beiden hübschen Kleider, obwohl sie ihr ein wenig zu groß waren. Ihre Mutter half ihr, sie umzuändern. Und dann war da noch das Tonbandgerät. Mit dem hielt sie ihre eigene Stimme fest. Sinru sang so gerne und nahm ein Lied nach dem anderen auf: »Blüte in der Regennacht« und die »Serenade von der grünen Insel«, und alle möglichen Lieder, die sie in der Schule gelernt hatte. Damals besaßen nur wenige Menschen auf Taiwan ein Tonbandgerät. Die meisten waren fassungslos, wenn sie zum ersten Mal Stimmen aus den Geräten hörten.

Nachdem Sinru die höhere Handelsschule abgeschlossen hatte, half sie ihrer Mutter im Friseursalon. Sie wusch den Kunden die Haare, schneiden konnte sie nicht. Zwei Jahre später wollte ihre Mutter ihren Laden abgeben. Ein Lehrer vermittelte Sinru einen Job in einem Büro für Zollangelegenheiten in Taichung. Zunächst arbeitete sie als Praktikantin. Sie schrieb tabellarische Berichte ab und tippte englische Briefe, deren Inhalte sie entweder nicht ganz verstand oder deren Sätze zusammenhanglos waren. Ihr Chef war ein erfolgreicher Mann mittleren Alters, der sie sofort einstellte, ohne ihr auch nur eine einzige Frage über ihre Ausbildung zu stellen. Die Filiale beschäftigte sechs Angestellte und eine technische Hilfskraft – und Sinru, die keine Erfahrung hatte. Ihr Chef verlangte nichts von ihr, anfangs hatte sie überhaupt nichts zu tun. Dann schlug er ihr vor, doch ein paar englische Redewendungen zu lernen. Er schenkte ihr einige Wörterbücher und eine »Neue Englische Grammatik von Ke Qihua«. Sie schlug die erste Seite auf und begann zu lesen. Jeden Tag las sie nun zwei bis drei weitere Seiten. Das Büro bestand aus einem einzelnen großen Raum mit neun Arbeitsplätzen. Immer zwei Angestellte saßen sich gegenüber, nur der Schreibtisch des Chefs hatte sie alle im Blick. Sinru saß gegenüber der technischen Hilfskraft und paukte täglich neue englische Wörter und Ausdrücke.

Ihre Kollegen waren alle viel älter als sie. Nur ein Fräulein Wang war ungefähr in ihrem Alter. Sie war sehr unfreundlich zu ihr. Manchmal schob sie ihr erfundene Vergehen in die Schuhe. Sinru fiel auf, dass sie nach Feierabend manchmal auf den Chef wartete und sich dann in seinem Auto nach Hause bringen ließ. Der Chef nahm aber auch andere Angestellte in seinem Wagen mit. Als ihr Chef begann, Sinru englische Briefe zum Abtippen auf den Schreibtisch zu legen, riss Fräulein Wang jedes Mal die Briefe an sich, sobald der Chef nicht anwesend war. Eines Tages trat der Chef an Sinrus Schreibtisch und fragte sie: »Die beiden Briefe von heute Morgen sind sehr dringend, hast du sie schon abgetippt?« Vor Schreck bekam sie kaum ein Wort heraus, Fräulein Wang platzte dazwischen: »Das habe ich längst erledigt.« Ihr Chef war ein wenig verblüfft. Bis zum Abend suchte sie vergeblich nach einer Gelegenheit, ihm die Sache zu erklären. Er wollte aber nicht darüber reden und ging bald.

Sie spürte, dass keiner im Büro sie mehr beachtete, und kam sich wie eine einsame Insel vor. Es war schwierig geworden, mit der Außenwelt in Kontakt zu treten. Seit einigen Tagen rang sie nun schon mit sich. Eines Vormittags wollte sie gerade das Bürogebäude betreten. Da rief ihr Chef aus seinem geparkten Auto nach ihr. »Heute brauchst du nicht zur Arbeit zu gehen. Ich will dir etwas zeigen.« Sie stieg zu ihm in den Wagen, und sie fuhren nach Fengyuan. Die ganze Fahrt über erzählte der Chef ihr seine Lebensgeschichte. Er hatte als Freiwilliger Japan gedient und war auf die Insel Hainan geschickt worden. Damals war er noch ein halbes Kind. Ein japanischer Offizier hatte ihn unter seine Fittiche genommen. Zu dieser Zeit war sein Leben einigermaßen in Ordnung, er war so jung, aber er wäre beinahe ums Leben gekommen. Der Chef erzählte, wie er nach der Rückkehr nach Taiwan gezwungen wurde zu heiraten. Sein Eheleben sei elend und unglücklich. Nur wegen seiner Kinder brachte er es nicht übers Herz, sich scheiden zu lassen. Auch weil die Familie seiner Frau sehr einflussreich war. Sie würde eine Scheidung unmöglich akzeptieren. Je länger er redete, umso melancholischer wurde er.

In Fengyuan suchte er zuerst einen Verwandten auf, der mit Baumaterialien handelte. Sie blieb allein im Auto zurück und wartete auf ihn. Aus dem Fenster konnte sie sehen, dass der Verwandte sie in dem Wagen entdeckt hatte. Sie drehte ihren Kopf weg. Danach brachte sie ihr Chef nach Gonglaoping. Als sie auf einer Anhöhe standen und in die Landschaft sahen, blies ein starker Wind. Ihr Gesicht kühlte aus, und ihr Chef wärmte ihre Wangen mit den Händen. Sie setzte sich gegen seine gute Absicht nicht zur Wehr, senkte den Kopf und schwieg.

Tatsächlich fand sie es rührend, dass er so offenherzig zu ihr war und ihr alles anvertraute. Er war so gut zu ihr, sie sollte sich irgendwann dafür erkenntlich zeigen. Wenn sie irgendetwas für ihn tun konnte, dann würde sie nicht zögern, und dies sagte sie ihm auch. Ihr Chef ergriff ihre Hand und erwiderte: »Ich erwarte nichts von dir. Solange du dir nur ein bisschen Zeit nimmst, um mich zu begleiten und mir zuzuhören, bin ich schon glücklich.«

Sehr bald ging sie mit ihm ins Bett. »Mädchen, du bist ja noch Jungfrau«, sagte er. »Ich wage nicht, dich anzufassen.« Sie beruhigte ihn: »Das macht nichts. Du darfst mich ruhig überall anfassen, ich habe das gern.« Als er in sie eindrang, fragte er sie, ob es ihr wehtue. »Hm, ein bisschen, aber es geht schon.« Die Stimme ihres Chefs klang so traurig. »Sinru, nie zuvor habe ich einen Menschen wie dich geliebt, wirklich, nie zuvor.« Er ließ von ihr ab und legte sich neben sie. Dann wälzte er sich zur Bettkante und weinte herzzerreißend. Er griff nach seinen Zigaretten, wollte ihr erst auch eine anbieten, zog sie aber sofort wieder zurück. »Kleine Mädchen rauchen nicht, das sieht nicht gut aus.« Er seufzte in einem fort. Bald kam sie sich wie eine Mutter vor, die ihr Kind trösten musste. Damals war ihr Chef über vierzig Jahre alt.

Erneut bestieg er sie und würde es im Laufe dieses Abends noch einige Male tun. »Ich habe noch nie so ein Verlangen gehabt«, gestand er ihr. Einmal fragte sie ihn: »Ist das ›Liebe machen‹? Machen wir Liebe?« Er streichelte ihr Gesicht: »Ja, das tun wir.« Dann begann er wieder zu stöhnen. Sinru gefiel es, ihn so zum Stöhnen zu bringen. Ohne einen Laut von sich zu geben, passte sie ihre Bewegungen den seinen an. Er wollte wissen, ob es angenehm für sie sei. »Hm, ein bisschen.« Sie antwortete wie eine Erwachsene. Ja, sie war erwachsen geworden, und er behandelte sie wie eine erwachsene Frau.

Sie fühlte sich beschützt, wenn sie mit ihm zusammen war. Selbst wenn der Himmel einstürzte, es wäre ihr egal. Jeden Tag ging sie zur Arbeit und spürte, wie sehr Fräulein Wang sie hasste. Ihr Chef fuhr sie nicht länger nach Hause und übertrug Sinru immer wichtigere Aufgaben, wie Geld zu Genossenschaften zu bringen oder Zahlungen in Empfang zu nehmen. Jeden Abend nach Büroschluss führte er sie erst zum Essen aus, und danach gingen sie entweder gemeinsam in ein Hotel oder sahen sich einen Film an. Um halb elf brachte er sie dann nach Hause. Ihre Mutter log sie an, sie mache jeden Tag Überstunden. Damals gab sie ihr gesamtes Gehalt ihrer Mutter, ohne sich auch nur einen Yuan zu nehmen.

So verging ein Jahr. Später dachte Sinru, es war wahrscheinlich die schönste Zeit in ihrem Leben. Ihm folgte ein dunkles einsames Jahr voller Trauer. Hätten die Götter sie wählen lassen, sie hätte ihrem Chef trotzdem begegnen wollen. Wie hoch der Preis auch war, sie hätte nicht darauf verzichten mögen.

Hätte Fräulein Wang der Polizei keinen Tipp gegeben, wäre sie nicht ins Hotel gekommen. Und ohne diese Polizeikontrolle hätte ihr Chef nie die »Lossagungsvereinbarung« unterschreiben müssen. Darin schwor er gegenüber seiner Frau und der Republik China, Sinru nie wieder zu treffen, sonst drohe ihr eine Gefängnisstrafe wegen Ehebruchs.

Als sie sich das letzte Mal trafen, sagte er unter Tränen zu 378 ihr: »Ich werde vor Kummer sterben, wenn ich dich nicht mehr wiedersehen kann. Es wird mich mehr schmerzen als dich.« Bis jetzt hatte sie sich kaum Gedanken darüber gemacht, was das alles bedeutete, und sie wusste nicht, was für ein schweres Vergehen ein Ehebruch war. Sie wusste nur, dass sie von nun an nicht mehr zur Arbeit gehen und ihn nicht mehr sehen würde. Sie konnte noch nicht glauben, dass dies alles wirklich wahr war. Immerzu wartete sie zu Hause auf Nachrichten von ihm, vergebens. Er war wie einer dieser Papierdrachen am Himmel. Die Schnur war gerissen, und er flog davon.

Ein paar Monate später hieß es, der Chef sei krank und liege im Krankenhaus. Sie fragte die Hilfskraft des Büros, mit dem sie sich gut verstanden hatte: »Ich möchte ihn gerne besuchen, ob das gehen wird?« Doch ihr ehemaliger Kollege riet ihr ab: »Lass das lieber. Seine Frau ist jeden Tag bei ihm im Krankenhaus.« Eine Weile ertrug Sinru ihre inneren Qualen, dann hielt sie es nicht mehr aus. Sie ging ins Krankenhaus. Die Tür zu seinem Zimmer stand weit offen. Schon von weitem sah sie ihn im Bett liegen. Er schien zu schlafen. Neben dem Bett saß eine ältere Frau, die ebenfalls eingenickt war, bestimmt seine Ehefrau. Entlang des Korridors standen Betten mit Patienten, einige weinten oder stöhnten vor Schmerzen. Das Jammern und Seufzen bündelte sich in Sinrus Ohren zu einem dumpfen Brummen. Die jüngsten Geschehnisse hatten sich bereits zwischen sie geschoben. Er durfte sie weder sehen noch berühren, sie konnte sich ihm nicht nähern. Aber genauso wenig konnte sie einfach gehen. Unsichtbare Stricke fesselten sie an diesen Ort.

Ein volles Jahr verging. Sie hörte nichts von ihm. Die ersten drei Monate verbrachte sie im Bett liegend. Ab und zu aß sie ein paar Mandarinenstücke und trank etwas Instantmilch, aber sonst bekam sie nichts herunter. Sie schlief schlecht und magerte schnell ab. Weil sie nichts aß, kam es fast zum Bruch zwischen ihr und Ayako. Sinru blieb schließlich nichts anderes übrig, als ihrer Mutter zu gehorchen und etwas Essen herunterzuwürgen. Eines Tages verließ sie das Haus, um spazieren zu gehen. Sie ging und ging, bis vor das Gebäude ihres früheren Arbeitsplatzes. Alles sah aus wie immer. Lange stand sie vor dem Haupteingang, schließlich klingelte sie. »Dass du dich noch traust, dich hier blicken zu lassen? So eine Unverschämtheit.« Fräulein Wang saß an ihrem Schreibtisch und feuerte gleichzeitig böse Blicke und Beleidigungen gegen Sinru ab. Der Chef war nicht da. Sie duckte sich und sagte leise: »Ich wollte bloß wissen, wie es dem Chef geht.« Sie roch den Duft der Mango, die einer der Angestellten gerade aß. Niemand gab ihr eine Antwort. Dann keifte Fräulein Wang: »Sehr gut, er lebt noch. Was hast du denn gedacht?«

Sinru verließ ihre erste Liebe. Und ließ ihre Jugend zurück. Es fühlte sich an, als habe ihre Seele ihren Körper verlassen. Von nun an lebte sie gedankenlos und ohne Gefühl. Sie ließ ihren Körper entscheiden. Er wachte jeden Tag auf, schickte sie auf die Toilette, verlangte nach Wasser. Am liebsten wäre sie gar nicht mehr aufgewacht. Nach einigen Monaten eines solch leeren Lebens sah sie nur noch einen Ausweg: ins Kloster zu gehen und Nonne zu werden. Ihre Mutter konnte dagegenhalten, was sie wollte, sie konnte Sinru nicht von ihrem Vorhaben abbringen. Eines frühen Morgens nahm sie einen kleinen Koffer, schrieb eine kurze Nachricht an Ayako, weckte sie aber nicht auf und fuhr zum Bahnhof, dort nahm sie den Zug nach Hsinchu.

Auf dem Löwenkopfberg schoren sie ihr den Kopf kahl und brannten die neun Weihemale auf ihren Scheitel. Im ersten Jahr musste Sinru jeden Tag das Kloster putzen. Um fünf Uhr früh stand sie auf und ging um zehn Uhr abends zu Bett. Nach dem Aufstehen meditierte sie zuerst, dann begann sie mit dem Putzen. Ab dem zweiten Jahr kümmerte sie sich um die Buchhaltung und den Einkauf. Manchmal musste sie auch auf Almosen hoffen. Das Kloster stand unter der Leitung der Meisterin Xinhui. Sie war eine hervorragende Lehrerin in buddhistischen Disziplinen und der Atemmeditation. Man richtete seine Aufmerksamkeit auf den Atem und zählte die Atemzüge eins zwei drei vier fünf sechs sieben acht neun zehn, und wieder eins zwei drei vier fünf sechs sieben acht neun zehn. Sinru gefiel diese Methode: Ihre Welt bestand nur noch aus Atmen. Sie meditierte täglich, oder sie las das Herz-Sutra. Auf diese Weise gelang es ihr, weder an ihren Chef noch an ihre Mutter zu denken. Oft kam ihr ein Satz des chinesischen Philosophen Menzius in den Sinn: »Gehen dem Menschen Hühner und Hunde verloren, so weiß er, wo er sie suchen soll. Geht ihm sein Herz verloren, so weiß er nicht, wo er es suchen soll.« Aber manchmal war sie sich gar nicht sicher, ob ihr Herz wirklich verloren gegangen war.

Zumindest beruhigte sich ihr Herz allmählich. Bevor sie ins Kloster gegangen war, hatte sie noch gehört, dass ihr Chef genesen sei. Inzwischen musste es ihm wieder ganz gut gehen. Wenn Sinru aber an ihre Mutter dachte, fühlte sie sich schuldig.

Sie wusste, dass ihre Mutter wahrscheinlich gerade überall nach ihr suchte. Sie konnte sich vorstellen, wie verzweifelt sie war. Doch sie war machtlos dagegen und konnte nicht das Geringste daran ändern. Nur im Kloster konnte sie am Leben bleiben.

»Hsinchu hat über dreißig Klöster«, erklärte ein Polizeibeamter Ayako, »aber nur in zwei gibt es Bhikkhunis, ordinierte Nonnen.« Nach einem Jahr der Suche hatte sie endlich das Kloster gefunden, in dem ihre Tochter lebte. Sinru wollte sie nicht sehen, sondern versteckte sich vor ihr. Ihre Mutter versuchte es mehrere Male. Bei ihrem letzten Besuch war es schon sehr spät. Die Meisterin zeigte Mitgefühl und gestattete ihr, im Kloster zu übernachten. Ayako konnte die ganze Nacht nicht schlafen. Sie stand an ein Fenster gelehnt. Am frühen Morgen um kurz nach vier sah sie plötzlich eine Nonne durch den Innenhof gehen. Ihre Gestalt kam ihr sehr vertraut vor. Sie war unglaublich mager und schwebte, trotz des grauen Gewands, das sie trug, so leicht dahin, als könne sie jeden Augenblick vom Wind davongetragen werden. Mit einem Blick erkannte sie ihre Tochter. »Joko«, ohne zu überlegen, rief sie ein paar Mal Sinrus japanischen Namen. Sie stürmte aus ihrem Zimmer und rannte ihr entgegen. Ayako umarmte ganz fest ihr Ein und Alles. Sinru blieb gefasst, auch wenn ihre Augenlider flackerten. »*Kachiang*, bitte geh wieder. Mir geht es gut hier, wirklich«, sagte sie.

»Joko, dir mag es ja gut gehen. Aber deiner Mama geht es schlecht. Seit du fort bist, denke ich täglich an dich. Ich finde keine Ruhe. Tag und Nacht mache ich mir Sorgen um dich. Ich leide sehr.« Ihre Mutter setzte sich mit Sinru auf die mit Moos überzogenen Stufen einer Treppe. Sie saßen dort und sprachen miteinander. Dann zog sie ein paar Dinge aus ihrem Beutel: einen Wollpullover und Wollsocken, die sie für sie gestrickt hatte, sowie eine große Tüte mit Wassernüssen, die Sinru für ihr Leben gern aß. »Den Pullover werde ich hier nicht tragen können, und auch die Wassernüsse darf ich nicht annehmen. Als Nonne darf ich nicht gegen die Regeln verstoßen«, sagte Sinru ruhig, und ihre Mutter nickte mit Tränen in den Augen. Ihre Tochter hatte alles Begehren hinter sich gelassen, und sie respektierte das zutiefst. Auch wenn Ayako dieser entrückte Ausdruck in Sinrus Gesicht ein wenig befremdete. Irgendwie schien ihre Tochter gar nicht mehr ihre Tochter zu sein. »Sinru, hast du also deine Mutter verlassen?« Diese Frage trug sie unentwegt in ihrem Herzen mit sich herum. Ayako wagte jedoch nicht, sie Sinru so zu stellen.

Nach einer Unterredung mit der Meisterin vereinbarten Mutter und Tochter, sich künftig jedes halbe Jahr zu treffen. Abwechselnd sollte Ayako mal zu ihr kommen, und mal sollte Sinru nach Hause fahren. Doch Ayako konnte die Sehnsucht nach ihrer Tochter kaum ertragen und kam häufiger zu Besuch als geplant. Die Meisterin nahm sie auch stets großmütig auf und ließ sie mehrere Tage lang in einem Seitenflügel des Klosters wohnen. Dort besserte sie die Gewänder der Nonnen aus. Da das Kloster keine Nähmaschine besaß, nähte sie die Gewänder und Stoffschuhe mit der Hand.

Den Friseursalon hatte sie inzwischen an einen Kollegen verkauft. Sie hielt sich mit der Vergabe von privaten Kleinkrediten über Wasser. Ihr Auskommen war immerhin gesichert, auch wenn sie nicht reich war. Sie hatte zwei Hunde und mehrere Katzen (die Katzen gingen bei ihr ein und aus, oft wusste sie nicht mal, ob es ihre eigenen waren, die sie fütterte). In den siebziger Jahren engagierte sie sich freiwillig in der Nachbarschaft, arbeitete in der Sanitätsstation des Viertels, half bei der Moskitobekämpfung, warb für Geburtenkontrolle, und vertrat die hygienische Notwendigkeit, vor dem Essen die Hände zu waschen und sich nach dem Essen die Zähne zu putzen.

Zu dieser Zeit wohnte nur ihr zweitältester Sohn noch bei ihr zu Hause. Nachdem er an einer technischen Hochschule studiert hatte, arbeitete er mehrere Jahre lang in einem Notariatsbüro. Wegen einer gefälschten Bürgschaft kam er vor Gericht und wäre beinahe im Gefängnis gelandet. Seither ging er keiner geregelten Arbeit mehr nach. Er hing herum, spielte, am liebsten Mahjong und das Würfelspiel »Achtzehn«. Ayako suchte eine Arbeit für ihn, aber ihr Sohn brachte ständig alle möglichen Gründe und Vorwände dagegen vor: »Was haben wir doch für eine verkommene Regierung! Seit diese China-Typen an der Macht sind, haben wir Taiwaner keine Chance mehr.« Das waren echte Anklagen, aber sie dienten ihm als Ausreden. Ayakos zweitältester Sohn heiratete erst, als er schon über dreißig war. Seine Frau war ein Hakka-Mädchen. Sie krempelte sein gesamtes Leben um. Er zog bei seiner Mutter aus, gründete eine Familie, fing wieder an zu arbeiten (die Familie des Mädchens hatte zwei Steppdecken-Geschäfte in Taichung) und bekam zwei Kinder mit ihr. Aber schon bald darauf verfiel er wieder dem Glücksspiel. Bald hatte er sich ruiniert. Seine Frau nahm die zwei Kinder und verschwand, ohne sich zu verabschieden.

Ayako besuchte Sinru alle zwei Monate. Ihr ganzes Leben drehte sich um diese Besuche. Von ihrer Tochter lernte sie vieles über die buddhistischen Grundsätze. Immer wieder sagte sie zu ihr: »Es macht Freude, von dir zu lernen, auch wenn es Wissen aus zweiter Hand ist.« Sie ließ sich einige Sutren erklären, hörte den Nonnen dabei zu, wie sie sie von morgens bis abends rezitierten. Sie hatten ihr ihre Tochter entrissen, und gleichzeitig konnte sie sie mehr und mehr als Nonne annehmen.

Sie wusste nicht, dass sie mit jedem ihrer Besuche im Kloster einen Sturm mitbrachte. Jedes Mal, wenn Sinru ihrer Mutter beim Packen zusah und ihrer Gestalt nachblickte, wie sie den Berg hinunterstieg, war sie so aufgewühlt, dass sie lange Zeit nicht zur Ruhe kam. Sie wünschte sich sehr, dass ihre Mutter wiederkam, und dann hoffte sie auch, dass sie sich nicht mehr blicken lassen würde. Sie schuldete ihrer

Mutter so viel, dass sie es ihr niemals würde zurückgeben können.

Im Winter 1975 kam ihre Mutter nicht auf den Löwenkopfberg. Sinru erhielt einen Brief von ihrer Schwester Sijuko, in dem sie ihr mitteilte, dass ihre Mutter erkrankt sei. Sie könne nicht gut laufen und würde sie nicht mehr besuchen. Ein paar Monate später fuhr Sinru zum Laternenfest nach Hause. Ihre Mutter hatte eine seltsame Krankheit, die nicht mal die Ärzte richtig diagnostizieren konnten. Ihr Körper war aufgedunsen, und das Atmen fiel ihr schwer. Sie konnte das Bett nicht mehr verlassen. Sijuko hatte sich wochenlang um sie gekümmert und musste nun zu ihrer Familie nach Taipeh zurück. An jedem zweiten Wochenende sah sie bei ihrer Mutter vorbei, die übrige Zeit musste die Hakka-Schwägerin sie pflegen. Die Schwägerin beklagte sich, wie furchtbar ungerecht man sie behandelte. Sie müsse sich um ihre beiden Kinder kümmern, und auch noch um ihre schwerkranke Schwiegermutter! Außerdem verstünde sie kein Taiwanisch und könne gar nicht mit ihr sprechen. Sie würde ihr jeden Tag lediglich Reis und Gemüse in einem Henkelmann vorbeibringen und sie ab und zu waschen. Ihre Pflicht bestehe ausschließlich darin, ihre Schwiegermutter »zumindest nicht verhungern zu lassen«. Mehr könne sie nicht für sie tun. Als Sinru das hörte, kamen ihr die Tränen. Ihre arme *Kachiang*! Dann dachte sie: Ich bin Nonne und sollte nicht weinen. Aber sie konnte sich nicht beherrschen, immer wieder füllten sich ihre Augen mit Tränen.

Nach vielem Hin und Her bat Sinru die Meisterin, für ein paar Tage gehen zu dürfen. Sie fuhr nach Hause und kümmerte sich um ihre Mutter. Nach einer Woche kehrte sie zum Löwenkopfberg zurück. Sie wurde aber den Gedanken nicht los, ihre Mutter im Stich gelassen zu haben. Sie machte sich große Sorgen um sie. Nachts quälten sie jetzt Alpträume (in den Jahren als Nonne hatte sie nie geträumt, zumindest konnte sie sich nicht erinnern). Sie träumte, dass ihre Mutter überall nach ihr suchte, schließlich kam sie zum Löwenkopfberg. Am ganzen Körper mit Narben bedeckt. Erst war es ein Tiger, der sie angriff, dann violette Raupen, die fliegen konnten. Sinru nahm ihre Mutter bei der Hand und floh. Bis sie kaum mehr konnten. Und die Monster sie fast einholten. Sie hatte furchtbare Angst.

Sie wartete noch einige Wochen. Mit der Meisterin führte sie lange Gespräche. Sie fand, dass es für Sinru besser sei, das Gewand niederzulegen, wenn es ihr nicht gelinge, sich von den weltlichen Kümmernissen zu lösen. Die Meisterin machte ihr keinen Vorwurf. Erleichtert kehrte sie nach Hause zurück.

Sie ließ ihre Mutter von allen möglichen Ärzten untersuchen. Als sie schließlich von einem Heiler in Shengang hörte, setzte sie ihre Mutter auf eine Fahrradriksha und brachte sie dorthin. Es war ein Arzt für traditionelle chinesische Medizin. Ayakos Krankheit sei eine rheumatische Lähmung, die durch übermäßige Sorgen und Nervenüberreizung ausgelöst worden sei. Der Arzt stellte ihr ein Kräuterrezept aus, das nicht einmal Ayako, die der Familie ihres Mannes früher beim Verkauf von Kräutermedizin geholfen hatte, etwas sagte:

Großköpfige Atractylodes-Wurzel,
Angelica-dahurica-Wurzel, Notopterygium-Wurzel,
Sibirischer Weißwurz-Wurzelstock,
Szechuan-Liebstöckel, Pfefferminze, Magnolienrinde,
Schizonepeta-Kraut, Papayabaumblätter,
Maulbeermistelkraut, Chinesisches Haselwurzkraut
Von den oben genannten Kräutern jeweils 6 Gramm

Chinesische Guttapercharinde, Achyranthis-Wurzel,
Chinesische Kardenwurzel, Chinesische Angelikawurzel,
Chinesische Waldrebenwurzel,
Chinesische Schizophragma integrifolium-Wurzel,
Rhizoma Homalomenae
Von diesen Kräutern jeweils 1,5 Gramm
Saposhnikovia-Wurzel: 3,8 g
Kusnezoff'sche Eisenhut-Wurzel: 3 g
Stachelpanaxwurzelrinde: 3 g
Großblättrige Enzianwurzel: 3 g
Cassia-Zimtzweige: 3 g
200 g Schweinerippen
1 Huhn von 500 g schlachten und rupfen. Das Huhn
(vorher Darm und Innereien entfernen) zusammen mit
den Kräutern in einen Tontopf geben und ohne Wasser
in zweieinhalb Litern Schnaps kochen. Das Huhn zuerst
verzehren und danach jeweils morgens und abends den
Sud trinken.

Wer weiß, ob es am Kräuterrezept lag, aber nach mehrmaliger Einnahme und unter Sinrus Pflege besserte sich Ayakos Gesundheitszustand allmählich. Bald konnte sie wieder das Bett verlassen. Der chinesische Arzt zeigte ihr eine Technik des Qi Gong: Morgens und abends sollte sie jeweils tausendmal beide Arme vor und zurück schwingen. Schon nach kurzer Zeit konnte Ayako wieder laufen.

Ayako ermutigte Sinru 1982, ins Ausland zu reisen, um ihren Onkel Cai zu besuchen. Das Gepäck voller Geschenke, die sie im Namen ihrer Mutter dem Brasilien-Onkel geben sollte, darunter selbst gemachte Räucherwurst, ein Wollpullover, und Sonnenkuchen (Taichungs Spezialität).
Als sie Taiwan verließ, machte ihr ihre Mutter einen Vor-

schlag: »Wenn dir São Paulo gefällt, dann kannst du dir ja vielleicht mal überlegen, ob du dort bleibst! So wärst du ganz in der Nähe deines Onkels und könntest dich dann um ihn kümmern.« Aber Sinru war ganz anderer Meinung: »Warum sollte ich dort bleiben? Und wenn ich mich um ihn kümmere, was wird dann aus dir? Wer kümmert sich dann um dich?« Ayako gab ihr keine direkte Antwort und sagte nur: »Fahr erst mal hin, dann sehen wir weiter.«

Ihr Onkel wartete am Flughafen Guarulhos auf sie. Er trug einen Hut und eine cremefarbene Windjacke. Als er sie erblickte, umarmte er sie, wie es die Ausländer taten. Er küsste sie auf die Wangen. Seine Begrüßung machte sie verlegen. Er kam ihr irgendwie kauzig vor. In seinem Auto fuhr er sie quer durch ganz São Paulo bis zu seinem Haus. Dabei erzählte er ihr im taiwanischem Dialekt mit einigen portugiesischen Einsprengseln, was sie unterwegs sahen. Onkel Cai rauchte die ganze Fahrt über, und später sah sie ihn sogar Zigarren rauchen. Er lebte allein. Nach seiner Scheidung von Siuwen hatte er nicht mehr geheiratet. Seine beiden Söhne hatten selbst Familien gegründet, beide mit Brasilianerinnen. Der eine hatte ein Blumengeschäft, der andere ein Restaurant.

Der Onkel wohnte im Ostteil von São Paulo in einem Einfamilienhaus. Er zeigte ihr die Nachbarschaft und half ihr dann, das Gepäck hineinzubringen. Sie bekam ein eigenes Zimmer. »Ich hoffe, du wirst dich hier wohlfühlen.« Ihr Onkel hatte Blumen in ihr Zimmer gestellt und das Bett frisch bezogen. An der Wand hing ein Foto von einer asiatischen Frau, an der Hand ein Mädchen von vielleicht sechs Jahren. Neben ihr steht ein alter Mann, auf einen Stock gestützt. Die drei stehen unter einer großen Açai-Palme und schauen sehr ernst aus. Sinru betrachtete lange das Bild. Wer waren diese Leute? 388

In der Nacht fand sie keinen Schlaf (sie wusste nicht, dass es am Jetlag lag), sie stand auf und ging in ihrem Zimmer umher. Um etwas Wasser zu trinken, ging sie vorbei an anderen Zimmern in die Küche. Durch den Türspalt eines dieser Zimmer drang Licht.

Auf dem Rückweg blieb sie stehen und trat ein.

Es war das Arbeitszimmer. An der Wand hing eine riesige Landkarte von Taiwan, überall hingen verschieden große Schusswaffen. Auf der anderen Seite hatte er eine Flagge an die Wand genagelt. Auf ihrem weißen Grund waren in Rot die Umrisse Taiwans und die Buchstaben U, F, A und I zu sehen. Sie ging zurück in ihr Zimmer. Die restliche Nacht lag sie im Bett und fragte sich, was er wohl beruflich machte. Vielleicht war er ein Soldat? Oder ein Waffenfabrikant? Ayako hatte erzählt, ihr Onkel hätte eine Blumenfazenda. Wieso hatte ein Blumenzüchter so viele Waffen an der Wand hängen?

Am folgenden Tag führte ihr Onkel sie in das Lokal, das sein Sohn betrieb. »Dies ist das einzige taiwanische Restaurant in ganz São Paulo. Hier werden ausschließlich taiwanische Gerichte serviert, keine chinesische Küche.« Ihr Onkel war sichtlich stolz, auch weil sein Sohn Lin Paulo höchstpersönlich kochte. Auf der Speisekarte standen Danzi-Nudeln, geschmorter Schweinebauch, gegrilltes Fleisch und Klebreis in Bambusblättern, dünne Nudeln mit Austern und Teigrollen mit Hühnerfrikassee.

Sie luden Sinru zu einem üppigen Mahl ein, einem richtigen Begrüßungsbankett.

Beim Essen fragte ihr Onkel sie, ob sie denn vorhabe, in Brasilien zu bleiben. »Tja, du könntest hier noch ein zweites Taiwan-Restaurant aufmachen!« So weit hatte sie noch nicht gedacht. »Wir werden auch deine Mutter hierher holen.«

Onkel Cai goss sich noch ein Glas ein: »Wir holen meine Geliebte.« Er war etwas angetrunken. Sinru verstand nicht, was er meinte. Sie wollte ihn fragen, aber er ließ sie nicht zu Wort kommen: »Joko, dich liebe ich auch sehr, weißt du das?« Sinru schüttelte ihren Kopf. Onkel Cai sprach weiter: »Ich habe versucht, deine Mutter dazu zu überreden, herzukommen. Aber sie wollte nicht.« Sinru wusste nicht, dass er ihre Mutter eingeladen hatte. Sie wäre am liebsten aufgestanden und gegangen. Doch der Onkel hörte nicht auf zu reden: »›Die Seele deines Bruders würde es nicht über den Ozean schaffen!‹ – Das hat sie immer gesagt, deine Mutter. Darum ist sie nicht gekommen.« Sinru sah ihren betrunkenen Onkel verwirrt an. Heimweh überkam sie. Alles war so fremd hier, das Land, ihr Onkel.

Sie saßen in einer Ecke des Restaurants nahe beim Fenster. Ihr Onkel trank ein Bier nach dem anderen. Sie trank gar nichts. Sie beobachtete nur das brasilianische Liebespaar am Nachbartisch, das sich andauernd küsste, ohne sich um die anderen Gäste zu scheren.

»Onkel, ich möchte gehen«, sagte Sinru. Onkel Cai hörte sie nicht. Er lag mit dem Kopf auf der Tischplatte und schlief.

Sie verstand ihn wirklich nicht. Erst hatte er sie nach Brasilien eingeladen, und kaum war sie angekommen, da betrank er sich so. Aber in diesem Szenario erkannte sie mit einem Male etwas wieder. Vielleicht wollte ihre Mutter, dass sie hier in Brasilien etwas Wichtiges von ihm erfuhr. An diesem Abend sickerten diese Gedanken in sie ein wie Tinte ins Wasser. Die Tinte ließ Gebilde ahnen und zerlief immer zu anderen Formen. Aber noch konnte Sinru die Einzelheiten ihres Schicksals nicht sehen.

Dann nahm der Onkel sie mit auf seine Fazenda, die im Süden von São Paulo lag und von anderen Leuten bewirtschaftet wurde. Unterwegs traute sich Sinru zum ersten Mal, ihn etwas zu fragen: »Onkel, wer sind die Leute auf dem Foto in meinem Zimmer?« Er schaute sie durch den Rauch seiner Zigarette hindurch an. »Das ist ein alter Freund, der mir einmal in Taiwan Unterschlupf gewährt hat. Und seine Tochter.« Ihm habe er es zu verdanken, lebend aus Taiwan herausgekommen zu sein. »Ich habe ihn später mit seiner Familie nach Brasilien geholt, das war ich ihm schuldig.« Mehr sagte er auf der Fahrt nicht. Und Sinru fragte auch nicht mehr.

Die Fazenda handelte mit Blumen und mit Propolis – Bienenharz. »Wenn du möchtest, dann kann ich dir hier einen Job beschaffen, beim Blumenanbau.« Seit ihrer Ankunft in São Paulo versuchte ihr Onkel unaufhörlich, ihr eine Arbeit zu vermitteln. »Hättest du denn Lust, in Brasilien zu bleiben?« fragte er sie wieder. »Denk mal darüber nach. Würdest du Taiwan verlassen wollen?«

»Taiwan ist der Ort, an dem ich geboren bin«, sagte Sinru wie zu sich selbst. Und sie fügte noch einen Satz hinzu: »Und es ist meine Heimat.« Onkel Cais Laune sank. Er legte den Kopf schief und blickte sie merkwürdig an. »Hast du schon mal etwas vom ›228‹ gehört?«

»Ich glaube nicht«, antwortete Sinru.

»Ja ist Ja und Nein ist Nein. Warum sagst du dann: ›Ich glaube nicht‹?« Er sah traurig aus, als er zu seinem Wagen zurückging, ihr die Tür öffnete (gleich in ihren ersten Tagen in Brasilien hatte sie festgestellt, dass alle Männer das hier taten) und den Schlüssel ins Zündschloss steckte. Dann fragte er: »Vor zwei Jahren, beim Formosa-Zwischenfall, nahm die Kuomintang in Kaohsiung eine große Anzahl von bekannten taiwanischen Unabhängigkeitskämpfern fest, hast du davon gehört?«

»Ja, davon habe ich gehört.« Plötzlich wurde sie neugierig und fragte: »Hängt ›228‹ mit meinem Vater zusammen?« Ihr Onkel drückte seine Zigarette aus und starrte nach vorne. In dieser Haltung blieb er eine Weile sitzen, und dann noch eine Weile. Sinru merkte, dass ihm die Tränen gekommen waren. Sie wagte es nicht, ihn anzusehen. Sie hielt ihren Kopf gesenkt oder schaute durch die Windschutzscheibe auf die Straße. Ein kleiner Lkw fuhr auf das Fazendagelände, der Fahrer grüßte ihren Onkel. Der kurbelte die Fensterscheibe herunter und rief dem Fahrer etwas auf Portugiesisch zu. Portugiesisch hörte sich schön an, dachte sie, so als würden die Menschen singen statt sprechen.

»›228‹ hängt direkt mit dir zusammen. Das musst du nicht nur unbedingt wissen, sondern du solltest es auch dein ganzes Leben lang nie vergessen.« Mit diesen Worten steuerte er das Auto aus der Fazenda hinaus.

In diesem Moment hatte Sinru das sonderbare Gefühl, dass ihr Leben so dahinfuhr wie dieses Auto. Und sie wusste noch nicht, wo sie schließlich ankommen würde. Als führen sie mit dem Auto durch Raum und Zeit. Sie kamen an endlosen Bananenplantagen vorbei und sahen überall Arbeiter, die Körbe auf den Köpfen trugen, Körbe, die bis zum Rand mit grünen Bananen gefüllt waren. Und dieser Anblick erinnerte sic an das Taiwan ihrer Kindheit.

Von Kaohsiung aus war Onkel Cai damals heimlich nach Japan emigriert. Er hatte mithilfe eines Freundes von Herrn Li einen Kapitän gefunden, der ihn mitnehmen würde. »Aber nicht die Frau!« hatte der Kapitän gesagt und auf Huilian gezeigt, die sichtbar schwanger war. Der Mann war Norweger und hielt Frauen an Bord von Frachtschiffen für eine Ungeheuerlichkeit. Cai winkte zuerst ab. Er wollte Herrn Li nicht enttäuschen, und außerdem hatte er schon genug falsche

Entscheidungen gefällt. Diesmal würde er auf eine Flucht-chance verzichten.

Am folgenden Tag ließ der Norweger nach ihm suchen. »Sie wissen, was Ihnen blüht, wenn Sie hierbleiben?« fragte ihn der Kapitän. Cai wusste es. Der Mann hatte Recht. Er musste Taiwan verlassen. Huilian sagte er nichts. Er hinter-ließ nicht einmal eine Nachricht. Am Abend schlich er sich an Bord des Frachters und suchte sich einen Winkel für seine Sa-chen. Erst als das Schiff auslief, begriff er, was er angerichtet hatte. Aber das Schiff war nicht mehr zu stoppen.

Er blieb mehrere Jahre lang in Yokohama. Zu dieser Zeit war auch Liao Wenyi, der in Hongkong ursprünglich die »Li-ga zur erneuten Befreiung Taiwans« gegründet hatte, be-reits nach Japan gekommen. Dort rief er die »Partei für ein demokratisches und unabhängiges Taiwan« ins Leben. An-schließend versammelte er einige Mitglieder, kehrte nach Taiwan zurück und etablierte dort die taiwanische Parteizel-le der »Liga zur erneuten Befreiung Taiwans«. Doch weil kurz zuvor ein paar Genossen in Taiwan festgenommen, an-geklagt und verurteilt worden waren, zog Onkel Cai es vor, in Japan zu bleiben. Ein paar Jahre später gelang es dem tai-wanischen Geheimdienst sogar, Japan zu infiltrieren. Sie versuchten, die japanischen Polizisten zu bestechen, damit sie ihn festnahmen. Außerdem ließen einige Mafiagrößen, die die Kuomintang in Japan unterstützten, verlauten, sie planten, Onkel Cai zu ermorden. Er wanderte wieder aus, diesmal nach Brasilien.

Später gründete Liao Wenyi die »Provisorische Regierung der Republik Taiwan«. Die taiwanische Regierung nahm eini-ge Anhänger dieser Bewegung als Geisel und verlangte von Liao, sich zu stellen. Schließlich sah sich Liao gezwungen, nach Taiwan zurückzukehren. 1956 gründeten taiwanische Auslandsstudenten in Philadelphia die erste Vereinigung der taiwanischen Unabhängigkeitsbewegung in Nordamerika. Zwei Jahre später wurde sie die »United Formosans in America for Independence«, UFAI. Nach dem Formosa-Zwischenfall bildeten sämtliche Organisationen der Unabhängigkeitsbewegung das »Bündnis zur Gründung eines unabhängigen Taiwans«. Cai leitete die UFAI in Südamerika.

Sinru hatte irgendwo gelesen, dass das gelbe Wasser des Solimões bei Manaus mit dem schwarzen Wasser des Rio Negro zusammenfloss. Ab hier hießen sie Amazonas. Außerdem hatte sie von den Iguazú-Wasserfällen an der Grenze zwischen Brasilien und Uruguay gehört. Zu diesen beiden Orten wollte ihr Onkel sie bringen.

Sie flogen mit dem Flugzeug. Unterwegs war es ihr manchmal ein bisschen peinlich, mit einem Mann allein zu reisen, auch wenn es ihr eigener Onkel war. Aber sie nahm all ihren Mut zusammen und kam mit. Eines Abends standen die beiden in der Dämmerung vor dem Eingang des Opernhauses in Manaus. Sie waren ganz in der Nähe des Amazonasufers. Als ihr Onkel zu sprechen begann, glaubte sie sich verhört zu haben.

»Joko, die wichtigste Sache, die du wissen musst, ist: Ich bin dein leiblicher Vater.«

»Hat dich
die Langnase
hergeholt?«

Meine Trauzeugen namens
Sieht tausend Stunden weit
und Hört wie der Wind so schnell
Taiwan/Taipeh, 2001

»Wenn wir heiraten, sollen nicht nur deine Eltern und deine Schwestern dabei sein, sondern auch Tante Sinru.« Während du eine Tasse Oolong-Tee trinkst, fragst du mich nach meiner Meinung. Du ahnst nicht, wie sehr ich deine Worte begrüße. Wie soll ich es beschreiben? Wie verdorrtes Land einen erfrischenden Regen aufnimmt, oder wie der Arm den Ärmel findet.

Ich weiß längst, dass ich dich heiraten möchte. Eigentlich war da gar nichts mehr zu beschließen, denn alles hat sich wie von selbst entschieden. Ich brauche nur meinem Lebensweg zu folgen, ich brauche nur geradeaus zu gehen. Erst vor ein paar Tagen kamst du mit mir nach Taipeh, und mir kommt es so vor, als lebten wir schon viele Jahre zusammen. Ich höre dir zu und ich höre jedes Wort, jeden Satz. Diese Worte haben sich mir ins Herz geschrieben, und in ihnen liegt der Sinn meines Lebens.

»Meine Mutter wird nicht damit einverstanden sein, dass Tante Sinru dabei ist.« So viele Jahre lang ist es niemandem gelungen, die beiden Schwestern dazu zu bringen, wieder miteinander zu sprechen. Als lebten sie in einem Krieg namens »Ganz oder gar nicht«. Vor allem meine Mutter würde niemals nachgeben. Als hinge ihr Leben ab von ihrer Sturheit.

Du sagst, dass du mit meiner Mutter reden willst. Na gut, du kannst es versuchen. Aber mach dir nicht allzu große Hoffnungen. Ich fürchte, es wird unangenehm. Vielleicht lässt du es lieber.

Ich hätte nicht gedacht, dass meine Mutter dich so mögen würde. Sie hört dir nicht nur aufmerksam zu. Sie ist auch hocherfreut darüber, dass ich dich heiraten werde. Oder besser gesagt, dass du mich heiraten willst. Sie hat bestimmt geglaubt, dass ihre Tochter zu alt sei zum Heiraten. Vor dir ist sie nie einem Ausländer begegnet, so einer blauäugigen Langnase. So einem langen Ausländer. Sie hat nie jemanden gekannt, der über 1,90 ist.

Du sprichst mit meiner Mutter und bittest mich, für euch zu dolmetschen. Die Art und Weise, wie Mutter am Küchentisch sitzt, erinnert mich an ein Schulkind, das Nachhilfe in Englisch bekommt. Nie hätte sie erwartet, dass eines Tages ein Ausländer mit ihr von Angesicht zu Angesicht würde sprechen wollen. Sie hätte auch nie erwartet, dass einmal jemand mit ihr über die Dinge, die ihr Herz bewegten, sprechen würde.

Du sagst, du möchtest meiner Mutter eine Geschichte aus deiner Familie erzählen.

Diese Geschichte beginnt mit deinem Vater. Dein Vater wäre beinahe in Hitlers Russlandfeldzug umgekommen. Nach seiner Rückkehr nach Deutschland fand er heraus, dass seine Frau in der Zwischenzeit einen anderen hatte. Sie hatte geglaubt, er würde nie wieder zurückkommen, und ihn für tot erklären lassen. Ihre gemeinsame Tochter war erst zwei Jahre alt. Zutiefst gekränkt wollte er sie niemals wiedersehen. Auch die Tochter nicht. Er zweifelte sogar daran, der Vater des Mädchens zu sein.

Dein Vater verließ die norddeutsche Stadt, in der er vor dem Krieg gelebt hatte. Im Süden des Landes lernte er ein Mädchen kennen, deine Mutter. Sie arbeiteten hart und gründeten schließlich eine Familie. Deine Eltern hatten sich vorgenommen, all das Unglück der zurückliegenden Jahre zu vergessen. Sie würden nur so weiterleben können. Wer hatte damals keine dunklen, elenden Erinnerungen? Manche schnitten die Vergangenheit aus ihrem Leben und machten ohne sie weiter. Wie ein zweigeteilter Regenwurm, dessen eine Hälfte weiterlebt.

Du bist in einem bayerischen Dorf aufgewachsen, sorglos und unbeschwert.

Ein Leben ohne Eltern ist unvorstellbar für dich.

Du hast nichts gewusst von deiner älteren Schwester.

Als du noch ein Kind warst, klopfte diese unbekannte Halbschwester eines Tages an eure Tür. Du warst gerade allein zu Haus. Du öffnetest die Tür. Das große Mädchen, das angeklopft hatte, sagte: »Ich suche meinen Vater Johannes.« Du starrtest sie an und gabst zurück: »Unsinn, du lügst. Johannes ist nicht dein Vater, das ist mein Vater.« Aber das Mädchen wollte nicht gehen. Sie blieb auf der Treppe vor der Tür sitzen und wartete, bis deine Mutter zurückkam.

Deine Mutter bat das Mädchen herein. Sie war sehr freundlich zu ihr und bot ihr sogar etwas zu essen an. Du behieltest das Mädchen im Auge. Was würde dein Vater wohl sagen, wenn er nach Hause kam? Dein Vater kam heim und ging ohne ein Wort zu sagen sofort ins Schlafzimmer, um sich umzuziehen. Nach einer Weile kam er wieder heraus. Er warf dem Mädchen einen Blick zu und sagte dann: »Du bist der letzte Mensch auf Erden, den ich sehen möchte, ist dir das klar?« Das Mädchen verstand ihn nicht. Dein Vater Johannes ging zur Tür, öffnete sie und sagte: »Bitte geh und komm nicht mehr her.«

Das große Mädchen kam nicht mehr. Deine große Halbschwester.

Erst später erfuhrst du, wie sehr sie sich als Kind danach gesehnt hatte, einmal ihrem Vater zu begegnen. Sie verbrachte eine Kindheit ohne Vater, ihr Stiefvater konnte sie nicht leiden. Ihre Mutter brachte ihr keine Liebe entgegen. Ihre Mutter fand, dass sie zu sehr ihrem Vater ähnelte. Immer wenn sie sie ansah, bereute sie es, ein Kind mit ihm bekommen zu haben. Als deine Schwester älter war, fing sie an, nach ihrem leiblichen Vater zu suchen. Sie suchte lange. Schließlich bekam sie heraus, dass er nach Süddeutschland gezogen war. Sie sparte etwas Geld, bis sie vierzehn Jahre geworden war. Dann setzte sie sich in einen Zug und fuhr die lange Strecke bis hinunter in den Süden.

An dem Tag, als sie in der Kleinstadt ankam, war sie sehr aufgeregt. Am Bahnhof fragte sie nach der Speiseeisfabrik, wo dein Vater arbeitete. Sie fragte viele Leute, auch einen Mann, der auf der Straße belegte Brötchen verkaufte: »Kennen Sie meinen Vater?« Niemand kannte ihren Vater, natürlich nicht. Als sie nach langem Umherlaufen zur Eisfabrik kam, war es bereits Abend. Außerdem war Samstag, niemand war dort. Sie wartete und wartete, bis sie schließlich vor dem Fabriktor auf einer Bank einschlief. Ein Passant entdeckte sie. Aus Sorge, sie könnte sich erkälten, nahm er sie mit zu sich nach Hause. Dort durfte sie baden und bekam etwas zum Abendessen. Danach fuhr der Mann sie in seinem Wagen zu eurem Haus.

Du weißt allerdings nicht, wie sie hinterher wieder nach Hause zurückkam. Was sie danach tat. Ob sie viel geweint hat und ob sie ihren Vater seitdem hasste.

Du dachtest an sie, gabst ihr aber keine große Bedeutung. Bis deine Mutter dir von einem Brief erzählte. Nach vielen Jahren hatte deine Schwester ihrem Vater zum ersten Mal geschrieben.

Lieber Vater, schrieb sie, die Tage meines Lebens sind gezählt, und viel Zeit bleibt mir nicht mehr, aber immer noch habe ich die Hoffnung, dich ein letztes Mal zu sehen.

Deine Schwester hatte Krebs und würde schon bald sterben. Doch dein Vater weigerte sich, sich mit ihr zu treffen. Keinem gelang es, ihn umzustimmen. Nicht einmal deiner Mutter. Sie wollte, dass du an seiner Stelle zu der sterbenden Schwester in die Schweiz fährst. Doch bevor du es ihr versprechen konntest, kam die Todesnachricht.

Meine Mutter hört sich deine Geschichte bis zu Ende an. Sie sieht aus, als hätte sie sie nicht verstanden. Als fragte sie sich, warum du ihr das alles erzählt hast. Sie überlegt eine Weile. Dann sagt sie mit entschiedener Stimme: »Du bist ein gutes Kind.« Ich will gerade übersetzen, da fügt sie hinzu: »Das Leben, *aija*, es ist nicht mit drei, vier Worten zu beschreiben.« Dann gibt sie mir ein Zeichen, den letzten Satz nicht zu übersetzen, und geht langsam in ihr Zimmer zurück.

Es ist Zeit für ihre tägliche japanische Soap. Diese Fernsehserien mit ihren dramatischen Handlungen gehen ihr sehr zu Herzen. Oft fängt sie vor dem Fernseher an zu weinen. Nur gegenüber ihren eigenen Verwandten kann sie ihre Gefühle nicht zeigen. Sie weiß nicht, wie.

Ich bin auch nicht viel anders. Ich bin so wie sie, so radikal. Früher habe ich mich wegen vieler Dinge mit ihr gestritten. Jetzt sage ich kein Wort. Ich weiß, dass wir nur über unseren Umgang mit Gefühlen gestritten haben. Und schließlich habe ich begriffen, dass es nichts bringt, sich darüber zu zanken. Mich erstaunt die Vertrautheit zwischen dir und mir. Was du mir beschreibst, habe ich am eigenen Leib erfahren. Du und ich, wir sind seelenverwandt.

Die nächsten zwei, drei Tage bleibt Mutter stumm. Aber eines Morgens, als wir das Haus verlassen wollen, kommt sie gerade vom Einkaufen zurück. Du umarmst sie (das tust du immer), aber Mutter macht das schrecklich verlegen. Steif steht sie vor uns, so als wolle sie weggehen, und auch wieder nicht. Da klopfst du ihr plötzlich auf die Schulter und fragst sie stolz auf Chinesisch: »*Ni hao ma?* Wie geht es dir?« Mutter ist erstaunt. Bevor sie etwas sagen kann, fängt sie an zu weinen. Eilig dreht sie sich um und geht davon.

Am folgenden Tag sagt meine Mutter, als sei nichts passiert: »Da ihr beide ja ein so großes Interesse an Mazu habt, lasst uns zum Guandu-Tempel in Beitou gehen und Räucherstäbchen für sie anzünden.« Du überlegst kurz und meinst dann, dass du erst am Nachmittag Zeit hast. Ich bemerke einen vieldeutigen Ausdruck in deinem Gesicht. Erst später schwant mir, wieso du auf dem Nachmittag beharrst.

Und dann geht alles unglaublich schnell. Bevor ich noch dazu komme, etwas zu begreifen, ist es schon über die Bühne gegangen.

Meine Mutter erklärt dir lang und breit, wie das Stäbchenorakel funktioniert. Dann kniet sie sich auf eine Kniebank und betet lange. In den letzten Jahren hatte ich so oft das Bedürfnis, zur Mazu zu beten. Aber meist fehlte mir die Möglichkeit dazu. Jetzt kann ich es nachholen. Ich spreche zu Mazu.

Mich erfüllt eine innere Ruhe und Reinheit. Ein lang gehegter Wunsch ist schließlich in Erfüllung gegangen: Ich bin endlich zu Hause. Es mag vielleicht nur für einen Augenblick anhalten. Aber ich lebe in diesem Augenblick. Alles, was passiert ist, liegt vor mir ausgebreitet. Ich werde nicht mehr davor fliehen und auch keine Angst mehr davor haben. Mit Freudentränen begrüße ich meine plötzliche Freiheit. Wie sehr habe ich mich nach diesem Moment gesehnt.

Meine Mutter und ich knien da auf der Bank vor der Figur von Mazu. Wir haben gar nicht bemerkt, dass du inzwischen jemanden zu uns geführt hast. Es ist Tante Sinru. Sie ist mit dem Frühzug aus Taichung gekommen. Sie kommt in Begleitung meiner großen Schwester. Hier stehen sie im Tempel von Mazu. Es war alles dein Plan.

Meine Mutter scheint geahnt zu haben, dass Tante Sinru kommen würde. Aber sie kann dieser inneren Stimme nicht folgen. Sie dreht sich um und geht. Meine Schwester und ich laufen ihr nach, wollen sie überreden. Aber wir wissen nicht recht, was wir sagen sollen. So bleiben wir einfach nur stehen und rufen ihr nach: »*Ma, Ma*, gib Tante Sinru eine Chance, ja?« Meine Schwester ruft diese Worte. Wir folgen Mutter bis auf den Platz vor dem Tempel, wo sie stehen bleibt. Wir sehen, wie sich aus dem großen Opferbecken in Innenhof der Rauch zum Himmel schlängelt, und wir sehen, wie du mit Tante Sinru auf uns zukommst. Wir stehen alle da: du, meine Schwester, ich und die beiden Schwestern, die sich jahrelang beharrlich angeschwiegen haben.

»Schwester ...«, bricht Tante Sinru das Schweigen. Ihre Stimme ist voller Gefühl. Etwas in Mutters Herz löst sich. Ihr Gesicht wird auf einmal weich. Sie will etwas sagen, bricht ab.

»Hm, *Ni hao*.« Dann beginnt sie zu sprechen: »Hat dich die Langnase hergeholt?« Tante Sinru nickt, und beide müssen lachen. Nach einer Weile gehen wir in den Tempel zurück. Mama kommt Tante Sinru zuvor und kauft Räucherstäbchen und Kerzen. »Die Langnase bin ich«, sagst du zu dem alten Räucherstäbchenverkäufer, »bitte haben Sie Geduld mit mir.« Der alte Mann versteht deine Aussprache nicht. Eine Kinderschar, die sich um dich drängelt, fängt an zu lachen.

Später vertraust du mir an, dass du die Geschichte deiner älteren Schwester gar nicht bis zu Ende erzählt hast. »Deine Mutter muss fürs Erste nicht alles wissen.« Du lachst verlegen, so als machtest du dich über deine eigenen Worte lustig.

Nachdem dein Vater seine Tochter herausgeworfen hatte, fing er an, sein Verhalten zu bereuen. Er ließ das Mädchen ausfindig machen, um ihr jeden Monat Geld zu schicken. Auch schrieb er ihr hin und wieder Briefe und schickte ihr Geschenke. Dein Vater hielt es viele Jahre so. Die inzwischen erwachsene Tochter fing an, ihn unter verschiedenen Vorwänden um Geld zu bitten. Sie erfand zahlreiche Gründe, Gründe, die dermaßen dramatisch klangen, dass sie einfach erlogen sein mussten. Sie sei in die Notaufnahme einer Klinik eingeliefert worden und warte auf eine große Operation; oder sie befinde sich gerade in Südamerika und ihr gesamtes Geld sei ihr gestohlen worden, sie könne nicht zurück nach Hause fahren; oder dass sie eine preisgünstige Wohnung angezahlt habe und nun hoffe, er könne ihr aushelfen. Bald musste dein Vater entdecken, dass sie ihn nur wegen des Geldes anrief. Er war enttäuscht. Sie war nie im Ausland gewesen, noch hatte sie sich je eine Wohnung gekauft. Als seine Tochter fünfunddreißig wurde, kam die Wahrheit ans Licht: Das Geld war weg, und sie hatte einen großen Berg an Schulden angehäuft. Da brach er den Kontakt zu ihr ab.

Seither war seine Tochter für immer in Ungnade gefallen, sie war nicht mehr seine Tochter. Dein Vater wollte nicht einmal mehr an sie denken. Dafür dachtest du nun manchmal an deine Halbschwester. Wie es für sie sein musste, all die Jahre ohne Vater, ohne Rückhalt. Weil sie sich nach seiner Liebe sehnte, erfand sie all die Luftschlösser und Lügen. Keinen Vater zu haben machte sie zäh. Keinen Vater zu haben brachte sie auf Abwege. Du bekamst keine Gelegenheit, sie noch einmal zu sehen. Du bekamst keine Gelegenheit, mit deinem Vater darüber zu sprechen.

Als du Tante Sinru kennenlerntest, sei dir sofort deine Schwester eingefallen. Und ein neuer Gedanke wuchs in dir. Meine Familiengeschichte ließ dich deine Familie viel besser verstehen. Als wären unsere Geschichten ein und dieselbe. Wenn wir uns selbst verstehen wollten, mussten wir nur den anderen anschauen.

Deshalb war es dir so wichtig, meiner Mutter Sijuko die Geschichte deiner Familie zu erzählen.

Über so viele Jahre hinweg bin ich ganz für mich alleine so vielen zeitraubenden Wegen gefolgt. Ich weiß nicht, wie ich dich gefunden habe.

Ich weiß nicht, wie ich schließlich zu dieser Familie zurückfand.

Was man
über Hochzeitsfeiern
wissen muss

In alten Zeiten wurden Eheschließungen in sechs Heiratsriten vollzogen:

das Fragen nach den Namen, die Vereinbarung der Heirat, die Annahme der Geschenke, die Annahme des Heiratsgeldes, das Festlegen eines Hochzeitstermins und das Abholen der Braut.

Heutzutage sind die ersten fünf Riten zur Verlobung zusammengefasst.

Zur Verlobungsfeier kommt der Heiratsanwärter zusammen mit dem Heiratsvermittler, Verwandten und Freunden zur Familie der Auserwählten. Er bringt Geschenke mit: das Heiratsgeld, Glückskekse, Bonbons, symbolische Tieropfer aus Teig, rote Kerzen und Chinakracher, sechs Stücke Kleiderstoff, Haarschmuck und rote Umschläge mit Geldscheinen. Der feierlichen Geschenkübergabe folgt eine Teezeremonie. Dann werden die Verlobungsringe ausgetauscht und die Verlobung durch das Abbrennen von Räucherstäbchen den Göttern und Ahnen ihrer Familie verkündet. Die Familie der Verlobten richtet ein Mittagsessen aus. Danach wird ein Teil der Geschenke aus Höflichkeit zurückgegeben. Außerdem wird der Verlobte auch beschenkt (etwa mit einem Hochzeitsanzug oder mit roten Geldumschlägen). Anschließend kehrt der Verlobte nach Hause zurück und verkündet den Göttern und Ahnen seiner Familie durch das Abbrennen von Räucherstäbchen die gute Nachricht.

An einem nach dem Mondkalender günstigen Tag bringt der

Verlobte zum Abschluss der Verlobungszeit Geschenke zur Familie seiner Verlobten, die diese ihren Ahnen opfert: zwei Packungen rote Kerzen, Chinakracher, Schweine, Schafe, Hühner, Tintenfische, »1000 Jahre alten Eier«, Nudeln, Glücksbonbons, Winterkürbis-Bonbons, Betelnüsse und Kandiszucker. Alle kleineren Gaben müssen in gerader Zahl vorhanden und in einer geraden Anzahl von Holzkästchen verpackt sein. Der Mann überbringt seiner zukünftigen Frau zunächst einen Blumenstrauß und bittet sie dann, aus dem Zimmer zu gehen und sich von ihren »Ahnen zu verabschieden«, mit dem Anzünden von Räucherstäbchen.

Der Heiratsvermittler oder eine Person, die bislang ein glückliches Leben geführt hat, begleitet die Braut aus dem Haus und stellt sie neben den Bräutigam. Einer ihrer Onkel mütterlicherseits oder ein »Onkel« der Elterngeneration zündet Kerzen an, um das junge Paar zu beglückwünschen. Danach verkündet das Paar den Göttern und den Ahnen der Braut durch das Entzünden von Räucherstäbchen die vollzogene Eheschließung und nimmt unter neun Niederwerfungen (Kotau) Abschied von den Brauteltern. Unter einem Reissieb oder einem Fächer besteigt die Braut schließlich mit dem Bräutigam einen Wagen, und beide fahren zum Haus des Bräutigams.

Sobald der Hochzeitszug eingetroffen ist, hält eine Frau, die bislang ein glückliches Leben geführt hat, der Braut ein Reissieb oder einen schwarzen Schirm über den Kopf und führt sie durch Dachziegelscherben und lässt sie über einen kleinen Ofen steigen. Dies wehrt schlechte Geister ab und sorgt für Kinderreichtum. Anschließend führt sie die Braut in das Wohnzimmer der Familie des Bräutigams, wo sie sich neben ihren Mann stellen muss. Unter der Anleitung eines seiner Onkel mütterlicherseits oder eines »Onkels« der Elterngeneration vollzieht das Paar den zeremoniellen Hochzeitskotau zur Besiegelung ihrer Ehe: Es verbeugt sich vor den Götter- und Ahnentafeln der Familie sowie vor den Eltern des Mannes. Von nun an gehört die Schwiegertochter zur Familie.

Das
Hochzeitsessen
Taiwan/Taipeh, 2001

Was haben *Hört wie der Wind so schnell* und *Sieht tausend Stunden weit* wohl all die vielen Jahre von mir gedacht? Waren sie böse auf mich? Haben sie mir meine Unwissenheit verziehen? Ich habe sie auf meinen Umzügen überallhin mitgeschleppt. Aber beachtet habe ich sie nicht. So gesehen fehlte mir damals wirklich die nötige Ehrfurcht.

Aber sollten nicht alle Götter großmütig sein? Schließlich sind sie doch Götter. Vielleicht sahen die beiden längst voraus, dass du mich im unendlichen Menschenmeer aufspüren würdest. Womöglich haben sie uns sogar zusammengebracht, wer weiß.

Und Mazu? Mazu hat immer über diese Familie gewacht, über Geburten, Tode, Entzweiungen und Umwege, über die Zerstörung und das Wiederaufleben der Liebe. Mazu, die damals von Südchina aus das Meer überquerte. Die uns durch Schiffbrüche und Taifune führte und hörte, wenn der Tod nach den Menschen rief. Sie war immer unsere Helferin in der Not. Wie könnte sie uns im Stich lassen. Auch wenn wir den Wegen, die sie uns wies, nicht gefolgt sind. Auch wenn wir versucht haben, ihr gegenüber Recht zu behalten.

Ich glaube auf andere Weise an Mazu als meine Mutter und meine Großmutter. Mein Glaube an Mazu ist anders als der der meisten, die an sie glauben. Ich verehre Mazu auf meine Weise. Ich fühle, dass es sie gibt. Als junges Mädchen vor mehr als tausend Jahren. Wie belesen sie war, sie kannte die konfuzianischen Klassiker. Und wie viel geistige Kraft sie sammelte. Im Traum rettete sie Vater und Brüder, als das

Meer sie gerade verschlingen wollte, und half den Menschen in Not. Ich weiß, es waren ihre Aufrichtigkeit und ihre Entschlossenheit, die ihre Seele unsterblich machten und ihr unvergleichliche Kräfte verliehen. Dieser Seele versuche ich mich anzunähern.

Ich besuche noch einmal meinen Vater im Sanatorium. Du begleitest mich. Mein Vater bittet zitternd um Verzeihung. Er hätte damals Mutters Götterfiguren nicht wegwerfen dürfen, sagt er. Ich weiß nicht, bei wem er sich entschuldigt. Bei *Hört wie der Wind so schnell* und *Sieht tausend Stunden weit?* Bei Mazu? Bei Mutter oder bei mir? »Sie brauchen sich nicht zu entschuldigen«, lässt du ihm ausrichten, »nach Ihrem christlichen Glauben ist es nicht erlaubt, andere Götter anzubeten, auch nicht die Ihrer Frau.«

Vater versagt immer wieder die Stimme. Matt sagt er: »Aber ich hätte sie nicht gleich wegwerfen müssen.« Trotz seiner Schwäche erscheint in seinem Blick diese besondere Leidenschaftlichkeit, mit der er andere Menschen leicht gewinnen oder hereinlegen kann. In diesem düsteren Krankenzimmer leuchten seine Augen. Er sieht wirklich aus wie ein mongolischer Krieger.

Plötzlich sehe ich meinen jungen Vater, wie er am Pier von Keelung auf seine Geliebte wartet. Wenig später verließ er Keelung mit gebrochenem Herzen. Ich sehe meinen Vater, wie er versucht, sich durchzuschlagen, und wie er von Affäre zu Affäre rennt. Ich sehe einen scheuen Vater, der als Soldat darunter leidet, von seinen Kameraden gemieden zu werden; einen Vater, dem beim Anblick einer schönen Frau die Gier aus dem Gesicht springt; einen abweisenden und wortkargen Vater, der gerade aus dem Gefängnis entlassen worden ist. In diesem Augenblick ist er jedoch ein liebevoller und friedfertiger alter Vater, und schwach ist er. Mein Vater ist ein alter, kranker Vater, aber er ist mein Vater.

Mein Vater, für den ich mich früher schämte und den ich nicht mehr sehen wollte.

Ich zögere einen Moment bevor ich schließlich an sein Bett trete. »*Ba*, danke für dein Geschenk.« Sein Geschenk ist das Familienstammbuch, das er aus China mitgenommen hat. Ich schlage es auf und schließe es gleich wieder. Ich sollte jetzt seine Hand nehmen oder ihn umarmen. Aber ich kann es nicht, ich kann es einfach nicht, so als ob mein Körper mir nicht gehorchen wollte.

Vater nickt, dann richtet er unter Mühen seinen Blick auf dich.

Mit Leichtigkeit gehst du zu ihm und nimmst ihn in die Arme.

Einige Stunden später gehen wir zum Standesamt, um zu heiraten. Wir kennen uns erst seit sechzehn Tagen. Um auf Taiwan heiraten zu dürfen, brauchst du unbedingt einen chinesischen Namen. Wir stehen im Korridor des Standesamts und suchen dir einen aus: Mingxia. Dieser Name klingt hübsch, meint meine ältere Schwester. Meine jüngere Schwester sagt, dass die Summe seiner Zeichen Glück bringt. Du murmelst deinen neuen Namen vor dich hin wie eine Zauberformel. Mit dieser Formel schlägst du ein neues Kapitel deines Lebens auf. *Heller Sommer*, das bedeutet dein Name. Mit achtzehn hast du die Geschichten von Pu Songling gelesen. Jene zarte, dahingehauchte Wörterwelt, in der die Figuren immer im Schein des Mondlichts vor dem Panorama eines wunderschönen Sees wandeln. Die Frauen schreiten mit leichten Schritten auf Lotosblättern dahin, die Männer besitzen die Fähigkeit, über Dächer und Wände mehr zu fliegen als zu laufen. Diese Welt, sagst du, habe dich immer angezogen.

Als du achtzehn warst, ging ich neben dem Standesamt zur Mädchenoberschule. Damals trug ich in meiner Schultasche lauter Bücher mit mir herum, die nichts mit dem Unterricht zu tun hatten. Die Lehrbücher fand ich langweilig. Ich las Camus und Schopenhauer, aber vor allem liebte ich Hesse. Durch die Welt der Literatur lernte ich die Vielfältigkeit des Lebens kennen. Obwohl ich ein einsames und hilfloses Mädchen war, sah ich doch voller Hoffnung auf das Leben. Ich wollte lieben und geliebt werden. Es brauchte viele Jahre bis ich mir eingestand, dass ich gar nicht wusste, was Liebe bedeutet. Obwohl ich immer nach ihr gesucht hatte. Mein früheres Leben war eine Aneinanderreihung von Katastrophen. Ich war schon daran gewöhnt. Wärme und Zärtlichkeit kannte ich nicht.

Doch nun ist da jemand aufgetaucht. Du rufst mir zu: Lass die Katastrophen, komm zu mir!

Ich kann kaum glauben, dass ich nach so vielen Jahren tatsächlich wieder an diesen Ort zurückgekehrt bin. Nun stehe ich hier und warte darauf zu heiraten. Ich kann es noch gar nicht fassen, dass ich eine eigene Familie haben werde.

Mutter schlägt ein Hochzeitsessen in Taipeh vor, und wir sind einverstanden. Tante Sinru ist auch da. Auf der Bühne, auf der die Hochzeitsreden gehalten werden, stehen Mazu und zu ihren beiden Seiten ihre Leibwächter. Mazu sieht mit ihren gesenkten Augen glücklich und zufrieden aus. Sie schaut uns beide an (ich spüre deutlich, dass sie das tut), ihre Leibwächter haben gleichermaßen damit zu tun, sie zu beschützen.

Am Grab
meiner
Familie
Taiwan/Taichung, 2002

Einige Monate später kehren wir noch einmal nach Taiwan zurück.

Um Großonkel Cais zweite Bestattung vorzubereiten, war Tante Sinru eigens nach Brasilien gefahren und hatte die Gebeine ihres Vaters abgeholt (sie hoffte die Gebeine auf dem Nebensitz im Flugzeug mitnehmen zu können und hatte ein zweites Flugticket gekauft. Aber die Fluggesellschaft erlaubte ihr das nicht). Die in einem Tonkrug verwahrten Gebeine durften nur als Frachtgut im Laderaum transportiert werden. Tante Sinru war dermaßen verletzt, dass sie nach ihrer Rückkehr aus Brasilien krank wurde.

Nun stehen wir vor dem Grab. Mutter und Tante Sinru haben in den letzten Monaten mit einem Fengshui-Meister gesprochen. Das Fengshui dieses Hangs ist in Ordnung. Er schlug nur vor, das Grab ein klein wenig nach Osten zu verschieben, aber an seiner Größe nichts zu ändern. Auf diese Weise wirke es weniger beengt (Mutter meint immer, auf einer kleinen Insel wie Taiwan sei ein solches Familiengrab schwer zu bekommen und wir hätten es allein Großmutter Ayakos Weitsicht zu verdanken).

Rechts neben Großmutter ist das Grab von Lin Jian. Aus Sorge, Großvaters Seele könnte keine Ruhestätte finden, hat Mutter schließlich seine Lieblingsplatten von Wagner und Beethoven in den leeren Sarg gelegt, zusammen mit dem Grammophon. Er hatte diese Musik kurz vor seiner Verhaftung viel gehört. Der Sarg wurde genau nach Großvaters Maßen angefertigt (im Deckel steht sein Name). Außerdem befinden sich die Flugzeugmodelle darin, die er damals gesammelt hat, seine Verdiensturkunde und verschiedene Abzeichen, die Uniform, die er als Soldat im Südpazifik trug (sie hatte überall Löcher), ein Propellerblatt, das Tausend-Näherinnen-Tuch und ein Hochzeitsfoto von Großvater und Großmutter. Als meine Mutter in Großmutters Haus alle diese Gegenstände aus den Kartons nahm und in den Sarg legte, war sie ruhig und gefasst.

Zur Linken von Großmutter, ein wenig dahinter und ein bisschen weiter weg, liegt nun Großonkel Lin Cai. Tante Sinru setzt vorsichtig den Krug mit den sterblichen Überresten ihres Vaters in die Erde. Unsere kleine Beerdigungsgesellschaft verbrennt in einem fort Totengeld, als befürchteten wir, dass unsere Ahnen in der Unterwelt nicht genug Geld haben. Bald ist der halbe Himmel mit Rauch bedeckt, der Abend dämmert schon.

Auf dem Rückweg den Berg hinunter schweigen Tante Sinru und Mutter, aber sie werfen dir dankbare Blicke zu. Ohne dich hätten sie nie mehr miteinander gesprochen. Ohne dich hätte es den heutigen Tag so nicht gegeben.

Als hätten sie sich abgesprochen, ermahnen mich beide: »*Aija*, du ahnst ja gar nicht, was für ein Glück du hast!« Vor allem meine Mutter: »*Aija*, halt dein Glück gut fest.«

Allmählich senkt sich die Nacht über den Berghang. Wir gehen den ganzen Weg in die Ebene zurück. Und als wir zurückschauen auf den Hügel, genau in diesem Augenblick, leuchten alle Sterne am Himmel wie durch ein Wunder auf.

Was man
über die
Geburtsrituale
wissen muss

Nach den traditionellen Bräuchen der Han-Chinesen wird das neugeborene Kind gleich nach der Geburt mit Sesamöl abgewischt und eingerieben und danach in bereits getragene Kleidungsstücke des Vaters eingewickelt. Erst am dritten Tag nach der Geburt wäscht man es mit Wasser. Dazu werden in eine Waschschüssel, die die Frau als Mitgift in die Ehe gebracht hat, Zimt, Orangen- oder Longane-Blätter (sie stehen für Ansehen, Glück und Fruchtbarkeit), ein oder drei Steinchen (als Symbol für einen harten Schädel und einen kräftigen Körper) sowie zwölf Kupfermünzen (Reichtum) hineingelegt. Zugleich werden Opfergaben für die Götter, die Bettenmutter und Ahnen vorbereitet, die man darum bittet, das Kind auch weiterhin zu schützen, auch die »Dreifache Anbetung« genannt. Nach der Opferung bringt man der Familie der Wöchnerin Bratreis oder mit Wein und Sesamöl geschmortes Huhn und zündet Räucherstäbchen an, um den Göttern und Ahnen der jungen Mutter zu verkünden, dass sie einen Nachkommen zur Welt gebracht hat. Die Familie der Frau zeigt sich dafür mit »Mitteilungswein« als Gegengeschenk erkenntlich. Früher galten männliche Nachkommen mehr als weibliche. Daher übersandte man nach der Geburt eines Knaben auch dem Heiratsvermittler Bratreis, ein Huhn und Reiswein. Da es heutzutage immer weniger Heiratsvermittler gibt, schicken viele Leute diese Dankesspeisen an Verwandte und Freunde, inzwischen auch nach der Geburt eines Mädchens.

Japan

Okinawa

Mazu

Sieht tausend Stunden weit

Hört wie der Wind so schnell 418